AU PRIX FORT

AU PRIX FORT

ROBERT DUGONI

TRADUIT PAR NORDINE HADDAD

THOMAS & MERCER

Édition originale parue aux États-Unis en 2018
sous le titre *A Steep Price*, Thomas & Mercer

Ce livre a été traduit grâce au programme Amazon Crossing

Publié par
Thomas & Mercer, Amazon Media EU Sàrl
38, avenue John F. Kennedy, L-1855 Luxembourg
February 2020

Adaptation de la couverture par : PEPE *nymi*, Milano
Photos : © CaseyFotos / Shutterstock; © ranasu © nkbimages / Getty Images

ISBN : 9782496700084

www.apub.com

À toutes les femmes qui ont souffert d'un cancer du sein et se sont battues courageusement. Un jour, espérons-le, la recherche aboutira et nous aurons enfin un traitement efficace.

CHAPITRE 1

Mardi 10 juillet 2018

La dernière affaire sur laquelle les deux détectives du Département des homicides de Seattle, Del Castigliano et Vic Fazzio, avaient travaillé à South Park, remontait à plus d'un an, mais la raison de leur visite dans le quartier était toujours la même : quelqu'un avait été assassiné.

À l'époque, deux avocats qui s'étaient lancés dans l'achat-revente d'immobilier après rénovation avaient été abattus sur une de leurs propriétés – un message subtil s'il en était : South Park n'aimait pas le changement.

— Un monde à part, dit Del, reprenant un mantra du Département de police de Seattle, en même temps qu'il engageait leur voiture de patrouille sur le pont-bascule qui enjambait les eaux vert-de-gris de la rivière Duwamish.

Il était un peu plus de 16 heures. Le soleil de juillet embrasait la surface de la rivière, étincelante comme un diamant. Il faisait plus de 30°C à Seattle, et il n'y avait pas un nuage dans le ciel.

Le pont les amena dans Cloverdale Street.

— Je pensais que South Park serait réhabilité quand le pont rouvrirait, dit Faz.

Le quartier possédait en effet ce qu'en immobilier, et en matière de réhabilitation urbaine en particulier, chacun s'accordait à considérer comme le plus important des critères : l'emplacement. L'emplacement, encore et toujours l'emplacement. Situé à vingt minutes du centre de Seattle en allant vers le sud, South Park se trouvait également à un jet de pierre de Boeing Field, et tout près de l'aéroport de Seattle-Tacoma. Le pont de South Park avait été condamné en 2010, et sa réouverture avait demandé plus de quatre années. Personne n'avait semblé pressé de le revoir en activité. La plupart du temps, quand les surfaces de terre arable contaminées et les eaux polluées ne suffisaient pas à dissuader les investisseurs d'entreprendre des projets immobiliers, le crime s'en chargeait. On comptait à South Park un vaste contingent de membres du gang Sureño venus de Californie du Sud – les fantassins des cartels de la drogue mexicains.

— Je me disais que des investisseurs allaient se mettre à acheter des biens et à faire grimper les loyers, surtout avec ce marché de l'immobilier, poursuivit Faz. Maintenant, je crois qu'il y a autant de chances que ça se produise qu'il y en a que je perde du poids.

Avec son mètre quatre-vingt-dix, Faz pesait plus de cent trente kilos. Il jeta un regard à Del.

— Mais toi, on dirait bien que t'as repris un kilo ou deux, non ?

Del, qui mesurait cinq centimètres de plus, avait perdu vingt-cinq kilos depuis le début de sa liaison avec Celia McDaniel, une procureure de King County.

— Je reprends des glucides, dit Del. Celia dit qu'elle me préfère à ce poids.

— Moi aussi, je préfère. On commençait à ressembler à Laurel et Hardy, tous les deux, dit Faz. Est-ce que Billy a pensé à nous envoyer du renfort ?

Billy Williams était leur supérieur à la « A Team ». Del et Faz se retrouvaient seuls de service pour la semaine à la Brigade criminelle. D'ordinaire, Tracy Crosswhite et Kinsington Rowe, les deux autres détectives de la brigade composée de quatre enquêteurs, travaillaient avec eux. Mais depuis plus d'un mois, Crosswhite était tenue d'assister à un procès pour homicide à la haute cour de King County.

— Il a dit qu'il nous trouverait quelqu'un.

Del tourna à droite et ralentit à l'approche d'une file de voitures de police en stationnement. Du côté sud de la rue, il y avait foule – des hommes et des femmes de tous âges en shorts, tongs et débardeurs, la plupart en train de s'éventer, une main en visière au-dessus de leurs yeux pour se protéger de l'éblouissement du soleil.

— Le cirque vient de débarquer en ville, commenta Del en dépassant une camionnette de la Scientifique et un camion de pompiers, cherchant où se garer.

— Quatre heures de l'après-midi un jour de semaine – c'est encore mieux qu'au cinéma, acquiesça Faz. Gare-toi devant l'ambulance.

Del s'arrêta devant un immeuble de rapport en brique de deux étages. Faz quitta le siège passager de la voiture climatisée et enfila un blazer léger sur sa chemise-cravate.

— Ça y est, je commence déjà à suer.

— Moi, ça remonte à la naissance, dit Del.

Lui aussi portait un costume, mais sans cravate, la chaleur étant ce qu'elle était.

Faz leva les yeux en entendant le vrombissement d'un hélicoptère de journalistes survolant les lieux. La première chose qu'ils devaient faire, si Billy ne s'en était pas déjà chargé, c'était de faire en sorte que cet hélicoptère fiche le camp de là. Ils montrèrent leur plaque à l'agent qui tenait le registre de présence, griffonnèrent leurs noms, leurs numéros de matricule et l'heure de leur arrivée dans le registre avant de plonger sous le ruban de scène de crime jaune et noir. La plupart des agents s'étaient regroupés autour d'un petit terrain de jeu au centre de la cour du complexe d'appartements en forme de U. Le corps de la victime gisait, recouvert d'un drap bleu, à côté d'une cage à poules verte. Billy était là, en train de discuter avec un des agents en uniforme ; il s'interrompit dès qu'il vit Faz et Del.

— Tu as appelé pour l'hélicoptère ? lui demanda Faz.

— Ouais, répondit Billy, d'un ton qui n'avait rien d'optimiste quant à l'efficacité de son coup de fil.

Tout ce que risquaient ces hélicoptères des organes de presse, c'était une amende pour avoir survolé une zone d'exclusion aérienne. Si l'histoire était suffisamment intéressante, la chaîne choisirait de rester et de payer.

— On ne pourrait pas faire en sorte que la victime se retrouve dans King County, par hasard ? risqua Del.

— J'aimerais bien, répondit Billy.

Certaines des rues de South Park se trouvaient dans la juridiction du shérif de King County, et la blague récurrente entre les deux agences était qu'il arrivait aux officiers de police de rouler un corps d'une rue à l'autre pour le refiler à la juridiction voisine. Quoiqu'il ne fît aucun doute qu'il plaisantait, Del réprima un sourire. Avec la nouvelle réglementation qui testait les caméras-piétons sur les agents en uniforme, l'humour n'avait plus sa place sur les scènes de crime. Au train où allaient les choses, ils seraient tous sous antidépresseurs avant la fin de l'année.

Billy ajusta sa casquette, qui protégeait son crâne chauve du soleil.

— Cette affaire pourrait vite tourner au vinaigre. La victime s'appelle Monique Rodgers.

Il s'interrompit et les considéra un instant, comme si le nom devait leur dire quelque chose.

— Vous avez peut-être lu des articles la concernant, à moins que vous ne l'ayez vue aux infos, en train de militer contre la drogue et les gangs à South Park.

— L'activiste ? s'enquit Faz.

Il se souvenait vaguement d'un reportage consacré à une Afro-Américaine prenant la parole au conseil municipal pour réclamer des mesures contre les gangs de dealers qui sévissaient dans la communauté de South Park.

— Aspirante activiste, corrigea Billy. Elle n'aura pas eu le temps de le devenir.

— Il y a des chances que ce soit pour cette raison qu'on l'a abattue en plein jour, conjectura Faz. Quelqu'un aura voulu faire passer un message.

— On dirait bien, approuva Billy.

— Je suppose qu'il y a des témoins ? demanda Del.

— Il semble qu'il y avait une demi-douzaine de mères de famille ici avec leurs gosses, mais jusqu'à présent, elles nous font toutes le coup du rien vu, rien entendu, moi pas comprendre.

— Elles ont peur, dit Faz.

— Quelqu'un d'autre a été blessé ? demanda Del.

Billy secoua négativement la tête.

— Pas que je sache.

— Donc, on suppose qu'elle a été délibérément assassinée, c'est ça ? interrogea Faz en examinant deux murets en brique le long du trottoir, qui auraient fait de parfaits abris si deux gangs rivaux s'étaient mis à se tirer dessus.

Les Crips et deux autres gangs asiatiques, quoique moins nombreux que les Sureños, avaient également élu domicile à South Park. Si deux gangs avaient déclenché une fusillade, Rodgers avait très bien pu se retrouver prise entre deux feux et tomber en victime collatérale.

— Oui, répondit Billy à la question de Faz, étant donné que personne d'autre n'a été tué, et que les témoins affirment n'avoir entendu qu'un seul tireur.

Il leva la tête. L'hélicoptère survolait toujours les lieux.

— Ils vont en faire des tonnes aux infos, étant donné que ça s'est passé en plein jour et au milieu des gosses qui jouaient.

— Et sa famille, où est-elle ? demanda Faz.

— La grand-mère a pris les gosses et les a emmenés à l'appartement, répondit-il en pointant du doigt un angle de l'immeuble en U.

— Le mari est apparemment rentré du travail ; il est avec eux.

— Donc, on n'a même pas un témoignage, si je comprends bien ?

— Non, dit Billy. On n'arrive même pas à avoir une idée précise du nombre de coups de feu tirés, ni de la direction d'où ils provenaient. Une femme a dit au premier agent arrivé sur les lieux qu'elle pensait avoir entendu trois tirs venant de là-bas, précisa Williams en désignant un coin de l'immeuble.

— On a retrouvé des douilles ? demanda Del.

— Aucune, répondit Billy.

— Donc, soit le témoin s'est planté, soit le tireur s'est servi d'un revolver, raisonna Faz.

— J'ai mis des gars sur la recherche de douilles, dit Billy. Et Anderson-Cooper fait du porte-à-porte, ajouta-t-il en pointant de nouveau un doigt en direction de l'immeuble.

Desmond Anderson et Lee Cooper formaient le binôme de la « B Team ». Depuis que le journaliste Anderson Cooper était devenu le présentateur vedette des nouvelles du soir sur CNN, les détectives de l'Unité des crimes violents ne désignaient plus les deux hommes de l'autre brigade qu'au singulier.

— On va avoir besoin de l'Unité vidéo, dit Faz. Un des commerces du coin a pu filmer le tireur en train de s'enfuir, peut-être même en train de monter à bord d'une voiture.

La rue comptait à la fois des immeubles de rapport, des maisons individuelles et des boutiques de quartier.

— Ils sont déjà en route, dit Billy.

— Et les gosses, qu'est-ce qu'ils ont vu, au juste ? voulut savoir Faz.

— Tout, répondit Billy.

Au même instant, de la musique mexicaine – trompettes et guitares – se fit entendre dans la rue. Faz se retourna sur le coupé Chevrolet Chevelle rouge cerise, bandes noires et enjoliveurs dorés, qui passa devant l'immeuble en faisant des sauts de cabri.

— Les clowns entrent en scène, commenta Del.

L'homme assis à l'avant, côté passager, avait le crâne rasé et une fine moustache tombante prolongée en bouc. Ses grosses lunettes noires lui faisaient des yeux de mouche, et son bras droit, presque entièrement tatoué, dépassait par la vitre ouverte de sa portière. La voiture ralentit ; l'homme ôta ses lunettes et fixa Faz.

— Le P'tit Jimmy, l'identifia Faz. Il a grandi, c'est le moins qu'on puisse dire.

Dix ans plus tôt, Faz avait mis en prison le père du P'tit Jimmy. Le Grand Jimmy avait tenu six mois. Un membre d'un gang rival l'avait tué à coups de surin.

Le P'tit Jimmy sourit. Puis il forma un pistolet avec son pouce et son index, visa Faz, et mima le mouvement de recul de l'arme au moment du coup de feu.

CHAPITRE 2

Tracy Crosswhite grimaça en regardant l'avocat de la défense, Leonard Litwin, s'emparer du pichet en plastique posé sur sa table et l'incliner. Dans le silence de la salle d'audience, on n'entendit que le bruit du trait d'eau dégringolant au fond du gobelet à la façon d'une mini-cascade. De toute évidence, Litwin avait besoin d'étancher sa soif, mais depuis la place qu'elle occupait dans le box des témoins qui dominait la salle, Tracy le soupçonnait d'avoir quitté la barre pour une tout autre raison. Il jouait la montre, tel un boxeur professionnel amoché cherchant à tenir jusqu'à l'ultime coup de gong.

En temps normal, Tracy n'aurait pas prêté attention au comportement de Litwin, pas plus à ses gestes qu'au temps qu'il mettait à les accomplir, mais cela faisait trente-sept minutes sur les cinquante-trois qui s'étaient écoulées depuis que l'audience avait repris et qu'elle-même avait regagné le box des témoins, qu'elle avait envie de faire pipi. Vraiment envie. Il paraissait improbable que Litwin, ou qui que ce fût d'autre dans la salle, eût pu s'aviser du problème urgent qui était le sien – encore moins du petit ventre de seize semaines de grossesse qui en était la cause – mais cela ne changeait rien au problème. La juge Miriam Gowin n'allait certainement pas intimer l'ordre de se presser à un avocat de la défense représentant un client risquant la peine capitale, pas plus que

Tracy, en demandant prématurément une suspension d'audience, ne voulait permettre à Litwin de se sortir d'affaire. À chaque minute qui passait cependant, lui revenait, plus vivace, le souvenir de Beth Duchance, la pauvre fille qui s'était fait pipi dessus à l'école primaire – Duchance, qui avait oublié de faire ses leçons, et qui, pressée de répondre aux questions par leur instituteur, avait réagi à la manière d'un caniche nain confronté à un mâle alpha. Au cours des huit années interminables qui avaient suivi, Beth Duchance avait été humiliée comme seuls savent humilier les garçons immatures et les filles puériles, petites pestes qui l'avaient surnommée « la pisseuse ». Tracy n'avait aucune envie de laisser ce genre de souvenir gravé dans la mémoire du personnel du palais de justice.

Litwin porta le gobelet en carton à ses lèvres et but à petites gorgées, péniblement. Puis, au lieu de reposer le gobelet sur sa table, il le garda avec lui en s'avançant à la barre, jusqu'au pupitre, où il considéra avec un intérêt méthodique les pages de notes et de témoignages contenues dans son classeur.

— Détective Crosswhite, vous avez déclaré…

Il leva les yeux, comme s'il allait se mettre à lire, mais il tourna une page, et puis une autre encore. Du coin de l'œil, Tracy remarqua que plusieurs jurés jetaient des coups d'œil à la grande pendule murale qui se trouvait à l'autre bout de la salle. La trotteuse courait autour du cadran. Elle venait de franchir le douze quand Litwin finit par reprendre :

— Vous avez déclaré… n'avoir trouvé aucune empreinte sur le couteau. Est-ce exact ?

Tracy attendit avant de répondre, pour laisser le temps au procureur, Adam Hoetig, de formuler une objection. Elle avait déjà répondu deux fois à la question. Mais Hoetig était assis tête baissée, comme s'il s'était brusquement pris d'intérêt pour ses mocassins.

— C'est exact, répondit-elle.

— On peut donc dire que vous n'avez aucune preuve que ce couteau appartenait bien à l'accusé, n'est-ce pas ?

La vessie de Tracy l'implora de laisser passer la question, mais ne pas saisir l'occasion de porter un nouveau coup à Litwin et à son client était au-delà de sa volonté.

— Vous voulez dire en dehors du fait que l'accusé m'a dit qu'il correspondait bien au set de couteaux qui se trouvait dans le tiroir de la cuisine ? Non.

Plusieurs jurés jetèrent un regard en biais dans sa direction. Litwin se raidit.

— Je vais reformuler ma question, dit-il. Vous n'avez aucune preuve, détective Crosswhite, que le couteau a servi à… aucune preuve *scientifique* qu'il a servi à poignarder la femme de mon client.

— Vous voulez dire en dehors du fait que le manche du couteau dépassait de la poitrine de Mme Stephenson, et qu'elle a été poignardée sept fois ? Non.

D'autres regards s'ajoutèrent aux premiers. Plusieurs jurés sourirent.

Litwin se hérissa en silence, une grosse rougeur colorant ses joues.

— Détective, vous n'avez aucune preuve scientifique permettant de relier le meurtre à…

— Les empreintes de l'accusé n'ont pas été retrouvées sur le couteau planté dans la poitrine de sa femme, c'est exact, l'interrompit Tracy pour en finir plus vite.

Sans surprise, Litwin se tourna vers la cour.

— Votre Honneur, la défense demande que vous exigiez du détective Crosswhite qu'elle me permette de terminer mes questions avant d'y répondre.

La juge Gowin jeta un coup d'œil à la pendule avant de se tourner vers Tracy.

— Détective, laissez la défense terminer de formuler ses questions.

Durant quelques secondes qui lui parurent une éternité, Tracy crut que Gowin allait autoriser Litwin à continuer, mais la juge dit soudain :

— Maître, il est 16 heures 54. Croyez-vous pouvoir terminer votre contre-interrogatoire du détective Crosswhite dans les six prochaines minutes ?

Aucune chance.

— J'estime qu'il me faut encore une heure, répondit Litwin.

Que ce soit vrai ou non, Tracy et lui allaient pouvoir bénéficier d'un ajournement bienvenu.

— Dans ce cas, c'est terminé pour aujourd'hui, trancha Gowin. Nous reprendrons demain matin, avec le détective Crosswhite dans le box des témoins.

Quand le dernier des jurés eut ramassé ses affaires et rejoint la salle du jury, Tracy se leva et se dirigea précipitamment vers la sortie de la salle du tribunal. Du coin de l'œil, elle vit Hoetig s'approcher rapidement dans sa direction, vraisemblablement pour fixer un rendez-vous qui leur permettrait de discuter des modalités du contre-interrogatoire prévu le lendemain matin.

— Je vous appelle, dit-elle sans lui laisser le temps de dire un mot, franchissant avec fracas la porte de sortie.

CHAPITRE 3

Faz suivit du regard la Chevelle rouge jusqu'à ce qu'elle soit hors de vue, la musique flottant encore quelques secondes dans son sillage.

— Le P'tit Jimmy n'est plus si petit que ça, commenta Del.

Il essuya la sueur sur son front avec un mouchoir.

— Mouais, maintenant, c'est un petit merdeux adulte, dit Faz. Bah, les chiens galeux ne font pas des chats.

— Il a l'air de se souvenir de toi, en tout cas, fit remarquer Del.

Le P'tit Jimmy avait quatorze ans quand Faz avait mis son père derrière les barreaux.

— C'était déjà un petit vaurien à l'époque.

Le Grand Jimmy avait fait dans le trafic de drogue à South Park. Un gang rival venu de Los Angeles avait tenté de le concurrencer. Une guerre avait éclaté, qui avait coûté la vie à treize membres de gangs en deux semaines. L'enquête de Faz avait conduit à l'arrestation de huit affidés du gang Sureño, dont le Grand Jimmy, quoique ce dernier n'eût pas tiré un seul coup de feu. Le jury, cependant, avait conclu qu'il avait ordonné les meurtres des membres du gang rival. Le procureur de King County, Rick Cerrabone, l'avait déclaré coupable en s'appuyant sur la loi Rico, la loi sur les organisations mafieuses et la corruption. Un jury avait condamné le Grand Jimmy à vingt-cinq années de prison.

— Je n'aime pas les types qui pointent un flingue sur moi, vrai ou faux, dit Faz. On devrait peut-être rendre visite au P'tit Jimmy, histoire de déterminer si son message en passant ne s'adressait pas aussi aux badauds sur le trottoir d'en face.

— Mouais, bonne idée, approuva Del.

Faz tourna les talons et s'approcha de la victime qui gisait au sol. Il s'accroupit, souleva un coin du drap, et examina Monique Rodgers. La petite trentaine, estima-t-il. Une grosse tache rouge sombre apparaissait sur son chemisier, et du sang coulait à travers les fissures du béton. Il abaissa le drap et se releva, ses genoux craquant dans le mouvement. Il se tourna vers Billy, en même temps qu'il regardait l'immeuble.

— Quel appartement ?

Williams lui désigna un coin de l'immeuble en forme de fer à cheval. Un agent de police se trouvait sur le palier extérieur.

— La dernière porte.

Faz suivit Del. Ils montèrent un escalier en béton et fer forgé jusqu'au passage couvert du deuxième étage, encombré de chaises et de barbecues. Des résidents se tenaient devant la porte ouverte de leurs appartements étouffants. Plusieurs regardèrent Del et Faz d'un sale œil.

— Tu sens tout cet amour ? fit Del.

— Mouais, ça me rend tout chose, répliqua Faz.

Des voix se firent entendre dans le micro haut-parleur fixé sur l'épaule de l'agent en faction ; il baissa le volume du micro en même temps qu'il tendait à Faz une écritoire à pince.

— Comment vont-ils ? interrogea ce dernier en griffonnant son nom et son numéro de plaque, avant de passer l'écritoire à Del. Ils ont dit quelque chose ?

L'agent fronça les sourcils.

— Pas grand-chose.

— Il y a quelqu'un avec eux ?

— Non, répondit l'agent. Ils sont dans la cuisine. Je leur ai dit que des détectives souhaitaient leur parler.

Faz et Del entrèrent dans un salon encombré de meubles vieillots. Sur leur gauche, un Afro-Américain était assis à une table de cuisine, l'air abasourdi. Sur ses genoux, une fillette était blottie contre lui, son pouce dans la bouche. Assise en face de lui, une femme d'une cinquantaine d'années tenait un jeune garçon dans ses bras. Une troisième chaise, inondée de soleil, était vide. Il flottait dans la pièce une forte odeur de café.

— Monsieur Rodgers ?

Faz se présenta, ainsi que Del.

— Je suis sincèrement désolé pour votre épouse, monsieur.

La femme assise en face de lui se leva pour emmener le jeune garçon. Elle tendit sa main libre en direction du père.

— Tu veux que j'emmène la petite ?

— Où ça ? demanda Rodgers.

Il secoua négativement la tête, puis :

— Où crois-tu qu'il y ait un endroit sûr ?

— Dans la pièce voisine, répondit simplement la femme. Je les emmène dans la chambre, c'est tout.

Elle attendit un instant, mais la fillette ignorant sa main tendue, elle s'éloigna avec le garçon. Faz et Del lui parleraient en privé, pour déterminer ce qu'elle avait vu et entendu au terrain de jeu.

Rodgers se tourna vers Faz.

— Alors, qu'est-ce que vous comptez faire ? demanda-t-il en arquant un sourcil interrogateur.

— Nous allons faire tout notre possible pour trouver les personnes qui ont fait cela, répondit Faz en pesant chaque mot qu'il prononçait, compte tenu de la présence de l'enfant dans la pièce.

— Et après ?

— Nous ferons tout ce qu'il faut pour les arrêter.

Rodgers secoua de nouveau la tête.

— Le type qui a fait ça… un moins que rien. Sûrement une petite frappe quelconque qui rêve d'entrer dans un gang, et dont c'était l'initiation. Abattre l'empêcheuse de tourner en rond.

Faz n'était pas loin de penser la même chose.

— Trouver ce type ne changera rien, ajouta Rodgers en grimaçant, comme si cela lui faisait mal de le dire. Ça ne nous débarrassera ni de la drogue ni des gangs, et ça ne ramènera pas Monique.

— Si le tueur a obéi à un donneur d'ordre, reprit Faz avec tact, alors nous pouvons très bien poursuivre cette personne en justice. La loi nous a permis de nous débarrasser du Grand Jimmy à l'époque où il contrôlait le trafic de drogue dans le secteur, il y a dix ans.

— Ah ouais ? Et qui allez-vous trouver pour témoigner ?

— Procédons par étapes, d'accord ?

— Vous avez dit le *Grand* Jimmy ? reprit l'homme. Le père du P'tit Jimmy ?

— Vous connaissez le P'tit Jimmy ?

— Tout le monde le connaît par ici. Il contrôle la drogue. Et il est à la tête du principal gang du secteur. Ce type, c'est un vrai problème.

— J'ai cru comprendre que votre femme était une activiste qui luttait pour les droits communautaires.

Rodgers réprima une envie de pleurer. Sa fille blottit son visage contre sa poitrine.

— Ce n'est pas comme ça que ça a commencé, dit-il. Monique voulait juste souder la communauté pour se débarrasser de la drogue et des armes, pour faire de cet endroit un lieu meilleur pour nos enfants. Elle a poussé les responsables locaux et différents acteurs sociaux à mettre en place des programmes destinés à empêcher les gosses de traîner dans les rues après l'école, où les gangs leur mettent facilement le grappin dessus.

— Est-ce qu'elle avait reçu des menaces ?

Rodgers laissa échapper un petit rire amer.

— Ça n'arrêtait pas, mon vieux. Ça n'arrêtait pas.

Il secoua la tête, avant de répéter :

— Ça n'arrêtait pas… mais Monique… elle s'en fichait. Elle continuait comme si de rien n'était. Il lui arrivait d'être suivie jusqu'à la maison par ces petits gangsters. Ils passaient à côté d'elle en voiture, la musique à fond.

Faz échangea un regard avec Del. Les menaces du P'tit Jimmy en voiture quelques minutes plus tôt étaient à prendre au sérieux. C'était clairement un avertissement.

— Monique avait mis en place un programme de surveillance citoyenne, qui permettait aux gens de signaler à la police ce qu'ils voyaient.

— Comment la communauté a-t-elle réagi face aux efforts de votre femme ?

— Les gens ont peur, répondit sans hésiter Rodgers. Monique a pourtant fait en sorte que les signalements soient anonymes, mais ça n'empêche pas la peur.

— Votre femme a-t-elle subi des pressions *directes* ?

— Ils l'ont tuée, non ?

Rodgers détourna les yeux, son regard perdu dans le vide.

— Des mères de famille avec leurs gosses en train de jouer, reprit-il calmement. Ça ne les gêne pas. Ils se foutent bien de savoir qui ils tuent.

Il baissa la tête et appuya son menton sur le crâne de sa fille en la serrant très fort dans ses bras. Faz savait à quel point cette étreinte était loin de pouvoir remplacer la présence maternelle.

CHAPITRE 4

Il n'y avait pas une grande distance à parcourir pour rejoindre le siège central de la police sur Fifth Avenue depuis le tribunal, mais ça grimpait, et les dieux de la chaleur avaient décidé cette semaine-là de faire de Seattle une fournaise. Quand Tracy arriva au siège, elle était en nage, et sa vessie se remit à faire des siennes. En sortant de l'ascenseur au septième étage, elle manqua percuter Kins. Son équipier avait enfilé sa veste et s'apprêtait à rentrer chez lui. Depuis qu'on lui avait posé une prothèse de hanche quatre mois plus tôt, Kins reprenait le boulot en douceur.

— Tracy. Hé, je suis ravi d'avoir pu…

— Donne-moi juste une minute, coupa Tracy en passant précipitamment devant lui.

En poussant la porte des toilettes un peu plus loin, elle manqua heurter une femme qui se tenait juste derrière.

— Désolée, dit Tracy.

— Détective Crosswhite, fit la femme, prononçant son nom comme si elles se connaissaient.

Après plusieurs affaires très médiatisées, la plupart des agents du département connaissaient Tracy. Elle était également devenue le mentor de plusieurs jeunes femmes officiers, en particulier celles qui avaient besoin de s'entraîner au tir pour réussir leur examen d'entrée.

Elle ne reconnut pas la femme aux cheveux auburn mi-longs, qui lui tendit la main et se présenta :

— Andrea Gonzalez.

Le nom ne lui disait rien non plus.

Gonzalez regarda le ventre le Tracy.

— À combien êtes-vous ? Six mois ?

Tracy rabattit les pans de sa veste sur elle. Kins mis à part, elle n'avait encore annoncé la nouvelle à personne. Le règlement du SPD, le Département de police de Seattle, stipulait qu'une femme officier enceinte devait passer en service restreint, autrement dit rester au bureau à faire de la paperasse. *Non, merci.*

— Qui vous a mise au courant ?

La femme eut un haussement d'épaules.

— Personne. Ça se voit, c'est tout. Mais vous êtes superbe.

Superbe ? Tracy n'était pas dupe. Son visage était bouffi parce qu'elle faisait de la rétention d'eau, et ses cheveux commençaient à ressembler à de la paille à cause de la chaleur ; sans même parler des cinq kilos qu'elle avait pris. Elle se sentait grosse. Gonzalez, quant à elle, était aussi fraîche que si elle venait d'arriver au travail. C'était peut-être le cas. Elle portait un pantalon noir froissé et une veste assortie sur une chemise bleue qui mettait en valeur ce que Faz aurait qualifié de glorieux atouts.

— J'imagine que je vais prendre votre place quand vous serez en congé maternité ? fit Gonzalez d'un ton qui se voulait interrogateur, mais tenait davantage du constat logique.

— Comment ça, "prendre ma place" ?

Gonzalez sourit.

— Je suppose que c'est pour cela qu'ils m'ont recrutée.

Elle observa un court silence, puis :

— Je suis navrée, reprit-elle, je pensais que le département vous avait prévenue que je commençais cette semaine. Je suis la nouvelle cinquième roue du carrosse de la "A Team".

Personne n'avait rien dit à Tracy.

— Et Ron Mayweather, alors ?

Gonzalez haussa les épaules.

— Qui est-ce ? demanda-t-elle.

Elle s'approcha des lavabos, s'observa dans le miroir, ouvrit un robinet et se lava les mains.

— C'est notre cinquième roue depuis des années justement, répondit Tracy.

— Je ne suis pas au courant. On m'a juste dit de me présenter à la “A Team” aujourd'hui.

Elle regarda Tracy dans le miroir.

— Donc, j'imagine que nous allons travailler ensemble – durant quelques mois, du moins.

Gonzalez s'essuya les mains et jeta les serviettes en papier froissées dans la poubelle.

— Ravie de vous avoir rencontrée, dit-elle.

Et elle sortit.

Tracy regarda la porte des toilettes se refermer. Puis, se retournant vers le miroir, elle fixa son ventre arrondi. Elle avait acheté plusieurs vêtements amples, chemisiers et vestes, pour dissimuler sa grossesse. Personne au bureau ne lui avait posé la moindre question. D'un autre côté, elle travaillait avec trois hommes qui n'auraient songé à demander à une femme si elle était enceinte qu'en la voyant accoucher. Néanmoins, la facilité et la rapidité avec lesquelles Gonzalez avait découvert sa grossesse faisaient qu'elle se demandait si quelqu'un ne l'avait pas renseignée. Et si c'était le cas, cela expliquait probablement le recrutement de Gonzalez – non pour pourvoir à un nouveau poste, mais bel et bien pour la remplacer, *elle*.

CHAPITRE 5

Tracy jeta une serviette en papier dans la poubelle et sortit des toilettes. Kins se tenait dans le hall, appuyé contre un mur, faisant mine de consulter son téléphone.

— Tu étais au courant ? lui demanda-t-elle.

Kins acquiesça d'un hochement de tête, à la façon d'un ado pris la main dans le sac.

— Je ne savais pas qu'elle était aux toilettes, mais… c'est de cela justement dont je voulais te parler. Elle est arrivée ce matin. Nolasco nous l'a présentée. Il a dit qu'elle était notre cinquième roue du carrosse à partir de maintenant.

— Elle sait que je suis enceinte.

Elle baissa d'un ton comme d'autres personnes arrivaient.

— Bordel, comment est-ce qu'elle est au courant ?

Kins secoua la tête.

— Je ne sais pas. Je ne lui ai rien dit.

Il regarda autour d'eux dans le hall, puis il fit signe à Tracy de le suivre. Ils entrèrent dans une salle de conférence, et il ferma la porte.

— Écoute, je dois me rendre à South Park. Del et Faz ont un meurtre sur les bras ; ils ont besoin d'aide pour interroger les témoins, alors je n'ai pas beaucoup de temps. Gonzalez t'a-t-elle dit comment elle était au courant ?

— Non. Elle a dit que ça sautait aux yeux, ce qui me paraît improbable, étant donné que c'est la première fois qu'on se rencontre.

— Et elle t'a fait savoir qu'elle prenait ta place ?

— Elle a dit qu'elle supposait que c'était la raison de sa mutation.

— Pour te remplacer *pendant* ton congé maternité, rien de plus. Je suis sûr que c'est ce qu'elle voulait dire, tenta-t-il de la rassurer.

— Dans ce cas, pourquoi Nolasco a-t-il mis Ron au rencart ? Pourquoi ne pas avoir fait appel à lui, comme lorsque tu as été absent pour ta hanche ?

— Ron a été réaffecté à la "C Team".

— Quand ça ?

— Je l'ai découvert ce matin, à l'arrivée de Gonzalez. Apparemment, Arroyo prend sa retraite en janvier.

— Arroyo prend sa retraite ? répéta Tracy d'un air surpris.

Kins haussa les épaules.

— Apparemment, oui.

— Ron travaille avec nous depuis trois ans, reprit-elle. Pourquoi Nolasco voudrait-il le réaffecter ?

— Peut-être justement parce qu'aucun d'entre nous n'a l'intention d'aller nulle part… *a priori.*

— Qu'est-ce que tu veux dire ?

— Eh bien, j'imagine que tu comptes revenir, quand tu auras eu le bébé. C'est bien ce que tu as l'intention de faire, n'est-ce pas ?

— Bien sûr. En quoi est-ce que ce serait différent de ton opération de la hanche ? Tu étais sur la touche, Ron t'a remplacé, et te voilà de retour.

— Oui, mais je n'ai pas eu à laisser ma hanche à la maison, Tracy.

L'espace d'un instant, elle fut incapable de dire un mot, cherchant où Kins voulait en venir. Puis :

— Quoi ? fit-elle.

— Tu sais bien. C'est ton bébé que tu vas laisser à la maison. Et tu n'es pas obligée de travailler. Nous savons tous que Dan s'en sort très bien… plus que bien, même.

Tracy et Dan s'étaient mariés l'année précédente.

— Dan vient juste d'engager quelqu'un pour pouvoir passer plus de temps à la maison. Je n'ai pas l'intention d'arrêter le boulot, Kins.

Ce dernier affichait un drôle d'air ; un peu comme un type qui se tiendrait au bord d'une falaise, et serait terrifié à l'idée de sauter.

— Quoi ? interrogea-t-elle.

Il secoua la tête.

— Rien.

— Quoi ?

— Rien. Je dois y aller maintenant.

— Si tu trouves que j'agis d'une manière irrationnelle, dis-le-moi.

Kins jeta un coup d'œil à sa montre.

— D'accord, je vais te dire ce que je pense, mais avant ça, promets-moi de ne pas t'énerver, d'accord ? C'est l'ami qui te parle, et personne d'autre – quelqu'un qui est déjà passé par là.

Kins avait trois garçons.

— D'accord, promit Tracy.

Kins laissa échapper un petit rire, mal à l'aise.

— Tracy, je te connais bien. Tu écoutes, mais tu es prête à me sauter à la gorge.

Elle tira une chaise, s'assit et croisa les jambes.

— Je suis calme, d'accord ? Je t'écoute.

Kins prit quelques secondes pour mettre de l'ordre dans ses pensées, en même temps qu'il rassemblait tout son courage. Et il se lança :

— C'est ton premier enfant, alors je crois pouvoir dire sans prendre trop de risques que tu ne peux pas prédire réellement ce que tu ressentiras quand le bébé sera là.

— Je sais…

Kins l'interrompit d'un geste de la main.

— Écoute-moi jusqu'au bout.

Elle leva les bras comme pour dire : « Très bien, continue. »

— Je sais que quand on attend un gosse, on croit que rien ne va changer, que ce sera pareil au boulot, mais ce n'est pas le cas. Tout change. Pas forcément pour le pire ; c'est juste que rien n'est plus tout à fait comme avant. Et le plus dur, c'est de laisser la meilleure partie de soi à la maison, avec quelqu'un d'autre. Oui, de se retrouver à confier ce qu'on a de plus cher à une autre personne. Je ne voulais pas que ce soit le cas. Shannah non plus. Alors, elle a quitté son boulot et elle est restée à la maison, même si, financièrement, nous n'en avions pas réellement les moyens. Mais même avec Shannah à la maison, ça a été sacrément dur à vivre pour moi, Tracy. Je me pointais au boulot, et je n'avais qu'une hâte : rentrer au plus tôt pour voir mes garçons.

Tracy connaissait Kins depuis des années ; elle savait ce que ses gosses représentaient pour lui. Elle les avait vus grandir, et n'ignorait rien, ou presque, de ce qui les concernait.

— J'étais tellement impatient de pouvoir les entraîner en Petite Ligue, et d'aller assister aux matchs de baseball de leur lycée. J'ai adoré ça. Je n'en ai pas perdu une miette. Et voilà que dans deux mois, je vais me retrouver à accompagner Connor à la fac. Je redoute ce jour, parce que je sais que ça va me faire du mal. Ça va me faire du mal de savoir qu'il ne dort pas dans son lit, qu'il a un autre lit, une autre vie, avec des gens que je ne connais même pas.

Comme il s'efforçait de contenir son émotion, la voix de Kins s'étrangla. Après un instant, sa gorge se desserra, et il exhala un long soupir.

— Je sais que tous les parents passent par là. Chaque parent doit un jour dire au revoir, mais crois-moi, le savoir ne change rien au fait que c'est difficile. Tout ce que je veux dire, c'est que ça passe tellement vite. Tu te réveilles un beau matin, et ce matin arrive bien plus vite que tu ne l'imagines, et te voilà au volant de ta voiture direction la fac, prêt à dire au revoir à ton fils ou à ta fille. Et là, tu te dis : où sont passées les années ? Tu te surprends à regarder de vieilles photos, et tu ne te souviens même pas qu'ils aient été aussi petits ; tu voudrais qu'ils n'aient jamais grandi. Tu voudrais revenir à ces années-là, pour les avoir encore avec toi. Bref, ce que j'essaie de te dire, c'est de ne pas considérer le fait de rester chez toi comme une punition, Tracy, parce que si c'est comme ça que tu vois les choses, tu le regretteras un jour… Écoute, je dois y aller maintenant.

Kins ouvrit la porte et partit sans terminer sa phrase, mais c'était inutile : Tracy savait ce qu'il pensait sans oser le dire.

Et il se pourrait que ce soit ton seul enfant.

En quittant la salle de conférence à son tour, Tracy alla dans la cuisine se servir un décaféiné – c'était plus sage, se dit-elle, étant donné l'état d'agitation dans lequel elle se trouvait – avant de rejoindre son bureau. Ses joues étaient rouges ; elle avait aussi chaud qu'en grimpant la colline un peu plus tôt pour rejoindre le siège de la police. Sa conversation avec Andrea Gonzalez lui revenait malgré elle.

À combien êtes-vous ? Six mois ?

Seigneur, est-ce qu'elle avait déjà un si gros ventre ?

Kins, lui aussi, l'avait surprise. Elle savait qu'il adorait ses fils, indiscutablement, mais il ne lui avait jamais épargné les histoires moins flatteuses : les bêtises que faisaient les garçons, le bazar qu'ils mettaient à la maison, les rendez-vous à l'école parce que l'un d'eux avait des problèmes ou échouait dans une matière. Ça n'avait pas été facile de le voir au bord des larmes dans cette salle parce qu'un de ses garçons allait partir étudier à l'université. Ce n'était pas le genre d'émotion brute qu'un officier de police se laisse aller à manifester devant un autre officier, ou devant qui que ce soit, d'ailleurs.

Tracy pénétra dans l'open space de la « A Team ». Andrea Gonzalez était assise à son bureau – son bureau à *elle*, Tracy, du jamais vu au SPD. Bureaux et box étaient des espaces sacro-saints. Les cinquièmes roues du carrosse prenaient généralement les ordinateurs qui se trouvaient au fond de la salle. Gonzalez s'était carrément installée. Elle avait accroché sa veste dans le placard du box, et posé sa tasse de café Starbucks maculée de traces de rouge à lèvres sur le bloc-notes de Tracy.

— Excusez-moi, dit-elle.

Gonzalez se retourna.

— Qu'est-ce que vous faites assise à mon bureau ?

— Quoi ?

Tracy pointa un doigt vers le bureau.

— Qu'est-ce que vous faites installée à mon bureau ?

Gonzalez avait l'air de ne pas comprendre la question.

— On m'a dit que vous étiez au tribunal pour la journée. Le capitaine Nolasco m'a demandé de voir si je pouvais avancer sur vos dossiers.

Tracy regarda l'ordinateur et vit un document affiché à l'écran.

— Comment êtes-vous entrée dans mes dossiers ?

— Le capitaine Nolasco a demandé à l'informatique de me communiquer un mot de passe par défaut.

Tracy serra les dents, craignant de regretter ce qu'elle pourrait dire. Elle aurait dû se douter que Nolasco était derrière tout cela. Personne ne serait plus heureux que lui de la voir partir.

— Je libère les lieux tout de suite, dit Gonzalez.

Elle se leva et ramassa sa tasse de café.

— Écoutez, je suis désolée. Je n'avais pas conscience d'enfreindre un protocole quelconque. À L.A., on prend le premier bureau de libre et on se connecte.

Les us et coutumes policiers de Los Angeles n'intéressaient absolument pas Tracy.

— J'ai besoin de passer un coup de fil, dit-elle.

Gonzalez jeta un coup d'œil à sa montre.

— J'ai comme l'impression que nous sommes parties du mauvais pied, vous et moi. Je peux vous offrir une bière ?

Elle grimaça en regardant le ventre de Tracy.

— Désolée. Une boisson sans alcool, peut-être ?

Tracy ravala sa colère, se disant que Nolasco la méritait davantage que Gonzalez. Peut-être aussi que ses hormones lui jouaient des tours.

— Merci, mais je ne peux pas, répondit-elle. Je suis en plein procès, et il faut que j'appelle le procureur pour préparer la séance de demain.

— Je comprends. Désolée d'avoir pris votre bureau, en tout cas.

Gonzalez quitta le box.

Tracy s'assit à son bureau et appuya sur la barre d'espace. L'ordinateur afficha la page protégée par un mot de passe, comme à chaque fois que le clavier restait trop longtemps inactif. Elle entra son mot de passe et l'écran s'anima. Apparemment, Del avait ouvert un dossier à propos de l'homicide de South Park, quoiqu'il n'y eût encore rien de renseigné dessus. On avait accédé à ses e-mails aussi. Elle cliqua sur la case « Envoyés », mais aucun e-mail n'avait été envoyé depuis qu'elle avait utilisé l'ordinateur pour la dernière fois, la veille dans l'après-midi.

Le téléphone sonna sur son bureau. Désormais en pleine paranoïa, elle ne répondit pas en déclinant son nom comme d'habitude, pour le cas où l'appel serait pour Gonzalez.

— Bonjour, dit-elle.

— Oh, euh… j'essaie de joindre la détective Crosswhite.

C'était une voix de femme, qui ne parut pas familière à Tracy sur le moment.

— Ici la détective Crosswhite.

— Tracy ? fit la femme au téléphone d'un ton incertain. C'est Katie à l'appareil. Katie Pryor.

— Katie. Bonjour. Désolée. J'étais… j'étais absorbée par quelque chose, et… mais peu importe. Alors, ce nouveau poste, comment ça se passe ?

Six mois plus tôt, Talia Greenwood, de l'Unité des personnes disparues, avait pris sa retraite après plus de trente années de service. Tracy avait recommandé Pryor pour prendre sa suite. Cette dernière, mère de deux petites filles et mariée à un homme qui voulait l'avoir un peu plus à la maison, avait confié à Tracy, un après-midi au stand de tir, qu'elle cherchait un poste avec des horaires plus stables.

— Ça me plaît bien… enfin, je veux dire, autant qu'on peut apprécier de rechercher des personnes disparues. En tout cas, les horaires me permettent de jouer au mieux mon rôle de maman à la maison.

Il fut un temps où la simple mention des mots « personnes disparues » mettait l'esprit de Tracy sens dessus dessous. Sa sœur, Sarah, avait été enlevée, et elle avait mis plus de vingt ans à retrouver les restes de son corps. Avec le temps, la douleur s'était quelque peu atténuée.

— Écoutez, je ne veux pas vous retenir longtemps, dit Pryor. Je sais que vous êtes en plein procès Stephenson, mais une femme vient de nous signaler la disparition de sa colocataire ; elle est très inquiète, et je n'ai pas un bon pressentiment non plus. En temps normal, je ne vous ennuierais pas avec ça, mais mon chef est en déplacement en Europe pour deux semaines encore, et la femme qui nous a fait le signalement s'apprête à quitter le pays pour aller vivre à Londres. Je me suis dit que ce serait bien si quelqu'un des Crimes violents pouvait lui parler avant son départ. La personne qui a disparu n'a pas le profil de quelqu'un qui prend brusquement la clé des champs.

— Quel âge a-t-elle ? demanda Tracy.

— Vingt-quatre ans. Les deux femmes partagent un appartement dans le “U District”, près du campus de l’université de Washington.

— Étudiantes ?

— Diplômées du deuxième cycle. La femme disparue venait de s’inscrire en médecine, apparemment.

La plupart des personnes disparues ont tendance soit à pratiquer une profession à hauts risques, comme la prostitution, soit à se trouver dans une situation particulièrement difficile – comme par exemple les drogués, les handicapés mentaux, ou les personnes âgées souffrant de démence ou d’Alzheimer.

— Donc, les deux femmes étaient colocataires, reprit Tracy.

— Jusqu’à tout récemment, oui.

— Pourquoi ? Que s’est-il passé récemment ?

— La femme qui a fait le signalement s’est mariée en Inde. Elle n’a pu en parler à sa colocataire qu’à son retour. C’est elle qui part s’installer à Londres.

— D’accord. Bon, qu’est-ce qui lui fait penser que sa colocataire a disparu ?

— Elle n’arrive pas à la joindre sur son portable, et elle ne répond ni aux textos ni aux e-mails. Elle dit qu’elle a disparu comme ça, d’un seul coup. C’est compliqué.

— Depuis combien de temps est-elle partie ?

— Ça va bientôt faire vingt-quatre heures.

Tracy savait que vingt-quatre heures pouvaient paraître une éternité à une famille, mais pas au SPD, même si cela aussi était en train de changer. Le département attendait généralement quarante-huit heures avant de considérer quelqu’un comme disparu, mais ils étaient devenus plus vigilants depuis une récente affaire dans laquelle une infirmière avait disparu après avoir rencontré un homme sur Internet. Ils avaient retrouvé son corps démembré disséminé dans des poubelles aux quatre coins de la ville.

— Elle dit qu'elles se connaissent depuis l'enfance, poursuivit Pryor, et qu'elle ne partirait pas comme ça, sans prévenir.

Tracy entendit Pryor retourner des papiers.

— Désolée, je mets de l'ordre dans le dossier. Voilà. La personne qui a fait le signalement s'appelle Aditi Dasgupta.

— Elle est indienne.

— Oui. Elle raconte qu'elle et sa colocataire, Kavita Mukherjee, sont scolarisées ensemble depuis qu'elles sont enfants, et qu'elles partagent un appartement dans le "U District" depuis deux ans. Toutes les deux voulaient faire médecine.

— Il y a un truc qui m'échappe, là.

— Moi aussi. L'officier qui a consigné les faits écrit que la personne qui est venue faire le signalement… Dasgupta… s'est mariée récemment en Inde. Un mariage arrangé, apparemment. Kavita Mukherjee, la disparue, n'était pas au courant pour le mariage.

— Elle ignorait que sa colocataire venait de se marier ?

— Apparemment. Dasgupta explique que Kavita a très mal pris la nouvelle quand elle a su.

— Justement, peut-être qu'elle lui en veut et qu'elle a besoin d'un peu de temps pour digérer ce qui s'est passé ?

— Possible, mais Dasgupta n'y croit pas. Elle dit que ça ne lui ressemble pas.

— Avez-vous déjà lancé une EMPA ? demanda Tracy, faisant référence à l'alerte disparition inquiétante.

— Je n'en ai pas encore eu le temps. J'ai passé des coups de fil à la famille et à plusieurs amis, ainsi qu'à son employeur. Personne n'a eu de ses nouvelles.

Tracy jeta un coup d'œil à l'horloge électronique dans le coin inférieur droit de son écran. Elle avait espéré pouvoir rentrer chez elle à une heure convenable. Elle savait que Nolasco ne la laisserait jamais travailler sur une affaire de disparition, pas sans une preuve qu'un crime violent avait été perpétré, et pas alors que Del et Faz travaillaient sur un meurtre à South Park et avaient certainement besoin d'aide.

— Vous êtes toujours au bureau ? demanda-t-elle à Pryor.

— Oui.

— J'y fais un saut en rentrant à la maison, dit-elle. J'ai un coup de fil à passer. Vous pouvez rester et m'attendre un peu ?

— Bien sûr, dit Pryor. Vous voulez que je vous envoie ce que j'ai ?

C'était inutile, songea Tracy, étant donné qu'elle était certaine d'essuyer un refus de Nolasco.

— Imprimez-moi le rapport. Je le prendrai en passant.

— Merci beaucoup. Je sais que vous êtes très occupée, mais… vous savez ce que c'est, dans ces affaires de disparition, quand on a l'impression que quelque chose cloche.

Cette impression-là, Tracy ne la connaissait que trop bien.

CHAPITRE 6

Le tandem Anderson-Cooper faisait du porte-à-porte dans l'immeuble en quête de témoins du meurtre, tandis que Del et Faz faisaient le tour des boutiques du quartier dans l'espoir qu'une caméra de vidéosurveillance avait pu filmer le meurtrier fuyant les lieux à pied, ou grimpant dans une voiture, ou n'importe quoi d'autre. On était maintenant en début de soirée, et plusieurs boutiques avaient fermé. Faz notait les commerces concernés dans un carnet, de manière à pouvoir revenir interroger leurs propriétaires dès le lendemain matin. Si une caméra avait filmé quelque chose, l'Unité vidéo voudrait agir vite avant que la bande ne soit effacée par un nouvel enregistrement. Il avait également contacté la Division de la circulation et demandé à ce qu'on vérifie les caméras de surveillance routière du secteur. La mère de Monique Rodgers affirmait avoir entendu des coups de feu provenant du côté est du complexe d'appartements. Si elle avait raison, South Cloverdale, la rue parallèle à l'immeuble, avait pu fournir une échappatoire naturelle au tireur.

Le propriétaire d'une station-service au bout de la rue affirmait que sa caméra était braquée en direction des pompes, mais elle avait très bien pu filmer une partie de la rue. Pour le vérifier, Del et Faz avaient chargé un détective de l'Unité vidéo d'aller visionner la bande, pendant qu'eux-mêmes se rendaient à l'épicerie d'en face, qui, selon toute probabilité, était également équipée d'un système de vidéosurveillance.

Faz poussa la porte en verre, actionnant du même coup un ensemble de clochettes attaché à la poignée intérieure. Un homme assez grand pour le regarder dans les yeux, et aussi carré que Faz et Del réunis, prit un air renfrogné en les voyant entrer.

— Je peux vous aider ? fit-il.

Les cheveux noirs frisés attachés en chignon, l'homme croisa ses bras charnus et les appuya sur sa large bedaine. Des tatouages élaborés entouraient ses biceps gros comme des cuisses. Il portait un bermuda, un T-shirt et des tongs.

Faz et Del se présentèrent et expliquèrent la raison de leur présence. Le propriétaire de l'épicerie avait la poignée de main hésitante, et une voix étonnamment haut perchée pour un homme de sa corpulence. Il dit s'appeler Tanielu Eliapo, mais ajouta :

— Vous pouvez m'appeler Tanny, les gars. C'est plus facile. J'ai appris ce qui est arrivé à cette femme.

— Comment l'avez-vous appris ?

— C'était aux infos, mon vieux.

Il se retourna et désigna du doigt une petite télévision fixée sur un support mural au-dessus de la caisse, où une femme, apparemment d'origine polynésienne elle aussi, et tout aussi imposante physiquement, les fixait d'un œil morne, assise sur un tabouret en bois. Sur le comptoir, un ventilateur oscillait, agitant par intermittence ses cheveux et sa robe à fleurs.

— Hé ! cria soudain Tanny à l'adresse de deux jeunes Latinos, des gamins devant le présentoir à magazines, à l'avant de la boutique.

Les gamins sursautèrent et levèrent les yeux vers lui. Tanny leur désigna du doigt un écriteau sur le mur.

— Si vous lisez, vous achetez. Décidez-vous.

Puis il leur montra la caméra fixée au plafond.

— Souriez, les gars, c'est la caméra cachée ! Même si je ne vous vois pas, la caméra, elle, vous voit. Vous êtes prévenus.

Tanny continua de les fixer jusqu'à ce qu'ils reposent le magazine sur le présentoir, et se dirigent vers la caisse avec une bouteille de soda et des bonbons. Puis il se tourna de nouveau vers Faz :

— Il paraît que les gens ont peur de parler à la police ?

— D'où tenez-vous ça ? demanda Faz, doutant qu'il ait entendu cela aux infos.

— Les nouvelles vont vite par ici, vous savez.

— Qu'avez-vous entendu dire d'autre ? voulut savoir Del.

— Il paraît que le Petit Jimmy a fait passer le mot à tout le monde : il ne veut pas que qui que ce soit vous parle.

Faz avait donc raison de supposer que le Petit Jimmy était impliqué dans cette affaire, d'une façon ou d'une autre.

— Vous le connaissez ? demanda-t-il.

— De réputation, répondit Tanny.

Il ajouta rapidement, grimaçant comme s'il avait détecté une mauvaise odeur :

— Ricardo Lui Bernardino Jimenez. Une petite frappe. J'ai entendu dire que son père, le Grand Jimmy, était respecté ici à South Park – qu'il avait fait beaucoup pour les gens. Le Petit Jimmy, c'est une autre histoire. Il *croit* que les gens le respectent. Il paraît qu'il travaille pour un des cartels mexicains. Autrefois, c'était de l'herbe que le Grand Jimmy dealait. Son fils, lui, c'est de l'héroïne. De la merde. Du truc qui tue.

Faz échangea un regard avec Del, qui avait perdu sa nièce d'une overdose d'héroïne moins de six mois plus tôt. Del ne dit rien.

— Vous n'avez pas peur de lui ? demanda Faz.

Tanny laissa échapper un petit rire dédaigneux, comme si la question était ridicule.

— Qu'est-ce qu'il va faire, hein ? Il sait que s'il me touche, moi ou mon commerce, les Frères ne vont pas être contents. Croyez-moi, il n'a aucune envie d'avoir affaire à eux.

Faz pouvait très bien imaginer pourquoi, à en juger par la taille de Tanny – sans parler de la femme assise à la caisse ; le genre à avaler des tessons de bouteille et à chier un vase dans la foulée. Il pointa un doigt vers le plafond.

— Vous avez la vidéo ? demanda-t-il.

Tanny adressa un petit signe de tête à la femme.

— Pika aime bien regarder l'enregistrement vidéo tous les soirs. Elle peut le visionner sur son téléphone. Dès que quelqu'un vole quelque chose, elle le voit ; alors, dès que ce quelqu'un se pointe de nouveau ici… c'est pas bon pour lui. Perso, j'aime pas les voleurs. Pika non plus. La propriété, c'est sacré.

Il haussa les épaules et leur sourit de toutes ses dents.

— Est-ce qu'on peut voir l'enregistrement d'aujourd'hui, aux environs de 15 heures, peut-être un peu avant ? demanda Faz.

— L'enregistrement vidéo ? Vous voulez le voir ?

— Absolument, confirma Del.

— Pika, je suis derrière.

Il lui désigna d'un petit signe de tête deux jeunes hommes qui venaient d'entrer dans la boutique.

— Surveille ces deux-là. S'ils piquent quelque chose, tu leur pètes les bras.

Il frappa dans sa paume gauche avec son poing droit en grognant, avant de précéder Del et Faz jusqu'à une porte dans le fond qui donnait dans une petite pièce encombrée de cartons et de produits d'entretien qui sentait l'ammoniaque. Un ordinateur était installé sur une table pliante, sous une unique fenêtre en verre dépoli et munie de barreaux. Dans le coin, il y avait un seau en métal et un balai, dont le manche en bois était appuyé contre le bord d'un large évier.

— Comment vous trouvez mon bureau ? rigola Tanny en écartant les bras, comme s'il était fier de le faire visiter. Ouais, je sais, c'est un trou à rats.

Il pianota sur le clavier avec ses gros doigts, puis s'empara de la souris.

— Vous avez dit vers 15 heures, hein ?

— Approximativement, dit Faz en chaussant une paire de lunettes loupe pour mieux voir l'écran.

Tanny pianota de nouveau sur le clavier. Une image en noir et blanc apparut à l'écran. La date et l'heure s'affichaient dans le coin inférieur droit, avec une barre de progression. À l'aide de la souris, il avança l'enregistrement jusqu'à 14 h 33, puis laissa la vidéo se dérouler à vitesse normale. L'image montrait principalement l'intérieur de la boutique, notamment la caisse où se trouvait Pika, mais on pouvait voir également la porte d'entrée en verre, et une petite partie du parking et de la rue. Faz était néanmoins dubitatif quant à la probabilité que la vidéo ait pu saisir quoi que ce soit d'utile. Ils regardèrent des gens entrer dans l'épicerie, acheter des choses, puis ressortir. Faz concentra son attention sur la rue, sur les piétons, sur les voitures qui passaient devant la boutique, s'arrêtaient sur le parking, repartaient.

Presque quinze minutes s'étaient écoulées quand Del dit :

— On pourrait accélérer un peu ? Si on voit quelque chose, on pourra toujours revenir en arrière.

— Pas de problème, mon vieux, dit Tanny.

Il appuya sur le bouton « avance rapide » ; les images s'accélérèrent, mais sans empêcher de distinguer ce qui se passait.

— Plus vite ? demanda Tanny.

— Non, c'est bien comme ça, répondit Del.

Après plusieurs minutes, Faz dit :

— Attendez. Revenez en arrière.

— Tu as vu quelque chose ? interrogea Del.

— Je ne sais pas.

Tanny revint en arrière.

— Là ! Stop. Maintenant, avancez un peu, dit Faz. Stop. Tu vois ? fit-il en s'adressant à Del.

Il pointa un doigt vers la droite de l'écran, où quelqu'un était apparu, bien que l'image fût floue.

— Ouais, je vois, dit Del, guère impressionné pour le moment.

— Remettez en lecture, dit Faz en se penchant davantage vers l'écran.

La personne à l'image courait au petit trot ; elle traversa une pelouse en direction de la rue, mais trop loin de la caméra pour que l'on puisse distinguer ses traits.

— Stop, dit Faz.

Il colla presque son nez à l'écran.

— Qu'est-ce qu'il porte sur la tête ?

— Ça, c'est une capuche, intervint Tanny. Le type porte un sweat-shirt à capuche. Vous voyez ?

— Ouais, je vois, dit Faz. Vous avez raison.

— Il a remonté sa capuche. Il la porte serrée et planque son visage dedans, dit Tanny.

— Pourtant, il devait faire une trentaine de degrés aujourd'hui, s'étonna Del.

— Vingt-neuf, précisa Tanny. Je sais, c'est dingue, mais ils portent des capuches par tous les temps ici. Des capuches et des T-shirts sans manche généralement.

— Serrées comme ça, les capuches ?

— Ça, c'est quand même pas habituel, reconnut Tanny.

Faz rechercha des détails caractéristiques – un logo d'équipe quelconque, quelque chose permettant d'identifier l'origine du sweat-shirt, mais la distance empêchait d'y voir clairement. Il jeta un coup d'œil à l'horloge en bas de l'écran, puis leva les yeux vers Del.

— Pour l'heure, ça colle.

— Pour l'endroit aussi, renchérit Del.

Il suffisait de traverser le complexe d'appartements pour rejoindre la rue.

Tanny les regarda l'un après l'autre.

— Vous pensez que ça peut être votre tireur ?

— Difficile à dire, reconnut Del. C'est peut-être rien du tout.

— Comment voulez-vous l'identifier avec une capuche comme ça ? fit Tanny.

— J'en sais rien, dit Faz. Remettez en lecture.

Tanny s'exécuta. L'homme arriva sur le trottoir. Il trébucha, donna l'impression de s'être tordu une cheville. Pour conserver l'équilibre, il appuya sa main gauche sur le coffre d'une voiture en stationnement. Puis il se redressa et traversa la rue en boitillant, évitant les voitures qui arrivaient. Il manqua sortir du champ de la caméra, puis on le vit monter à l'avant, côté passager, d'un SUV blanc ou d'une petite camionnette, c'était difficile à dire. Le véhicule démarra, et disparut aussitôt à l'image.

— Tu as vu ça ? demanda Faz.

— J'ai vu, dit Del.

Tanny appuya sur « stop » et regarda les deux détectives.

— Alors, les gars, vous en dites quoi ?

Del s'adressa à Faz :

— Je crains qu'on n'arrive pas à avoir le numéro de plaque du SUV blanc, même en améliorant la vidéo. Trop loin. Mais on peut peut-être réussir à avoir la plaque de la voiture en stationnement sur laquelle il a posé sa main.

— Peut-être bien, dit Faz. Les caméras de surveillance routière ont pu filmer le véhicule blanc dans lequel il est monté. On ferait peut-être bien aussi d'interroger les hôpitaux du secteur, voir si quelqu'un n'est pas venu faire soigner une blessure à la cheville.

— M'étonnerait, mais ça vaut le coup de vérifier, approuva Del.

Faz sortit son téléphone portable pour appeler le détective de l'Unité vidéo. Il se tourna vers Tanny et dit :

— Je vais vous envoyer quelqu'un qui va venir récupérer la vidéo.

— Pas de problème, mon vieux, dit Tanny en haussant les épaules.

Faz sortit une carte de visite professionnelle et la lui tendit. Elle avait l'air d'un timbre-poste dans la main de Tanny.

— Je sais que vous n'avez pas peur du Petit Jimmy, et je ne veux pas vous dire ce que vous devez faire, mais à votre place, je ne parlerais pas de tout ça, conseilla Faz. Le Petit Jimmy n'est peut-être qu'une petite frappe, mais s'il a les Sureños sous ses ordres, ça pourrait rapidement devenir compliqué pour vous.

Tanny sourit.

— Je ne suis pas complètement stupide, mon vieux. Ce que vous avez vu, là, derrière, dit-il en désignant d'un geste du pouce l'intérieur de la boutique, c'était juste pour la galerie, vous comprenez ? On ne peut pas montrer qu'on a peur par ici. Faites ça, et ils vous dépouillent jusqu'à l'os. Donc, je comprends ce que vous me dites. J'ai pas l'intention de me faire trouer la peau. Comme je l'ai dit, le Petit Jimmy, il est *loco*, complètement barré.

CHAPITRE 7

Tracy raccrocha après avoir parlé au procureur, Adam Hoetig. Ils avaient discuté de son témoignage, ainsi que des possibles points faibles du dossier sur lesquels Leonard Litwin tenterait de l'attaquer lors de son contre-interrogatoire. Elle avait également prévenu Hoetig qu'elle souffrait d'une infection urinaire, ajoutant qu'elle apprécierait une pause en milieu de matinée – si toutefois Litwin comptait l'interroger plus d'une heure. Tracy étant le dernier témoin appelé à déposer sous serment, et Hoetig n'en ayant pas d'autre dans sa manche, il préféra annuler leur rendez-vous afin de pouvoir travailler sur sa plaidoirie finale.

Après avoir raccroché, Tracy se dirigea vers le bureau de Nolasco. Elle voulait lui parler avant qu'il ne rentre chez lui ; l'interroger à propos de Ron Mayweather, tenter d'en apprendre plus concernant la retraite apparemment imminente d'Arroyo. Enfin, elle voulait savoir s'il était au courant qu'elle était enceinte, et s'il en avait parlé à Gonzalez. Les stores de ses fenêtres de bureau étaient baissés et les lamelles fermées, l'empêchant de voir à l'intérieur. Elle cogna à la porte fermée, entendit Nolasco dire « Entrez », et poussa la porte.

Il était assis à son bureau, un mug de thé à la main. Andrea Gonzalez avait pris une des deux chaises qui se trouvaient en face de lui. Elle se tourna vers Tracy.

— Vous avez fait connaissance toutes les deux ? risqua Nolasco.

— Oui, répondirent en même temps Tracy et Gonzalez.

— Je reviendrai plus tard, dit Tracy en regardant Nolasco.

— Non, la retint Gonzalez en se levant. J'allais justement partir. Merci, capitaine. Je m'y mets tout de suite.

Elle sourit à Tracy en passant à côté d'elle.

— Il faut que je fasse le point avec vous aussi, reprit Nolasco avant même que Tracy ait mis un pied à l'intérieur du bureau. Vous êtes au courant pour l'homicide à South Park ?

Tracy acquiesça.

— Oui. Kins m'a tenue informée à mon retour du tribunal.

— Quelqu'un a tué une femme, une mère de famille qui laisse deux enfants. Elle a été abattue sur un terrain de jeu, au pied de son immeuble. Elle s'était élevée contre le trafic de drogue et les gangs qui sévissent dans le secteur. Les chaînes d'infos sont sur le coup ; autant dire qu'elles ne vont pas nous lâcher. Je cherche tous les renforts possibles pour aider Del et Faz à enquêter sur le terrain. Où en êtes-vous de votre procès ?

— Je témoigne de nouveau à la barre demain matin.

— Il y a d'autres témoins après vous ?

— Pas à ma connaissance, à moins que Hoetig n'en sorte un de son chapeau, ou que Litwin ne change d'avis d'ici demain. Hoetig a l'intention de donner sa plaidoirie finale en fin de matinée, ou en début d'après-midi.

— Del et Faz vont avoir besoin de votre aide dès que vous aurez terminé, prévint-il.

Le détective en charge de l'enquête, dans un procès pour homicide, est habituellement assis aux côtés du procureur, des audiences préliminaires à l'énoncé du verdict rendu par le jury, et cela afin de donner un visage humain à l'accusation.

— Est-ce qu'on travaille en partant du principe que l'assassinat de cette femme est une mesure de représailles ? voulut savoir Tracy.

— Absolument.

— On est en plein territoire Sureño là-bas, rappela-t-elle.

Elle avait déjà eu à traiter deux affaires de meurtres impliquant des membres de gangs à South Park.

— Je veux que vous appeliez Del et Faz dès que vous avez terminé, pour voir ce dont ils ont besoin.

Nolasco baissa la tête, se disant visiblement que leur conversation était terminée. Comme Tracy ne bougeait pas, il releva les yeux.

— Autre chose ?

— Avez-vous communiqué à Gonzalez un mot de passe pour entrer sur mon ordinateur ?

— Non. Je lui ai dit de voir avec l'informatique pour qu'ils lui donnent un mot de passe provisoire.

— Il y avait d'autres ordinateurs que le mien, non ? Elle n'avait pas à s'en servir.

— Del et Faz ne sont pas là, vous et Kins êtes retenus au tribunal ; je voulais quelqu'un au bureau. Je voulais aussi qu'elle se familiarise avec vos dossiers pour pouvoir être immédiatement opérationnelle.

— Peut-être, mais lui permettre d'entrer sur mon ordinateur avec un mot de passe provisoire, c'était lui donner accès à mes rapports d'enquête personnels.

Les détectives avaient tous accès aux dossiers de l'unité, mais seul le détective en charge d'une enquête pouvait accéder au dossier de celle-ci, un rapport classé « confidentiel ». Tout accès non autorisé à ces fichiers était signalé au chargé d'enquête par « V-mail », des courriels sécurisés dont l'appellation dérivait du nom d'une société spécialisée dans les systèmes d'information pour la police, les pompiers et les agences de sécurité, Versaterm.

— Vous êtes tous trop attachés à vos terminaux. Les dossiers sont censés être accessibles pour faciliter un travail collégial. Je ne vois pas où est le problème, souffla Nolasco.

Tracy se demandait s'il cherchait à l'agacer ou non. Elle décida de l'asticoter un peu.

— Est-ce que Ron *savait* ce qui se passait ?

— Comment ça ? Je ne comprends pas.

— Ron était plus que notre cinquième roue du carrosse ; il maîtrisait parfaitement les dossiers.

— Ouais, mais il y avait une ouverture à la "C Team". Arroyo prend sa retraite à la fin de l'année.

— C'est ce que j'ai entendu dire.

— Et vous avez aussi entendu dire que Ron voulait le poste, et qu'il laissait par conséquent sa place vacante à la "A Team" ?

— Ron voulait changer d'équipe ?

Nolasco la fixa sans répondre.

— Autre chose ?

— On peut dire que vous n'avez pas traîné pour engager Gonzalez.

— Ce n'est pas de mon fait. Ça s'est décidé plus haut, et de toute façon c'était dans les tuyaux depuis qu'Arroyo a prévenu qu'il partait.

Il marqua une pause avant d'ajouter :

— Vous savez, la plupart des détectives me remercieraient.

— Ah oui ? Et pour quoi ?

— Pour avoir eu le souci de préserver la qualité de votre équipe, en mettant quelqu'un, comme je l'ai dit, d'immédiatement opérationnel.

— Bon, eh bien, merci, acquiesça Tracy.

— Autre chose ?

Elle secoua négativement la tête. Elle n'allait rien tirer de plus de Nolasco, et Katie Pryor l'attendait à Park 95.

— Dès que vous serez libre, allez donner un coup de main à Faz et Del, conclut Nolasco.

Tracy se rendit en voiture à Park 95, comme on désignait l'ensemble d'immeubles en béton qui abritait l'essentiel des effectifs des unités médico-légales, de la police scientifique et d'autres unités spécialisées comme le SWAT. En arrivant, elle se dirigea vers l'Unité des personnes disparues. Il était largement plus de 18 heures ; la plupart des boxes étaient vides. On n'entendait plus ni voix, ni sonneries de téléphone, ni crépitements de clavier.

Tracy connaissait bien l'Unité des personnes disparues ; elle l'avait fréquentée à l'époque où elle travaillait avec la police scientifique, dans le même immeuble. Elle avait également travaillé avec Talia Greenwood, qui occupait précédemment le poste de Katie Pryor, sur plusieurs affaires de personnes disparues. Greenwood avait appris à Tracy que l'unité partait du principe qu'une affaire n'était jamais sans espoir. Soit Greenwood retrouvait la personne disparue, soit l'affaire traînait dans un dossier qui restait ouvert sur son ordinateur. Tracy avait trouvé la tâche déprimante et ingrate. C'était le genre de boulot qui ne vous quittait pas, même une fois rentré chez vous le soir. Un boulot usant, qui vous mettait à mal à chaque fois que vous appreniez qu'une nouvelle personne avait disparu, ou que l'on avait découvert un nouveau cadavre. Un boulot auquel il était impossible de se soustraire.

Greenwood avait toutefois cru bon un jour de nuancer le tableau brossé par Tracy, affirmant qu'aussi épuisante émotionnellement sa tâche puisse-t-elle être, elle ne lui en avait pas moins réservé de nombreux bons moments. La plupart des personnes portées disparues ne l'étaient heureusement pas réellement ; souvent, elles avaient été arrêtées et envoyées à la prison du comté, ou bien elles avaient été blessées et conduites à l'hôpital. D'autres voulaient juste disparaître un moment, parce que leur vie leur était devenue insupportable. C'était, certes, un indéniable manque de sensibilité à l'égard de ceux qui les aimaient, mais ce n'était pas illégal. Et c'était bien là le hic. Depuis combien de temps une jeune femme devait-elle avoir disparu pour que l'on commence à s'inquiéter ? Quelles circonstances fallait-il voir réunies pour que l'on considère qu'une personne n'avait pas disparu de son plein gré ? Le SPD n'en finissait pas de buter sur ces questions.

— Toc, toc, dit Tracy.

Pryor fit pivoter sa chaise, se leva, sourit à Tracy et la serra dans ses bras.

— Tracy, merci d'être venue, fit-elle d'une voix douce et aiguë de petite fille.

Tracy avait fait la connaissance de Pryor quelques années plus tôt, sur le stand de tir. La jeune femme faisait partie des agents qu'elle avait entraînés pour leur examen de qualification. Déjà, remarqua-t-elle, les rides d'expression de Pryor étaient un peu plus prononcées, et ses hanches plus larges.

— Désolée, je pensais arriver plus tôt. Alors, comment vont les filles ? s'enquit Tracy.

— Très bien. L'aînée va entrer au collège à l'automne ; je n'en reviens pas, fit-elle d'un air épaté, secouant la tête exactement de la même manière que Kins quand il avait confié à Tracy que son fils les quittait pour entrer à l'université.

— On se demande où passent les années, pas vrai ?

— J'essaie de ne pas trop y penser, répondit Pryor en riant, à part aux anniversaires et à Noël. Au quotidien, mon mari et moi, on s'efforce juste de maintenir le navire à flot. Ce boulot m'a vraiment facilité la vie. Je peux me caler sur l'emploi du temps des filles, être à la maison pour les aider à faire leurs devoirs, ou les récupérer au sport. Ça a été une aubaine ; réellement.

— Je suis ravie pour vous, se réjouit Tracy.

Puis, peut-être parce qu'elles avaient abordé le sujet des enfants, elle ajouta :

— Parce que je vais bientôt être confrontée moi aussi au même problème.

— Vous êtes enceinte ? s'enquit Pryor d'un ton qui trahissait son incrédulité.

Tracy savait que l'étonnement de Pryor tenait en partie à son âge, et probablement au fait qu'elle pensait qu'elle avait choisi de ne pas avoir d'enfant, ou bien qu'elle ne pouvait pas en avoir.

— J'entame ma dix-septième semaine de grossesse.

Pryor sourit.

— Oh, mon Dieu, fit-elle. C'est fantastique.

Elle jeta un regard au ventre de Tracy.

— Je n'aurais jamais deviné. Vous êtes superbe.

C'était un vrai compliment, venant d'une maman de deux enfants. Que Gonzalez ait pu deviner aussi rapidement qu'elle était enceinte était d'autant plus incompréhensible.

— Ce n'est pas toujours la grande forme, avoua-t-elle. Pour l'instant, j'essaie de ne pas ébruiter la nouvelle.

— Je serai muette comme une tombe. Vous savez si c'est un garçon ou une fille ?

— Non, dit Tracy. Dan préfère ne pas savoir. Il dit que c'est une des dernières grandes surprises de la vie, et je ne suis pas loin de penser qu'il a raison.

— Je suis très heureuse pour vous, lui assura Pryor avec un sourire.

— Ça va compliquer les choses, reconnut Tracy, consciente que cela avait déjà commencé.

— Ne vous en faites pas pour le travail, Tracy. Vous n'êtes pas la première femme active qui a un enfant. Je vous ai parlé de l'époque où je continuais les patrouilles alors que j'étais enceinte de sept mois de ma deuxième fille ?

— Je ne crois pas, non.

— Mon sergent, qui se traînait une bedaine grosse comme ça, expliqua Pryor en figurant, bras et mains ouverts devant elle, un ventre énorme, a eu le culot de me demander comment je comptais m'y prendre pour mettre mon ceinturon. Vous savez ce que je lui ai répondu ?

— Non, fit Tracy, riant déjà.

— Je lui ai dit : "Exactement comme vous, sergent."

Elles rirent toutes les deux.

— On n'a plus jamais eu cette conversation, conclut Pryor.

Elle jeta un coup d'œil à la pendule murale.

— Bon, je sais que vous avez peu de temps. Nous parlerons bébés plus tard. Tenez, je vous ai prévu une chaise.

Tracy prit la chaise, la fit rouler jusque devant l'ordinateur et s'assit à côté de Pryor, qui lui tendit un document de plusieurs pages avant de s'installer à son clavier et de pianoter. Tracy étudia le dossier de disparition, qui s'affichait en même temps sur l'écran de Pryor, duquel s'échappait, en sourdine, une musique douce.

— Comme je vous l'ai dit, la femme qui a disparu s'appelle Kavita Mukherjee, rappela Pryor. Vingt-quatre ans, diplômée en chimie de l'université de Washington.

— Je l'aime déjà, dit Tracy, qui avait enseigné la chimie au collège avant de suivre les cours de l'école de police. Donc, *a priori*, elle est loin d'être bête.

— Très loin. Son ancienne colocataire, Aditi Dasgupta, m'a envoyé la photo que vous avez sous les yeux.

Pryor agrandit sur son écran la photo numérisée, qui était plus nette que la copie imprimée. Mukherjee était assise sur un canapé. Elle portait un T-shirt noir et un jean déchiré aux genoux. Les ongles de ses orteils étaient vernis en rouge vif.

— Jolie fille, remarqua Tracy.

— Elle mesure un mètre soixante-dix-sept pour cinquante-neuf kilos. Elle a les cheveux bruns et les yeux bleus.

— Les yeux bleus ? Pas courant, compte tenu de ses origines.

— Je me suis fait la même réflexion. C'est assez rare chez les personnes d'origine indienne, mais ça arrive.

— Vous dites qu'elle et sa colocataire étaient amies ?

— Amies d'enfance, oui. Elles ont partagé un appartement ces quatre dernières années.

Tracy se renversa contre le dossier de sa chaise, et écouta Pryor lui raconter ce qu'elle savait.

La porte d'entrée de l'appartement s'ouvrit lentement. Kavita Mukherjee, confortablement assise sur le canapé du salon, referma d'un coup sec le livre qu'elle tenait à la main, le jeta en l'air et s'écria :

— Aditi !

Elle se leva d'un bond et se précipita à la porte, ignorant les valises d'Aditi et serrant fort sa meilleure amie dans ses bras. Aditi était partie en Inde au début de l'été pour assister au mariage d'une cousine ; elle y était restée plusieurs mois, voyageant à travers le pays. Depuis l'enfance, Kavita et elle avaient rarement été séparées.

— C'est si bon de te savoir de retour, s'enthousiasma Kavita. Ça fait vraiment douze semaines que tu es partie ? J'ai l'impression que ça fait une éternité. Et regarde-toi ! ajouta-t-elle en touchant la soie du sari vert et jaune d'Aditi. Tu as l'air si différente. Tu as acheté ce sari là-bas ? Laisse-moi deviner. C'est ta mère qui te l'a acheté.

Kavita se mit à rire en roulant de grands yeux.

— Elle n'abandonne jamais, pas vrai ?

— Non, admit Aditi avec un sourire. Jamais.

Elles avaient toutes les deux vingt-quatre ans. Kavita n'était l'aînée que de deux mois, mais déjà leurs mères respectives les pressaient de « s'installer », un doux euphémisme pour « se marier » – oubliant jusqu'au fait qu'aucune des deux n'avait même un petit ami sérieux. En fait, du point de vue maternel, ce n'était pas plus mal. Les filles n'en étaient que plus recherchées par les prétendants, que leurs mères avaient commencé à lister avant même qu'elles n'aient terminé leur premier cycle universitaire.

— Attends, laisse-moi t'aider.

Kavita ramassa la dernière des trois grosses valises encore dans le couloir.

— Non. Elle n'est pas…, commença Aditi en tendant le bras vers la valise.

— Elle est si légère, s'étonna Kavita. Un jour, il faudra que tu m'apprennes comment tu fais.

Elle posa le bagage à côté des deux autres dans l'entrée, et entraîna Aditi dans le salon. Elles avaient loué l'appartement dans le quartier universitaire après leur deuxième année à l'université de Washington. Elles avaient connu l'internat durant les deux premières années, avant de souhaiter avoir un lieu de vie bien à elles. Le mobilier était un assortiment disparate de meubles empruntés, donnés, ou achetés pour une bouchée de pain – un canapé en cuir gris, un fauteuil en tissu marron, plusieurs lampes, dont elles se servaient rarement durant les mois d'été, où il faisait jour jusqu'à plus de 21 heures. De leur appartement du cinquième étage orienté à l'est, la vue donnait sur le campus universitaire, le lac Washington, et, par ces belles journées estivales, sur la chaîne des Cascades. Ce soir-là, le bruit des cars et des voitures dans l'avenue leur parvenait par les fenêtres ouvertes.

— Alors, raconte.

Kavita s'assit en repliant ses pieds nus sous ses fesses. Elle portait un jean déchiré aux genoux et un T-shirt violet de l'université de Washington.

— Parle-moi de ton voyage. Comment s'est passé le mariage de ta cousine ? Est-ce que tu as été malade à cause de la nourriture ? J'imagine qu'il a fait chaud. Tu n'as pas dû avoir de connexion Internet les deux dernières semaines, parce que je n'ai reçu aucun message. Je suis tellement contente que tu sois là.

Elle se pencha en avant, et les deux femmes s'étreignirent de nouveau.

— C'était bien, dit Aditi.

Elle avait l'air fatigué, ce qui était compréhensible après avoir traversé la moitié du globe.

— Bien ? C'était bien ? répéta Kavita en riant. Toujours aussi loquace, à ce que je vois.

Elle donna une tape complice à son amie.

— Parle-moi du mariage. Est-ce que ta famille a été surprise de te voir ? Ils ont dû te trouver changée. Ça a dû les épater.

— Oui, ils ont été surpris, répondit Aditi.

Elle baissa les yeux et fixa ses mains croisées sur ses genoux. Kavita eut la désagréable impression que quelque chose n'allait pas. Aditi était plus qu'une amie et une colocataire ; elles étaient comme des sœurs toutes les deux. Elles se connaissaient parfaitement.

— Qu'est-ce qui ne va pas ? Qu'est-ce qui te tracasse ? voulut savoir Kavita.

L'excitation des retrouvailles soudain retombée, elle prit le temps d'observer Aditi. Son regard se posa sur son collier en or orné de perles noires ; puis elle remarqua le point rouge juste sous la racine des cheveux. Baissant les yeux, elle considéra enfin les sandales ouvertes de son amie, mais surtout les anneaux qui ornaient plusieurs de ses orteils ; il ne s'agissait pas simplement d'un nouveau look.

Brusquement, elle comprit ce qui se passait, et ce fut comme si elle venait d'encaisser un direct à l'estomac. Elle ne trouvait pas les mots.

— Tu es mariée ? s'entendit-elle demander soudain, la gorge serrée.

Elle ne pouvait pas y croire ; elle ne voulait pas y croire.

Aditi leva les yeux et croisa son regard. Des larmes roulèrent le long de ses joues, mais elle s'efforça tout de même de sourire.

Kavita lui lâcha la main.

— Je ne comprends pas.

Elle ajouta rapidement :

— C'est pour cela que tu es rentrée au pays ?

Aditi secoua énergiquement la tête.

— Non. Non, Vita. C'était une visite, rien de plus. Je suis partie pour assister au mariage de ma cousine.

— Mais… que s'est-il passé ?… mes e-mails…

— J'ai rencontré Rahesh au mariage, et un jour ou deux après, il est venu parler à mon père. Ma famille a tout arrangé.

— Qui est-ce ? voulut savoir Kavita. Qu'est-ce qu'il fait dans la vie ?

— Il est ingénieur, répondit Aditi. Il est originaire du Bangladesh, mais il travaille à Londres. Son père et le mien sont des amis d'enfance. Ils ont grandi dans le même village. C'est pour ça que sa famille se trouvait au mariage de ma cousine.

Kavita avait l'impression d'être submergée par ces révélations. Elle était désorientée ; la tête lui tournait.

— Un mariage arrangé ?

Elle secoua la tête, incrédule.

— Pourtant, on s'était promis de ne jamais accepter ça. On se l'était juré.

C'était vrai. Elles en avaient fait le serment, à l'époque où elles étaient encore écolières – un serment qu'elles avaient renouvelé chaque année, qui avait été leur filin de sécurité et leur avait donné la force non seulement de tenir tête à leurs parents quand ceux-ci avaient essayé de les marier malgré elles, mais de tenir tout court quand, face à leur refus d'obtempérer, leurs parents avaient cessé de payer le loyer de leur appartement et leurs études de troisième cycle.

Aditi agrippa la main de Kavita et dit d'une voix douce, comme on s'adresse à une petite fille que l'on ne veut pas blesser davantage :

— Nous étions des gosses, Vita. Des gamines.

Kavita reprit sa main et essuya les larmes qui coulaient sur ses joues. Elle regarda les valises. Et ce fut comme si une nouvelle onde de choc la traversait.

— Elles sont vides, n'est-ce pas ? Tu n'es pas revenue vivre ici. Tu es revenue pour déménager.

Aditi acquiesça, pleurant sans retenue maintenant.

— Mes parents et… mon mari attendent en bas. Je leur ai demandé de me laisser le temps de t'apprendre la nouvelle. Je suis désolée, Vita Je peux payer le loyer jusqu'à ce que tu trouves une nouvelle colocataire. Je peux…

Kavita se leva et lui tourna le dos. Le mot « mari » n'était pas venu naturellement à Aditi. Elle l'avait prononcé curieusement, comme s'il appartenait à une langue étrangère et qu'elle n'était pas certaine de la prononciation.

— Je me fiche du loyer, Aditi. Nous étions d'accord. Nous…

— Je ne suis pas comme toi, Vita. Je ne suis pas aussi forte que toi. Je… je ne peux pas faire ce que tu fais.

Kavita se retourna.

— Et nos études de médecine, dans tout ça ?

— Je me destine à autre chose désormais.

— À quoi ? À suivre un homme que tu connais à peine ? À t'installer avec sa famille et à faire le ménage derrière eux, à attendre leur bon vouloir comme une servante ? Comme une bonne épouse indienne ?

Aditi parut touchée au vif par la dernière comparaison.

— Je suis désolée, Vita, répéta-t-elle. Je sais que tu ne comprends pas…

— Non, ça, tu peux le dire ! Ma meilleure amie s'en va passer quelques jours au pays, en revient mariée et et je n'ai même pas été invitée ! releva-t-elle soudain avec effarement, comme hébétée.

— Je ne suis pas allée en Inde avec l'intention de me marier, Vita. Il faut que tu me croies. Ce n'est qu'après notre rencontre au mariage

que… j'ai commencé à l'apprécier. Une semaine plus tard, les invitations étaient imprimées. Et deux semaines après, nous étions mariés.

Kavita se mit à faire les cent pas devant les fenêtres ouvertes.

— Mon invitation a dû se perdre, ironisa-t-elle.

Puis, comme si elle s'avisait brusquement d'une autre réalité, elle se tourna vers son amie et ajouta :

— Tu as ignoré mes e-mails. Tu n'as pas eu de problème de réseau. Tu ne voulais pas me répondre, voilà tout, parce que tu ne voulais pas avoir à me mentir.

Aditi resta assise.

— Je ne t'ai pas invitée, Vita, parce que tu n'aurais pas compris. Tu aurais essayé de me dissuader de me marier.

— Oh que oui, j'aurais essayé ! C'est quand même dingue. Tu allais être médecin. Il y a des années qu'on en rêve. Devenir pédiatres. On aurait pu ouvrir un cabinet ensemble. Alors oui, je t'aurais demandé si tu n'as pas perdu la raison, si ta mère n'a pas mis quelque chose dans ton verre pendant que tu avais le dos tourné. J'aurais appelé l'ambassade pour leur dire qu'on te retenait contre ta volonté. Qu'est-ce que tu crois ?

— Je n'ai rien prémédité, Vita. Je ne pensais pas me marier… pas avant de le rencontrer.

Kavita cessa d'aller et venir. Elle ne voulait pas entendre cela.

— Je t'en prie, ne me dis pas que c'était quoi, le coup de foudre ?

— L'amour vient avec le temps.

— Ça suffit. Arrête, je t'en prie ! Non, mais est-ce que tu t'entends parler ? Seigneur, on croirait entendre ta mère. Ou la mienne.

Elle ajouta, en prenant l'accent bengali :

— "Aucun homme ne se marie parce qu'il en a envie, Kavita. Il le fait par attirance, ou pour l'argent, ou pour satisfaire à une obligation familiale. L'argent ne dure pas, ni l'attirance, mais la famille, voilà la vraie stabilité."

Elle abandonna l'accent.

— Alors, Aditi, qu'est-ce que c'était ? L'argent ? Tes parents t'ont vendue à lui, ou bien était-ce pour satisfaire à une obligation familiale ?

Aditi baissa les yeux, en larmes. Kavita serra les dents, regrettant ses dernières paroles. Elle s'emportait toujours trop facilement, une habitude d'autant plus mauvaise qu'elle se doublait souvent d'une incontrôlable propension au sarcasme. Elle s'assit et appuya son front contre celui de sa meilleure amie, comme elles l'avaient toujours fait, en particulier le jour où elles avaient scellé leur pacte.

— Je suis désolée, Diti. Je ne pensais pas ce que j'ai dit. C'est juste que je suis déstabilisée, je… non, je ne pensais pas ce que j'ai dit.

Aditi finit par relever les yeux. Elle dit :

— Il m'a plu, Vita. Il m'a plu à l'instant où je l'ai vu.

Kavita secoua la tête.

— Mais est-ce que tu l'aimes, Diti ? Est-ce que tu es amoureuse au point de ne pas t'imaginer pouvoir passer un jour sans lui ? C'est ce que tu ressens, Diti ? Dis-le-moi.

Aditi se renversa contre le dossier du canapé et répondit, amère :

— Et qu'est-ce que tu as de plus aujourd'hui, Vita ? Qu'est-ce que j'avais de plus avant ?

— On a vingt-quatre ans, c'est tout ! Et un diplôme à décrocher.

— Combien de petits amis est-ce que j'ai eus, Vita ? insista Aditi.

— Quoi ?

Aditi continua de la fixer.

— Je ne suis pas comme toi, reprit-elle en secouant la tête. Je ne te ressemble pas, je n'ai pas ta personnalité. Je n'ai pas d'aussi bons résultats scolaires que toi. Tu vas faire médecine, Vita, mais moi, si je ne suis pas prise, hein ?Et si je rate le test d'admission en première année ? Alors ?

— Tu es belle, Diti, et tu es intelligente. Bien sûr que tu réussiras.

— Non, Vita, tu te trompes, répliqua Aditi, sa voix montant en intensité. Je ne suis pas aussi intelligente que toi. Je travaille deux fois plus, c'est tout. Et je ne suis pas belle, non, surtout ici.

— Aditi…

— Ça suffit, l'arrêta celle-ci en levant la main. Arrête, Vita. Quand on sort, les hommes se ruent vers toi et ta peau claire. Moi ? Ils me parlent parce que je suis là, comme une potiche. Ils se disent que s'ils me parlent suffisamment longtemps, ils ont une chance de pouvoir te parler ensuite.

— C'est faux.

— Non, Vita, c'est la vérité, rétorqua-t-elle, catégorique. Regarde-toi. Tu es grande et mince, tu as de jolis traits, et ces yeux bleus. Les hommes adorent les yeux bleus. Tu peux parler de n'importe quoi à n'importe qui, on t'écoutera. Moi, je suis l'enquiquineuse, celle par qui il faut passer d'une certaine manière pour arriver jusqu'à toi. Ça a toujours été comme ça. Toute ma vie, je me suis installée un rang derrière toi, et ça ne m'a jamais dérangée, parce que j'ai toujours été heureuse d'être ton amie.

Elle se frappa la poitrine, le poing fermé, et ajouta :

— Mais cet homme, Rahesh, il m'a vue et il a aimé ce qu'il a vu. Tu n'imagines pas ce que j'ai ressenti.

Kavita ne voulait pas froisser son amie. Elle ne voulait pas lui dire que Rahesh n'avait peut-être pas du tout aimé ce qu'il avait vu. En Inde, il n'était pas question de coup de foudre. Il n'était même pas question d'amour ; la pression sociale décidait de tout, une pression qui s'exerçait principalement sur les filles et leurs parents, mais également sur les hommes. Plus le temps passait pour une jeune femme, plus grande était la crainte de ne pas réussir à la marier, sans parler du fait qu'on la soupçonnait alors d'avoir été larguée par quelque autre prétendant parce qu'elle était soit trop ambitieuse, soit réfractaire à ses devoirs d'épouse, ou encore parce que son kundali *présentait une anomalie, autrement dit parce que les étoiles n'étaient pas correctement alignées le jour de sa naissance.*

— Mais il ne te connaît même pas, se risqua-t-elle simplement à murmurer.

— Justement, Vita, répliqua Aditi, les yeux écarquillés. C'est justement ce que j'essaie de t'expliquer. Il ne me connaissait pas, mais ça ne l'a pas empêché de m'apprécier, d'apprécier ma peau sombre, mon nez plat et mes kilos en trop. Il ne m'a pas parlé pour pouvoir faire ta connaissance. Tu es mon amie, Vita ; pourquoi ne peux-tu pas simplement te réjouir pour moi ?

— Parce que je ne supporte pas de te voir gâcher ta vie ainsi.

— C'est ma vie ! se défendit Aditi en se frappant la poitrine. C'est ma vie, et j'en fais ce que je veux. Tu crois savoir ce qui est le mieux pour moi, mais du coup tu te comportes comme ma mère.

— Mais tu n'es pas indienne, Diti. Et moi non plus. Nous sommes américaines. Nous sommes nées ici, en Amérique.

— Je suis indienne, Vita. Je le suis de toute mon âme, au plus profond de moi. Alors, oui, je suis née en Amérique, mais et alors ? Ma famille ne vit pas ici, je ne me sens pas à ma place dans ce pays.

— C'est pourtant le tien, Diti.

— Non, Vita. Non, objecta-t-elle en secouant la tête. Je fais juste partie d'une minorité ici. Tout comme toi. Ici, tout le monde remarque la couleur de ma peau. Quand j'ai de bons résultats à l'école, on met ça sur le compte de la pression parentale. Oui, je suis née dans ce pays, mais je suis toujours une étrangère ici. Au moins, en Inde, la couleur de ma peau n'intrigue personne. Mieux, on l'admire, on la respecte et on l'aime. Je ne suis pas le vilain petit canard à qui les hommes parlent parce qu'ils sont obligés de le faire. Ils me parlent parce qu'ils en ont envie, parce qu'ils m'apprécient. Comme Rahesh.

Elles restèrent silencieuses un moment, durant lequel Kavita commença à prendre toute la mesure des implications de la décision d'Aditi.

— Donc, tu t'en vas à Londres ? Tu vas habiter là-bas ?

— Oui.

— Avec sa famille ?

— Oui.

Kavita essuya les larmes de ses yeux et respira profondément, plusieurs fois.

— Je suis désolée, Diti. Je ne voulais pas te faire culpabiliser. J'ignorais que les choses étaient aussi difficiles pour toi. Jamais je n'ai voulu…

— Je le sais, la rassura Aditi en lui prenant la main et en la serrant dans la sienne.

Elle sourit et se pencha en avant une nouvelle fois, jusqu'à ce que son front touche celui de Kavita.

— Ce n'est pas ta faute si tu es jolie.

Kavita se mit à rire à travers ses larmes.

— Est-ce que tu es heureuse, Diti ? Vraiment heureuse ?

Aditi lui sourit.

— Oui, Vita, répondit-elle avec sincérité. Je le suis. Est-ce que tu voudrais le rencontrer, mon mari ?

Kavita se dit qu'elle le verrait, le moment venu, mais elle ne voulait pas croiser la mère d'Aditi, pas maintenant, pas aujourd'hui ; peut-être même ne voudrait-elle jamais la revoir. Elle l'imaginait rayonnante, se rengorgeant de sa victoire. Elle lui jetterait à la figure, à elle et à sa mère, le mariage d'Aditi. Oh, Seigneur, oui, elle n'allait pas manquer de se vanter d'avoir marié sa fille, et à quelqu'un de leur samâj *avec ça, quelqu'un de la même caste et de la même religion, pendant que Kavita enchaînerait les liaisons, toutes aussi stériles les unes que les autres. Elle se glorifierait auprès de la mère de Kavita de pouvoir enfin espérer avoir des petits-enfants - omettant à dessein de mentionner le fait que ces petits-enfants grandiraient loin d'elle, en Europe, et qu'elle ne les verrait qu'une ou deux fois par an, mais peu importaient ces détails, l'essentiel étant de pouvoir prétendre avoir accompli son devoir de mère.*

— Pas maintenant, répondit Kavita. C'est trop tôt, désolée. Je vais aller faire un tour pour que tu puisses récupérer tranquillement tes affaires. Je ne veux pas être dans tes pattes.

— Ça ne me gêne pas. Jamais tu…

Kavita se pencha vers son amie et la serra très fort dans ses bras, consciente qu'elle ne la reverrait peut-être pas avant plusieurs années.

— Tu vas me manquer, Diti, murmura-t-elle.

— Toi aussi, tu vas me manquer. Tu vas me manquer plus que mes parents et mes frères, lui assura Aditi.

— Tu es la sœur que je n'ai jamais eue, Diti. La seule que j'aurai jamais.

En larmes, Aditi lui demanda :

— Promets-moi que tu le rencontreras. Promets-moi que tu viendras me voir à Londres.

Kavita se détourna, submergée par l'émotion.

— Je ne peux pas…

Aditi l'agrippa par les épaules.

— Si, Vita, tu peux. Je t'en prie, promets-le-moi. Je ne supporte pas l'idée de ne jamais plus te revoir. Promets-le-moi. Dis que tu viendras me rendre visite.

Kavita ravala ses sanglots, le temps de répondre :

— Bien sûr, Diti. Bien sûr que je viendrai.

Elles relâchèrent leur étreinte. Kavita se leva. Partir, elle en était consciente, allait être douloureux, mais pas autant que de prolonger davantage ces adieux.

— Il faut que j'y aille maintenant, dit-elle.

Et elle quitta précipitamment l'appartement, ravagée par la tristesse, luttant pour ne pas fondre en larmes. Elle venait de perdre une sœur.

— C'est le genre de chose qui doit être difficile à encaisser, souffla Tracy, en particulier venant de quelqu'un avec qui on a été ami pendant tellement d'années.

Pryor en convint d'un hochement de tête.

— Dasgupta dit qu'il y a eu beaucoup de larmes effectivement, mais que Mukherjee a fini par lui souhaiter d'être heureuse.

Tracy jeta un coup d'œil à l'horloge de l'ordinateur. Elle avait retenu Pryor suffisamment longtemps maintenant, et elle aussi avait hâte de rentrer chez elle.

— En résumé, Dasgupta pense qu'il est arrivé quelque chose à son amie parce qu'elle n'arrive pas à la joindre sur son portable, c'est ça ?

— Les appels basculent directement sur la messagerie. Et elle n'a répondu ni à ses e-mails, ni à ses textos.

— Et on sait qu'elle n'est pas non plus chez ses parents, ou chez des amis ?

— J'ai appelé sa famille, et la plupart des amis dont Dasgupta m'a fourni la liste. Elle m'a précisé aussi qu'il était peu probable que Mukherjee soit dans sa famille. Elle n'est quasiment plus en contact avec ses parents, et elle rentre rarement chez elle.

— Pour ne pas entendre parler de mariage arrangé, c'est ça ?

Pryor acquiesça.

— Dasgupta affirme que son amie est totalement braquée contre cette idée – au moins autant que sa mère y est favorable. Du coup, c'est l'impasse totale.

Tracy poursuivit sa lecture du rapport qu'elle avait sous les yeux.

— Quelqu'un est-il allé à l'appartement vérifier s'il ne manque pas des bagages ou des vêtements ?

Nouveau hochement de tête.

— Comme elle n'arrivait pas à la joindre par téléphone, Dasgupta est allée à l'appartement. Elle n'a rien remarqué de bizarre. D'après elle, il ne manque apparemment rien, il n'y a aucun signe de lutte ni d'effraction.

— Mukherjee ne serait pas rentrée à l'appartement ?

— On dirait que si, pourtant. C'est ce qui a inquiété Dasgupta justement. Elle dit qu'elle a laissé un mot et un cadeau à son amie – un sari qu'elle a rapporté d'Inde. Elle dit que le mot a été ouvert, et que le sari était étalé sur le lit de Mukherjee.

— Elle est donc revenue à l'appartement, mais elle n'a probablement pas dormi dans son lit si le sari se trouvait étalé dessus.

— Non, probablement que non, concéda Pryor.

— Est-ce qu'elle a un petit ami ?

— Non.

— Une fille qui ressemble à ça ? s'étonna Tracy en pointant du doigt la photo à l'écran.

Pryor haussa les épaules.

— C'est ce que m'a dit Dasgupta, en tout cas.

— Un ex-petit ami, peut-être bien ? Quelqu'un qui aurait pu lui faire du mal ?

Pryor secoua négativement la tête.

— Rien de récent, apparemment. Dasgupta dit que Mukherjee n'avait pas le temps d'avoir une relation sérieuse avec quelqu'un. Quand leurs familles leur ont coupé les vivres, elle s'est mise à travailler à la moindre occasion. Elle économise pour ses études.

Pryor regarda son ordinateur, fit défiler le rapport à l'écran.

— J'ai parlé à son employeur justement. Il s'agit d'un magasin de vêtements sur l'avenue. Mukherjee devait venir travailler cet après-midi, mais elle n'y est pas allée. Son employeur dit que cela n'est jamais arrivé jusqu'à présent.

— Est-ce qu'elle a une voiture ? Elle n'a pas pu aller se balader quelque part, pour être un peu seule ?

— Elle a acheté une Honda Accord de 1999 après avoir obtenu son diplôme du premier cycle, mais la voiture n'est pas fiable, elle n'est jamais allée très loin avec. D'après Dasgupta, elle ne l'a pas prise ; la voiture est toujours garée dans la rue près de l'appartement.

Tracy continua de feuilleter le rapport, jetant un coup d'œil à la liste des amis que Pryor avait déjà appelés ; puis elle demanda :

— Donc, sa coloc n'a aucune idée de l'endroit où elle a pu atterrir ?

— Elle a appelé leurs amis les plus proches. Personne ne l'a vue, ni n'a eu de nouvelles.

— Et je suppose que vous avez vérifié auprès des hôpitaux et de la prison du comté ?

— J'ai commencé par là. Rien.

Tracy s'adossa contre le dossier de sa chaise.

— Pour moi, elle a dû avoir besoin de prendre le large, le temps d'encaisser tout ce qui lui est tombé dessus d'un coup. Le mariage de son amie, son déménagement à Londres… Ça fait beaucoup.

— J'espère que vous avez raison, dit Pryor.

— Moi aussi. D'ailleurs, je ne suis pas sûre que Nolasco me laisse travailler sur cette affaire, avoua Tracy. Faz et Del viennent tout juste de commencer à enquêter sur un meurtre à South Park ; Nolasco veut que j'aille leur donner un coup de main dès que le procès Stephenson sera terminé.

— Je sais que vous êtes très occupée là-bas, dit Pryor. Mais, comme je vous l'ai dit, j'ai un mauvais pressentiment, et… vous savez ce que c'est. Cette histoire me tracasse vraiment.

Tracy y réfléchit encore un instant, puis :

— Bon, reprit-elle, normalement je devrais en avoir terminé avec le procès demain matin. Essayez d'arranger une rencontre avec Dasgupta à l'appartement dans l'après-midi. Dites-lui de ne pas y entrer. Quelque chose a pu lui échapper, dont on pourrait tirer parti ; on ne sait jamais.

CHAPITRE 8

Au volant de son pick-up Ford F-150 de 1973, Tracy remonta l'allée gravillonnée de leur cottage de Redmond dans la lumière rasante du crépuscule. Les derniers feux rouge-orangé du soleil brûlaient sur l'horizon, tandis que les collines et les arbres environnants s'animaient au gré des ombres projetées. Rex et Sherlock, leurs deux énormes chiens de Rhodésie, se mirent à aboyer en reconnaissant le bruit du moteur, et se précipitèrent depuis la terrasse pour lui faire la fête. « Leurs » deux énormes chiens… Après tant d'années passées à parler au singulier, Tracy s'était enfin habituée à utiliser le pluriel pour elle et Dan quand elle parlait de la maison et des chiens.

Elle coupa le moteur et prit un moment pour décompresser, repensant à ce que lui avait dit Kins concernant le fait d'avoir un enfant, la manière dont les choses changeaient, inévitablement. Ce matin-là encore, Dan s'était inquiété de la taille de leur cottage, avec son unique salle de bains, son unique chambre et sa cuisine minuscule.

— C'est un bébé, lui avait rappelé Tracy pour le calmer. On ne va pas adopter un éléphant. Il sera toujours temps de parler de rénovation ou de déménagement plus tard.

Mais elle aussi avait ses moments d'inquiétude. Elle allait bientôt avoir besoin d'une nouvelle garde-robe ; son ventre était tel déjà qu'elle n'arrivait plus à boutonner ses jeans, et ses chaussures et ses soutiens-gorges devenaient trop serrés. Elle examina un instant l'intérieur de la cabine du pick-up. Bien qu'elle fît tout pour maintenir le véhicule en parfait état, il n'avait ni airbags ni ceintures, aucun des dispositifs de sécurité les plus courants aujourd'hui. Elle allait devoir se procurer une nouvelle voiture pour le bébé – un modèle costaud, familial, Volvo ou Subaru, par exemple.

Dan sortit sur la terrasse par la baie vitrée. Il tenait à la main une pince à barbecue. Tracy l'avait appelé pour le prévenir qu'elle serait en retard ; il lui avait promis de l'attendre pour dîner. Il lui sourit derrière ses lunettes de soleil rondes à monture métallique, et fit claquer les bouts de la pince comme s'il voulait l'attraper avec. Il était pieds nus, vêtu d'un bermuda en toile et d'un T-shirt Bruce Springsteen qu'il avait acheté au concert donné par le « Boss » au Key Arena de Seattle lors de son *River Tour*.

Tracy coupa l'autoradio et descendit du pick-up. Elle tapota et caressa les chiens, leurs grosses têtes et leurs flancs. Tout excités, ils tournaient autour d'elle, haletants, la langue pendante, le poil chaud. Autour d'eux, l'air bourdonnait ; cela faisait comme des parasites au-dessus du gazon.

Tracy grimpa les marches de la terrasse, et échangea un baiser avec Dan. Ce dernier cultivait des faux airs de John Lennon, et ce n'était pas simplement dû aux lunettes de soleil rondes. Comme le fondateur des Beatles, il portait également les cheveux longs.

— Tu l'aimes donc à ce point, cette terrasse ? On peut dire que tu en fais bon usage, en tout cas, reconnut Tracy.

Dan avait construit la terrasse afin qu'ils aient plus de place. L'été, il était toujours à griller quelque chose.

— Il ne te reste plus qu'à y installer un ordinateur pour que ça te fasse un bureau.

— Comment va notre petit têtard ? s'enquit Dan en plaquant une main contre l'estomac de Tracy.

— Il a faim, répondit-elle.

— Je viens de mettre le flétan à griller. Profites-en pour aller te changer.

Elle s'approcha d'un des fauteuils Adirondack où Roger, leur chat, paressait, étalé de tout son long. Elle voulut le caresser, mais il sursauta et la griffa.

— Ah, c'est comme ça, hein ?

Elle le chassa du fauteuil et prit sa place.

— Ne viens surtout pas te coller à moi quand je serai couchée, ce soir.

Elle tendit le bras, se saisit d'un verre de thé glacé, en but une gorgée et grimaça, du fait du manque de sucre et de l'amertume de la boisson.

— Seigneur, comment est-ce que tu peux boire ce truc sans sucre ?

— Mauvaise journée au tribunal, hein ? risqua Dan, sentant bien qu'elle était de mauvaise humeur.

— Le tribunal, ça a été ; c'est juste que j'avais envie d'aller faire pipi toutes les cinq minutes.

— Encore ?

Elle avait interrogé son médecin, lors de son dernier examen, à propos de ce besoin constant d'aller uriner, mais il lui avait assuré que c'était parfaitement normal, qu'il s'agissait simplement d'une pression exercée sur la vessie du fait de sa grossesse. Elle avait son explication, mais ce n'en était pas plus confortable.

— Ça a été pire quand je suis retournée au bureau, ajouta-t-elle.

— Ta vessie ?

— Non, ma journée. Je suis tombée sur ma remplaçante en allant aux toilettes.

Dan tressaillit, comme si c'était lui que l'on venait de piquer avec la pince à barbecue. Il fronça les sourcils.

— Ta remplaçante ? Je croyais que tout le monde ignorait que tu es enceinte, à part Kins.

— Je n'en ai parlé à personne, mais en allant aux toilettes, je suis tombée sur cette femme qui m'a expliqué que Nolasco l'a engagée pour travailler avec la “A Team”. Je sais que je devrais être contente de ne plus être la seule femme de l'équipe, mais ma première impression a été plutôt négative ; je sens que je ne vais pas beaucoup l'apprécier.

Une notification sonore se fit entendre sur le portable de Dan. Il éteignit le téléphone, souleva le couvercle du barbecue, libérant un nuage de fumée et un parfum d'herbes aromatiques. Il retourna ensuite le flétan, ainsi que les épis de maïs enveloppés dans de l'aluminium. Le dessus du flétan portait maintenant les stries noires du grill. Pendant qu'il le badigeonnait d'une sauce au beurre et à l'ail, il demanda :

— Et Ron Mayweather, alors ? Je croyais que c'était lui qui jouait les remplaçants.

— *C'est* lui. Enfin… c'était. Nolasco prétend que Ron a choisi un poste fixe à la “C Team”. Un de leurs détectives prend sa retraite en décembre.

Dan eut un petit haussement d'épaules. Il régla de nouveau le minuteur, et referma le couvercle.

— Cette femme, la nouvelle, n'est peut-être pas si mal.

— Peut-être. Jolie fille, latino… Nolasco avait toutes les raisons de l'engager.

— Elle n'y est pour rien.

— Non, je sais. Mais je me demande s'il l'a engagée pour me remplacer quand je partirai en congé maternité, avec l'espoir que je ne reviendrai pas.

— M'étonnerait qu'il ait poussé la réflexion jusque-là. Comment serait-il au courant puisque tu ne lui en as pas parlé ?

— *Elle* était au courant.

— Ah oui ?

— Quand on s'est parlé, il n'a pas fallu cinq secondes pour qu'elle aborde le sujet. Elle m'a demandé : “À combien de mois êtes-vous ?”

Tracy regarda le gazon desséché.

— Je ne sais pas, reprit-elle. Peut-être que tu as raison. Peut-être que je me fais du souci pour rien. Je sais bien que je ne pourrai pas cacher éternellement ma grossesse.

— Non, ça non, mais Nolasco ne peut pas te virer non plus, ni même donner ton poste à quelqu'un d'autre. Il n'est tout de même pas abruti à ce point ?

— J'aimerais te répondre non, mais…

Dan lui lança un regard complice.

— Il y a autre chose qui te tracasse, hein ?

— C'est peut-être seulement mes hormones, mais j'en ai marre de patauger dans toute cette fange, Dan.

Elle caressa la tête de Sherlock et l'embrassa sur la truffe.

— Qu'est-ce que tu essaies de me dire ? Tu ne veux pas retourner travailler après la naissance du bébé ?

— Je ne dis rien du tout ; je réfléchis, c'est tout.

— Tu songes à démissionner ?

Elle leva les yeux vers lui.

— Pourquoi ? Tu penses que je devrais ?

— Je pense surtout qu'il faut que tu fasses ce que tu as envie de faire.

— Pourquoi me poser la question, alors ?

Dan parut décontenancé.

— Mais parce que tu as dit que tu en avais marre d'être confrontée à tout ce merdier, jour après jour.

— C'est vrai. Mais crois-moi, de là à donner à Nolasco la satisfaction de me voir démissionner… mais c'est vrai, je m'interroge sur ce qui se passera après la naissance du bébé.

Dan s'adossa au garde-corps.

— Qu'est-ce qui a déclenché tout ça ?

— Kins.

— Kins ? Je l'imagine plutôt en train d'essayer de te convaincre de rester.

— Il a dit que les choses changeaient quand on a un bébé, que peut-être je voudrais rester à la maison.

Elle reprit une gorgée de thé et grimaça de nouveau.

— Jamais compris pourquoi tu ne mets pas de sucre, répéta-t-elle.

— On n'a pas tous les mêmes besoins, Tracy.

— Tu parles du thé glacé, ou du fait de rester à la maison après la naissance du bébé ?

— Des deux, je crois.

Elle se leva pour aller changer de vêtements. Peut-être qu'elle avait juste trop chaud, qu'elle était fatiguée et affamée. À moins que ce ne soit ce que lui avait dit Kins.

— Il faut être réaliste, ce sera peut-être l'unique enfant que nous aurons jamais. Je ne veux pas rater ça, passer à côté parce que je travaille. Kins dit que dans quelques mois, Connor va les quitter pour entrer à l'université…

— Alors, c'est ça ? Il est juste sous le coup de l'émotion, Tracy, parce que son fils prend son envol. C'est normal.

— C'est surtout qu'il a conscience qu'il ne le verra plus à la maison ; il regrette de ne pas avoir passé plus de temps avec lui. Il m'a dit de ne pas culpabiliser si l'envie me prend de rester à la maison avec notre bébé.

— Eh bien, il a sûrement raison.

La sonnerie du barbecue retentit. Dan la coupa, mais attendit avant de soulever le couvercle.

— Sache en tout cas que ça ne me gêne pas, Tracy. On pourra se passer de ton salaire. Mais peut-être qu'on n'a pas besoin de prendre une décision ce soir. Si tu veux rester à la maison à la naissance du bébé, tu n'auras qu'à le décider le moment venu.

— Tu serais d'accord, alors ?

— Si réellement c'est ce que tu veux, bien sûr.

Elle fit un petit signe de tête en direction du barbecue.

— Ne va pas brûler ce flétan.

CHAPITRE 9

Faz et Del apportèrent la vidéo de l'épicerie à Park 95. L'Unité vidéo se mettrait au travail dans la matinée, et tenterait de déterminer l'immatriculation de la voiture en stationnement portant une possible empreinte de main, celle du SUV blanc, ou des deux.

Faz rentra ensuite chez lui à Green Lake. En arrivant, il se gara dans l'allée et actionna l'éclairage sur la corniche du garage indépendant, illuminant en même temps le panneau de basket fixé en hauteur. Pendant plusieurs années, il lui avait été impossible de se garer dans l'allée ; à l'époque, Antonio jouait encore au basket à St. John's, avant d'intégrer l'équipe de la Blanchet High School de Bishop.

Faz avait adoré ces années-là, en particulier les soirs d'été, quand les gosses du quartier venaient à la maison, et que Vera et lui leur préparaient un bon repas. Ils auraient bien aimé avoir cinq ou six enfants, mais la vie en avait décidé autrement. Vera et lui s'étaient mariés à un âge avancé. C'étaient leurs parents qui avaient organisé leur premier rendez-vous galant ; leurs familles se connaissaient depuis longtemps, et avaient fait en sorte de les mettre en présence l'un de l'autre autour d'un café. Pour Faz, ç'avait été le coup de foudre immédiat. Il avait fallu un peu plus longtemps à Vera : trois rendez-vous. Ils s'étaient mariés trois mois plus tard, mais avaient jugé préférable de prendre le temps de se connaître mieux avant d'avoir leur premier enfant. Quand ils avaient fini par essayer, Vera n'était pas parvenue à tomber enceinte. Cela avait pris un an. Après la naissance d'Antonio, ils avaient essayé d'avoir un deuxième enfant, mais le même problème s'était posé de nouveau. Vera avait consulté. Ils lui avaient trouvé une tumeur dans l'utérus, qui s'était révélée maligne et avait nécessité une hystérectomie, laquelle avait mis fin à tout projet de nouvel enfant. Le médecin leur avait dit qu'ils avaient eu de la chance ; sans cette nouvelle tentative de grossesse, ils n'auraient sans doute jamais découvert la tumeur, et le mal aurait pu se propager. Pour Faz, c'était l'amour qui avait sauvé la vie de Vera, et cet amour-là, ils l'avaient déversé sur Antonio, qui habitait désormais à quelques kilomètres seulement de la maison familiale, à Fremont.

Faz descendit de voiture, son blazer drapé sur son bras. Il avait déboutonné sa cravate et son col de chemise. Quand il arriva devant la porte de service, une autre lumière s'alluma. Il l'avait installée pour Vera, afin qu'elle ne rentre pas dans le noir durant les mois d'hiver. Il cherchait les clés de la maison sur son trousseau quand Vera lui ouvrit.

— Je me disais bien que j'avais entendu ta voiture dans l'allée, fit-elle. Tu étais au téléphone ?

— Salut, dit-il. Non, je repensais juste à toutes ces années durant lesquelles on ne pouvait pas se garer dans l'allée parce qu'Antonio jouait au basket.

Il se débarrassa de sa montre, de ses clés, de son portefeuille et de son téléphone, déposant le tout dans un vide-poche à côté de la porte. Une habitude, pour être certain de ne rien oublier le matin.

Vera sourit à l'évocation du souvenir d'Antonio enfant. Puis :

— Une piste concernant le tireur, à South Park ? s'enquit-elle.

Faz l'avait appelée un peu plus tôt pour la prévenir qu'il serait en retard à cause d'un homicide, une femme qui avait été abattue à South Park.

— Je l'espère, dit-il. Et alors, je n'ai pas droit à mon petit bisou ce soir ?

Vera se retourna et l'embrassa.

Il ôta complètement sa cravate et continua de lui parler en passant dans la salle à manger adjacente. Il posa la cravate, puis sa veste, sur le dossier d'une chaise. Il lui parla de l'épicerie et de l'enregistrement vidéo montrant un possible coupable.

— On en saura plus demain, quand l'équipe de l'Unité vidéo aura examiné cette bande.

Vera se tourna vers la cuisinière.

— Tu as faim ? J'ai fait du poulet à la milanaise, avec de la polenta. C'est Antonio qui m'a donné la recette.

Antonio était chef dans un restaurant italien, et économisait pour ouvrir son propre restaurant. Il avait l'intention de l'appeler *Chez Fazzio*. Faz avait failli fondre en larmes quand son fils lui avait dit cela. « C'est pas grandiose, ça ? » s'était-il exclamé en s'adressant à Vera. « J'ai toujours su que je verrais mon nom s'inscrire en lettres au néon. »

— Tu lui as parlé aujourd'hui ? s'enquit-il.

Il tira une chaise et s'assit à la table de cuisine, avant de commencer à retrousser ses manches de chemise.

— Comment va-t-il ? Et cette fille avec qui il sort ? Il a l'intention de la demander en mariage, ou quoi ?

— Je crois bien que oui, dit Vera.

Il cessa de retrousser ses manches.

— Ah oui ?

— Il en a parlé, en tout cas, confirma Vera. Il veut attendre d'avoir les moyens de lui offrir une alliance.

— Il a tort d'attendre. Il l'aime, il devrait l'épouser. Comme on l'a fait, nous. On n'a pas attendu. Et on a bien fait.

Vera laissa échapper un petit rire.

— Tout ce que tu voulais, c'était faire l'amour.

— Ouais, mais c'est parce que je t'aimais.

— Hum-hum, fit-elle. Ne lui mets pas la pression, en tout cas. Je sais que tu veux des petits-enfants, mais il a encore plein de choses à gérer.

— Quelle pression ? Je ne lui mets aucune pression. Je me dis juste que ce serait bien si des petits-enfants pouvaient faire bon usage à leur tour de ce panneau de basket qu'on a installé.

— Tu veux du poulet et de la polenta ?

— Si je veux du poulet et de la polenta ? Est-ce qu'on demande au Pape s'il veut la paix dans le monde ?

Vera ouvrit la porte du four et aussitôt, une bonne odeur de citron, de beurre et d'ail emplit la pièce. Vera réchauffait toujours les plats de Faz au four traditionnel, jamais au micro-ondes. Elle disait que cela rendait la viande caoutchouteuse.

— Ça sent bon, se réjouit Faz.

Vera posa une assiette et des couverts devant lui.

— Tu es fatigué ?

— Frustré, plutôt. Je ne comprends plus les gens. Voilà une mère de famille abattue en bas de chez elle, devant ses deux gosses, et il n'y en a pas un dans le quartier pour dire ce qu'il a vu ou ce qu'il sait.

— Ils ont peur, c'est ça ?

Vera posa le poulet sur un dessous-de-plat sur la table, servit un morceau de blanc à Faz, et le nappa de sauce.

— Ça a l'air bon, approuva-t-il en prenant sa fourchette et son couteau. Il y a un petit voyou, là-bas, qui est à la tête du principal réseau de trafic de drogue. Tu te souviens du Grand Jimmy ? Je l'ai collé en taule ; il a pris vingt-cinq ans. On l'a poignardé en prison. Ça te dit quelque chose ?

— Pas vraiment.

— Eh ben, le gars qui tient le haut du pavé du trafic de drogue, c'est son fils, le Petit Jimmy. On raconte dans la rue qu'il est cinglé.

— Je déteste savoir que tu travailles sur ces affaires de gangs.

— Le propriétaire d'une épicerie nous a expliqué, à Del et à moi, que le Petit Jimmy a fait courir le bruit que s'il apprend que qui que ce soit a dit quoi que ce soit, il ou elle finira comme cette femme.

Mais Faz préféra ne pas poursuivre sur le Petit Jimmy. Pour ne pas inquiéter Vera, il passa sous silence le geste que le Petit Jimmy avait fait en passant à sa hauteur en voiture. Et il attaqua son poulet, coupant dans la viande encore fumante. Il prit une bouchée, et un bouquet de saveurs imprégna instantanément ses papilles.

— Dis à Antonio que c'est délicieux. Sincèrement. C'est peut-être même son meilleur plat.

— Tu veux du vin ?

— Ouais, dit-il. Mais pas trop, hein ? Del et moi, on retourne sur le terrain demain.

Il l'entendit ouvrir le petit meuble bar derrière lui, et en sortir un verre et une bouteille de chianti, avant de remarquer qu'elle ne s'était pas mis d'assiette. Hormis les soirs où elle travaillait de nuit, elle l'attendait en général, afin qu'ils puissent manger ensemble.

— Tu ne manges pas ? lui demanda Faz.

Comme elle ne répondait pas, il se retourna sur sa chaise. Elle se tenait devant le plan de travail et lui tournait le dos.

— Vera ?

— J'ai déjà mangé tout à l'heure, répondit-elle calmement. Vas-y, régale-toi.

Il sentit que quelque chose n'allait pas. Il se leva et s'approcha d'elle.

— Que se passe-t-il, hein ? Qu'est-ce qui ne va pas ?

Il vit qu'elle pleurait et essuyait ses larmes dans un torchon.

— J'ai fait ma mammographie cet après-midi avant d'aller voir Antonio.

Faz sentit un frisson lui glacer l'échine.

— Oh, merde, c'est vrai. Je suis désolé, Vera. J'aurais dû te poser la question tout de suite. Comment ça s'est passé ?

Il n'était pas certain de vouloir entendre la réponse. Le silence de Vera lui fit l'effet d'un coup de poing à l'estomac. Il posa une main sur son épaule et la fit se retourner.

— J'ai une autre grosseur, Vic. Je l'ai sentie l'autre jour, mais je ne voulais pas t'inquiéter avant d'avoir vu le médecin.

Faz sentit ses jambes faiblir.

— Qu'est-ce qu'il a dit ?

Elle eut un petit haussement d'épaules.

— Il m'a confirmé que c'était bien une grosseur inhabituelle, et que la mammographie posait certaines questions.

— Quel genre de questions ?

— Ils ne savent pas encore. Ils ont appelé cet après-midi. Ils veulent que je retourne passer des examens complémentaires.

— Quand ?

— Demain matin à huit heures.

— Je vais t'accompagner.

— Non, Vic. Tu as cette affaire de meurtre sur les bras. Il faut que tu ailles travailler. Je sais que tu es très occupé.

— Pour le moment, on doit juste attendre de savoir s'ils réussissent à améliorer la vidéo et à nous sortir une plaque d'immatriculation, expliqua-t-il, alors je viens avec toi.

Ils se turent un instant. Faz écouta le ronronnement du réfrigérateur et les craquements de la maison vieillissante. Il regarda Vera, et, ne sachant trop quoi ajouter, dit :

— Allez, ce n'est sûrement rien, d'accord ?

CHAPITRE 10

Mercredi 11 juillet 2018

Il était midi quand Leonard Litwin libéra finalement Tracy et termina de résumer les faits à l'intention du jury. La juge Gowin permit aux jurés de se retirer, avec pour instruction de revenir à 14 heures pour les plaidoiries finales. Plutôt que de se rendre au bureau d'Hoetig, Tracy regagna le siège de la police. C'était au procureur seul qu'il revenait de préparer et de délivrer sa plaidoirie finale, même s'il était prévu qu'elle soit présente pour l'entendre. Elle lui avait fait part des quelques idées qu'elle avait eues ; Hoetig en ferait ce qu'il voudrait.

C'était une splendide journée de juillet, une de plus – avec son ciel bleu lumineux et sa chaleur estivale tempérée par une douce brise soufflant d'Elliot Bay et s'engouffrant entre les tours d'habitation. « Dieu prend ses quartiers d'été à Seattle », aimait à dire Kins. « Mais il se tire aussitôt qu'octobre se pointe. »

Tracy s'apprêtait à franchir les portes vitrées du siège quand elle buta littéralement sur Ron Mayweather et d'autres détectives de l'Unité des crimes violents appartenant à la « C Team », à laquelle Mayweather était désormais rattaché. Le petit groupe sortait déjeuner, semblait-il.

— Ron, dit-elle en reculant pour laisser passer tout le monde. Salut. Dis-moi, tu as une minute ?

— Ouais, bien sûr.

Mayweather regarda les autres détectives.

— Gardez-moi une place, les gars, dit-il. Je vous rejoins tout de suite.

Puis, les autres s'éloignant, il se tourna vers Tracy.

— Tu es sur l'affaire Stephenson, c'est ça ?

Faz avait surnommé Mayweather « Kotter », du nom du personnage joué par l'acteur Gabe Kaplan, auquel il ressemblait, dans la série TV des années 70 *Welcome back, Kotter*. Rares étaient ceux qui se souvenaient de cette série, et, quand c'était le cas, ce n'était pas de Kaplan dont ils gardaient le souvenir, mais d'un jeune acteur nommé John Travolta, qui faisait alors ses débuts à la télévision.

— Les témoins ont tous été entendus. Hoetig donnera sa plaidoirie finale à 14 heures.

— Comment ça s'est passé ?

— Les preuves sont solides. Pas de vraies surprises.

Elle se rapprocha de la façade de l'immeuble pour échapper au flot des piétons sur le trottoir.

— Écoute, je suis désolée de te retenir.

— Non, ne t'inquiète pas. Qu'y a-t-il ?

— Je voulais te parler de ta décision de rejoindre la "C Team".

— Oui, désolé, je n'ai pas eu l'occasion de te prévenir, dit-il. Ça s'est fait très vite. J'ai parlé au reste de l'équipe, mais tu étais au tribunal.

Tracy remit une mèche de cheveux blonds agitée par le vent derrière son oreille.

— Je voulais juste te demander pour quelle raison tu as décidé de changer d'équipe.

— Pour quelle raison ? rigola Mayweather. Parce que Nolasco me l'a demandé, pardi !

Tracy ne s'attendait pas à cette réponse.

— C'est lui qui t'a demandé de rejoindre la "C Team" ?

— Ouais, confirma Mayweather avec un petit haussement d'épaules qui semblait demander : qu'est-ce que tu comptes y faire ?

— Qu'est-ce qu'il a dit exactement ? voulut savoir Tracy.

— Il m'a fait appeler et m'a expliqué qu'Arroyo partait à la retraite à la fin de l'année. Il a dit qu'il voulait que je commence à travailler avec lui, que je me familiarise avec ses dossiers afin d'être immédiatement opérationnel quand il partirait.

Tracy y réfléchit un instant.

— Donc, ce n'est pas toi qui as demandé à changer d'équipe ?

— Non, répondit Mayweather, manifestement surpris par la question. J'aimais bien la "A Team", même si cela voulait dire supporter de se faire charrier constamment par Fazzio. J'ignorais complètement qu'Arroyo songeait à partir à la retraite. Je ne suis pas le seul apparemment ; même les gars de son équipe n'en savaient rien.

— Ah oui ?

— Il a dit qu'il avait pris sa décision après avoir parlé avec sa femme un soir. Il a fait suffisamment d'années pour toucher une retraite à taux plein ; il a envie de passer à autre chose maintenant.

C'était une envie communément partagée. Quand un détective totalisait un nombre d'années de service suffisant pour pouvoir partir avec une retraite à taux plein, il résistait difficilement à la tentation de laisser derrière lui les cinglés et les dépravés qui peuplaient son quotidien, pour mener enfin une vie normale.

— Nolasco a-t-il fait la moindre allusion au fait que je suis enceinte ?

Mayweather sourit.

— Je me demandais quand tu nous annoncerais la nouvelle.

— Quoi, tu étais au courant ?

— Je m'en doutais… La plupart des autres aussi, d'ailleurs.

Elle se demanda si Nolasco était du nombre.

— Mais pour répondre à ta question, non, Nolasco n'a rien dit à ce sujet. Mais je me suis posé la question de savoir si tu reviendrais ou non après la naissance du bébé, et si ton poste serait à reprendre.

— Tu en as parlé à Nolasco ?

— Il ne m'en a pas donné l'occasion. Il m'a dit au contraire qu'il ne voyait pas d'opportunité à la "A Team" pour le moment, mais que la "C Team", en revanche, allait avoir besoin de quelqu'un. Tu comptes bien revenir, n'est-ce pas ?

Ce n'était pas ce que Nolasco avait expliqué à Kins pour justifier la venue de Gonzalez.

— Oui, dit-elle. Oui, j'ai l'intention de revenir.

Mayweather lui sourit de nouveau.

— Tant mieux. On aurait du mal à se passer de toi ici. Autre chose ?

— Non. Merci. Désolée de t'avoir retenu.

— Pas de souci, dit Mayweather.

Et il partit rejoindre les autres.

Tracy le regarda s'éloigner le long du trottoir. Il allait manquer à la « A Team ». C'était non seulement quelqu'un de fiable, mais qui possédait de surcroît un vrai sens de l'humour. Il fallait avoir le cuir solide et une sacrée confiance en soi pour supporter de se faire asticoter en permanence par Del et Faz. Mais ce qui occupait surtout les pensées de Tracy pour le moment, c'était autre chose.

Nolasco lui avait dit que Mayweather avait demandé à prendre la place d'Arroyo parce qu'il ne voyait pas d'opportunités s'ouvrir à la « A Team ». Ce n'était manifestement pas ce qui s'était passé. Nolasco l'avait muté à la « C Team » pour faire de la place à Gonzalez à la « A Team », et elle croyait savoir pourquoi. Quand elle prendrait son congé maternité, il lui serait plus difficile d'accuser Nolasco de discrimination s'il la remplaçait par une autre femme – en particulier une femme issue des minorités. Nolasco couvrait ses arrières. Elle repensa à ce qui s'était passé la veille. Elle revit Gonzalez dans le bureau du capitaine, porte fermée ; Gonzalez qui s'était connectée sur son ordinateur et avait eu un accès libre à ses dossiers. Personne ne se serait permis cela aux Crimes violents ; de là à y voir le signe évident que Nolasco avait l'intention de la remplacer à terme par Gonzalez, il n'y avait qu'un pas, qu'il était facile de franchir.

À moins qu'elle ne soit simplement paranoïaque, et ne voie de la conspiration partout.

Enfin, tout de même…

CHAPITRE 11

La Volkswagen était immatriculée au nom de Doug et Sandy Blaismith de Newcastle, État de Washington, une ville sur laquelle ni Del ni Faz n'aurait parié. D'une part, parce qu'il fallait entre vingt-cinq et quarante-cinq minutes pour rallier Newcastle depuis South Park, selon la circulation et l'heure de la journée ; d'autre part, parce que la ville était principalement peuplée de familles appartenant à la classe moyenne et moyenne supérieure, avec des revenus annuels dépassant les 125 000 dollars, et des maisons estimées à plus d'un million de dollars. Avec une population blanche à 65 %, et qui comptait moins de 4 % de Latinos, les données démographiques de Newcastle n'avaient que très peu de choses en commun avec celles de South Park.

L'Unité vidéo n'avait pas réussi à déterminer l'immatriculation du SUV blanc à bord duquel le suspect avait pris le large, pas plus qu'à retrouver d'autres vidéos du véhicule enregistrées grâce aux caméras de surveillance routière.

Faz avait appris la nouvelle par téléphone peu après son retour au siège, après qu'il avait passé la matinée avec Vera chez le médecin. Il n'avait pas voulu la laisser seule, mais Vera avait insisté, arguant qu'il était inutile qu'ils restent tous les deux chez eux à se mettre martel en tête.

Del et Faz décidèrent d'attendre qu'il soit 17 heures avant de se rendre en voiture à Newcastle ; ils avaient plus de chances, à cette heure-là, de trouver la Volkswagen garée devant la maison. Ils décidèrent également de ne pas appeler les Blaismith pour les prévenir de leur visite. Ils en profitèrent pour retourner à South Park et interroger de nouveau les gens, en particulier les résidents du complexe d'appartements, sans oublier les commerces qu'ils avaient trouvés fermés la veille au soir, mais personne ne put, ou ne voulut, leur communiquer la moindre information sur le meurtre, pas plus qu'ils ne purent mettre la main sur de nouvelles vidéos utiles. Pendant qu'ils étaient à South Park, Faz demanda à Andrea Gonzalez de préparer un avis de recherche et de le faire signer par le tribunal, pour le cas où les Blaismith rendraient la situation plus difficile que prévu.

Faz avait espéré être à même de rentrer chez lui à une heure raisonnable pour pouvoir passer du temps avec Vera, mais il était conscient que ce petit répit était aussi l'occasion d'essayer de retrouver l'assassin de Monique Rodgers, et peut-être de déterminer s'il s'agissait bien d'un contrat lancé par le Petit Jimmy. Avant de quitter le siège, il appela Vera pour la prévenir qu'il rentrerait en retard. Fidèle à elle-même, sa femme lui avait dit de faire ce qu'il avait à faire ; elle lui garderait son dîner au chaud. Il comprit qu'elle ne voulait pas lui parler tout de suite de son rendez-vous médical de la matinée.

— La drogue, dit Del comme ils roulaient en direction de Newcastle.

La drogue avait été la première théorie qui leur avait traversé l'esprit pour expliquer la raison de la présence de la voiture à South Park.

— Opioïdes, méthamphétamine, héroïne peut-être bien.

— Possible, admit Faz, qui se moquait un peu de savoir pourquoi la voiture s'était trouvée garée près du lieu du crime ; elle l'était, c'était ce qui comptait. Ils avaient d'autres chats à fouetter.

— Si on coince le tireur, on en saura peut-être plus. S'il décide de parler, on aura une chance de coincer le Petit Jimmy, se prit à espérer Del, au volant de la voiture. Ce serait quelque chose, non ? Après le père, le fils !

— N'allons pas trop vite en besogne, tempéra Faz. Mais, ouais, ce serait fantastique.

Les Blaismith habitaient un lotissement pavillonnaire haut de gamme situé à proximité du golf de Newcastle. De nombreux lotissements de ce genre étaient sortis de terre dans les années 80 pour faire face à l'accroissement démographique de Seattle. « Fonctionnel » était le mot qui venait à l'esprit quand on dépassait le muret d'entrée en brique portant le nom du lotissement, et que l'on découvrait des maisons bâties serrées comme des molaires dans une mâchoire afin de maximiser le nombre de parcelles. De toute évidence, la créativité et l'imagination n'avaient pas été au programme ici ; les pavillons, identiques, ne différaient que par leur orientation sur la parcelle et les plans intérieurs. Les façades étaient en brique et en bardage de bois gris, et l'emprise au sol était telle qu'il n'y avait guère de place que pour quelques mètres de haie et un carré de pelouse tondu en moins de temps qu'il n'en faut pour le dire.

Del se gara sur un bateau devant la maison à deux étages des Blaismith. La base d'un panneau de basket était scellée sur la bande de terrain séparant la propriété de celle des voisins ; le panier flottait au-dessus d'une allée impeccable, vide de toute voiture. Faz espéra que la Volkswagen Jetta était garée derrière une des trois portes du garage, faute de quoi ils risquaient d'avoir fait un long voyage pour rien.

Ils enfilèrent leur blazer et suivirent le chemin en brique jusqu'à une porte d'entrée ornée de carreaux de verre biseauté. Il faisait plus chaud qu'à Seattle, en dépit de l'ombre fournie par la rangée d'arbres qui se profilait derrière la maison. Del sonna à la porte, déclenchant un carillon aussitôt suivi d'un aboiement qui paraissait être celui d'un gros chien.

— Dix dollars qu'il s'agit d'un labrador, fit-il en ôtant ses lunettes de soleil et les glissant dans la poche de sa veste.

— Trop facile, dit Faz, les yeux rivés sur la porte. Précise : noir, marron ou beige ?

— Beige. Aucun doute.

— Je crois que je ferais aussi bien de te donner les dix dollars tout de suite, se découragea Faz.

Une femme ouvrit la porte, tenant par le collier un labrador au pelage beige particulièrement excité. Il donnait l'impression de vouloir s'envoler, ses pattes de devant levées moulinant l'air, sa langue pendouillant sur le côté. Del regarda Faz et lui décocha un petit sourire narquois.

— Puis-je vous aider ? demanda la femme.

La quarantaine bien sonnée, Sandy Blaismith arborait une mise impeccable – jean moulant, bottines noires et chemisier au décolleté plongeant découvrant des taches de rousseur et un collier en or. Des bagues ornaient plusieurs de ses doigts, certaines surmontées de grosses pierres. Sans laisser à Faz le temps de lui répondre, elle tira sur le collier du chien et lui cria :

— Assis, Seager. Assis !

Le chien l'ignora, continuant de gémir et d'agiter les pattes dans le vide.

— Je suis désolée, mais si vous êtes là pour vendre quelque chose, nous ne sommes pas intéressés, prévint-elle. Et puis, il vaudrait mieux pour vous que je ne lâche pas mon chien ; il mord.

Elle mentait, et assez mal. Le seul préjudice que Seager semblait être capable de causer, c'était de les faire tomber à la renverse et de les lécher à mort.

Faz sortit son insigne.

— Nous sommes de la police de Seattle, annonça-t-il. Êtes-vous Sandy Blaismith ?

Aussitôt, la femme passa de l'exaspération contenue à l'inquiétude manifeste.

— Oui. Que se passe-t-il ?

— Peut-être pourriez-vous enfermer votre chien quelque part derrière ? suggéra Del.

— Je vous demande une minute, dit-elle.

Elle tira le chien à l'intérieur et referma la porte. Faz l'entendit appeler son mari par-dessus les aboiements du chien.

— Doug ? cria-t-elle. Viens t'occuper de ton chien. J'ai besoin que tu l'emmènes derrière, dans le jardin.

— Pas vraiment une amie des bêtes, commenta Faz.

— Non, tu peux le dire, approuva Del.

— Parce qu'il y a deux officiers de la police de Seattle à la porte, brailla-t-elle. Deux officiers de police... Je ne sais pas. Veux-tu bien t'occuper de Seager et l'emmener derrière, s'il te plaît ?

Del échangea un regard avec Faz.

— Je te parie à quitte ou double qu'ils ont également un chat, un fils et une fille.

— Non, je refuse de parier là-dessus, dit Faz.

La porte s'ouvrit de nouveau. Cette fois, à la place du chien, Sandy était flanquée de son mari, qui se présenta :

— Doug Blaismith, dit-il.

Des poils de chien collaient à son pantalon bleu marine. Il avait déboutonné son col de chemise et roulé ses manches sur ses avant-bras, révélant une luxueuse montre en or, ainsi qu'une grosse gourmette. Ses cheveux clairsemés et brillants de gel étaient peignés en arrière et découvraient son grand front. Son ventre bedonnant indiquait qu'il aimait bien manger, mais beaucoup moins faire de l'exercice.

— Que pouvons-nous faire pour vous ? s'enquit-il.

— Possédez-vous une Jetta bleue, monsieur Blaismith ? l'interrogea Faz, en lui précisant le numéro d'immatriculation de la voiture.

— Elle est argent, dit Doug. Pas bleue.

— Elle est ici ?

— Il y a un problème ? voulut savoir Doug. Est-ce que mon fils a eu un accident ?

— Votre fils conduit cette voiture ? demanda Faz.

— Pour aller à l'école, principalement, répondit Sandy, mais nous sommes en été, et…

— La voiture est ici ? insista Faz.

— Oui, au garage, dit Doug. Pourquoi cette question ?

Faz se dit qu'il ne fallait pas être grand clerc pour le deviner, mais il décida tout de même de satisfaire l'apparent besoin de Doug de maîtriser la situation.

— Nous aimerions la voir.

— Mais pourquoi ? insista Doug en plissant les yeux. Est-ce qu'il me faut un avocat ?

— Nous croyons, expliqua Faz, que la voiture a pu être touchée par quelqu'un qui a potentiellement commis un crime.

— Je vous demande pardon ? réagit Sandy.

Elle avait blêmi brusquement.

— Je ne comprends pas, dit Doug.

— Je vais vous expliquer.

Faz lui parla de l'assassinat de Monique Rodgers, et de ce que l'enregistrement vidéo de l'épicerie avait révélé.

— Je crois avoir lu quelque chose là-dessus dans le journal, ou bien j'ai vu ça aux infos, dit Doug. Mais il doit y avoir une erreur, messieurs. Mon fils est le seul à conduire cette voiture, et il n'y a aucune raison pour qu'il se soit rendu à… vous avez dit South Park ?

C'est pourtant ce qu'il a fait, songea Faz.

— Nous avons une vidéo, expliqua-t-il en sortant deux clichés, deux copies d'écran – la première de la voiture garée au bord du trottoir, et l'autre de la plaque d'immatriculation, agrandie.

Il tendit les deux à Doug, qui les examina attentivement, sa femme faisant de même par-dessus son épaule. Tous deux paraissaient perplexes.

— Personne ici n'est accusé de quoi que ce soit, crut bon de préciser Faz, espérant atténuer un peu leur inquiétude grandissante, bien que le fils, pour sa part, ne fût pas à l'abri des foudres parentales. Nous espérons seulement être en mesure de relever une empreinte de doigts sur le capot, et de déterminer l'identité de la personne qui a touché votre voiture.

Doug continua de secouer la tête, incrédule. Sandy était toujours aussi pâle.

— Il s'agit bien du numéro d'immatriculation de votre voiture ? reprit Faz, espérant encourager une réaction.

Doug se gratta la tempe.

— Honnêtement, je n'ai pas le numéro de plaque en tête.

Il regarda sa femme, mais Sandy secoua la tête à son tour, l'air de dire : moi non plus.

— Quel jour avez-vous dit que c'était ? voulut savoir Doug.

Mais Faz éluda la question, et recentra la conversation :

— La voiture est ici, c'est bien ça ?

— Dans le garage, confirma Doug.

— On pourrait peut-être commencer par comparer le numéro de plaque avec celui de la photo, histoire d'être bien certain qu'il n'y a pas d'erreur, d'accord ? Si ce n'est pas votre voiture, nous ne vous ennuierons pas plus longtemps.

Ni Doug ni Sandy ne réagissant, Faz demanda :

— Est-ce que votre fils fait du basket ?

Del lui décocha un regard hébété, comme si Faz avait brusquement perdu la raison. Doug parut encore plus surpris :

— Quoi ? fit-il.

Faz voulait juste entendre le couple dire deux mots.

— J'ai remarqué le panier de basket dans votre allée. Mon fils jouait au basket. Il passait son temps à ça. Du coup, je ne me souviens pas d'avoir pu garer ma voiture dans mon allée pendant au moins vingt ans. Je me demandais juste si la voiture était dans le garage.

— Oh, euh, oui, confirma Doug. Mon fils joue dans une équipe de l'AAU[1], ici, dans l'Eastside, mais il s'est blessé au genou hier. C'est pour cela que je ne comprends pas. Il s'est fait soigner lundi pour une déchirure aux ménisques. Sa voiture n'a donc pas pu se trouver à South Park hier. Il ne pouvait pas conduire.

— La voiture n'a pas bougé d'ici hier ? demanda Faz, déconcerté.

— Non, elle est restée au garage, assura Doug, cherchant une confirmation de ce qu'il avançait dans le regard de sa femme.

— Avez-vous d'autres enfants ? l'interrogea Del.

— Une fille, répondit Doug. Mais elle n'a que treize ans. Elle ne conduit pas.

— Nous sommes conscients de déranger et vous prions de nous en excuser, mais si nous pouvions juste comparer la plaque d'immatriculation de la voiture dans votre garage avec celle de la photo, nous pourrions certainement éclaircir tout ça.

— Dans ce cas, juste une minute.

Doug se retourna et cria à travers un escalier en colimaçon :

— Luke ?

— Je vais le prévenir, dit Sandy.

---

1 L'*Amateur Athletic Union*, un des grands organismes qui régit le sport amateur aux États-Unis. (Toutes les notes sont du traducteur.)

Mais elle ne monta pas l'escalier ; à la place, elle obliqua pour emprunter un couloir. Del échangea un regard interrogateur avec Faz. Lui non plus ne comprenait pas. Bizarre.

— Entrez, fit Doug en reculant pour permettre à Del et Faz de pénétrer dans le vestibule au sol de marbre.

Puis il referma la porte. Faz entendit le chien aboyer derrière la maison. Il fit un pas de côté pour avoir une vue sur le couloir. La femme s'était dirigée vers la cuisine.

— Nous allons tâcher de faire vite, dit Del.

Au même instant, un grand garçon dégingandé à la tignasse blonde hirsute apparut en haut de l'escalier. Il portait une attelle autour de son genou droit, et s'appuyait sur des béquilles.

— Ouais ? fit-il.

Del commença à se diriger discrètement vers l'endroit où Sandy Blaismith avait battu en retraite.

Doug fit les présentations. Faz expliqua rapidement le motif de leur visite. Le garçon se mit à secouer négativement la tête quand Faz mentionna South Park.

— Je ne peux pas conduire, dit-il. Je n'ai pas bougé de la maison depuis mon retour de chez le médecin. De plus, je ne sais même pas où se trouve South Park.

Faz adressa un subtil signe de tête à Del, qui reprit sa progression vers la cuisine à la recherche de Sandy Blaismith pendant que Faz continuait d'interroger son fils.

— Personne n'est accusé de rien, mon gars. On a juste besoin de déterminer si la personne qui a posé sa main sur le capot a laissé une empreinte que nous pourrions exploiter.

— Faites comme bon vous semble, mais je vous le répète, je n'ai pas conduit la voiture. Elle est au garage.

— Qui vous a accompagné chez le médecin pour vous faire soigner ? demanda Faz.

— C'est moi, répondit Doug. Le docteur est un ami.

Faz regarda Del disparaître au bout du couloir. Les aboiements s'intensifièrent, mêlés à un bruit de griffes sur une surface vitrée.

— Est-ce que votre femme travaille ?

— À mi-temps, dit Doug.

— Est-ce qu'elle a travaillé aujourd'hui ?

Faz entendit Del appeler d'une voix forte, quelque part à l'arrière de la maison. Il fonça en direction de la cuisine, avant de passer dans le salon attenant. Un téléviseur à écran plat, fixé au-dessus d'une cheminée en brique, était branché sur les infos régionales, mais quelqu'un avait coupé le son. Derrière les baies vitrées coulissantes, le labrador courait dans tous les sens à travers le jardin, écrasant massifs de fleurs et arbustes, aboyant, sautant sur les vitres. Faz traversa le salon et ouvrit une porte qui communiquait avec le garage.

Del s'avançait vers Sandy Blaismith, qui se tenait près d'une armoire ouverte, un flacon pulvérisateur rempli d'un liquide bleu et un torchon à la main. Quand elle vit Faz et son mari, son visage se ferma et ses épaules s'affaissèrent comme si elle se liquéfiait.

— Sandy, mais qu'est-ce que tu fais ? l'interrogea Doug.

Elle ne répondit pas. Elle se contenta de baisser les yeux, tandis que Del s'intercalait entre elle et la voiture, et lui prenait le pulvérisateur et le torchon des mains. Elle n'opposa aucune résistance. Faz s'approcha à son tour de la voiture et se pencha au-dessus du capot sur lequel se reflétait le plafonnier du garage. À en juger par la poussière et la saleté accumulées, il paraissait peu probable que Sandy, ou qui que ce soit d'autre, y ait touché récemment.

— Sandy ? reprit Doug d'un ton plus énergique cette fois. Bon sang, mais qu'est-ce qui se passe ?

CHAPITRE 12

Tracy trouva que le complexe d'appartements baptisé Village Place et situé dans le quartier universitaire de Seattle était un peu trop chic extérieurement pour héberger des étudiants de dix-huit à vingt-deux ans auxquels les parents donnaient juste assez d'argent pour payer leur loyer et ne pas mourir de faim. Mais la proximité du complexe avec le campus de l'université de Washington, ainsi que les restaurants bon marché et les boutiques de vêtements branchés sur University Way – ou « The Ave », comme on appelait l'artère commerçante principale du « U District » – ne laissaient quasiment aucun doute sur le fait qu'il s'agissait bien de logements étudiants.

Une allée recouverte d'un enrobé rouge menait à une cour en pierre blanche décorée de plantes en pot et de voûtes en arc brisé encadrant des suspensions ornementales et des vitraux protégés par des grilles en métal. Le secteur attirait tout un contingent de jeunes sans-abri, qui s'asseyaient sur les trottoirs avec des écriteaux en carton et se réclamaient d'une forme de contre-culture qui avait pris fin sur la plupart des campus deux générations plus tôt.

Tracy franchit la porte d'entrée de l'immeuble. Il était un peu plus de 17 heures. Les plaidoiries finales du procès Stephenson s'étaient déroulées comme prévu, et, le jury ayant maintenant tous les éléments d'appréciation nécessaires, la séance avait été levée peu après 16 heures. D'après Hoetig, le jury ne rendrait pas son verdict avant vendredi, au plus tôt.

Tracy foula le tapis rouge qui s'étendait sur toute la longueur de l'entrée en marbre ornée de colonnes. La fraîcheur intérieure faisait oublier un instant la chaleur de juillet. Un homme et une femme étaient en train de discuter avec Katie Pryor dans une salle à gauche de l'entrée qui ressemblait au salon d'un manoir anglais, avec ses murs ornés de peintures représentant des hommes en tenue d'équitation, et une imposante cheminée qui ne servait probablement plus depuis des décennies.

Pryor fit les présentations. Chétif, osseux, Rahesh Banerjee avait le teint très mat et les joues ombrées par une barbe d'un jour. Il portait un pantalon noir et une chemise de soirée à rayures. Aditi Dasgupta, désormais Banerjee, portait des sandales à lanières, un legging noir et un ample chemisier blanc qui lui descendait jusque sous les genoux. Tous deux commencèrent par remercier Tracy d'avoir accepté de venir.

— Ma femme est très inquiète au sujet de son amie Kavita, crut bon de préciser Rahesh avec une pointe d'accent britannique.

— J'ai cru comprendre que vous étiez colocataires, dit Tracy en s'adressant à la jeune femme.

— Pendant plusieurs années, répondit l'homme.

Tracy sourit.

— Monsieur Banerjee, j'apprécie votre aide, croyez-le, mais cela ira beaucoup plus vite, et ce sera surtout beaucoup plus simple si je peux parler directement à Aditi. D'accord ?

— Bien sûr, acquiesça Rahesh.

Il fit un pas en arrière, en même temps qu'il invitait Tracy à poursuivre d'un geste de la main.

— Kavita et vous-même étiez colocataires ? reprit Tracy.

Aditi répéta à peu de choses près ce que Katie Pryor lui avait expliqué l'après-midi précédent.

Tracy écouta attentivement, avant de se risquer à demander à la jeune femme :

— Aditi, est-il possible que Kavita ait pu avoir besoin d'un moment pour digérer tout ce qui vient de se passer ? Je ne crois pas exagérer en disant que ça a été un changement inattendu et lourd de conséquences pour toutes les deux.

— C'est possible, admit Aditi, hochant la tête en espérant, semblait-il, qu'il ne s'agisse que de cela. Je me suis fait la même réflexion, mais... Kavita ne me laisserait pas comme ça, dans l'inquiétude. Elle aurait appelé, ou bien elle m'aurait envoyé un texto pour me prévenir qu'elle a décidé de partir pour quelque temps ; même fâchée contre moi, elle m'aurait au moins fait savoir qu'elle va bien.

Tracy acquiesça à son tour, ne voulant pas donner à Aditi l'impression de ne pas prendre au sérieux ses propos, mais elle n'arrivait pas à se départir de l'idée qu'il était possible que Kavita Mukherjee soit quelque part en train d'essayer de se remettre de la nouvelle du départ de son amie.

— Comment était-elle quand vous l'avez quittée lundi ?

— Elle était encore bouleversée. Nous étions toutes les deux très affectées. Nous avons beaucoup pleuré. J'ai eu beaucoup de mal à lui annoncer la nouvelle, et elle a eu beaucoup de mal à l'entendre, c'est certain. Elle a quitté l'appartement parce qu'elle ne voulait pas me regarder faire mes bagages. Elle a dit que ce serait trop dur pour elle.

— Et vous étiez déjà partie quand, vraisemblablement, elle est rentrée plus tard ce soir-là ?

— Oui. Je suis revenue à l'appartement parce que je m'inquiétais pour elle. Avant de partir, j'avais laissé un mot et un petit cadeau sur le lit.

Elle regarda Katie Pryor.

— C'est à ce moment-là, à mon retour, que je me suis aperçue que le cadeau, un sari, avait été déplié sur le lit, et que le mot avait été ouvert.

— N'oublie pas le chèque, s'empressa d'intervenir Rahesh.

— Oui. Je lui avais laissé un chèque pour le loyer, mais elle l'a déchiré en morceaux. C'est comme ça que j'ai su qu'elle était revenue ce soir-là.

— Elle a déchiré le chèque ? s'étonna Tracy.

— J'avais dit à Kavita que je payerais ma part du loyer jusqu'à ce qu'elle trouve une autre colocataire, répondit Aditi. Je savais qu'elle aurait du mal à payer le loyer seule.

Il fallait, songea Tracy, que Kavita ait été très en colère contre Aditi pour déchirer ce chèque.

— Avait-elle prévu de sortir ce soir-là ? Étiez-vous au courant d'un projet de sortie quelconque ?

Aditi secoua négativement la tête.

— Pas à ma connaissance, mais j'ai été absente durant presque trois mois.

— Elle n'a parlé d'aucun projet particulier ?

— Non.

— D'accord. Avez-vous toujours une clé de l'appartement ?

— Nous avons appelé le concierge, intervint Rahesh en s'avançant de nouveau. Aditi est toujours sur le bail. Il nous laissera entrer.

Quelques minutes plus tard, un concierge les précéda jusqu'à l'appartement et leur ouvrit la porte.

— Je vais entrer la première, dit Tracy en enfilant une paire de gants en latex bleu, avant de pénétrer dans un vestibule plongé dans la pénombre.

Kavita Mukherjee déverrouilla la porte d'entrée et la poussa doucement. Elle n'avait pas peur de ce qu'elle risquait de trouver dans l'appartement, mais plutôt de ce qu'elle risquait de ne pas y trouver. Elle s'arrêta un instant dans l'entrée, se souvenant de leur excitation, à Aditi et à elle, quand elles l'avaient visité pour la première fois ; elle entendait encore Aditi se réjouir qu'il soit aussi lumineux.

Elle déposa ses clés dans le vide-poche sur la console près de la porte, une habitude, et pénétra dans le salon. Aditi avait laissé son jeu de clés sur le plan bar de la cuisine. En dehors de cela, il ne manquait rien ; tout était exactement comme avant. Elle se figura qu'Aditi et son mari n'avaient pas besoin de vieux meubles dans leur appartement londonien.

Elle entra dans la cuisine. Les assiettes et les verres étaient à leur place habituelle. Aditi et elle ne mangeaient pas souvent à l'appartement. Elles préféraient sortir s'acheter quelque chose à manger et partager les frais. Elles avaient toujours fonctionné ainsi, aussi loin que remontaient ses souvenirs. Elles faisaient toujours tout ensemble. Quand il y avait une soirée étudiante sur le campus, elles s'y rendaient à deux. Quand l'une d'elles avait besoin d'étudier, l'autre l'accompagnait à la bibliothèque. Et quand elles avaient des examens, elles se faisaient réviser mutuellement. Oui, Kavita avait toujours eu les meilleures notes, mais celle qui avait toujours travaillé le plus dur, c'était Aditi. Avec qui Kavita allait-elle réviser sa médecine maintenant ?

Elle regarda par la fenêtre et vit le soleil de l'après-midi briller au-dessus des toits des bâtiments du campus où elle avait passé quatre ans en espérant un jour faire médecine. Mais maintenant qu'elle allait être seule, elle ne voulait plus aller à l'université de Washington. Elle voulait partir, quelque part où elle n'aurait aucun souvenir, loin de sa famille. Elle se demanda dans quelle mesure la décision d'Aditi de se marier avait été dictée par la peur plutôt que par l'amour, la même peur que celle qu'elle ressentait maintenant, elle, Kavita. La peur d'être seule. La peur d'échouer à la faculté de médecine et de devoir rentrer chez elle la queue entre les jambes.

Ce n'était pas sa propre mère, qui n'arrêtait pas d'essayer de la culpabiliser quand elle lui téléphonait, qui risquait de lui apporter du réconfort. On surestime beaucoup l'amour, *aimait-elle à lui répéter.* Il sera toujours temps de te préoccuper d'amour quand tu seras mariée.

Oui, quand il sera trop tard, *rétorquait souvent Kavita.*

Aditi s'était-elle donc mariée par crainte qu'une autre occasion ne se représente plus jamais ? Avait-elle redouté que Kavita ne se marie un jour et la laisse seule ? Avait-elle décidé qu'il valait mieux mettre le grappin sur quelqu'un, n'importe qui, plutôt que de ne jamais pouvoir le faire ?

Kavita retourna dans le salon, puis traversa le sombre couloir qui menait aux chambres ; la lumière du jour peinait à arriver jusque-là. Ce soir, tout paraissait plus gris que d'habitude. Elle poussa la porte de ce qui était encore quelques heures plus tôt la chambre d'Aditi. Le mobilier était encore là ; rien n'avait bougé. Seuls les tiroirs de la commode contenant les vêtements de son amie avaient été vidés, et on avait ôté les draps du lit. Des cintres vides étaient accrochés à la barre transversale de la penderie, dont les parois nues s'animaient sous l'effet des ombres projetées par les portes ornées de persiennes.

Une sensation de vide saisit Kavita. Soudain la réalité lui apparaissait brutalement. Aditi était partie. Sans elle, elle se retrouvait seule.

En larmes, elle ferma la porte de la chambre et passa devant la salle de bains. Elle devait se préparer pour son rendez-vous ; elle n'avait jamais été aussi heureuse d'avoir une occasion de se distraire, quand bien même elle avait tout sauf le sourire et l'envie de sortir.

Elle remarqua une paire de sandales bleu marine Bata au pied de son lit et, plié soigneusement sur son édredon, ce qui semblait être un vêtement en tissu bleu et or. Aditi. Elle lui avait rapporté un cadeau ; cela lui ressemblait tellement. Kavita ramassa le vêtement - un sari - et s'émerveilla de la complexité du motif brodé. Aux États-Unis, un sari aussi beau aurait coûté à Aditi deux semaines de salaire. Pas en Inde.

Kavita déplia le vêtement devant elle en s'approchant du miroir fixé à l'intérieur de la porte de la penderie. Elle le plaqua contre *son corps et se souvint de la première fois où elle avait porté un sari – pour l'*Annaprashana *de sa cousine, la cérémonie marquant la première ingestion de nourriture solide chez le nourrisson. Sa mère lui avait expliqué ce jour-là l'importance du sari, qui était plus qu'un simple vêtement – un véritable moyen de communiquer, pour la femme indienne. Se voiler un coin du visage signifiait que l'on était d'esprit joueur, tandis que le fait de tirer sur les plis de son épaule était au contraire signe de discrétion et de modestie.*

Kavita n'avait jamais compris ces codes. Pour elle, le sari était une contrainte, un vêtement dans lequel elle se sentait mal à l'aise et inélégante. Le plus souvent, le tissu lui glissait du buste, et le pallu, la longue pièce d'étoffe destinée à être drapée sur l'épaule et le bras, finissait généralement par traîner par terre. Et quand il fallait porter le sari près du corps pour en souligner les courbes, elle se sentait prisonnière du vêtement, presque claustrophobe.

Elle approcha le tissu de son visage, et admira la manière dont il s'accordait avec le bleu de ses yeux, tandis que la teinte or contrastait joliment avec la matité de sa peau. Aditi. Elle avait toujours eu du goût pour les cadeaux ; et ils étaient si réfléchis ! Elle s'en voulait de n'avoir pas été là pour l'accepter et la remercier de vive voix.

Elle laissa glisser les presque six mètres de tissu sur le sol parqueté. Une enveloppe s'échappa d'un des plis. Elle la ramassa, ainsi que le vêtement, et alla s'asseoir sur son lit. Elle s'adossa à un oreiller. L'enveloppe lui était adressée ; elle reconnut la jolie écriture d'Aditi.

Elle l'ouvrit et en sortit un mot manuscrit :

> Ma chère Vita,
> Je suis tombée sur ce sari alors que je faisais des emplettes pour mon mariage. J'ai tout de suite pensé que le bleu s'assortirait merveilleusement à la couleur de tes yeux, et le doré à ta peau.

Kavita laissa échapper un petit rire. Elles se connaissaient si bien.

Je suis revenue le lendemain avec la crainte qu'il ne soit plus là, que quelqu'un l'ait acheté entre-temps. Il est si beau que je n'ai pas pu résister : il fallait que je te l'offre. Je sais qu'il ne te plaira jamais autant que tes jeans déchirés aux genoux et tes T-shirts 😊, mais tu dois être tellement jolie avec, Kavita. J'espère qu'un jour tu trouveras une occasion de le porter, et ce jour-là, tu penseras à moi, à ta chère amie, Aditi.

Je pars pour Londres à la fin de la semaine. Jusque-là, Rahesh et moi logerons chez mes parents. La famille – tu sais ce que c'est. Les traditions 😊. J'espère vraiment que tu viendras nous voir, mon mari et moi, avant notre départ. Il n'y a que quelques minutes que tu es partie, mais tu me manques déjà.

Viens à Londres, Vita. Tu vas adorer ! Et on s'amusera tellement ensemble ! Penses-y, tu veux ?

Ta sœur, pour toujours.

Aditi

Derrière le mot, Kavita trouva un chèque réglant la part du loyer d'Aditi pour les deux mois suivants. Elle sourit. S'inquiéter pour elle : c'était tout Aditi, ça, songea-t-elle. Elle soupira en se rendant compte qu'il n'y avait plus lieu de s'inquiéter, financièrement du moins.

Elle serait médecin. Elle en était certaine maintenant.

Aditi leur fit faire le tour de l'appartement. La dernière pièce était la chambre de Kavita. Elle leur désigna le lit, qui avait été fait d'une drôle de façon, les draps recouvrant les oreillers. Il y avait des bouts de papier déchirés sur l'édredon.

— Voilà le sari, et le mot que je lui ai laissé, dit-elle.

— Et ça, c'est le chèque ? s'enquit Tracy en désignant les morceaux de papier.

— Oui. J'ai mis le chèque dans l'enveloppe avec le mot.

Tracy songea de nouveau que le chèque déchiré indiquait de toute évidence que Kavita était en colère contre son amie. Elle remarqua un sac à dos appuyé contre une table de chevet, à côté du lit. Elle le ramassa et l'ouvrit. Il contenait un ordinateur portable.

— C'est son ordinateur, dit Aditi.

Voilà qui était inhabituel. La plupart des jeunes gens ne vont nulle part sans leur ordinateur et leur téléphone portable.

— Vous connaissez son mot de passe ? demanda Tracy.

Aditi l'ignorait. Tracy tendit le sac à dos à Pryor.

— Prenons-le avec nous, et essayons d'obtenir un mandat pour pouvoir vérifier ses e-mails et ce qu'elle a pu poster sur les réseaux sociaux.

Elle se tourna vers Aditi.

— Voyez-vous quelque chose d'inhabituel, à part le chèque déchiré ?

Aditi secoua négativement la tête.

— D'accord, dit Tracy. Je vais faire quelques photos. Je vous retrouve dans le salon. Encore une fois, ne touchez à rien.

Après avoir pris une vingtaine de photos avec son téléphone, Tracy retourna dans le salon.

Pryor, qui discutait avec Aditi quand elle entra dans la pièce, se tourna vers elle.

— Aditi a expliqué aux parents de Kavita qu'il se peut que nous souhaitions leur parler.

Tracy jeta un coup d'œil à sa montre.

— Où habitent-ils ?

— À Bellevue, répondit Aditi. Son père travaille chez Microsoft. Vous pensez qu'il a pu arriver quelque chose à Kavita ?

— Je ne sais pas, avoua Tracy.

Si quelque chose était arrivé à la jeune femme, cela ne s'était pas passé à l'appartement ; pas lorsqu'elle y était revenue la première fois, du moins.

— Aditi, j'ai une question difficile à vous poser ; je suis désolée. Est-il possible que Kavita ait pu vouloir se faire du mal à elle-même ?

Aditi fit non de la tête.

— Pas la Vita que je connais. Non. Je ne crois pas qu'elle aurait fait cela.

— Kavita est-elle du genre à aller dans un bar, à boire quelques verres et à rentrer chez elle avec quelqu'un qu'elle ne connaît pas ?

De nouveau, Aditi secoua négativement la tête.

— Non. Ce n'est pas du tout dans ses habitudes.

— Mais avez-vous le souvenir que ce soit arrivé, même une fois ?

Aditi parut réfléchir un instant. Tracy se demanda si son hésitation était due à la présence de Rahesh ; elle ne voulait peut-être pas admettre devant l'homme qu'elle venait d'épouser qu'elle et son amie avaient pu avoir des expériences sexuelles.

— Non.

— Est-ce qu'elle boit ?

— Rarement. Elle aime le vin rouge.

— Et les drogues ?

— Non.

— Pas de drogue ? Même pas un joint, de temps en temps ?

— Ça a pu arriver au lycée, mais non, c'était très rare.

— À combien s'élève le montant du loyer ici ?

— Environ 1850 dollars par mois.

— Et vous avez dit que les parents de Kavita lui ont coupé les vivres ?

— Oui.

— Kavita avait-elle les moyens de payer seule cet appartement ?

— Non. C'est pour ça que je lui ai proposé de payer ma part jusqu'à ce qu'elle trouve une nouvelle colocataire. Je ne me voyais pas la laisser se débrouiller seule.

— J'ai suggéré à Aditi que nous payions deux mois de loyer, intervint Rahesh.

— Mais elle a déchiré le chèque, dit Tracy, réfléchissant à voix haute. Dans ce cas, comment comptait-elle payer le loyer ?

— Je ne sais pas, répondit Aditi. J'imagine qu'elle comptait trouver rapidement une colocataire. Allez-vous parler à ses parents ce soir ?

Tracy n'avait plus guère le choix.

— Oui, répondit-elle.

— Dans ce cas, je vais les prévenir de votre venue.

Tracy sortit une carte de visite de sa poche et la tendit à Aditi.

— Voici mes coordonnées. Si vous avez des nouvelles de Kavita, appelez-moi immédiatement ; moi ou la détective Pryor.

— Qu'allez-vous faire maintenant ? voulut savoir Rahesh.

— Nous allons lancer une alerte pour disparition inquiétante, et diffuser la photo de Kavita avec son signalement dans tout l'État, expliqua Pryor.

— Je vais avoir besoin du numéro de téléphone de Kavita, ainsi que du nom de son opérateur, reprit Tracy. Nous allons chercher à géolocaliser son téléphone. Si nous y parvenons, il y a des chances pour que nous trouvions Kavita du même coup ; quoi qu'il en soit, nous saurons au moins par où elle est passée.

CHAPITRE 13

Les voisins des Blaismith étaient sortis de leurs maisons, attirés par le spectacle de la Volkswagen Jetta que l'on sanglait sur le plateau d'une dépanneuse. La machine à rumeurs allait tourner dans le quartier plus vite que des gosses faisant du porte-à-porte un soir d'Halloween, songea Faz.

Del et lui allaient suivre la dépanneuse jusqu'à la salle de « visite » des véhicules à Park 95. Il avait déjà demandé par e-mail à Gonzalez de faire suivre le mandat de perquisition signé pour la Jetta à l'Unité d'identification spécialisée dans les empreintes digitales latentes. Dans la matinée, les « dactylo-techniciens » chercheraient à mettre en évidence les empreintes sur le capot de la voiture. Avec un peu de chance, ils réussiraient peut-être même à collecter de l'ADN ; cela dépendait du temps que la voiture avait passé en plein soleil.

Obtenir une empreinte exploitable, puis une correspondance de celle-ci avec une empreinte existante dans leur système, restait plus qu'hasardeux, mais du moins venaient-ils de faire un premier pas important.

Faz considéra Doug Blaismith, qui se tenait dans l'allée de leur jolie maison sise dans son joli lotissement. Blaismith avait l'air du type qui regarde sa maison partir en flammes, sans espoir de sauver quoi que ce soit à l'intérieur. Il n'avait émis aucune protestation quand Faz lui avait dit qu'ils saisissaient la voiture. Faz le soupçonnait d'être aussi impatient qu'eux de découvrir si sa femme se trouvait réellement à South Park, bien qu'à en juger par la réaction de cette dernière, ils savaient déjà que c'était probablement le cas. Ce qu'elle y avait fait était une tout autre question, et Del et Faz risquaient bien de ne jamais le savoir, ni d'avoir besoin de le savoir d'ailleurs. Après avoir lâché le flacon de Jex et le torchon, Sandy Blaismith était restée mutique. Les seuls mots qu'elle avait prononcés avaient été pour réclamer un avocat.

— Je crois qu'elle regarde un peu trop *Les Experts*, dit Del. J'ai failli lui demander si, par avocat, elle entendait un pénaliste, ou bien un spécialiste des procédures de divorce.

Faz et lui avaient renoncé à arrêter Sandy Blaismith pour entrave à la justice, compte tenu du fait que Del était intervenu à temps pour l'empêcher d'effacer les traces sur la voiture. Au fond, ils se fichaient de savoir pour quelle raison elle s'était rendue en voiture à South Park – si c'était pour s'acheter de la drogue, ou pour une autre raison, une liaison amoureuse, par exemple. Cela les regardait, elle et sa famille.

La dépanneuse démarra ; ils la suivirent dans la voiture de patrouille. Del éteignit la radio qui retransmettait un match des Mariners de Seattle, et demanda à son équipier :

— Tu crois que c'est la drogue ? Tu crois qu'elle s'en procurait ?

— À en juger par sa réaction, à voir comme elle est devenue pâle, je dirais que c'est quelque chose de plus personnel que la drogue.

— Elle le trompe ?

— Peut-être bien. Mais c'est pas vraiment nos oignons, fit valoir Faz. Il y a une famille en jeu, deux gosses qui n'ont rien à voir dans tout ça.

— Mouais, je sais, fit Del. C'est juste que ça me fout hors de moi de penser qu'elle a essayé de faire disparaître des preuves dans une enquête pour meurtre, tout ça pour préserver son petit secret... Qui fait une chose pareille ?

— Je ne sais pas, dit Faz.

L'espace d'un instant, il revit Doug Blaismith au bout de son allée, seul, avant que ses pensées ne le ramènent à Vera. Il se demanda comment elle allait, seule chez eux, sans lui, une fois de plus. Au cours de sa carrière, il avait dû bien souvent la laisser seule le soir, mais jamais il ne s'était inquiété de savoir si elle allait bien. Il avait simplement supposé que oui. Il regrettait maintenant de ne pas l'avoir appelée plus souvent pour s'en assurer, pour lui faire savoir qu'il pensait à elle, qu'elle comptait pour lui.

— La vie est bien trop courte pour supporter ces conneries, jugea Del.

— Pas s'il l'aime…, commença Faz.

À cet instant, toutes les émotions auxquelles il avait passé la journée à faire barrage, tentant de les contenir au prix de tant de difficultés, le submergèrent brusquement, et il ne put retenir ses larmes.

CHAPITRE 14

Après avoir quitté les jeunes mariés Rahesh et Aditi Banerjee à l'appartement de Village Place, Tracy et Katie Pryor se rendirent immédiatement à Bellevue pour parler aux parents de Kavita Mukherjee. En chemin cependant, tandis qu'elles remontaient University Way, Pryor désigna à Tracy le magasin *Urban Trekking* où travaillait Mukherjee.

— Appelez les parents. Dites-leur que nous aurons quelques minutes de retard, demanda Tracy, se disant que l'occasion de faire d'une pierre deux coups ne se représenterait probablement pas de sitôt, pas avec South Park qui réclamait maintenant sa participation.

Elles se garèrent, descendirent de voiture et se frayèrent un chemin sur le trottoir au milieu des passants en short et débardeur faisant le plein de vitamine D. On comprenait, d'un rapide coup d'œil aux vêtements pliés sur les présentoirs en métal ou accrochés à des cintres sur des portants, que la boutique devait être un véritable paradis pour les étudiants – jeans déchirés aux genoux et élimés sur les cuisses, T-shirts cloutés ou délavés à effet *tie and dye*, et débardeurs. Ce n'était pas de sitôt que Tracy ferait ses emplettes ici.

Deux femmes se tenaient derrière le comptoir, pliant des vêtements et bavardant. Elles glissèrent un regard en direction des détectives, leur sourirent poliment même, mais sans faire l'effort de venir vers elles, signe évident qu'elles n'espéraient pas réaliser une vente. La caissière, une Afro-américaine, salua Tracy et Pryor quand elles arrivèrent près de la caisse. L'autre vendeuse, blanche, disparut derrière une cloison séparative ; l'instant d'après, le volume de la musique baissa en intensité.

— Vous cherchez quelque chose ? Est-ce qu'on peut vous aider ? demanda la caissière.

Elle méritait d'ores et déjà un « A » pour son effort.

— J'ai bien peur d'avoir passé l'âge de porter ces vêtements, dit Tracy.

La femme lui décocha un sourire, mais qui paraissait forcé.

— Nous avons des femmes de votre âge qui achètent régulièrement ici.

— Aïe, fit Tracy, ce qui fit rire Pryor.

Elle sortit son insigne de police.

— En fait, nous sommes là pour tenter de prendre des nouvelles d'une de vos employées.

— Kavita ? fit la caissière en se rapprochant du comptoir.

— Vous la connaissez, crut comprendre Tracy.

— Bien sûr, mais elle n'est pas venue travailler aujourd'hui, et notre patron n'a pas réussi à la joindre. Je crois qu'il y a renoncé. C'est pour ça que je la remplace.

Elle regarda sa collègue, qui venait de revenir, chercha une confirmation de sa part, mais la jeune femme se contenta de hausser les épaules, l'air de dire : *Je ne sais pas.*

Pryor demanda leurs noms aux deux femmes et les nota. La femme noire se prénommait Charlotte ; sa collègue blanche, qui portait des piercings au nez et aux sourcils, Lindsay. Toutes deux étaient grandes – un mètre soixante-quinze environ – et habillées comme si elles allaient poser pour le catalogue de l'enseigne.

— Quand l'avez-vous vue pour la dernière fois ? interrogea Tracy.

— Nous avons fermé la boutique ensemble samedi, répondit Lindsay. Ç'a été la dernière fois.

— Vous la connaissez bien ? demanda Pryor.

Les deux femmes haussèrent les épaules.

— Elle est plus âgée que nous, répondit Charlotte, ce qui fait que… on ne se voit pas vraiment après le travail.

Si elles considéraient que Kavita Mukherjee était « âgée », que devaient-elles penser de Tracy ?

— A-t-elle jamais mentionné le fait qu'elle voulait prendre un congé ?

Elles secouèrent la tête en même temps, et répondirent d'une seule voix :

— Non.

— Est-ce qu'elle a un petit ami ? voulut savoir Tracy.

Les deux femmes échangèrent un regard ; ce fut Lindsay qui répondit :

— Je ne crois pas. Elle n'a jamais parlé d'un petit ami.

— C'est une très jolie fille, dit Tracy.

— Oh, Seigneur, ça oui, s'anima soudain Lindsay. Elle est magnifique. Je crois que si notre patron l'a engagée, c'est parce qu'elle portait à merveille les vêtements de la boutique. Ils ont été coupés pour des filles comme elles, grandes, vous voyez ? Kavita est réellement grande, un peu comme vous.

— Vous n'avez jamais vu personne, de jeunes hommes, venir lui parler ici ? demanda Tracy.

— Si, bien sûr, tout le temps, répondit Charlotte. Ils viennent de l'université et nous draguent ; ils nous invitent à leurs petites fêtes dans leurs fraternités, ce genre de choses.

— Et Kavita y allait ?

— Seigneur, non, dit Lindsay, comme si la question l'étonnait. Mais ça ne la gênait pas plus que cela ; elle les faisait juste marcher un peu, mais pas méchamment, vous voyez ? Ils achetaient des chemises, des trucs comme ça, en espérant qu'elle accepte de sortir avec eux. Mais elle ne l'a jamais fait. Elle prétextait toujours un rendez-vous, ou du travail à terminer.

— L'un d'entre eux a-t-il pris mal le fait d'être plus ou moins mené en bateau ?

— Mal ? chercha à comprendre Lindsay.

— Quelqu'un s'est-il jamais vexé, ou mis en colère ? reprit Tracy.

— Ou simplement aurait eu une attitude bizarre ? ajouta Pryor.

Les deux femmes échangèrent de nouveau un regard perplexe, avant de secouer négativement la tête.

— Pas vraiment, répondit Lindsay. Je veux dire, ils savaient que Kavita était trop bien pour eux, vous comprenez ? Les types savent quand c'est le cas, mais certains se disent : oh, et puis merde, qui ne risque rien n'a rien. Pourquoi, il lui est arrivé quelque chose ?

— C'est ce qu'on essaie de découvrir, répondit Pryor.

— Vous n'êtes pas ici parce qu'elle est… comment dire... morte ou je ne sais quoi, n'est-ce pas ?

— Non, dit Tracy. Mais plusieurs personnes s'inquiètent pour elle.

— Sa colocataire a appelé parce qu'elle la cherchait, dit Charlotte.

— Quand était-ce ? demanda Tracy.

— Aujourd'hui même. Elle voulait savoir si Kavita était au travail.

— Comment était Kavita la dernière fois que vous l'avez vue ? Vous a-t-elle paru contrariée ? interrogea Pryor.

Les deux femmes haussèrent les épaules.

— Je n'ai rien remarqué de particulier pendant qu'elle travaillait, dit Charlotte.

— À votre connaissance, fréquentait-elle certains bars ou boîtes de nuit ? Y avait-il des endroits où elle aimait aller ?

Nouveaux hochements de tête négatifs.

— À mon avis, les boîtes, ce n'était pas son truc. En tout cas, elle ne m'en a jamais parlé, dit Lindsay. Comme je vous l'ai dit, elle est plus âgée. Elle travaille beaucoup.

— Pour ses études de médecine, dit Charlotte. Elle veut être médecin.

— Combien est-elle payée pour travailler ici ?

— Le salaire de base. Comme nous, dit Lindsay.

Tracy fit un rapide calcul mental. Si Kavita travaillait trente heures à quinze dollars de l'heure, elle gagnait 450 dollars avant impôts, soit plus ou moins 1800 dollars par mois. Sa part du loyer pour l'appartement qu'elle partageait avec Aditi était d'environ 900 dollars. Tracy était admirative ; il avait fallu du courage à Kavita pour ne pas céder à la pression parentale. D'un autre côté, déchirer le chèque d'Aditi couvrant la moitié des deux prochains mois de loyer n'était pas, tant s'en fallait, la meilleure idée qu'elle avait eue. Sans doute avait-elle agi sous le coup de la colère, songea de nouveau Tracy.

Pryor et elle laissèrent leurs cartes aux deux femmes.

— Si vous avez des nouvelles, ou s'il vous revenait en mémoire quelque chose qu'elle aurait dit, un endroit où elle pourrait être, nous vous serions reconnaissantes de nous appeler.

— J'espère vraiment qu'elle va bien, dit Lindsay en fixant une des cartes.

Elle leva les yeux vers Tracy :

— Vous nous tiendrez au courant si quoi que ce soit lui est arrivé ? demanda-t-elle. C'est assez effrayant de songer qu'elle a pu disparaître comme ça.

— Oui, rassurez-vous, dit Tracy.

Puis, songeant soudain à la durée du trajet jusqu'à Bellevue, elle se retourna et demanda :

— Y a-t-il des toilettes que je puisse utiliser ?

CHAPITRE 15

Del gara la voiture le long du trottoir et coupa la retransmission du match des Mariners. Il avait déjà vu pleurer Faz, mais les larmes versées par son équipier avaient toujours été des larmes de joie, comme la fois où Vera avait organisé un dîner pour fêter les fiançailles de Dan et Tracy, et où Tracy leur avait dit à tous à quel point ils comptaient pour elle, comment ils étaient devenus sa deuxième famille. Faz était ainsi fait ; il disait que pleurer était très italien, qu'il avait cela dans ses gènes, mais Del était italien lui aussi, et il n'avait rien d'une madeleine. Il sentait que les larmes de Faz, ce soir, n'étaient pas des larmes de joie, qu'elles n'avaient rien de sentimental, et voir son équipier aussi vulnérable le mit mal à l'aise.

Faz sortit un mouchoir de sa poche arrière, sécha ses yeux et se moucha. Son visage était marqué, trahissant une sorte d'embarras douloureux. Del remarqua que les poches sous ses yeux étaient plus sombres que d'habitude, plus prononcées. Quelque chose clochait.

Faz soupira, comme s'il expirait un air mauvais ; puis il s'éclaircit la gorge et dit :

— Vera a un cancer.

Il dit cela si rapidement, si abruptement, que durant un court instant, Del se demanda s'il avait bien entendu ; mais il y avait certains mots à côté desquels il était impossible de passer, fussent-ils prononcés à voix basse. Certains mots refusent d'être inaudibles, ignorés ou remisés dans un recoin de l'esprit en attendant de resurgir à un moment plus opportun. « Cancer » est l'un de ces mots ; il n'est jamais opportun ; on ne passe jamais à côté ; on ne peut l'ignorer.

— Non, dit Del.

Il ne voulait pas y croire. Pas plus tard que le week-end précédent, Celia et lui étaient allés chez Faz pour un barbecue. Ils avaient bu du chianti et mangé des travers de porc dans le jardin.

Faz hocha la tête en signe de confirmation, comme si lui aussi tentait d'appréhender la terrible vérité.

— Elle a une grosseur au sein.

Il s'interrompit pour prendre une longue inspiration, qui fit trembler sa poitrine, comme s'il avait inhalé un poison. Il expira sèchement.

— On est retournés faire d'autres mammographies et une échographie ce matin. On était assis dans le cabinet du médecin, on attendait, en essayant de ne pas trop cogiter – de ne pas tirer de conclusions trop rapides, tu vois ? Et puis, il est entré avec les radios, il les a fait apparaître sur un ordinateur et, avec la pointe de son stylo, il nous a montré cette petite zone noire au niveau d'un sein. Pas plus grosse qu'un petit caillou, Del. Un truc de rien du tout. Mais ce médecin, c'est pas le genre à tourner autour du pot. Il te regarde droit dans les yeux pour éviter tout malentendu. Alors, il a regardé Vera, et il lui a dit : "Vous avez un cancer."

— Faz, je suis désolé, fit Del, à court de mots et s'efforçant lui-même de contenir son émotion.

— Il a dit ça comme ça, reprit Faz. De but en blanc. *Vous avez un cancer.*

Il se tourna vers Del et le fixa, le visage rougi, les yeux humides.

— Là, tu n'as qu'une envie : te foutre en rogne. T'as envie de t'en prendre à quelque chose ou à quelqu'un, mais tu ne peux pas, parce que c'est des trucs qui arrivent, voilà tout. Un de ces putain de trucs moches qui te tombent dessus.

Il frappa du poing contre le tableau de bord, puis contre la portière. La voiture trembla. Del lui laissa le temps d'évacuer son trop-plein de colère.

— C'est la loterie, voilà tout, reprit Faz d'un ton fataliste en fixant le pare-brise d'un œil absent. Je n'arrive pas à m'y faire, tout ça est encore irréel, comme si ce n'était pas vraiment moi qui me trouvais dans le cabinet de ce médecin ce matin, comme si ce n'était pas à ma Vera qu'il parlait. J'étais sous le choc. Je le suis toujours.

Il y avait plus de vingt ans que Del faisait des patrouilles en voiture avec Faz, et durant tout ce temps, il n'avait jamais été à court de conversation ; il avait toujours trouvé quelque chose à dire, mais pas ce soir. Les mots lui manquaient. « Je suis désolé », c'était un peu court ; et lourdingue. Ça ne disait rien du tout. Il resta silencieux.

— Ils lui ont fait une biopsie ensuite.

— Est-ce que tu as eu les résultats ?

— On ne les aura que dans deux jours, au plus tôt, mais le radiologue ne nous a pas laissé trop d'espoir. Il a dit que nous devrions consulter rapidement un oncologue pour décider d'un traitement.

— Écoute, Faz, je ne sais même pas ce que tu fais là, mon vieux. Prends quelques jours pour être auprès de Vera.

Faz secoua négativement la tête.

— C'est ce que j'ai voulu faire, se justifia-t-il. J'ai proposé à Vera de rester avec elle, de prendre un congé, mais elle a dit que ça ne servirait à rien qu'on passe notre temps à se morfondre tous les deux, que ça ne changerait rien au problème, qu'on risquait juste de broyer un peu plus du noir. Elle m'a dit d'aller travailler, d'essayer de me changer les idées.

— C'est tout Vera, ça, commenta Del.

— Comme si je pouvais oublier ce qui se passe !

— Sur le fond, elle a peut-être raison, dit Del. On est mieux au boulot, toi et moi, quand il se passe ce genre de chose. Comme quand j'ai divorcé, tu te souviens ? Ou quand Allie est morte.

Allie était la nièce de Del, décédée d'une overdose d'héroïne à l'âge de dix-sept ans.

— Ça allait mieux dès que j'étais au travail. Je sais que ce n'est pas la même chose, Vera est ta femme, mais… Et merde, si tu passes trop de temps avec Vera, de toute façon, tu vas te rendre insupportable.

Faz sourit, mais c'était un pâle et douloureux sourire.

— Je ne sais pas ce que je ferais sans elle, Del.

Il tressaillit légèrement et se redressa sur son siège, comme s'il luttait pour garder en lui quelque chose d'horrible.

— Ne t'embarque pas sur cette pente-là, l'avertit Del, tout en sentant que c'était déjà trop tard.

— Je m'en veux de penser à moi dans un moment pareil, mais je serais perdu sans elle, seul dans cette maison, à vieillir tout seul. Je n'ai pas de hobbies, rien pour m'occuper. Tout ce que je fais, bordel, c'est bosser comme un dingue. Qu'est-ce que je vais faire, Del ? Dis-le-moi, que veux-tu que je fasse sans elle ?

— Hé, écoute-moi bien. Pour commencer, Vera ne va aller nulle part, d'accord ? Deuxièmement, je suis là, Faz. Je serai toujours là pour toi.

— Tu auras Celia dont tu devras t'occuper, répliqua Faz en le regardant de nouveau et en s'efforçant de lui sourire. Et je suis ravi pour toi. Tout le monde devrait avoir quelqu'un.

Del ne put s'empêcher de penser que Faz avait raison, qu'il serait perdu sans Vera. Lui et Vera, c'était comme le vin et les lasagnes. Ils se complétaient.

— Bon, remettons chaque chose à sa place, d'accord ? reprit Del. Faisons comme tu as dit pour cette enquête. Procédons étape par étape. Demain est un autre jour, d'accord ?

— Ouais, dit Faz. Tu as raison.

— Et Vera… je vais te dire une bonne chose : si j'étais le cancer, j'aurais une trouille bleue de m'attaquer à quelqu'un comme elle.

Faz s'essuya le nez dans son mouchoir.

— C'est une dure à cuire, renchérit-il.

— Tu l'as dit : elle est solide comme un roc. C'est la femme la plus forte que j'aie jamais vue. Elle ne va pas se contenter de vaincre cette saloperie ; elle va l'écrabouiller.

Faz acquiesça d'un hochement de tête en soupirant. Il sourit de nouveau et redressa le buste, comme s'il se réveillait après avoir fait un petit somme.

— Bon, allez, dit Del. Ramenons cette voiture pour que tu puisses rentrer chez toi.

CHAPITRE 16

Comme Tracy et Katie Pryor franchissaient le pont flottant de l'autoroute 520 en direction de l'est, le soleil crépusculaire faisait étinceler les fenêtres des luxueuses maisons bordant les rives du lac Washington. Au loin se profilait la chaîne des Cascades.

Les jeunes vendeuses de la boutique avaient confirmé les déclarations d'Aditi Banerjee selon lesquelles Kavita n'était pas allée travailler, et n'avait pas non plus prévenu son patron de son absence – autant d'agissements qui ne collaient pas avec les traits de caractère de la jeune femme qu'Aditi et les deux vendeuses leur avaient décrits – responsable, intelligente, indocile à sa façon, décidée.

L'extrémité est du pont franchi, Tracy dut lutter pour ne pas laisser les pensées négatives semer le chaos dans son esprit ; elle s'efforça à la place de réfléchir à la meilleure manière de parler à la famille de Kavita. Il était rare qu'elle se rende chez quelqu'un avec de bonnes nouvelles. Faz avait comparé un jour leurs visites dans les familles au fait de recevoir un appel d'un producteur du magazine d'information *60 Minutes* vous invitant sur le plateau de l'émission : c'était rarement pour une bonne raison, quelle que soit la manière dont l'invitation était formulée.

Les Mukherjee vivaient dans un quartier appelé Cherry Crest. Très boisée, la zone – qui se trouvait tout près d'un parc national – paraissait idéale pour l'équitation. Les maisons occupaient de vastes parcelles entourées de barrières de style ranch. Tracy tourna dans une rue qui n'avait pas de trottoirs. Le soleil de fin d'après-midi jouait entre les branches des conifères, des cornouillers et des érables, étirant leurs ombres sur l'asphalte. Des poubelles vertes et bleues, parfaitement alignées pour le ramassage, permettaient de localiser vaguement l'entrée de chaque allée. Tracy obliqua dans celle qui correspondait à l'adresse qu'elle avait, avant de se garer devant une maison à un étage recouverte d'un bardage de bois sombre et nichée au milieu d'un bosquet d'arbres. Le jardin, qui mêlait pierres et plantes locales, était impeccablement aménagé. Une passerelle enjambait un bassin au-dessus duquel on avait suspendu un filet destiné à protéger les carpes koï qui y nageaient. Tracy et Pryor franchirent la passerelle et marchèrent jusqu'à la porte d'entrée.

Pryor actionna la sonnette. À travers les panneaux vitrés, Tracy vit un homme approcher ; il ouvrit. Il portait un short, une ample chemise blanche plaquée sur sa bedaine, et pas de chaussures. Une femme arriva et se tint à côté de lui. Également pieds nus, elle était vêtue d'un pantalon flou marron et d'un haut à manches longues assorti. Ses cheveux étaient ramenés en arrière et rassemblés en une longue natte. D'après le portrait fourni par Aditi, Kavita ressemblait beaucoup à sa mère, qui avait elle aussi la peau claire, des traits fins et des yeux expressifs, quoiqu'ils fussent marron, et non bleus.

— Monsieur et madame Mukherjee ? s'enquit Pryor, en se présentant ainsi que Tracy. Nous nous sommes parlé au téléphone.

Pranav et Himani Mukherjee parurent naturellement hésitants.

L'homme ajusta ses lunettes à monture noire sur l'arête de son large nez, et les invita à entrer. Une odeur d'épices cuisinées parvenant aux narines de Tracy, elle demanda :

— J'espère que nous ne vous dérangeons pas en plein dîner ?

— Non. Je vous en prie, leur dit-il en les invitant d'un geste à passer sur sa gauche.

Elles s'arrêtèrent dans l'entrée où des paires de chaussures étaient alignées le long du mur.

— Voulez-vous que nous ôtions nos chaussures ? demanda Pryor.

— Ce n'est pas nécessaire, répondit Pranav avec un accent très marqué.

Tracy et Pryor entrèrent dans le salon où se trouvaient d'autres personnes, vraisemblablement des membres de la famille – un couple âgé assis sur le canapé ; un jeune homme d'une vingtaine d'années adossé au mur derrière le couple ; et un garçon plus jeune, treize ou quatorze ans peut-être, assis sur un pouf rouge. La femme âgée sur le canapé avait des yeux bleu clair.

Les grands-parents.

Derrière eux, un tableau représentant des oiseaux exotiques perchés sur des branches occupait une grande partie du mur ; tout près, une large baie vitrée offrait une vue sur le jardin arboré.

Pranav Mukherjee fit les présentations, en commençant par le canapé.

— Voici ma mère et mon père, dit-il, les grands-parents de Kavita. Et voici les deux frères de Kavita, Nikhil et Sam.

Nikhil, l'aîné, avait les mains fourrées dans les poches de son jean ; il ne fit pas l'effort de les ôter de son pantalon, ni de s'approcher. Svelte, il ressemblait à son père – le même teint sombre, les traits épais et les cheveux drus. Sam, le cadet, avait, lui, de longs cheveux qu'il ramenait en travers de son front, et qui cachaient en partie ses yeux. La peau claire, il ressemblait à sa mère et à sa sœur. Il portait un short et un maillot de basket.

Pranav désigna deux chaises libres à Tracy et Pryor. En s'asseyant, Tracy eut vaguement l'impression d'être de retour au tribunal, dans le box des témoins. Pranav et Himani prirent place sur un canapé installé perpendiculairement à celui des grands-parents, et face à Tracy et Pryor.

— Je ne sais pas exactement ce qu'Aditi vous a dit ou non, commença Pryor d'un ton hésitant.

— Elle ne nous a rien dit, intervint Nikhil, si ce n'est qu'elle ne sait pas où est Kavita.

On sentait, plus que de l'inquiétude, une certaine colère dans le ton de sa voix, si bien que Tracy se demanda si c'était bien la première fois que Kavita disparaissait de la sorte.

Pranav leva la main pour intimer le silence à son fils. Puis, s'adressant à Pryor, il demanda :

— Que pouvez-vous nous dire ?

Pryor lui confia ce que Tracy et elle avaient appris. Quand elle eut terminé, un grand silence tomba sur la pièce.

Pranav le brisa quelques instants plus tard :

— Kavita et Aditi sont très proches, et cela depuis longtemps, expliqua-t-il en cherchant du regard l'approbation de sa femme. Je suis sûr qu'elle a eu beaucoup de mal à accepter la nouvelle du mariage d'Aditi.

— Si je comprends bien, vous n'avez pas eu de nouvelles de votre fille, vous non plus, dit Tracy.

— Non, assura Pranav. Aucune.

— Quand lui avez-vous parlé pour la dernière fois ?

Il y eut de nouveau un grand silence ; Tracy eut l'impression que sa question était quelque peu embarrassante. Elle décida d'enfoncer le clou :

— Aditi nous a fait part de certaines tensions qui existeraient dans la famille. Est-ce le cas ?

Pranav regarda sa femme, avant de se tourner de nouveau vers Tracy.

— Oui, admit-il.

Comme il n'en disait pas plus, Tracy ajouta :

— À propos du fait qu'elle vivait seule ?

— Nous espérions qu'après son diplôme du deuxième cycle, elle rentrerait à la maison, avoua Pranav. Nous lui avons dit que nous ne voulions plus payer pour son appartement ou ses études. Nous considérions que c'était une dépense inutile.

— Aditi nous a expliqué que Kavita avait l'intention de poursuivre des études de médecine et de les payer seule…

— Si elle y tient, intervint Himani.

— Justement, y tient-elle vraiment ? interrogea Tracy.

— C'est ce qu'elle nous a dit, en tout cas, répondit Himani.

— Mais ce n'est pas ce que vous souhaitiez, vous ?

— Nous voulions que Vita se marie, concéda sa mère.

— Le sujet était donc devenu une source de conflit entre vous – je veux dire, le fait que Kavita ne consente pas à un mariage arrangé ? poursuivit Tracy.

— Kavita ne veut pas être indienne, dit Nikhil.

— Nikhil ! intervint son père par-dessus son épaule, d'un ton plus las que fâché.

— C'est vrai, insista Nikhil.

Il s'écarta du mur et s'avança dans le salon en regardant Tracy.

— Vita n'a pas voulu rentrer à la maison, ni laisser notre mère lui trouver un mari. Tout ce qu'elle veut, c'est vivre à l'américaine. Et elle attendait de nous que nous la soutenions dans ses choix.

— C'est donc cela, la principale source de conflit, reprit Tracy en regardant Pranav.

— Oui, acquiesça celui-ci sans plus de précisions.

— La situation en était-elle au point où Kavita aurait pu ne pas vous appeler pour vous confier sa colère ou sa détresse face au mariage d'Aditi ?

— Non, je ne crois pas, répondit Himani.

— Je ne suis pas ici pour juger qui que ce soit, crut bon de préciser Tracy pour éviter tout malentendu. J'essaie juste de déterminer si Kavita a pu, par colère ou dépit, vouloir s'isoler, prendre ses distances un moment, sans prévenir personne. J'essaie de comprendre quel lien chacun d'entre vous entretenait avec elle. Vous connaissez Kavita. Pas moi. J'ai besoin de savoir si elle a déjà fait cela par le passé, prendre ses distances sur un coup de tête ?

— Non, dit Pranav. Pas que je sache.

— Et, à votre connaissance, Kavita avait-elle un petit ami ?

— Probablement, répondit Nikhil.

Tracy se tourna vers lui.

— Quelqu'un que vous connaissez ?

Nikhil secoua négativement la tête.

— Et par le passé, a-t-elle déjà eu une liaison avec quelqu'un ?

Pranav et Himani secouèrent la tête à leur tour.

— Kavita ne nous a jamais parlé de qui que ce soit, dit Pranav.

Tracy en déduisit que c'était une décision délibérée ; étant donné sa beauté naturelle, Kavita n'avait pas dû manquer de soupirants. D'un autre côté, elle l'imaginait mal présenter des garçons à ses parents alors qu'elle était en froid avec eux sur cette question même.

— Donc, quand avez-vous parlé à votre fille pour la dernière fois ? interrogea de nouveau Tracy.

— Cela fait plusieurs mois maintenant, répondit Himani.

Encore une fois, on ne sentait aucune inquiétude particulière dans sa voix.

— Nous nous sommes dit que c'était juste une phase qu'elle traversait… comme tous les jeunes gens, tenta d'expliquer Pranav. Une façon de tester son indépendance, avant de reprendre finalement le chemin de la maison.

— Et de vous autoriser à lui trouver un mari ? demanda Tracy à Himani.

La femme parut voir dans la question une provocation. Il y eut de la colère dans son regard.

— Un mariage indien convenable, arrangé par les parents, est béni par les seigneurs Ganesh et Krishna. Peut-être ne comprenez-vous pas nos coutumes, détective, voilà tout.

— Je m'y efforce, dit Tracy.

— Les Américains, poursuivit Himani, pensent qu'une jeune femme doit tomber amoureuse pour que son mariage réussisse, mais regardez le taux de divorce dans ce pays.

Elle s'interrompit un instant, comme pour accentuer ce dernier point, avant d'ajouter :

— Nous voulons seulement le meilleur pour Kavita.

Si Pranav était contrarié d'entendre sa femme insinuer qu'elle ne l'aimait pas quand ils s'étaient mariés, il n'en montra en tout cas aucun signe. En fait, en dépit des circonstances pour le moins perturbantes – une détective chez eux posant des questions à propos de leur fille pour l'heure disparue – le couple ne manifestait aucun signe extérieur d'affection. Ils ne se tenaient pas la main, ni n'avaient l'un pour l'autre le moindre geste de consolation.

— Je ne juge personne, répéta Tracy. Je veux juste savoir s'il y avait un homme dans la vie de Kavita – ou qui souhaitait partager sa vie – susceptible de lui avoir fait du mal.

Un grand silence se fit de nouveau. Tracy allait changer de sujet quand Sam, assis sur son pouf, prit la parole pour dire :

— Vita a un petit ami.

Ce fut comme si quelqu'un venait de lâcher une bombe H dans la pièce. Tout le monde se tourna vers le garçon, mais tous paraissaient trop abasourdis pour réagir.

— Comment le sais-tu ? demanda finalement Pranav.

Sam hésita.

— Tu as parlé à Kavita ? l'encouragea Tracy.

— Oui, dit-il. En quelque sorte. Je veux dire, par texto.

— Pourquoi nous as-tu caché cela ?

Himani paraissait davantage contrariée qu'heureuse que sa fille ne soit pas complètement coupée de la famille.

— Kavita m'a demandé de ne rien vous dire, répondit Sam.

— Kavita a bien parlé d'un petit ami, tu en es sûr ? interrogea Tracy.

Sam haussa les épaules.

— Pas exactement. Elle a dit qu'elle ne pouvait pas venir me voir jouer au foot parce qu'elle sortait avec quelqu'un, qu'elle avait rendez-vous.

— Tu lui as parlé ou non ? voulut savoir Himani.

Sam regarda Tracy, cherchant de toute évidence à éviter le regard perçant de sa mère.

— Qu'a-t-elle dit d'autre ? demanda Tracy. Tu lui as parlé, ou bien était-ce un texto ?

— C'était un texto, répondit-il.

— Qu'est-ce que tu lui disais, toi, dans le tien ?

— Juste que j'avais un match et que je voulais qu'elle vienne. J'ai dit que *baba* était en voyage, et que maman ne pouvait pas venir, et que c'était pour cela que je lui demandais à elle.

— Et que t'a-t-elle répondu exactement ?

— Elle m'a parlé d'Aditi ; elle m'a dit qu'elle était bouleversée par son mariage. Elle m'a demandé si la nouvelle réjouissait maman.

Himani se raidit un peu, les lèvres pincées.

— Est-ce que tu as toujours son message sur ton téléphone ?

Sam secoua la tête.

— Non, répondit-il. Je l'ai effacé.

Tracy se dit qu'elle connaissait la réponse à sa prochaine question, mais elle la posa malgré tout :

— Pourquoi ?

— Kavita ne voulait pas que maman le lise.

Le garçon jeta de nouveau un regard vers le canapé.

— Maman vérifie mes messages le soir, ajouta-t-il.

Ce fut le détail de trop ; Himani laissa éclater la colère qui couvait en elle :

— Je prends le téléphone le soir pour que Sam puisse étudier et qu'il ne passe pas son temps à échanger des messages avec ses amis ou à jouer à des jeux. Je connais de nombreuses mères qui font la même chose.

— On est en été, protesta Sam d'une voix faible. Je n'ai pas de devoirs en été.

— Tu devrais en profiter pour développer ton esprit.

— Encore une fois, dit Tracy, j'essaie seulement de découvrir de quelles informations on dispose. Nous pouvons récupérer ces messages en passant par le fournisseur d'accès. Kavita a-t-elle dit qu'elle avait l'intention d'aller quelque part ?

Sam secoua la tête.

— Non.

— Mais elle a dit qu'elle ne pouvait pas venir voir ton match parce qu'elle avait un rendez-vous ?

— C'est ce qu'elle a dit.

— A-t-elle mentionné un nom ?

Sam fit signe que non.

— Te souviens-tu qu'elle ait dit autre chose dans ses messages ? insista Tracy.

De nouveau, Sam secoua négativement la tête.

— Et toi, tu lui as répondu ? poursuivit Tracy, imaginant que Sam devait l'avoir fait.

Le garçon acquiesça d'un hochement de tête, avant de regarder une fois de plus vers le canapé. De toute évidence, ses parents, ou du moins sa mère, qui paraissait bouillir maintenant, le lui avait interdit.

— Et que lui as-tu dit ?

— Juste que nous avions gagné et qu'elle me manquait.

— Moi aussi, j'ai échangé des messages avec Kavita, dit soudain Nikhil.

Himani écarquilla des yeux stupéfaits ; ce fut comme si le monde entier venait brusquement de se liguer contre elle. Quant à Pranav, il avait l'air d'avoir pris un direct à l'estomac.

— Il y a combien de temps ? demanda Tracy.

— Je ne sais pas. Quelques semaines. Je lui ai reproché son comportement ; je lui ai dit que c'était très dur pour nos parents, et que pour le bien de la famille, il fallait qu'elle revienne à la maison et qu'elle se marie.

— Vous a-t-elle répondu ?

— Non, dit Nikhil.

Tracy s'interrompit un instant et prit le temps de réfléchir. Tout cela était nouveau pour elle, loin de ses repères habituels. Ses parents auraient été ravis qu'elle emboîte le pas à son père et devienne médecin. Et la plupart des Américains seraient fiers d'avoir une fille qui subvient seule à ses besoins, sans rien demander à ses parents hormis leur soutien affectif, mais elle n'était pas là pour juger les Mukherjee ou mettre en question leur culture. Elle était là pour trouver des pistes, et le rendez-vous de Kavita avec un éventuel petit ami en était une. Aditi n'avait parlé d'aucun rendez-vous de ce genre, mais après trois mois d'absence, il était possible qu'elle n'en ait rien su.

— Y a-t-il autre chose que vous puissiez me dire concernant votre fille ? reprit Tracy en s'adressant à Pranav et Himani. Vous avez laissé entendre qu'elle était têtue. L'imaginez-vous partir avec quelqu'un sans dire à personne où elle va ?

Pranav et Himani parurent réfléchir sérieusement à la question.

— Comme je vous l'ai dit, répondit Himani, nous n'avons plus de contact avec Vita depuis plusieurs mois. (Elle jeta un regard irrité à Sam.) Je ne sais pas si elle a essayé de nous appeler ou non. Mais pour répondre à votre question, oui, je peux très bien imaginer Kavita partir sans rien nous dire.

— Elle essaie de nous blesser par son attitude, intervint Nikhil.

— Pardon d'intervenir, Nikhil, réagit Tracy, mais il semble que ce qui se passe soit bien plus sérieux. Kavita n'est pas allée travailler aujourd'hui, ce qui, d'après son patron, ne lui ressemble pas ; c'est d'autant moins compréhensible qu'elle a un loyer à payer à la fin du mois, et qu'elle sait qu'elle ne doit pas perdre une occasion de travailler pour cela.

— Qu'est-ce qui est fait en ce moment pour essayer de la localiser ? s'enquit Pranav.

Pryor se pencha en avant et répondit :

— Aditi a rempli une demande de recherche de personnes disparues, et nous a fourni une photographie récente de Kavita. Son signalement a été communiqué à toutes les forces de l'ordre de l'État de Washington. Je pense que nous avons suffisamment d'éléments pour lancer ce qu'on appelle un avis de recherche de personnes disparues ou en danger, et entrer les informations recueillies dans notre base de données.

— Qu'est-ce que ça fera ? demanda Pranav.

— Pour commencer, ça permettra à notre Unité de recherche des personnes disparues de se mettre officiellement au travail pour tenter de localiser Kavita, et aussi de faire remonter les renseignements à l'échelle nationale, vers les grands centres d'information sur la criminalité. Voyez-vous quelqu'un que Kavita aurait pu appeler, ou chez qui elle aurait pu aller ?

— Je ne vois qu'Aditi, répondit Himani. Et peut-être ce rendez-vous qu'elle avait.

— Je suppose que Kavita, en l'absence de soutien financier de votre part, devait avoir son propre compte en banque, et des cartes de crédit associées ? raisonna Tracy.

— Oui, répondit Pranav.

— Elle payait elle-même ses propres factures, c'est bien ça ?

— Oui, confirma Pranav.

— Savez-vous à quelle banque elle est ?

— Jusqu'à son diplôme, elle était à la Bank of America. C'était un compte joint. Depuis, elle a ouvert un compte privé.

— Vous avez le numéro de ce compte ?

— Il se peut que j'aie un relevé quelque part. Je vais voir si je peux mettre la main dessus.

— Et l'ordinateur de Kavita ? Quelqu'un ici connaît-il son mot de passe ? demanda Tracy.

La réponse générale fut non.

— D'accord. Nous allons aussi demander un mandat pour pouvoir examiner son ordinateur portable et essayer de déterminer s'il comporte des infos qui pourraient nous être utiles. D'autre part, ses relevés téléphoniques nous diront si elle s'est servie de son téléphone depuis lundi.

— Que pouvons-nous faire ? demanda Pranav.

Tracy et Pryor donnèrent leurs consignes aux Mukherjee, leur demandant de passer des coups de fil à la famille et aux amis proches de Kavita, pour le cas où elle se montrerait. Pryor allait continuer d'appeler les hôpitaux, les compagnies aériennes et les agences de locations de voiture. Puis, Tracy dit :

— Je vais également devoir demander à chacun d'entre vous où il ou elle se trouvait lundi soir ; c'est la procédure.

Elle omit volontairement d'ajouter qu'un fort pourcentage de crimes étaient commis par des membres de la famille.

— J'étais en voyage à Los Angeles, dit Pranav. Je suis rentré à la maison très tard.

— Et moi, je suis restée avec Nikhil, et les parents de Pranav, dit Himani.

— Ici ? fit Tracy.

— Oui.

— Êtes-vous sortie ?

— Non. J'ai lu.

Puis ce fut au tour de Nikhil :

— Moi, j'ai regardé la télé, déclara-t-il.

— Et toi, poursuivit Tracy en se tournant vers Sam, tu avais un match de foot ?

— À Roosevelt, confirma le garçon. J'ai passé la soirée chez mon copain, Peter.

Quand elles eurent terminé, Tracy et Pryor se levèrent. Elles tendirent leurs cartes à Pranav et Himani, mais c'est à Sam que s'adressa Tracy quand elle dit :

— Si qui que ce soit a des nouvelles de Kavita, appelez-nous au plus tôt.

CHAPITRE 17

Faz et Del escortèrent la dépanneuse jusqu'à la salle de « visite » des véhicules de Park 95, qui ressemblait à un vaste garage intérieur. Il était un peu plus de 20 heures à leur arrivée. Presque tout le monde avait terminé sa journée et était rentré chez soi. Si les techniciens de l'Unité d'identification spécialisée dans les empreintes digitales latentes étaient globalement d'un naturel optimiste – ou du moins positif – ils se gardaient bien d'afficher la moindre certitude. Sur le trajet, Faz avait parlé avec Desmond Anderson et Lee Cooper, mais le porte-à-porte qu'ils avaient fait là où habitait Monique Rodgers, et dans les maisons et les commerces avoisinants, n'avait quasiment rien donné. Faz détestait devoir tout miser sur une seule piste, mais comme disait Del, c'était comme ça et pas autrement.

— Tu ferais bien de rentrer retrouver Vera, suggéra ce dernier à son équipier. J'attends qu'on termine ici avec la voiture et je m'occupe de la paperasse.

Faz avait appelé Vera en arrivant à Park 95. Elle avait passé l'après-midi à jardiner, et elle était sur le point d'aller préparer un cake à la banane chez leur voisine âgée. Elle rendait visite à la vieille femme deux fois par mois pour lui tenir compagnie.

— C'est gentil, dit Faz, mais Vera est sortie ce soir. Elle est occupée. Je crois qu'on devrait en profiter pour aller rendre une visite au Petit Jimmy, maintenant, déranger un peu son petit monde pour voir ce que ça donne, au cas où l'Unité d'identification ne réussirait pas à récupérer une empreinte exploitable.

— Tu ne crois pas que ce serait mieux à la première heure demain matin ?

Faz secoua négativement la tête.

— On pourrait, mais étant donné que le Petit Jimmy est déjà en train d'essayer d'intimider son monde, à ce qu'il semble, je veux qu'il se dise qu'on n'a pas attendu non plus pour être sur son cul, et qu'on n'est pas près de le lâcher.

Ils prirent la direction de South Park. L'idée était d'interroger le Petit Jimmy de manière informelle, sans avoir à le placer en préventive. Ce type d'entretien avait plusieurs avantages : non seulement il permettait d'éviter de demander un mandat, mais les détectives n'étaient pas tenus non plus de lire ses droits au suspect. Les avocats de la défense, eux, considéraient cela comme de l'intimidation. S'ils n'en disaient rien, Faz et Del espéraient bien que leur visite aurait cet effet-là.

À South Park, Del se gara dans une rue où étaient alignées des voitures de sport surpuissantes invariablement rouges, à l'image du coupé Chevrolet Chevelle à bord duquel le Petit Jimmy était passé à leur hauteur, après l'assassinat de Monique Rodgers. L'ensemble avait un petit côté Salon de l'auto ; chaque voiture, lavée et lustrée, étincelait à la lueur des réverbères. En descendant de voiture, Faz et Del entendirent de la musique mexicaine qui résonnait dans la rue. Ils n'eurent aucun mal à en localiser la source. Une lumière vive s'échappait d'une minuscule maison à un étage recouverte d'un bardage à clins qui avait besoin d'un bon coup de peinture. Des hommes en jean et débardeur se tenaient à l'extérieur, discutant avec des femmes en mini-shorts aussi courts et échancrés que des bas de bikini. Elles portaient sur le corps suffisamment de tatouages – certains tout droit sortis de l'univers carcéral – pour lancer un catalogue. Faz nota plusieurs variantes du chiffre 13 : XIII, X3 et « M », la treizième lettre de l'alphabet ; autant de symboles du gang Sureño. Les participants à la petite sauterie buvaient dans des gobelets en plastique rouge, et à en juger par la douce odeur boisée qui flottait dans l'air immobile du soir, ils fumaient aussi de l'herbe – sans parler des autres drogues illicites qui devaient circuler.

— On dirait qu'il y a une fête, commenta Faz. On a choisi le bon moment.

— Ouais, ils vont adorer nous voir, renchérit Del.

Ils traversèrent une sombre pelouse envahie de pissenlits et remontèrent l'allée en pente de la maison, récoltant au passage les regards furieux et les commentaires marmonnés de la foule rassemblée. Une barrière en bois séparait l'avant de la maison du jardin. Derrière la barrière, deux hommes à la tête ceinte de bandanas noirs montaient la garde tels des videurs de boîte de nuit. Le plus menaçant des deux avait des muscles si développés qu'il avait l'air d'une poupée gonflable sur le point d'éclater.

— C'est une soirée privée, dit-il.

Faz lui montra son insigne.

— C'est une chance qu'on ait pensé à prendre nos invitations. On cherche le Petit Jimmy. Il me connaît. Il m'a gentiment salué hier depuis sa voiture. Dites-lui que les détectives Fazzio et Castigliano aimeraient lui parler un moment en privé.

M. Stéroïdes fit un signe à son acolyte, qui tourna aussitôt les talons et se mêla à la foule qui se pressait dans le jardin, derrière la maison.

— C'est son anniversaire aujourd'hui, expliqua M. Stéroïdes. Vous tenez vraiment à lui gâcher la fête ?

— Au contraire, dit Faz. On est venus lui souhaiter un bon anniversaire, et lui offrir son cadeau.

L'homme laissa échapper un petit ricanement.

— Tout ce qu'on fait ici, c'est s'amuser un peu. Personne ne cause le moindre problème.

— Et on souhaite que ça continue comme ça, affirma Faz.

Il se tourna vers Del et ajouta :

— Néanmoins, il faut bien admettre que ce qu'on entend s'apparente de très près à du tapage nocturne. Je suppose que personne n'a demandé d'autorisation pour ce rassemblement ?

— M'étonnerait, dit Del.

— Ce serait vraiment dommage de gâcher la soirée de tous ces braves gens en arrêtant tout, pas vrai ? reprit Faz en s'adressant au videur. Surtout un soir d'anniversaire.

Au même moment, le plus petit des deux videurs revint et dit quelque chose en espagnol. M. Stéroïdes s'écarta et ouvrit la barrière.

— Le Petit Jimmy dit qu'il a hâte de vous parler.

La foule parut se resserrer autour des deux détectives en même temps qu'ils se rapprochaient de la barrière et passaient dans le jardin. Là, d'autres hommes et femmes étaient assis les uns sur les autres dans des transats, ou bien entraient et sortaient de la maison, faisant claquer la porte de service à moustiquaire. Des jeux de lumière zébraient le débord de toit de la maison et les murs d'un garage indépendant, tandis que l'odeur de la marijuana se faisait plus piquante dans le périmètre.

Le pôle d'attraction de la soirée se trouvait dans le coin sud-ouest du jardin. La foule s'écarta comme la mer Rouge devant Faz et Del qui s'en approchaient. Le Petit Jimmy était assis dans un fauteuil en cuir marron, dont l'étiquette de prix se balançait encore sur le côté. Il était torse nu, son corps glabre couvert de tatouages des épaules aux poignets, et sur la poitrine. Faz crut reconnaître, tatoué sur son cœur, un portrait du Grand Jimmy. Il portait également des chaînes en or autour du cou, certaines avec des croix. La bande élastique de son boxer rouge dépassait de la ceinture de son jean.

Il leva les yeux vers Faz et Del, leur sourit, et tendit les bras devant lui, comme s'il voulait les étreindre – obligeant l'homme assis à côté de lui à reculer sa machine à tatouer rotative avec laquelle il lui encrait un motif sur l'épaule gauche. Jimmy avait un joint aux lèvres. Il en tira une bouffée, ôta le joint de sa bouche et le tendit à une femme assise sur le bras de son fauteuil. Puis, soufflant la fumée, il donna une tape sur le bras du fauteuil et dit :

— Détective Fatso[2], qu'est-ce que vous dites de mon cadeau d'anniversaire ?

Le Petit Jimmy avait les traits de son père, mais la ressemblance s'arrêtait là. Le Grand Jimmy était une armoire à glace, avec des bras et des jambes tout en muscles, bien que Faz doutât qu'il eût jamais soulevé un haltère de sa vie. Pour ne rien gâcher, le Grand Jimmy avait des allures de politicien chevronné. Il s'exprimait bien, et était respecté dans la communauté de South Park, en raison notamment des nombreux dons qu'il avait faits pour différentes causes publiques, au centre social entre autres. C'était la tactique utilisée par les cartels mexicains ou la mafia italienne pour se mettre tout un quartier ou une communauté dans la poche. Non, le Petit Jimmy n'était pas son père, loin de là. Il était maigre, quoique musclé, sans doute parce qu'il avait soulevé de la fonte et peut-être pris des stéroïdes. Il se rasait la tête, exhibait un petit bouc noir et ne quittait pas ses lunettes de soleil. Il s'exprimait également comme les autres crétins qu'il fréquentait – dans un anglais de base saccadé, émaillé d'expressions argotiques et de jurons obscènes.

— Bonne idée d'avoir gardé l'étiquette, fit remarquer Faz. J'ai comme l'impression qu'il va falloir le rapporter. M'étonnerait qu'il passe par la porte.

Le Petit Jimmy acquiesça d'un hochement de tête.

— Bien vu. Je le descendrai peut-être par la cheminée, comme le Père Noël.

Le tatoueur se remit au travail.

---

2 Déformation volontaire de Fazzio. « Fatso » signifie « gros lard » ou « gros plein de soupe ».

— Un tatouage, ça vous dit, détective ? Je m'en fais un chaque année pour mon anniversaire. Julio est le meilleur tatoueur du coin. Je vous arrange ça gratis, si ça vous tente.

Faz secoua la tête.

— Les tatouages, c'est pas mon truc, Jimmy. Pour mon anniversaire, je vais au restaurant.

— Ouais, je vois ça, mon vieux. On dirait que vous avez pris pas mal de poids depuis la dernière fois que je vous ai vu.

— Non, c'est juste que t'étais beaucoup plus petit. C'est mon gabarit habituel.

Le Petit Jimmy se mit à rire, et se tourna vers Del.

— Et là, qui c'est ? Votre petit frère ? Il est bien plus mince. Comment ça se fait ?

— De mauvais gènes, j'imagine, répondit Faz.

— Faites attention, en tout cas. Vous risquez une crise cardiaque, mon vieux, ou pire.

— J'aime bien le tatouage de votre père, reprit Faz en pointant un doigt vers la poitrine du Petit Jimmy. C'est ressemblant.

Le Petit Jimmy ne baissa pas les yeux vers le tatouage. Son sourire disparut. Son humeur s'assombrit.

— J'avais quinze ans quand je l'ai fait, pour que son visage ne s'efface jamais de ma mémoire. Mais parfois, c'est difficile pour moi de me souvenir ; j'étais tellement jeune quand il est mort.

Il s'interrompit un instant, avant de reprendre :

— Mais ça a l'air d'aller bien pour vous. J'ai entendu dire que vous étiez devenu un as de la Criminelle. Alors, dites-moi, détective Fatso : que venez-vous faire au juste à mon anniversaire ?

— C'est Fazzio, corrigea Del d'un ton hargneux qui était familier à Faz, et qui disait qu'il valait mieux ne pas trop énerver son équipier.

Jimmy se tourna vers lui.

— C'est ce que j'ai dit. Vous devriez peut-être vous nettoyer les oreilles.

— Tu serais surpris par ce que je suis capable de nettoyer, lui renvoya Del.

— On a un cadavre sur les bras, Jimmy. Tu le sais. Tu es passé devant les lieux du crime en jouant les bâtons à ressort avec ta voiture. Pourquoi avoir fait ça ? J'ai trouvé que c'était plus qu'un manque de politesse : un manque de respect.

— Nan. J'avais rien de tout ça en tête. Simple curiosité, mon vieux. Il y avait un tas de gens attroupés sur le trottoir. Je voulais juste voir ce qui se passait.

— Tu ne saurais pas quelque chose concernant ce crime, par hasard, Jimmy ? demanda Faz.

Jimmy secoua négativement la tête.

— Moi ? Non, mon vieux. Je ne sais rien de cette histoire.

Faz échangea un regard avec Del, avant de poursuivre :

— Vraiment ? C'est drôle, parce qu'il y a plusieurs personnes qui nous disent que tu sais ce qui s'est passé, et même que ce serait toi qui as donné l'ordre de tuer Monique Rodgers.

Le Petit Jimmy sourit.

— Non, vous me faites marcher, détective Fatso. Demandez à tout le monde ici. Ils vous le diront : je respire l'amour. Je déteste la violence.

Il mit sa bouche en cul-de-poule, et la femme assise à côté de lui se pencha pour lui donner un baiser.

— Vous voyez ? Pourquoi est-ce que je ferais une chose pareille ?

— Pour la même raison qui a fait que ton père a donné l'ordre d'abattre les membres de ce gang rival, répondit Faz. Parce que t'es pas très futé.

Jimmy se leva brusquement, obligeant le tatoueur à reculer d'un bond, en même temps que la fille basculait dans le fauteuil. Un filet de sang coula sur son biceps.

— *Baja la música*, s'écria-t-il.

Presque aussitôt, la musique s'arrêta. Jimmy ôta ses lunettes de soleil et s'avança au centre du jardin, en fixant Faz à la manière d'un boxeur avant un match.

— N'insultez pas mon père, détective Fatso. Pas le jour de mon anniversaire. Pas dans mon jardin.

Il dévisagea Faz un moment encore, l'air méchant ; puis il se mit à sourire et se retourna en écartant les bras.

— Écoutez tous une minute. Le détective Fatso ici présent veut savoir si quelqu'un sait quoi que ce soit concernant un homicide qui a eu lieu à South Park. Quelqu'un sait quelque chose ?

La question fut accueillie par des mouvements de tête négatifs, des protestations marmonnées ou simplement des silences. Del et Faz essuyèrent une mitraille de regards noirs. Jimmy attendit quelques secondes ; puis il se tourna de nouveau vers Faz et s'approcha de lui. Son haleine empestait la marijuana ; il avait les yeux vitreux et le regard éteint.

— Vous voyez, détective, j'essaie autant que possible d'aider la police. Mais personne ici n'est au courant d'un quelconque homicide. Enfin, peu importe ; je vais vous dire ce que je vais faire : je vais garder les yeux et les oreilles ouverts, pour le cas où quelqu'un viendrait me dire qu'il sait quelque chose. Voilà ce que je vais faire : accorder une attention toute particulière à quiconque me dit qu'il sait quelque chose.

Il sourit.

— C'est exactement ce que je vais faire moi aussi, Jimmy, réagit Faz, et dès que j'entendrai prononcer ton nom, je me repointerai ici, et la prochaine fois où on parlera, toi et moi, ce ne sera pas dans ton jardin mais entre les quatre murs d'une cellule en ville. Je vais te coller en taule, Jimmy. Exactement comme ton père, et on sait tous les deux ce qu'il lui est arrivé.

Faz le toisa d'un coup d'œil et ajouta :

— Et il était bien plus costaud que toi, pour ce que j'en vois, et certainement bien plus coriace.

Jimmy eut un grand sourire et répondit d'un air de défi :

— Alors, on se verra quand on se verra.

Il se tourna vers la foule, et s'écria :

— Et alors, qu'est-ce que c'est que cette fête ? Qu'on remette cette putain de musique !

Et la musique reprit.

Le Petit Jimmy se laissa tomber dans son fauteuil, sans cesser de fixer Faz. Le tatoueur lui essuya l'épaule avec une lingette antiseptique et reprit la mise en couleur de sa création. Del et Faz tournèrent les talons pour partir.

— Détective Fatso ? le rappela Jimmy.

Del et Faz se retournèrent.

— Vous ne m'avez pas demandé quel tatouage j'avais choisi pour mon anniversaire. Vous n'êtes pas curieux de le savoir ?

— Pas vraiment, répondit Faz. Mon père m'a toujours dit qu'il n'y a que les crétins qui se font tatouer.

Le Petit Jimmy tourna son épaule dans leur direction. Sur son biceps, on pouvait voir une pierre tombale. Il sourit.

— Celle-là, je la garde en réserve. Mais je ne vous oublierai pas, détective. Non, monsieur. Aucun risque.

Faz sourit.

— Je suis flatté, Jimmy. Tiens, il se peut même finalement que je me fasse faire un tatouage moi aussi. Ton portrait, là, juste sur mon cul, histoire de ne jamais oublier quelle petite merde tu es.

CHAPITRE 18

Tracy regarda les chiens se tamponner, tout excités, et aboyer en se précipitant hors de la maison pour venir à sa rencontre. C'était agréable d'être aimée, même s'il ne s'agissait que d'un réflexe pavlovien au bruit de son pick-up remontant l'allée gravillonnée. Dan sortit à son tour, et la regarda arriver. Son amour à lui n'avait rien de pavlovien ; il était gratifiant. Elle se sentait spéciale. Dan avait apparemment travaillé tard ; il portait encore son costume, cravate desserrée et col de chemise déboutonné.

Tracy descendit du pick-up et caressa les chiens qui lui tournaient autour.

— Alors, mes chiens, est-ce qu'on a déjà été courir un peu ? fit-elle. On ne dirait pas. Vous m'avez l'air d'avoir de l'énergie à revendre.

Elle s'approcha de la porte d'entrée et dit à Dan :

— Je pensais que tu étais rentré depuis plusieurs heures déjà – une belle journée comme ça. Je m'attendais à te trouver sur la terrasse en train de bronzer torse nu.

Dan afficha un air mi-perplexe, mi-amusé, et dit, en prenant l'accent de la vieille Irlande :

— Blanc comme je suis, tu parles ! Nous autres, Irlandais, on bronze un peu comme un avocat dit la vérité, c'est-à-dire rarement, et jamais complètement.

Il lui donna un baiser et s'écarta pour la laisser entrer. Les chiens restèrent à l'extérieur. Il leur laissa la porte partiellement ouverte, quoiqu'ils fussent apparemment beaucoup mieux dehors à flairer des lapins ou des écureuils, et à courir interminablement autour de la maison.

Tracy laissa tomber son porte-documents sur une des chaises de la table de la salle à manger, ôta sa veste et en drapa le dossier.

— À en juger par la fête que m'ont faite les chiens, j'imagine que tu ne les avais pas encore laissés sortir ?

— Je viens de rentrer moi aussi, répondit Dan, toujours avec le même accent irlandais. Et je m'en veux de devoir te le dire, mais quand ils déboulent dehors comme ça vers toi, ce n'est pas de l'amour, tu sais ? Ce serait plutôt *La Grande Évasion.*

Elle enroula ses bras autour de sa taille.

— Oh, et pour toi, qu'est-ce que c'est ?

— Moi ? Je m'évaderais de n'importe quelle prison pour être près de toi, répliqua-t-il en lui donnant un baiser.

Le soleil allait bientôt disparaître à l'horizon, ses derniers feux illuminant l'intérieur de la maison. Une brise légère entrait par la porte ouverte, et avec elle une douce odeur d'herbes sèches.

— Avant de me détendre vraiment, reprit-il en souriant tandis que Tracy lui donnait de petits baisers, je pensais me changer et aller courir un peu avant qu'il ne fasse trop sombre. Tu veux venir ?

Tracy n'avait pas fait d'exercice depuis plusieurs jours ; elle sentait une tension dans ses épaules.

— Oui, je veux bien, à condition que tu abandonnes ton accent.

Dan se mordit la lèvre inférieure, grimaça, et se lança dans un match de boxe invisible en tournant autour d'elle.

— "J'y peux rien, dit-il en imitant remarquablement Mohamed Ali. Les mots, c'est si beau. C'est si beau, Howard[3].

3 Howard Cosell, le « Roger Couderc américain », journaliste sportif, complice et ami de Mohamed Ali, dont les entretiens télévisés avec le boxeur étaient aussi attendus que les matchs eux-mêmes.

Tout comme moi. Regarde ce visage. Cinq combats, et pas une coupure."

Tracy secoua la tête en riant.

— Oublie les chiens. Tu as vraiment besoin d'aller courir.

Après avoir enfilé des vêtements de sport, ils firent des étirements pendant quelques minutes, avant de se mettre à courir au petit trot le long d'un chemin de terre qui partait de l'arrière de la maison et serpentait en direction des collines boisées. Les chiens les précédaient, courant à grandes foulées souples, changeant de direction au gré de ce qu'ils flairaient. Depuis son emménagement à la ferme, Dan avait établi des parcours de différentes longueurs, adaptés à leur forme du moment, et accessoirement au temps de lumière restant. Le soir venant, la température avait baissé, bien que la brise qui soufflait à travers les arbres fût encore suffisamment agréable pour que Tracy n'ait pas besoin d'un sweat-shirt. Ses muscles se détendirent rapidement. Elle avait emporté une bouteille d'eau, ainsi que Dan. Son médecin lui avait dit que courir était bon durant les premiers mois de la grossesse si elle se sentait d'attaque pour cela, mais il l'avait mise en garde contre le risque de déshydratation. Elle devait boire suffisamment. Dan y veillait avec un zèle intransigeant.

— Alors, pourquoi rentres-tu aussi tard ? lui demanda-t-il entre deux foulées, tous deux cherchant à ajuster leur souffle à l'effort fourni, ce qui devenait de plus en plus difficile pour Tracy à mesure qu'elle avançait dans sa grossesse.

— Je ne crois pas te l'avoir dit. J'ai reçu un coup de fil de Katie Pryor. Tu te souviens d'elle ?

— Ta collègue officier qui vit dans l'ouest de Seattle, c'est ça ? Tu veux t'arrêter pour reprendre ton souffle ?

— Non, ralentissons un peu le rythme, c'est tout.

Elle sentit que sa respiration se synchronisait avec sa foulée comme ils attaquaient la première montée, Dan la précédant pour s'assurer que le chemin était suffisamment large.

— Elle a été mutée il y a plusieurs mois. Elle travaille à l'Unité des personnes disparues.

— Tu ne l'as pas aidée à avoir ce poste ?

— Si. Elle a appelé parce qu'elle travaille sur une affaire de disparition justement. Une jeune femme. Elle a un mauvais pressentiment, et m'a demandé de jeter un coup d'œil au dossier et de lui donner mon avis.

Dan lui jeta un regard oblique, manifestement inquiet, étant donné ce qui était arrivé à la sœur de Tracy.

— Depuis combien de temps cette femme a-t-elle disparu ?

— Depuis lundi soir, mais les circonstances sont assez inhabituelles.

Rex et Sherlock les dépassèrent rapidement.

Tracy expliqua à Dan ce qu'elle savait de la disparition de Kavita Mukherjee, et des relations qu'elle entretenait avec sa famille. Quand elle eut terminé, Dan dit :

— Donc, tu ignores si cette femme a juste pris le large parce qu'elle était furax et avait besoin d'un peu de temps pour digérer tout ça, ou s'il lui est arrivé quelque chose.

— Malheureusement, quand une jeune femme disparaît, c'est souvent la seconde option qui est la bonne.

— Mais tu n'en sais rien.

— Non.

— Tu vas travailler sur cette affaire ?

— Katie m'a demandé mon aide. J'ai parlé à la colocataire de la disparue, et à la famille ce soir.

— Est-ce que tu évites de répondre à ma question parce que tu te dis que Nolasco ne te laissera pas travailler sur cette affaire ?

— Je n'évite rien du tout… mais c'est vrai, je doute que Nolasco me le permette. En même temps, l'année dernière, on a ignoré une affaire de personne disparue, et on a retrouvé la femme démembrée, ses restes jetés dans des poubelles aux quatre coins de la ville. On s'est fait remonter les bretelles ; on nous a demandé d'avoir une approche plus agressive, surtout dans les premières quarante-huit heures.

— D'accord, mais pourquoi *toi* ? Tu es en plein procès.

— Il s'est terminé aujourd'hui. Et puis, je sais ce que c'est, Dan ; et là, je te parle de ressenti. Je sais ce que traverse la famille, parce que je l'ai vécu. Ils ont besoin d'une réponse. Je ne veux pas que quelqu'un attende vingt ans pour cela, comme j'ai dû le faire… et ma famille avec moi. Mon père et ma mère ne s'en sont jamais remis.

— Je m'inquiète juste du stress supplémentaire occasionné, surtout avec la grossesse.

— Je sais, merci de t'inquiéter, mais le stress fait partie de ce boulot, répliqua-t-elle.

Ils poursuivirent sur le sujet durant quelques secondes encore, avant que Tracy n'en dévie subitement.

— La dynamique familiale est intéressante chez les Mukherjee. Le père apparaît clairement comme le chef de famille, mais celle qui exerce véritablement le pouvoir semble être la mère. Si un regard pouvait tuer, son plus jeune fils serait tombé raide mort quand il a avoué avoir échangé des textos avec sa sœur.

— D'après toi, le manque de communication de la fille avec ses parents viendrait juste du fait que sa mère veut qu'elle revienne chez eux et accepte un mariage arrangé ?

— C'est à coup sûr l'élément déclencheur, mais j'ai l'impression qu'il y a plus que cela admit Tracy.

Dan ralentit à l'un des points où ils avaient l'habitude de faire demi-tour, et essuya son front couvert de sueur avec le bas de son maillot sans manches en même temps qu'il faisait du sur-place.

— Comment te sens-tu ? Tu veux rentrer ou continuer ?

— Je peux continuer un peu, répondit-elle.

— Tu en es sûre ? Et notre petit têtard, comment il va ? Tu bois suffisamment ?

— Tout va bien, lui assura-t-elle, avant de prendre une grande gorgée d'eau.

Le soleil avait presque basculé derrière l'horizon ; le chemin était maintenant plongé dans une douce pénombre. Dan continua.

— Quand on y pense, reprit Tracy en s'adressant au crâne de Dan qui s'était remis à courir devant pour ouvrir le chemin, un mariage arrangé, c'est quelque chose d'assez barbare. C'est un peu comme de mettre du bétail aux enchères en l'exhibant sur le rond de présentation, exposer la bête au jugement en donnant son pedigree. Ça se passe même sur Internet aujourd'hui.

— Je croyais qu'Internet était dédié au porno, dit Dan.

Ils étaient allés voir ensemble la comédie musicale *Avenue Q* quelques semaines plus tôt au Seattle Rep, une parodie de l'émission pour enfants *1, rue Sésame*. La chanson *Internet, c'est pour le porno*, lui était restée dans la tête.

— Ne juge pas trop vite tout de même, ajouta-t-il.

— Quoi, tu ne trouves pas que c'est une pratique barbare ?

— Quand j'exerçais à Boston, j'avais une secrétaire qui était d'origine indienne et avait fait un mariage arrangé. Elle avait l'air heureuse. Mon avis vaut ce qu'il vaut, mais je ne crois pas que nous soyons bien placés pour juger ce que nous ne comprenons pas. Le pourcentage de divorce est bien plus bas qu'en Amérique.

— La mère m'a servi le même argument, dit Tracy.

— Ils ont également un grand sens du devoir familial, notamment envers les grands-parents. Contrairement à nous autres Américains, ils ne s'empressent pas de coller leurs aînés dans des maisons de retraite.

— Les parents du père vivent chez eux, dit Tracy en songeant au couple âgé sur le canapé, qui n'avait pas dit un mot ni manifesté la moindre émotion.

— D'après ce que j'ai compris, les parents et les enfants prennent soin des grands-parents. Quand le fils se marie, sa femme s'installe chez lui, dans sa famille, et le cycle continue.

— Et tu trouves ça normal ? fit Tracy en lui décochant un rapide regard.

Dan haussa les épaules.

— Jayanti, ma secrétaire, s'est installée chez les parents de son mari. C'est vrai que quand elle arrivait au travail, elle avait des poches sous les yeux et traînait un peu les pieds. Elle travaillait toute la journée, et puis elle rentrait, préparait le dîner, faisait la lessive et aidait ses gosses à faire leurs devoirs. Mais elle disait que c'étaient leurs coutumes, qu'un jour son fils et sa femme s'occuperaient d'elle et de son mari.

Dan la précéda le long d'un étroit dénivelé, qu'elle descendit à petits pas serrés pour ne pas lui marcher sur les talons. Elle sentit une vieille douleur l'aiguillonner brièvement au niveau d'un genou.

— Est-ce qu'elle a dit qu'elle aimait son mari, au moins ?

— Je ne m'en souviens pas, dit Dan en jetant un regard derrière lui, par-dessus son épaule. J'ai dû le voir, lui, une ou deux fois au bureau. Il m'a fait l'effet d'être quelqu'un de correct. Maintenant, va savoir. Tout ce que je dis, c'est que nous ne sommes pas toujours les mieux placés pour juger. Regarde, nous. On s'est mariés rapidement.

— On vivait ensemble depuis deux ans.

— C'était quand même rapide, insista Dan.

Tracy lui donna un petit coup de poing entre les omoplates ; Dan rit. Le chemin s'élargit de nouveau ; elle accéléra un peu pour courir à côté de lui.

— Je préférerais que notre fils ou notre fille épouse quelqu'un qu'il ou elle aime, et qu'ils passent leur temps à vouloir se prendre dans les bras l'un de l'autre.

— Hé, dit Dan, c'est peut-être de notre fille que tu es en train de parler.

De nouveau, il imita Mohamed Ali :

— Amenez-moi le gars que je le mette K.-O.

— Euh, ça, ce serait plutôt Mister T, non ?

Dan se mit à rire une fois de plus.

— En parlant de se prendre dans les bras l'un de l'autre…

— Qui te parle de nous ?

— Hé, c'est toi qui as abordé le sujet. Alors, n'espère pas m'en détourner comme ça maintenant. On fait la course ? Le gagnant déshabille l'autre.

— Tant que tu me promets de ne pas te moquer de mon ventre.

Dan sourit.

— Et si je mettais un faux ventre de grossesse, par solidarité ?

— Non, tu vas m'épargner ça.

Il tapota son ventre.

— Pourquoi, ça m'irait bien, non ?

— Oui, comme un tablier à une vache.

Laissant derrière eux les collines boisées comme ils arrivaient en vue de la maison, Dan accéléra sa foulée.

CHAPITRE 19

Faz garda sa vitre baissée sur le chemin qui le ramenait chez lui, espérant que la fraîcheur du soir l'aiderait à se calmer. Del et lui étaient allés trouver le Petit Jimmy pour l'asticoter un peu – un petit jeu auquel ils excellaient d'ordinaire, mais cette fois, le Petit Jimmy avait lui aussi marqué des points. Faz n'avait pas apprécié de s'entendre appeler « Détective Fatso », mais ce n'était pas cela le pire. Ce qui le mettait hors de lui, c'était la façon qu'avait eue Jimmy de jouer les intouchables. Il était derrière ce meurtre, Faz en était certain, et il les avait mis au défi de le prouver, Del et lui.

Il gara la voiture dans son allée et coupa le contact. L'odeur âcre des plants de tomates de Vera assaillit ses narines en entrant par la vitre ouverte. Encore un mois, et ils auraient assez de tomates pour faire des coulis, que Vera mettrait en pots et offrirait aux voisins pour Noël.

Peut-être. Il restait six mois avant Noël, et ils ne pouvaient plus rien considérer avec certitude.

— Merde, lâcha-t-il, avant de se reprendre et de s'intimer l'ordre de chasser les pensées négatives.

Il regarda le panier de basket et songea à Antonio. Vera ne voulait pas que leur fils apprenne la nouvelle de son cancer avant qu'ils n'en sachent davantage. Elle avait dit à Faz qu'Antonio avait déjà assez de sujets d'inquiétude comme cela ; en plus de devoir s'occuper de son restaurant, il devait trouver le moment opportun pour faire sa demande en mariage à sa fiancée. Mais Faz ne savait plus si ne rien dire à leur fils était le bon choix. Antonio n'était plus un enfant ; Vera était sa mère. D'un autre côté, Faz comprenait maintenant mieux que jamais que c'était la façon d'être de Vera – éviter de les inquiéter pour des choses auxquelles ils ne pouvaient rien.

Il descendit de voiture et remarqua la brouette le long de la maison. Elle contenait un sac de terreau de plantation, et les outils de jardinage de Vera dans un petit seau. Il regarda le rhododendron que Vera lui avait demandé de déplacer la semaine précédente. Il l'avait suppliée d'attendre un peu, prétextant un mal de dos. Mais ç'avait été une excuse, rien de plus. Il vit soudain un espace vide dans le feuillage à l'endroit où se trouvait la plante.

— Bon sang, fit-il.

Parvenu sous le porche, il inséra sa clé dans la serrure de la porte d'entrée, et soudain recula sa main. Et si c'était la vie qui l'attendait, rentrer chez lui à la nuit tombée dans une maison vide ? Et si Vera n'était plus là quand Antonio se marierait, ou quand il ouvrirait son restaurant ? Un maelström de pensées négatives balaya son esprit, mais il se morigéna aussitôt. Ce n'était pas le moment de s'écrouler ou de paniquer. Vera allait avoir besoin de lui, qu'elle veuille bien l'admettre ou non. Il fallait qu'il tienne le coup.

Il inspira profondément, plusieurs fois, avant d'entrer dans la cuisine. La lumière de la hotte éclairait plusieurs cakes à la banane encore dans leurs moules et dégageant une odeur enivrante.

— Vera ?

Il ôta sa cravate en la passant par-dessus sa tête, éteignit la lumière de la hotte et toucha un des cakes : encore tiède.

Il alla dans la salle à manger plongée dans l'obscurité et entendit de l'eau couler dans les tuyaux d'évacuation qui passaient dans les murs ; Vera prenait une douche. Il monta l'escalier et arriva devant la chambre d'Antonio. Il y avait toujours les fanions de l'équipe de base-ball des Mariners accrochés sur les murs, et les couleurs des draps et de la couette rappelaient celles de l'équipe, bleu et turquoise. Vera avait insisté pour qu'ils ne touchent à rien, faisant valoir le fait qu'un jour, lorsqu'Antonio aurait des enfants, ils pourraient passer la nuit dans sa chambre. Faz ferma les yeux, se demandant si Vera serait encore là pour vivre cela.

Il rejoignit leur chambre. Une lampe était allumée sur la coiffeuse et projetait une douce lumière dans la pièce. Il entendit la douche se couper dans la salle de bains attenante et, pour ne pas faire peur à Vera quand elle passerait dans la chambre, il l'appela :

— Vera ?

— Oh, tu es là… j'arrive dans une minute.

Il suspendit sa veste de costume sur le serviteur en bois, y accrocha sa cravate, puis ôta sa chemise, qu'il fourra dans le panier à linge avant de s'asseoir sur le rebord du lit pour ôter ses mocassins.

Vera sortit de la salle de bains, un nuage de vapeur s'envolant dans son sillage. Elle avait revêtu un peignoir bleu ciel, et noué une serviette autour de sa tête.

— Salut, toi, lui dit-elle en se penchant pour l'embrasser. Alors, ça a été ?

— Hein ? Oh, pour l'empreinte, oui… L'unité spécialisée va s'en occuper à la première heure demain, dès qu'on aura un mandat, répondit-il.

Il ne lui dit pas qu'ils étaient allés à South Park parler au Petit Jimmy ; cela ne pouvait que l'inquiéter.

— As-tu découvert la raison pour laquelle cette femme a voulu effacer l'empreinte sur la voiture ?

— Non, dit Faz. Ça ne nous regarde pas vraiment.

Il se leva et glissa ses mocassins sur le porte-chaussures en bas de son armoire.

— Del pense que c'est lié à la drogue. Je crois, moi, qu'elle trompe son mari. Un problème de drogue, c'est *a priori* quelque chose qu'on peut au moins tenter d'expliquer à son mari ou à sa femme. Mais elle n'a pas dit un mot. Pas sûr qu'on ait jamais le fin mot de cette histoire.

— Tu as faim ? Je peux te réchauffer des raviolis, ou le poulet de l'autre soir. Ou bien encore te couper un morceau de cake à la banane.

— Ça sentait rudement bon quand je suis rentré, mais je vais attendre demain matin, dit-il. J'ai mangé au bureau.

C'était faux. Il n'avait pas eu d'appétit, et n'en avait pas davantage maintenant.

— Et toi, comment s'est passée ta journée ? Tu as jardiné un peu, à ce que j'ai cru voir.

Elle sourit et haussa les épaules.

— Ça a été. Je me suis occupée.

— Tu as pris des couleurs. Ou est-ce que c'est juste la vapeur ?

Personne ne prenait des douches plus chaudes que Vera. Son visage était rouge, même dans le clair-obscur de la chambre.

Elle alla à sa coiffeuse, ouvrit un flacon de crème et en étala un peu sur son front et sous ses yeux. Elle était encore jeune, mais à la lumière de la lampe, Faz vit qu'elle avait vieilli. Ils avaient vieilli tous les deux. Lui se regardait dans le miroir tous les matins, et ne reconnaissait pas le type qui le fixait avec attention. Dans sa tête, il avait toujours trente ans.

— J'ai désherbé un peu, le jardin en avait besoin, et j'ai replanté ce rhododendron, tu sais, près de la clôture, au fond.

— J'ai vu ça. Je suis désolé. J'aurais dû m'en occuper à ta place, s'excusa Faz.

Elle balaya la remarque d'un geste de la main, et se passa de la crème dans le cou et sur les bras.

— Je suis désolé, Vera, répéta-t-il. Je n'aurais pas dû râler ; j'aurais dû m'en occuper tout de suite.

— Ne commence pas à t'excuser, objecta-t-elle.

— Non, c'est vrai, je le pense.

— Moi aussi ! coupa-t-elle sèchement.

Faz se figea. Il la fixa, ou plutôt son reflet dans le miroir. Elle baissa les yeux. Puis elle dit :

— Ne commence pas à... je ne veux pas que tu t'excuses pour tout, comme si je n'allais plus être là, ou... comme si j'étais une espèce d'infirme avec qui il faudrait prendre des gants.

— D'accord, dit-il. J'ai dit ça sans penser à mal. C'est juste que je me doute que ça n'a pas dû être facile.

Elle eut un hochement de tête, puis :

— J'ai eu les résultats de la biopsie, dit-elle.

— Quoi ? Je croyais qu'il avait dit vendredi, fit-il, brusquement inquiet.

— Eh bien, son cabinet a appelé pour programmer un rendez-vous vendredi ; je suis censée y aller pour récupérer les résultats, mais je leur ai dit que je ne voulais plus perdre de temps, et qu'ils n'avaient qu'à tout me dire au téléphone.

Faz avala péniblement sa salive. Il n'était pas sûr de réussir à prononcer un mot.

— Et qu'est-ce qu'il a dit ?

— Que j'ai une tumeur de stade 2 au sein droit.

— Stade 2 ? Qu'est-ce que ça signifie ? C'est bien ou pas ?

— Il a dit que les tumeurs sont classées de 1 à 3. Donc, ça pourrait être pire ; et meilleur aussi.

Stade 2 sur 3, songea Faz. *Merde.*

— Ça concerne 40 % du sein. Il dit que ça a commencé dans le canal lactifère, avant de se répandre dans le tissu gras et jusque dans mon système lymphatique. Mes ganglions lymphatiques.

Faz eut l'impression que tout son corps était en train de prendre feu.

— Et... qu'est-ce qu'on fait maintenant ?

— J'ai appelé un oncologue au Centre de traitement des cancers de Seattle que m'a recommandé le médecin, et j'ai eu un rendez-vous. Son assistante a dit qu'il faudrait probablement envisager une lumpectomie ou une mastectomie, avec un traitement par radiothérapie ou chimiothérapie. Peut-être les deux.

— Le mieux est sûrement une ablation, non ? Il vaut mieux ne pas prendre de risque. Enlever le sein, et puis un traitement par radiation ou chimio.

— Je ne sais pas, dit-elle. J'imagine qu'ils vont me proposer différents choix. Peut-être qu'ils peuvent sauver le sein.

— J'aime pas ça. Parce qu'après, on s'inquiète tout le temps ; on a peur que ça revienne. Demande une ablation. Du sein gauche aussi.

Elle secoua la tête, se tourna vers lui et le fixa.

— Comment tu te sentirais si tu avais un cancer des testicules, et qu'ils voulaient te les couper ?

La question fut comme un coup de poing dans l'estomac.

— Hé, je ne voulais pas te… Tout ce que je dis, c'est que ce n'est pas important de…

— C'est important pour moi ! D'accord ? C'est important pour moi. Je ne veux pas être mutilée.

Elle se mit à pleurer.

— Non, je ne veux pas de ça, Vic. Pas maintenant. Pas maintenant. Pas à ce moment de ma vie. Non.

Il se pencha vers elle et la serra dans ses bras.

— Je sais, dit-il. Tu as raison. Je ne veux pas non plus qu'ils te fassent ça, Vera.

À cet instant, il comprit que ce cancer n'était pas le sien, et ne le serait jamais. Il aurait des répercussions sur sa vie, sur son avenir peut-être, mais c'était Vera qui était concernée. Et, pour une fois, une des rares fois de sa vie, elle avait peur.

— Repose-toi sur moi, je suis là, Vera. D'accord ? fit-il. Accroche-toi.

CHAPITRE 20

Jeudi 12 juillet 2018

Le lendemain matin, jeudi, tandis qu'il glissait sa ceinture dans les passants de son pantalon, Faz repensa à la soirée précédente. Ça avait été une des rares fois de sa vie où il avait vu Vera avoir peur, réellement peur de ce qui pouvait arriver, et il en avait lui-même conçu un effroi aussi terrible que lorsque le médecin leur avait annoncé qu'elle avait un cancer.

Son téléphone portable sonna sur sa table de nuit. Del. Il n'avait pas l'air dans son assiette.

— Je me suis bousillé le dos hier soir, après avoir quitté Park 95.

— Comment tu as fait ton compte ?

— Un truc idiot. Avec Celia, on a pris un cours de "hot yoga[4]"…

— Tu as fait du "hot yoga" ? demanda Faz, incrédule.

— Ouais, et je te le dis sans détour, j'ai sué à en avoir les bonbons qui collent au papier. Quand on est rentrés, il a fallu que j'emmène Sonny faire sa petite balade. Il n'était pas sorti de la journée. Bref, à un moment, je me suis emmêlé les pinceaux avec sa laisse, et quand

4 Le « hot yoga », ou « yoga bikram », se pratique dans une salle où la température dépasse les 40° C. et le taux d'humidité les 35 %.

je me suis retourné pour démêler tout ça, mon dos s'est bloqué. J'ai failli ne même pas réussir à rentrer.

— Tu ne t'es pas fait une hernie discale, au moins ?

— Nan. Ça m'est déjà arrivé. C'est des contractures musculaires. Ça me fait le coup quand je m'entraîne, quand je soulève des poids et que je sors dans le froid juste après, ou que je me retourne trop vite. Enfin, j'espère qu'il ne s'agit que de ça. Pour le moment, en tout cas, je ne peux même pas me lever, et encore moins marcher. J'ai pris des myorelaxants, ce qui fait que je ne peux pas conduire non plus pour l'instant. C'est déconseillé. J'espère que j'arriverai à me lever cet après-midi, mais rien n'est moins sûr. Tu peux m'appeler si on a quelque chose concernant l'empreinte ?

— Oui, ne t'inquiète pas. Si on a quelque chose, ce sera sûrement dans l'après-midi. J'ai pris ma matinée pour accompagner Vera à son rendez-vous ; elle voit un spécialiste en oncologie.

Il baissa la voix pour que Vera ne l'entende pas d'en bas. L'odeur du café frais et du cake à la banane était perceptible.

— Vera a eu ses résultats hier après sa visite de contrôle. Elle a un cancer, Del. Au stade 2.

Faz expliqua ce que cela signifiait.

— Ça a envahi ses ganglions lymphatiques.

— Et merde ! Je suis désolé, mon vieux. J'espérais de meilleures nouvelles.

— Moi aussi. Je me sens si mal pour elle, Del ; ça me tue qu'elle doive traverser cette épreuve.

— Et maintenant, qu'est-ce qui va se passer ? s'enquit Del. Pour Vera, je veux dire. Quel est le traitement ?

— On en saura plus tout à l'heure, mais je suppose qu'elle aura à décider si elle fait une mastectomie, et puis de la radiothérapie ou de la chimio ; peut-être les deux.

— Bon Dieu, une ablation, il n'y a que ça. Ne prenez pas de risque avec cette saloperie.

Faz tourna de nouveau un regard vers la porte pour s'assurer que Vera ne montait pas. Il baissa la voix.

— C'est ce que je lui ai dit, mais ce n'est pas aussi simple. Elle m'a demandé ce que je ressentirais si j'avais un cancer des testicules et qu'ils voulaient me couper les couilles.

Del ne put s'empêcher de rire.

— Elle a vraiment dit ça ?

— Elle est à cran, c'est normal. Je finis par me dire que le mieux que j'ai à faire, c'est de rester assis et de la boucler.

— Ouais, peut-être bien.

— Je sais pourtant que je devrais faire bien plus, soupira Faz. Elle m'a parlé pendant une heure hier soir. Je ne savais pas quoi faire ni quoi dire. Je me suis contenté de hocher la tête et de lui tenir la main.

— Peut-être que c'est tout ce qu'elle veut, Faz.

— Peut-être. Elle a peur, Del. Et moi aussi.

— Écoute, prends tout le temps dont tu as besoin. Prends ta journée complète. Je trouverai un moyen de me lever, et si je n'y arrive pas, je travaillerai d'ici.

— Le problème est que je ne peux pas rester à la maison. Vera ne veut pas que je reste là à m'inquiéter pour elle. J'ai encore de la chance qu'elle me laisse l'accompagner chez ce spécialiste ce matin.

— Il y a ce qu'elle dit et ce qu'elle veut vraiment, tu sais. Ne te sens surtout pas obligé de foncer au bureau, d'accord ?

— Je te tiens au courant dès que j'ai des nouvelles pour l'empreinte, promit Faz. Appelle-moi toi aussi, si tu apprends quelque chose avant moi.

— Ouais. Ne t'inquiète pas, fit Del. Tu as déjà prévenu Tracy ou Kins ? À propos de Vera, je veux dire ?

— Non, pas encore. Elle veut que nous attendions d'avoir vu l'oncologue avant de prévenir qui que ce soit. Dès que ce sera fait, je ferai un petit topo pour tout le monde, Billy compris. Pour le cas où il faudrait que je m'absente quelque temps.

— C'est peut-être une chance que nous ayons Andrea, fit valoir Del. Grâce à elle, on aura moins de pression sur les épaules, toi et moi.

— Ouais, on en a bien besoin, admit Faz.

CHAPITRE 21

Tracy arriva à son box plus tard qu'espéré. Elle avait déposé l'ordinateur de Kavita Mukherjee à l'Investigation numérique légale, une division de l'ICAC qui se consacrait à la pédocriminalité sur Internet. Elle avait demandé à un ami qui y travaillait de « cracker » le mot de passe et de mettre les e-mails sur une clé USB à l'intention de Katie Pryor, puisque techniquement elle, Tracy, ne travaillait pas encore sur l'affaire. Pryor, de son côté, s'occupait du mandat de perquisition pour l'ordinateur, en plus d'essayer d'obtenir les relevés bancaires de la disparue, ainsi que la liste des débits de carte de crédit récents. Elle devait également faire une demande en règle auprès de l'opérateur de téléphonie mobile Verizon en invoquant une « situation d'urgence » – le sésame pour s'assurer le concours de l'opérateur – afin que ce dernier retrace le parcours du téléphone portable de Kavita Mukherjee et envoie à Pryor la liste des derniers endroits où le téléphone avait « borné ».

L'Unité des crimes violents était en plein boum quand Tracy arriva, les conversations téléphoniques et le crépitement des claviers d'ordinateur se mêlant au bruit de fond de la télévision. Tracy remarqua que son ordinateur n'avait pas été activé depuis qu'elle l'avait éteint.

Kins s'assit à son bureau ; il était au téléphone et lui tournait le dos. Faz et Del étaient tous deux à l'extérieur, bien que l'ordinateur de Faz fût allumé. Andrea Gonzalez n'était pas là ; cela tombait bien. Tracy n'avait pas encore eu l'occasion de mettre Kins au courant pour l'affaire Mukherjee.

— Salut, dit Kins en raccrochant son téléphone et en faisant pivoter son siège.

Il jeta un coup d'œil à sa montre.

— Je pensais que tu serais au tribunal ; j'en déduis que le jury n'a toujours pas rendu son verdict.

Tracy secoua la tête.

— Hoetig a dit qu'il appellerait dès que ce serait le cas.

Elle s'approcha du box de Kins et jeta un coup d'œil par-dessus la cloison pour s'assurer que personne n'écoutait.

— Il faut que je te parle de quelque chose. Allons prendre un café.

— Est-ce que ça a quelque chose à voir avec le fait que Nolasco vient de passer, et qu'il a demandé à te voir ?

Tracy crut deviner la raison de la visite de Nolasco.

— Il a dit ce qu'il voulait ?

— Non. Juste qu'il voulait te voir dès que possible. Je lui ai dit que tu attendais le verdict dans l'affaire Stephenson. Qu'est-ce que tu as trafiqué pour le mettre en rogne une fois de plus ?

— Moi ? fit Tracy avec un sourire. Je ne me suis jamais mieux tenue.

— Ouais, prends-moi pour un idiot, dit Kins.

Elle regarda les deux chaises vides à côté d'eux, puis :

— Et cette empreinte que Del et Faz ont récupérée, ça a donné quelque chose ?

— Je n'en sais trop rien. Aux dernières nouvelles, la voiture était à la VPR[5] ; les collègues la fouillaient. Del est chez lui, au fait. Il a appelé ; il s'est bousillé le dos. Je ne sais pas trop où est Faz ;

5 *Vehicule Processing Room*. La salle de « visite » (ou de fouille) des véhicules.

peut-être à Park 95. Del dit qu'il s'occupe de récupérer les mandats de perquisition qu'il doit fournir au service des empreintes latentes.

— C'est grave, ce que Del s'est fait au dos ?

Kins haussa les épaules.

— Il dit qu'il est coincé. Il est sous myorelaxants, ce qui fait qu'il ne peut pas prendre le volant.

— À quelle heure commence Gonzalez ?

— Je ne sais pas. Je ne l'ai pas encore vue. Qu'est-ce qui se passe, entre vous deux ? Qu'est-ce que tu lui reproches ?

— Je n'aime pas la façon qu'a eue Nolasco de l'engager, c'est tout.

— C'est un peu mesquin, non ? Elle n'y est pour rien.

Tracy jeta un nouveau coup d'œil derrière la cloison du box, se rapprocha du bureau de Kins et baissa la voix.

— J'ai croisé Ron hier après-midi en revenant du tribunal. Je lui ai demandé pourquoi il a quitté la "A team". Il m'a répondu qu'on ne lui avait pas laissé le choix. D'après lui, c'est Nolasco qui l'a muté à la "C".

Kins fronça les sourcils d'un air incrédule.

— Bah, c'est le capitaine, Tracy. Il en a le droit. Bientôt, la "C Team" devra compter sans Arroyo. J'aime bien Ron, mais pour sa carrière, ça me paraît être une bonne décision.

Tracy opina du chef.

— Je ne dis pas le contraire. Le problème, c'est que Nolasco a dit à Ron de prendre ce poste parce qu'il n'y avait pas d'avenir pour lui à la "A Team", parce qu'aucun d'entre nous ne songeait pour le moment à partir à la retraite, ou à partir tout court.

— Là encore, ce n'est pas faux, fit valoir Kins. Conviens-en.

— Peut-être, mais Nolasco n'en sait rien.

— Qu'est-ce qu'il ne sait pas ?

— Il ne sait pas que je vais revenir.

Kins secoua la tête.

— J'ai du mal à suivre. Il ne sait pas que tu es enceinte, c'est ça ?

— Je ne lui ai rien dit. Mais j'imagine qu'il est au courant – Ron s'en doutait aussi, donc pourquoi pas lui ? – et d'après moi, c'est pour cela qu'il a engagé Gonzalez et muté Ron à la "C Team".

— Je suis perdu, là.

— Ce sera beaucoup plus facile pour lui de me pousser vers la porte de sortie s'il engage une autre femme pour prendre ma place – une femme d'origine hispanique plutôt qu'un homme blanc d'âge mûr. Pour l'accuser de discrimination ensuite, je pourrai toujours m'accrocher !

Kins parut loin d'être convaincu.

— Tracy, tu nages en pleine parano, j'espère que tu t'en rends compte. Tu crois vraiment que Nolasco a cogité tout ça à l'avance ?

— Tu sais comme moi qu'il n'attend qu'une occasion de se débarrasser de moi depuis que j'ai commencé ici.

— Aujourd'hui, oui, c'est clair. Tu es comme un bout de chewing-gum collé à sa chaussure.

— Et c'est quand, la dernière fois que quelqu'un a été engagé aux Crimes violents, hein ? Comment Gonzalez s'est-elle retrouvée en haut de la liste ?

Kins allait lui répondre, mais il marqua un temps de réflexion.

— Je n'avais pas pensé à ça.

— Ça ne me plaît pas non plus d'avoir trouvé Gonzalez assise à mon bureau, en train d'utiliser mon ordinateur pour se connecter au système.

Kins fixa l'ordinateur de Tracy.

— Tu crois qu'elle a fait quelque chose ?

— Je ne sais pas. Elle dit qu'à L.A., chacun prend le premier ordinateur disponible.

Kins eut un haussement d'épaules.

— Bon, alors, tu n'as pas de raison de te tracasser.

Tracy changea de sujet :

— Écoute, avant que j'aille trouver Nolasco, j'ai besoin de te parler de quelque chose.

Elle lui raconta le coup de fil de Katie Pryor, lui expliqua la disparition de Kavita Mukherjee et ce qu'elle avait appris à son sujet.

— Avec tout ce qu'on a déjà sur les bras, tu ne convaincras pas Nolasco de te confier cette affaire. Il va te dire que les disparitions concernent l'Unité des personnes disparues. Point barre.

— Je m'y attends, dit Tracy. Mais je me dis aussi que cette fois, il ne prendra peut-être pas le risque de rester tranquillement assis sur ses fesses jusqu'à ce qu'on retrouve des morceaux de cadavre éparpillés dans des bennes à ordures.

Elle laissa Kins et se dirigea vers le bureau de Nolasco. Entre les hautes tours du centre de Seattle, elle vit les eaux bleu clair d'Elliott Bay briller sous un ciel pâle et dégagé. La porte du bureau de Nolasco était ouverte. Elle frappa. Le capitaine était assis à son bureau, et parlait au téléphone. Il lui fit signe d'entrer, ce qu'elle fit, avant de s'asseoir sur une des deux chaises en face de lui. Une collègue d'une autre unité avait un jour comparé Nolasco à une star du porno vieillissante – mince, avec une grosse moustache et la raie au milieu, ses cheveux couvrant le haut de ses oreilles.

Son problème avec Tracy remontait à une altercation qu'ils avaient eue à l'époque où elle était étudiante à l'école de police. Nolasco, qui comptait parmi ses instructeurs, avait commis l'erreur de lui agripper les seins durant une démonstration de fouille au corps. Il avait fini avec un nez cassé et l'entrejambe en marmelade ; de quoi la prendre en grippe pour longtemps. Très longtemps.

Quand il raccrocha, Tracy dit :

— Vous me cherchiez ?

Nolasco avait toujours l'air de plisser les yeux en plein soleil, ou de lutter contre une migraine carabinée.

— Kins m'a dit que vous étiez au tribunal, et que vous attendiez le verdict.

— J'attends toujours.

— Vous avez un problème avec Gonzalez, on dirait. N'est-ce pas ?

On lisait en lui à livre ouvert, mais elle s'efforça de ne pas sourire ni de dire quoi que ce soit de sarcastique. Elle avait besoin de son approbation pour s'occuper de l'affaire Mukherjee.

— Le seul problème que j'ai eu avec elle, c'est qu'elle s'est servie de mon ordinateur.

— Pourquoi ?

Tracy haussa les épaules.

— Est-ce qu'on n'a pas déjà parlé de tout ça ? C'est mon bureau et mon ordinateur, que je sois au tribunal ou non.

— Je vous l'ai dit : je voulais qu'elle avance sur vos dossiers du moment. Ça vous pose un problème qu'elle consulte vos dossiers ?

Tracy secoua négativement la tête.

— Non, ils sont accessibles, ce n'est pas pour rien. En revanche, qu'elle consulte mes fichiers privés, ça, ça me pose un problème. S'ils sont privés, ce n'est pas pour rien non plus. Ça a été établi comme ça ; c'est notre politique ici.

Nolasco la fixa sans rien dire.

— C'est tout ? demanda-t-elle.

— Ouais, c'est tout.

Il baissa la tête. Tracy se dirigea vers la porte, avant de se retourner brusquement, comme si elle avait oublié quelque chose.

— Oh, j'ai reçu un appel de l'Unité des personnes disparues. On leur a signalé la disparition d'une jeune femme de vingt-quatre ans ; ils aimeraient qu'on jette un coup d'œil au dossier.

Nolasco leva les yeux.

— Depuis quand a-t-elle disparu ?

— Depuis lundi soir, répondit Tracy.

— Quelle preuve a-t-on qu'il s'agit d'un acte criminel ?

— Elle n'a plus donné aucun signe de vie, ni à ses parents, ni à sa colocataire, ni à ses amis. Elle ne répond pas sur son portable, pas même aux textos, et elle n'est pas allée travailler. Ça ne lui ressemble pas. Aux dernières nouvelles, elle avait un rendez-vous galant.

— Je n'entends rien qui fasse penser à un acte criminel.

— N'est-ce pas justement ce qu'on essaie d'éviter ?

— Le petit ami, qu'est-ce qu'il dit ?

— Je ne sais pas. Personne ne connaît son nom, ni même si c'est réellement son petit ami.

— Personne ne sait rien ?

— Sa colocataire était en voyage ; et la disparue avait coupé les ponts avec sa famille.

— Ce n'est pas illégal de disparaître, argua Nolasco. Laissons l'Unité des personnes disparues se charger de l'affaire, en attendant un nouveau développement.

— Si l'Unité m'a appelée, c'est qu'ils ne veulent pas attendre que quelqu'un retrouve un bras dans une benne à ordures.

Nolasco savait que sa hiérarchie serait fumasse si une chose pareille arrivait de nouveau. Le département serait pointé du doigt pour son incompétence. Tracy joua alors la carte de la race.

— Elle et sa famille sont originaires de l'Inde.

— Del et Faz ont peut-être récupéré une empreinte dans l'affaire Monique Rodgers, reprit Nolasco. Del, cependant, s'est blessé au dos. S'ils obtiennent cette empreinte, Faz va avoir besoin d'aide.

— D'accord. Si Faz a besoin de moi, je l'aiderai, mais je pense qu'on doit aussi s'occuper de cette disparition. Il s'agit d'une jeune étudiante, qui s'apprêtait à faire médecine.

Nolasco réfléchit ; c'était ce qui s'appelait être coincé entre le marteau et l'enclume. Elle le laissa envisager les possibles répercussions de l'affaire. Finalement, il dit :

— Bon, laissez l'Unité des personnes disparues mener la danse. Aidez-les, mais uniquement en cas de besoin. On ne prend cette affaire que s'il y a une preuve d'un crime violent.

— Compris, dit Tracy en tournant les talons et en s'efforçant de ne pas sourire.

CHAPITRE 22

Quand Faz arriva au siège de la police, il alla directement dans les toilettes pour hommes et s'aspergea le visage d'eau froide, espérant dissimuler le fait qu'il avait pleuré. Le spécialiste du cancer, après avoir examiné une IRM de la masse présente dans le sein de Vera, ainsi que les résultats d'une biopsie et d'une scanographie, leur avait annoncé que plusieurs ganglions lymphatiques avaient été touchés. Il avait recommandé que Vera subisse une mastectomie, suivie d'une chimiothérapie. Pour adoucir un peu la nouvelle, il avait dit à Vera que la masse avait été découverte suffisamment tôt pour permettre qu'une reconstruction de son sein ait lieu en même temps que la mastectomie. Vera avait d'abord accusé le coup, puis, après un moment, le temps de digérer la nouvelle, elle avait choisi de ne pas subir les deux interventions en même temps, craignant des complications éventuelles qui l'affaibliraient trop. Elle tenait à préserver ses forces pour affronter la chimiothérapie qui devait suivre la mastectomie, et ensuite seulement se concentrer sur la reconstruction.

En quittant le cabinet du médecin, Faz avait dit à Vera qu'il prenait sa journée complète, mais une fois de plus elle avait insisté pour qu'il aille travailler.

— La famille de Monique Rodgers compte sur toi, et tu as peut-être une piste sérieuse, lui avait-elle rappelé. Et puis, qu'est-ce que tu feras à la maison ?

Faz s'était efforcé de rester stoïque en sa présence, mais sur le chemin du bureau, la recommandation de l'oncologue d'essayer de prendre chaque jour comme il venait, n'avait pas cessé de résonner à ses oreilles. Il savait que le médecin voulait seulement leur donner un conseil utile, mais entendre dire à Vera de ne pas penser à l'avenir l'avait replongé dans ses interrogations. Et puis, la station de radio de musique classique King FM avait passé *Sono Andati*, la chanson extraite de *La Bohème*, qui voyait mourir le personnage de Mimi, la fleuriste. Faz avait craqué à ce moment-là.

Il fut soulagé de trouver leur open space désert. Del était chez lui, et il se dit que Tracy et Kins devaient être tous les deux au tribunal, peut-être pour y attendre un verdict. Pressé de se changer les idées, il décrocha son téléphone et appela l'Unité des empreintes latentes.

Jason Rafferty, que Faz connaissait bien, laissa échapper un petit rire en prenant l'appel.

— T'es vraiment un impatient, Fazzio. Tu crois qu'on ne t'appellera pas si on trouve quelque chose sur cette voiture que Del et toi nous avez déposée hier soir ?

— T'as tout deviné, dit Faz en s'efforçant de ne rien laisser transparaître de son humeur du moment.

— Il faut dire que vous êtes tellement prévisibles, vous autres, aux Crimes violents, dit Rafferty.

— Je veux juste savoir si j'ai des raisons d'être optimiste ou non.

— Je comprends, dit Rafferty en riant. Ne quitte pas. Je passe un appel, et je te dis où on en est.

Il mit Faz en attente ; celui-ci posa le combiné sur son épaule et appuya sur la touche « haut-parleur ». Une horripilante musique d'ascenseur se fit entendre. Presque au même moment, Andrea Gonzalez entra dans l'open space, s'approcha du bureau de Faz, désigna le téléphone d'un petit signe de tête et lança en grimaçant d'un air narquois :

— Vous devriez essayer Pandora[6], parce que là…

— Pan-quoi ?

— La musique… oh, peu importe.

— J'attends des nouvelles concernant l'empreinte sur la voiture que Del et moi avons fait remorquer hier soir, expliqua-t-il.

— Monique Rodgers ?

Faz acquiesça d'un hochement de tête.

— Merci de vous être occupée de faire signer le mandat de perquisition.

Elle regarda le bureau et la chaise vide de Del.

— Del est arrivé ?

— Non, il s'est fait un tour de reins hier soir. Il ne devrait pas être là de la journée. Il espère revenir demain.

Gonzalez opina du chef, puis jeta un coup d'œil au bureau de Tracy.

— J'ai cru comprendre que Crosswhite attend que le jury du procès Stephenson ait rendu son verdict. Vous savez si elle vient ou non ?

— Non, je ne sais pas. Plus tard dans la journée, j'imagine.

Gonzalez sourit.

— Elle et moi, on n'a pas pris un très bon départ.

— Ça s'arrangera, dit Faz. Vous pouvez utiliser son bureau.

— Je ne préfère pas, dit Gonzalez. Il vaut mieux que j'attende un peu pour ça. Et puis, je déteste être assise dans le fond, et tourner le dos à tout le monde.

— Dans ce cas, prenez le bureau de Del.

— Merci.

Elle laissa tomber son sac à côté de la chaise de Del, s'assit et commença à manipuler la souris.

— Oh, zut !

---

6 Webradio américaine intégrant un service de « streaming ».

— Quoi ?

— Mon mot de passe provisoire ne me permet pas de consulter les dossiers.

— Gumba 2 !

— Qu'est-ce que c'est que ça ?

— Le mot de passe de Del. Moi, c'est Gumba 1.

Rafferty revint en ligne.

— Faz ?

Faz coupa le haut-parleur.

— Oui, je suis toujours là.

— Désolé pour l'attente. Bon, on a un premier résultat.

Rafferty expliqua qu'ils avaient réussi à isoler des empreintes de paume et de doigts sur le coffre de la voiture, à l'endroit où, sur la vidéo, on voit le suspect poser sa main. Ils n'avaient pas les empreintes digitales complètes, mais c'était suffisant pour affirmer qu'elles n'appartenaient ni au mari, ni à la femme, ni au fils – Del et Faz ayant pris les empreintes des Blaismith avant de quitter leur maison, à des fins de comparaison précisément.

— On les a passées à l'ABIS, expliqua Rafferty, faisant référence au système automatique d'identification biométrique – l'ancien AFIS, ou système automatique d'identification par empreintes digitales.

Le petit changement dans l'acronyme traduisait l'évolution constante de la technologie en matière d'identification criminelle. Les détectives avaient dû suivre un stage de remise à niveau. Leur instructeur leur avait notamment expliqué que les empreintes digitales n'étaient plus qu'une branche de la biométrie – les autres étant la reconnaissance faciale et de l'iris, ainsi que l'empreinte vocale ou palmaire. Le FBI avait également changé le nom de son système – rebaptisé « NGIS » pour *Next Generation Identification System*, ou Système d'identification de nouvelle génération. L'instructeur leur en avait fait l'article, le programme fournissant selon lui au monde de la justice criminelle le référentiel électronique le plus complet et le plus efficace jamais mis au point. Pour Faz, tout cela avait un petit côté *Star Trek*.

— Et ça a "matché" ? demanda-t-il.

— Oui. Eduardo Felix Lopez, répondit Rafferty.

Faz s'empara d'un morceau de papier sur son bureau et griffonna le nom que lui épelait son ami.

— Tu as noté ? demanda Rafferty.

— C'est noté, dit Faz, soulignant le nom deux fois, réfléchissant déjà au moyen de rattacher Lopez au meurtre de South Park.

— Il est dans le système. Tu t'occupes de lui, ou tu veux qu'on s'en charge ?

— Je m'en occupe. Est-ce qu'ils ont dit quand je pourrai disposer du rapport complet ?

— En fin d'après-midi. D'ici là, je t'enverrai par e-mail la version préliminaire. Je sais que les médias se sont déjà emparés de cette affaire. Alors, coince ce salopard, d'accord ?

— T'en fais pas pour ça, dit Faz, avant de raccrocher.

Il donna un coup de poing sur la table et s'exclama :

— Ouais !

— Bonne nouvelle ? lui demanda Gonzalez.

— On a une piste pour le tueur, ou du moins on sait qui est l'homme qui a posé sa main sur le capot de cette voiture. Je vais appeler Del, lui faire un petit topo, et ensuite essayer de voir si ce type a une adresse, passée ou présente.

— Vous voulez que j'essaie de vérifier ça pendant que vous appelez Del ?

— Ouais, ça vous est possible ? Ça ne suffira sans doute pas à le sortir du lit, mais la nouvelle va lui faire plaisir.

CHAPITRE 23

Tracy observa attentivement les jurés qui faisaient leur entrée au fond de la salle de tribunal bondée ; ils marchaient en file indienne, tels des forçats enchaînés. Ils n'échangèrent pas un regard avec l'accusé, le Dr. John Stephenson, ni avec son avocat. Ils gardaient les yeux fixés sur le lino râpé, ou bien levés en direction de la juge Miriam Gowin qui s'apprêtait à siéger à sa place surélevée, sur l'estrade. Adam Hoetig parut s'aviser également de tous ces détails ; il jeta un regard à Tracy du coin de l'œil.

Quand tout le monde eut gagné sa place, la juge Gowin résuma les faits avant de demander au jury s'il avait choisi un premier juré pour l'énoncé du verdict. Le choix surprit Tracy, et, à en juger par un nouveau regard en coin, Hoetig également. En y réfléchissant bien pourtant, le choix d'une femme, maman de deux enfants, en particulier si la peine prononcée était la culpabilité, avait du sens. La femme de Stephenson avait été maman elle aussi.

— Le jury est-il parvenu à un verdict ? demanda Gowin.

La jurée confirma que c'était le cas. Lisant une fiche cartonnée, elle dit :

— Concernant l'accusation de meurtre au premier degré, nous, le jury, déclarons l'accusé coupable des faits qui lui sont reprochés.

L'attente du verdict au tribunal, c'était un peu comme les préliminaires dans l'acte sexuel, avec tout ce que cela comportait de frustration, jusqu'à l'orgasme – l'énoncé du verdict – qui voyait toutes les tensions retomber, et laissait l'ensemble des protagonistes épuisés.

Hoetig adressa un discret hochement de tête à Tracy. Derrière eux, dans la salle, on pleurait ou on se congratulait sobrement. D'aucuns serraient les poings. D'autres avaient l'air abattu.

Litwin demanda à ce que les jurés se prononcent individuellement, et, un par un, ils répétèrent le même mot : « coupable ». Ils allaient maintenant bénéficier d'un répit, une à deux semaines, avant de revenir pour la phase dite de détermination de la peine, qui prenait souvent autant de temps que le procès lui-même. Mais pour le moment, leur devoir civique était accompli.

La séance levée, Hoetig remercia Tracy ; ils convinrent de se retrouver à une date ultérieure pour fêter leur victoire autour d'un verre.

— Tu retournes au bureau ? demanda Kins à Tracy en la retrouvant à la porte du tribunal.

Il avait assisté à l'audience, assis dans la salle.

— Pas tout de suite, répondit-elle. J'ai quelque chose à vérifier avant. Je te fais signe dès mon retour.

— Est-ce que ce quelque chose ne serait pas lié, par hasard, à cette étudiante du quartier de l'université ?

— Les Mœurs ont son ordinateur. J'ai reçu un message me disant qu'ils l'avaient débloqué et qu'ils avaient accédé à ses e-mails.

La Brigade des mœurs ressemblait à une salle de classe pleine d'écrans d'ordinateur et de gadgets high-tech. Tracy avait noué des liens professionnels avec des membres de la brigade à l'époque où elle avait travaillé à la Criminelle dans le même bâtiment. Une des personnes avec lesquelles elle avait travaillé efficacement était Andrei Vilkotski.

Vilkotski, originaire de Biélorussie, avait émigré aux États-Unis au début des années 90 et était considéré comme un génie de l'informatique, et de l'électronique en général. Son passé mystérieux avait suscité toutes les rumeurs, dont l'une faisait de lui un ancien agent du KGB qui aurait fui son pays au moment de l'effondrement de l'Union soviétique. Aucune de ces rumeurs n'était vraie, à part celle qui faisait de lui un surdoué du traitement électronique de l'information.

— Andrei, dit Tracy en entrant dans le box de son ami. Comment ça va ?

Vilkotski se retourna et haussa les épaules. Il avait quelque chose d'un moine, avec le haut de son crâne chauve et sa couronne de cheveux tout autour.

— Ça pourrait aller plus mal, répondit-il comme à son habitude. Laisse-moi deviner : tu es venue m'inviter à déjeuner pour enfin me demander en mariage.

Il avait gardé un fort accent russe. Tracy s'appuya contre le coin de son bureau et dit :

— Qu'est-ce que ta femme dirait de ça, Andrei ?

Vilkotski grimaça, comme s'il réfléchissait à ce que sa femme pourrait bien penser. Puis il dit :

— Elle me dirait probablement : ramasse ton linge sale, et restons-en là, toi et moi.

Tracy se mit à rire et s'assit.

— Je crois savoir que tu as réussi à entrer sur l'ordinateur que j'ai déposé ce matin.

Vilkotski la regarda par-dessus ses lunettes de lecture demi-lune, l'air surpris.

— Ne serait-ce pas l'ordinateur que Katie Pryor a déposé, sans aucun mandat de perquisition m'autorisant à le "cracker" ?

Ce fut au tour de Tracy d'être surprise.

— Tu aurais dû recevoir un double du mandat signé. Pour ce que j'en sais, Katie en a bien obtenu un.

Les lèvres de Vilkotski s'ourlèrent, dessinant un petit sourire.

— Si on m'avait donné un dollar à chaque fois que j'ai entendu ça, je serais un homme riche aujourd'hui.

— Vérifie dans ta boîte de réception. Si tu ne l'as pas, je peux te le faire renvoyer.

Vilkotski pianota sur son clavier.

— On peut dire que tu ne manques pas d'aplomb, ça c'est certain, fit-il en ouvrant sa boîte e-mail. Puis, pointant l'écran du doigt :

— Tiens, tiens, ça alors, qu'est-ce qu'on a là…

— Tu vois, Andrei, je ne te demanderais jamais de faire quelque chose d'illégal.

— On croirait entendre Vladimir Poutine.

— Et toi, tu serais Trump, c'est ça ?

— Les cheveux en moins, malheureusement.

Tracy se mit à rire.

— Alors, tu as pu entrer sur cet ordinateur ?

— Je t'en prie. Mon petit-fils pourrait s'en charger, et il a trois ans.

— Ton petit-fils ?

Vilkotski avait confié à Tracy que sa femme et lui s'étaient mariés jeunes, et qu'ils avaient très vite eu des enfants. Tracy lui donnait entre quarante-cinq et cinquante ans.

Il lui montra une photo de son petit-fils fixée sur la cloison séparative de son box.

— On l'a gardé à la maison pour le week-end. Mon fils et sa femme étaient en voyage. Je suis complètement vanné.

Il tendit un bras derrière lui et se saisit de l'ordinateur portable de Kavita Mukherjee, ainsi que d'une clé USB sur laquelle il avait transféré les e-mails de celle-ci.

— J'ai programmé l'ordinateur de manière à pouvoir l'ouvrir avec un mot de passe provisoire. Je l'ai fait avant de recevoir le mandat ; alors, le mot de passe est : “Je ne t’ai pas parlé et je ne sais rien de cette histoire.”

Tracy sourit.

— Un peu long, non ? Et c’est tout en capitales, j’imagine ?

Vilkotski sourit à son tour.

— Bon, le mot de passe est : “Un Deux Trois” – en lettres, et avec une majuscule à chaque mot.

— Futé.

— Je n’ai pas le temps d’être futé. Grâce à ton chef, il faut maintenant que je sois disponible vingt-quatre heures sur vingt-quatre, sept jours sur sept, pour vous aider, vous autres, à retrouver des iPhone volés.

Il y avait de l’amertume dans ces derniers propos.

— Ouais, c’est ce que j’ai entendu dire, compatit Tracy.

Le chef de la police de Seattle, Sandy Clarridge, avait en effet décrété qu’il en serait ainsi après avoir entendu aux infos que plus de deux mille téléphones portables avaient été volés durant les six premiers mois de l’année.

— Et voilà comment on se retrouve à faire des nuits en pointillé, renchérit Vilkotski.

Tracy prit l’ordinateur portable et dit :

— J’apprécie ton aide, Andrei.

— Ouais, ouais, fit-il.

Elle aurait pu s’arranger pour qu’il lui envoie par e-mail le contenu téléchargé, ou bien demander à Katie Pryor de passer récupérer la clé USB, mais elle avait une question en particulier à lui poser, et elle espérait bien obtenir son aide.

— Andrei, peux-tu localiser un téléphone portable ?

— Je ne comprends pas.

Elle désigna d’un geste l’ordinateur portable.

— Cette jeune femme qui a disparu, je veux pouvoir localiser son téléphone portable. C’est possible ?

— Pourquoi est-ce que tu n'appelles pas son fournisseur d'accès ? Ils devraient pouvoir le géolocaliser.

— Katie Pryor a déjà essayé ce matin, apparemment.

Ne voulant pas laisser une seule trace écrite laissant entendre qu'elle se chargeait de l'affaire, tout passait par Pryor.

— Je me demandais juste s'il n'y avait pas un autre moyen de localiser son téléphone, s'il est toujours branché – je veux dire, sans avoir à recourir au Stingray.

Vilkotski feignit l'incrédulité.

— Le Stingray ? Qu'est-ce que c'est que ça ?

Le Stingray était une antenne de téléphonie cellulaire que la police pouvait activer pour collecter secrètement des informations sur les téléphones portables – ou tout autre appareil nomade – de personnes soupçonnées d'un délit quelconque. La plupart des départements de police niaient posséder un tel dispositif, qui avait été développé pour le FBI et fourni ensuite aux forces de l'ordre à l'échelle locale, après signature d'un accord de confidentialité interdisant de dévoiler des informations sur la technologie en question. De récentes enquêtes avaient révélé que le Département de police de Tacoma en avait fait usage, suscitant une réaction rapide de l'Union pour la défense des libertés civiles. À Seattle, l'éternelle libérale, il valait mieux laisser un voleur commettre un crime plutôt que de violer sa vie privée.

— Alors, est-ce qu'il y a un autre moyen ? insista Tracy.

Vilkotski y réfléchit un instant. Puis il dit :

— Il y a toujours d'autres moyens. Par exemple, il existe un certain nombre d'applications qui peuvent être partagées.

— Comme quoi ?

— Par exemple, est-ce que cette femme a sur son téléphone l'appli "Find My Friends"[7] ?

— Je ne sais pas, répondit Tracy.

---

7 « Localiser mes amis ».

— Si c'est le cas, tu as une chance de pouvoir géolocaliser son téléphone à partir de celui d'un de ses amis.

Tracy songea à Aditi. Cela valait la peine d'essayer. Elle se promit de lui en parler.

— D'accord. Il y a d'autres applis encore ?

— De nombreux téléphones sont équipés de "Find My iPhone", mais là, il te faut avoir l'identifiant Apple du portable et un mot de passe.

— Comment je peux trouver ça ?

De nouveau, elle songea à Aditi.

— Je commencerais par vérifier sur son ordinateur. Beaucoup de gens mettent cette information dans leurs contacts pour ne pas l'oublier. C'est ce que je fais, pour ma part.

Tracy en prit note mentalement ; elle vérifierait cela dès que possible.

— Est-ce que ta disparue habitait avec sa famille ? s'enquit Vilkotski.

— Non. Pourquoi ?

Il haussa les épaules.

— Les familles se servent souvent d'un même identifiant Apple pour partager de la musique, des films ou des livres, et ainsi ne pas avoir à les acheter plusieurs fois.

— Et le partage peut se faire sur plusieurs téléphones ?

— Plusieurs téléphones et plusieurs plateformes.

Tracy réfléchit un instant, puis :

— Et entre amis ? Est-ce qu'on peut partager un identifiant Apple ?

— Tu as dit que cette femme était étudiante ?

— Oui, jeune diplômée.

Vilkotski roula de grands yeux.

— Les étudiants n'iront jamais payer quelque chose s'il existe un moyen de l'obtenir gratuitement, et en général ils se débrouillent toujours pour que ce soit le cas. Ils auraient fait de parfaits bolchevíques.

Tracy emporta l'ordinateur de Kavita Mukherjee et la clé USB et rejoignit Katie Pryor à l'Unité des personnes disparues.

— Des nouvelles du fournisseur d'accès ? demanda-t-elle.

— Je viens juste de leur envoyer le formulaire de "Requête relative à une situation d'urgence", répondit Pryor.

Elle désigna l'ordinateur portable d'un petit signe de tête et demanda :

— Vous avez la clé USB ?

Tracy la lui remit. Pryor l'inséra dans le port de son ordinateur et afficha les e-mails – reçus et envoyés – de Kavita Mukherjee. Tracy et elle se concentrèrent immédiatement sur les e-mails que Kavita avait reçus après 17 heures, le lundi après-midi. Elle n'avait répondu à aucun d'eux. Il n'y en avait apparemment aucun non plus qui avait trait à son rendez-vous du soir, ou qui confirmait une réservation d'hôtel ou de vol.

Tracy alluma l'ordinateur portable et utilisa le mot de passe provisoire fourni par Vilkotski pour vérifier l'historique Internet de Mukherjee, cherchant en priorité d'éventuels liens vers des compagnies aériennes, des sites de locations de voitures, d'autres États américains ou même des pays étrangers. Elle ne trouva rien.

— Essayons de voir dans ses contacts, reprit Tracy.

— Qu'est-ce qu'on cherche ? demanda Pryor.

— Vilkotski dit que les gens conservent parfois leurs mots de passe associés à un contact. Voyons si c'est ce qu'elle a fait.

Pryor chercha le nom de Mukherjee et trouva les parents de Kavita et ses deux frères. Tracy ne reconnut aucun des autres prénoms, mais supposa logiquement qu'il devait s'agir de membres de la famille.

— Elle n'y est pas, constata Pryor, voulant dire qu'il n'y avait aucune information de contact pour Kavita.

Tracy songea aux conversations qu'elle avait eues avec Aditi Banerjee et avec la famille Mukherjee.

— Cherchez à "Vita".

Pryor s'exécuta, et trouva un contact au nom de Vita Kumari.

— Qui est-ce ? demanda-t-elle.

— Je ne sais pas, dit Tracy.

Pryor ouvrit le contact et fit dérouler les informations associées dans la partie notes. Il y avait des numéros de programmes de fidélité de plusieurs compagnies aériennes, des numéros de comptes bancaires, des noms d'utilisateurs Internet, et des mots de passe – le tout listé dans l'ordre alphabétique. Pryor remarqua un numéro de compte bancaire de la Bank of America.

— Une minute, dit-elle.

Elle fouilla dans une pile de documents sur son bureau et confirma que le numéro correspondait à celui fourni par les parents de Kavita.

— C'est bien son compte bancaire, dit-elle.

— Elle se sert d'un faux nom, dit Tracy, songeant qu'il s'agissait certainement d'une précaution en cas de perte ou de vol de l'ordinateur.

— Et donc, ce sont ses identifiants et ses mots de passe qui sont notés là, renchérit Pryor.

— Essayons-les sur le site de la Bank of America.

En quelques secondes, Pryor fut sur la page d'accueil du site. Les identifiants de connexion fonctionnèrent. Aucune transaction n'apparaissait sur le compte après le samedi après-midi. La dernière était un retrait de vingt dollars à un DAB de University Avenue le jeudi précédent ; le compte était créditeur de 1 492,00 dollars. Elle aurait eu des difficultés à payer son loyer du mois suivant.

— Pourquoi a-t-elle déchiré le chèque du loyer d'Aditi ? interrogea Pryor. Je veux dire, elle serait à ce point orgueilleuse ?

— Possible, dit Tracy. Aditi dit qu'elle est très têtue. Mais peut-être qu'elle avait pris sa décision et comptait déménager, ou bien alors trouver une autre colocataire.

Pryor continua de faire défiler les notes attachées au contact nommé Vita Kumari. Elle arrivait en bas de la liste quand Tracy dit :

— Stop. Qu'est-ce que c'est que ça ? Un autre numéro de compte ?

— Wells Fargo, lut Pryor. Oui, on dirait bien un autre compte.

— Essayons de voir.

Pryor rechercha le site de la Wells Fargo, et entra les identifiants trouvés. Il ne fallut qu'une seconde pour accéder au compte. Tracy siffla. Pryor et elle avaient sous les yeux un compte affichant un solde créditeur de 29 230 dollars.

— Voilà qui expliquerait pourquoi elle a déchiré ce chèque, non ? fit Pryor.

Tracy se renversa contre le dossier de sa chaise, perplexe.

— Aditi a dit qu'elle économisait pour l'école de médecine, mais j'ai du mal à croire qu'elle ait réussi à épargner autant en travaillant dans une boutique de vêtements au salaire minimum.

— Ses parents ? conjectura Pryor.

— Ça m'étonnerait, étant donné qu'ils attendaient qu'elle revienne vivre chez eux, dit Tracy. Le nom en dit long : Vita Kumari. Et l'adresse : il s'agit d'une boîte postale. De toute évidence, elle ne voulait pas que qui que ce soit connaisse l'existence de ce compte.

Tracy laissa son doigt courir verticalement sur une des colonnes répertoriant tous les montants déposés ; ils étaient identiques.

— Il s'agit de virements automatiques, constata-t-elle.

— La même somme déposée chaque mois, le même jour, reprit Pryor. On doit pouvoir trouver d'où émanent ces virements grâce au numéro de transfert, mais je vais avoir besoin d'un mandat pour que la banque accepte de me le communiquer.

Tracy songea à Aditi, à la façon dont elle avait regardé son mari, comme si les questions de Tracy à propos de Kavita l'embarrassaient.

— Une balade en voiture, ça vous tente ? J'ai peut-être trouvé un moyen d'obtenir des réponses plus rapidement.

CHAPITRE 24

Andrea Gonzalez informa Faz qu'elle avait obtenu les informations recherchées concernant Eduardo Felix Lopez. Il s'agissait d'un homme de dix-neuf ans arrêté deux mois plus tôt seulement en possession de stupéfiants – de la meth. L'adresse personnelle qu'il avait fournie était celle d'un appartement dans un petit immeuble en brique de South Park. C'était à la fois une bonne et une mauvaise nouvelle. L'arrestation remontant à deux mois, Lopez avait pu déménager, ou même fuir au Mexique, si c'était leur tueur. Il n'y avait aucun numéro de téléphone associé à l'adresse, et aucune indication non plus d'un concierge dans l'immeuble à qui ils auraient pu demander si Lopez comptait toujours parmi les locataires. Lopez avait d'autres antécédents, pour usage et trafic supposé de stupéfiants, mais pas d'arrestation pour crime violent. Rien dans le système n'indiquait qu'il était membre des Sureños, mais s'il dealait de la drogue à South Park, cela paraissait aller de soi. Peut-être que le mari de Monique Rodgers avait vu juste, et que l'assassinat de sa femme avait été une condition préalable à l'intronisation de Lopez dans le gang, un rite initiatique.

Faz décida de procéder comme s'il s'agissait d'une vérification de routine pour commencer, du moins jusqu'à ce qu'ils aient déterminé si l'adresse était toujours la bonne. Si c'était le cas, et si Lopez était chez lui, ils demanderaient à fouiller son appartement.

S'il refusait, ils requerraient un mandat de perquisition spécifiant qu'ils cherchaient précisément le revolver de calibre .38 qui avait tué Rodgers.

Comme Andrea Gonzalez et lui quittaient en voiture le parking de la police, la jeune détective leva les yeux et contempla le ciel à travers le pare-brise. De gros nuages noirs s'amoncelaient au nord-est.

— Qu'est-ce que c'est que ce temps ? On dirait un fléau biblique.

— Un orage, dit Faz.

— Je croyais qu'on n'avait pas d'orage à l'ouest des Rocheuses. On m'a dit que c'était des tremblements de terre qu'il fallait s'inquiéter.

Faz quitta Columbia Street pour s'engager sur la rampe d'accès au viaduc de l'Alaskan Way.

— On a un ou deux orages par an dans le Nord-Est. On en a eu un l'année dernière à la même époque. Il a causé des incendies dans tout l'est de l'État de Washington.

Ils roulaient maintenant sur le viaduc en direction du sud. Du haut de l'autoroute surélevée qui dominait les rues du front de mer, Faz regarda les eaux du détroit de Puget s'agiter et écumer sous la force du vent.

— Je me trouvais au siège l'année dernière quand l'orage a éclaté. J'étais de l'équipe de nuit, et aux premières loges. La Space Needle[8] s'est illuminée comme un vaisseau de science-fiction.

Gonzalez laissa échapper un petit rire.

— Et dire que je croyais avoir trouvé le paradis. 25° C. en moyenne, pas de pluie, un ciel bleu. En fait, c'est L.A., moins le smog, la foule et la circulation, et cinq degrés plus frais.

---

8 La célèbre tour futuriste de Seattle, construite pour l'Exposition universelle de 1962.

Elle regarda de nouveau le ciel, avant de se renfoncer dans son siège.

— Vous croyez que Lopez est le gars qu'on cherche ?

— Ça semble coller au niveau de l'heure et de l'endroit, en tout cas.

— Il a pu entendre les coups de feu et courir pour se mettre à couvert.

— Possible, mais pourquoi cacher son visage dans sa capuche ?

Gonzalez considéra la question un instant.

— Vous croyez qu'il est toujours dans le secteur ?

— Si vraiment il travaillait pour le Petit Jimmy, qu'il obéissait à ses ordres, il est possible qu'il ait été envoyé à L.A. ou au Mexique. On va bientôt le découvrir.

— Et s'il est chez lui, qu'est-ce qu'on dit ? Comment est-ce qu'on justifie le fait de venir frapper à sa porte ?

— S'il est chez lui, on dira juste qu'on interroge tout le monde dans le secteur, qu'on cherche à savoir si quelqu'un a vu ou sait quelque chose à propos de cet assassinat. Ces gars-là ne sont pas des lumières pour la plupart ; il nous laissera entrer. Et s'il refuse, on le gardera à l'œil le temps de demander et de récupérer un mandat.

— Vous croyez qu'il essaiera de fuir ?

— S'il a agi sur les ordres du Petit Jimmy et qu'ils découvrent qu'on s'intéresse à lui, il n'aura pas le choix. Le Petit Jimmy le tuera.

Tracy appela Aditi en prétextant vouloir la tenir informée des derniers développements concernant la disparition de Kavita. Aditi et son mari s'étaient installés provisoirement chez les parents de celle-ci, qui habitaient à moins de deux kilomètres de la maison familiale des Mukherjee. Tracy avait besoin de parler à Aditi en privé, sans la présence de Rahesh ni du reste de sa famille. Elle pressentait qu'Aditi lui cachait quelque chose, quelque chose concernant Kavita dont elle ne voulait pas que son mari ni sa famille aient connaissance, quelque chose qui pourrait expliquer les 30 000 dollars sur le compte en banque de la dénommée Vita Kumari.

Sur la route de Bellevue, Pryor reçut un e-mail de son fournisseur d'accès précisant la dernière position connue du téléphone de Kavita – latitude : 47.652770, et longitude : 122.174406.

— C'est un parc d'État, dit-elle en affichant les coordonnées, et c'est très proche des deux maisons.

Pryor montra le téléphone à Tracy, qui sentit son estomac se serrer en voyant qu'il s'agissait d'une zone densément boisée. Le parc, découvrit Pryor en poursuivant ses recherches, s'étendait sur deux cents hectares – un lieu idéal pour dissimuler un cadavre. Néanmoins, le parc était extrêmement fréquenté, en particulier l'été – joggeurs, marcheurs, cueilleurs de baies, cavaliers. On aurait probablement déjà dû retrouver un éventuel corps.

Tracy jeta un coup d'œil à sa montre. Elles avaient une fenêtre d'environ deux heures ; ensuite, il ferait nuit.

— Appelez le groupe cynophile, dit-elle. Demandez-leur s'ils peuvent se tenir prêts pour le cas où nous aurions besoin d'eux. On va d'abord parler à Aditi.

Ce fut cette dernière qui leur ouvrit la porte de la maison de ses parents, et, durant un bref instant, Tracy crut qu'elles arrivaient au bon moment, que la jeune femme était seule ; mais, la porte s'ouvrant davantage, Rahesh apparut derrière.

Il les invita à entrer dans le salon. La pièce paraissait plus décorative que destinée à un usage normal. Murs beiges, meubles gris, moquette marron. Une sculpture en cuivre aux formes spiralées était accrochée au mur. Il fallut quelques secondes à Tracy pour comprendre qu'il s'agissait d'un paon. Deux plantes artificielles flanquaient une baie vitrée derrière laquelle on apercevait un vaste jardin borné dans le fond par un épais bosquet.

— C'est le parc d'État que l'on voit là-bas ? s'enquit Tracy en pointant les arbres à travers la baie vitrée.

— Oui, répondit Aditi. Bridle Trails.

— Est-ce que la maison des parents de Kavita se situe également en bordure du parc ?

— Pratiquement, oui, dit Aditi.

Tracy échangea un regard avec Pryor, qui acquiesça discrètement, avant d'enchaîner :

— Vos parents sont ici ?

— Non, dit Aditi. Ils sont sortis.

— Nous avons eu une discussion avec la famille de Kavita et deux de ses collègues hier après-midi. Je me demandais si vous pouviez répondre à quelques questions supplémentaires ? demanda Pryor.

— Je peux essayer, répondit Aditi en se recalant sur sa chaise.

— Quel genre de relation Kavita entretenait-elle avec ses deux frères ? demanda Tracy.

Aditi haussa les épaules.

— Comme souvent entre frère et sœur, il y a toujours eu une rivalité entre Vita et Nikhil, qui ont presque le même âge.

— Nikhil m'a paru avoir des idées très arrêtées concernant le refus de sa sœur de revenir s'installer chez eux et de se soumettre à la tradition en acceptant de faire un mariage arrangé.

Aditi parut se hérisser en entendant parler de « soumission ».

— Nikhil croit beaucoup à la tradition. Pour lui, envoyer Vita étudier la médecine, c'est gaspiller l'argent de leurs parents. Dans son esprit, c'est à son futur mari de s'occuper de ça.

Elle sourit à Rahesh, quoique son sourire parût quelque peu forcé.

— Mais qu'est-ce que ça peut lui faire si ce ne sont pas ses parents qui paient ? chercha à comprendre Tracy.

— Il considère que c'est un manque de respect, que c'est faire honte à sa famille, expliqua Aditi. Nikhil est comme ça, voilà tout. C'est l'aîné des garçons. Il a toujours été plus attaché aux traditions que Vita.

— Et Sam ?

Aditi sourit.

— Sam ressemble plus à Vita.

— Comment Kavita comptait-elle financer ses études de médecine sans l'aide de ses parents ? demanda Tracy.

— Elle travaillait et économisait, répondit Aditi.

— À la boutique ?

— Oui.

— Et seulement là ?

— À ma connaissance, oui. Il se peut qu'elle ait pris un autre emploi pendant mon absence, mais…

— Mais elle ne vous en a pas parlé ? l'interrompit Tracy.

— Non.

— Et elle était payée au salaire minimum à la boutique ?

— Je crois, oui.

— Alors, comment pouvait-elle économiser suffisamment pour ses études ? insista Tracy. Même en partageant le loyer avec vous ?

Aditi mit un instant à répondre.

— Nous avions parlé d'essayer de demander une aide financière ou un prêt étudiant. En étant seules, sans déclarer les revenus de nos parents, Vita était presque certaine qu'on nous accorderait des aides.

— Combien avait-elle épargné ? demanda Tracy.

— Je ne sais pas.

— Est-ce qu'elle a hérité d'un peu d'argent récemment ?

— Non, je ne crois pas, répondit Aditi.

Elle remua sur sa chaise, apparemment mal à l'aise sur ce sujet.

— Pourrais-je avoir un peu d'eau ? demanda Pryor, comme prévu avec Tracy.

Elle se tourna vers Rahesh :

— Si ça ne vous ennuie pas.

Rahesh parut déconcerté par la demande.

— Je vais vous chercher ça, dit Aditi en voulant se lever.

— Non, restez avec la détective Crosswhite, dit Pryor d'un ton à la fois désinvolte et insistant. Continuez donc de répondre à ses questions. Rahesh, je vous suis ?

Ce dernier, désarçonné, se leva et se dirigea vers la porte, précédant Pryor.

Tracy garda les yeux rivés sur Aditi, attendant que Pryor et Rahesh aient quitté la pièce ; puis elle dit :

— Nous pouvons vous aider si vous êtes honnête avec nous, Aditi.

Aditi feignit l'étonnement.

— Je ne vois pas de quoi…

— Nous nous sommes procuré les relevés de compte bancaire de Kavita. Elle a un compte à la Wells Fargo sous le nom de Vita Kumari. Il y a pas loin de 30 000 dollars dessus.

Elle surveilla la réaction d'Aditi. Elle paraissait surprise par le montant, mais pas par le fait que Vita avait un autre compte.

— Un virement de 2000 dollars atterrit sur ce compte le 1er de chaque mois. Nous pouvons retracer l'origine des fonds grâce au numéro de transfert, mais je pense que vous savez d'où vient cet argent.

Aditi parut effondrée.

— Rahesh ne doit pas savoir, s'empressa-t-elle de dire d'une voix presque suppliante.

— Rien ne nous oblige à lui dire quoi que ce soit, lui assura Tracy, mais il *faut* qu'on sache.

— Je vais tâcher de trouver un moyen de vous parler plus tard.

Elle se retourna comme Katie Pryor et Rahesh revenaient dans la pièce. Elle se renfonça dans son fauteuil, le sourire crispé, le regard suppliant. Tracy fut tentée de la secouer un peu, de lui dire que le temps pressait ; que plus longtemps une personne était portée disparue, moins il y avait de chances de la retrouver en vie ; mais elle décida de respecter sa demande et de poursuivre une autre piste en attendant, en allant au parc notamment pour rechercher le téléphone tant qu'il faisait encore jour.

— Sam dit que Vita avait un rendez-vous lundi soir. Est-ce qu'elle vous en a parlé ?

— Non, répondit Aditi, je n'en savais rien.

Tracy regarda par la baie vitrée.

— Vous connaissez bien le parc ?

— Bridle Trails ? Oui.

— Est-ce qu'il a une signification particulière pour vous et Kavita ?

— On y a passé beaucoup de temps quand nous étions jeunes, répondit Aditi. On y a souvent couru, et il nous est arrivé d'y faire du cheval aussi quelquefois. Nos familles y allaient cueillir des baies ou ramasser des champignons. Pourquoi ?

— Y avait-il un endroit particulier du parc où vous et Kavita aviez l'habitude d'aller ?

— Je ne comprends pas.

— Un endroit préféré, où vous saviez pouvoir vous retrouver ?

— Non. Pas d'endroit en particulier.

Tracy se souvint alors de ce qu'Andrei Vilkotski lui avait dit, et demanda :

— Est-ce que vous et Kavita partagiez des applications sur vos téléphones ?

Aditi continua d'avoir l'air déconcerté devant les questions de Tracy.

— Je ne crois pas.

— Avez-vous sur votre téléphone une application du nom de “Find My Friends” ?

Elle secoua négativement la tête.

— Vous voulez que je vérifie ?

— Oui, s’il vous plaît.

Aditi se leva, quitta la pièce et revint avec son téléphone. Elle passa en revue les applications.

— Non, je ne vois pas cette appli-là.

— Et “Find My iPhone” ? Vous l’avez celle-là ? insista Tracy.

— Oui. Celle-là, oui, dit Aditi. Là.

Elle leur tendit son téléphone afin que Tracy et Pryor le constatent par elles-mêmes.

— Et Kavita ? Est-ce qu’elle avait aussi cette application ?

— Je crois qu’on l’a automatiquement avec le téléphone, non ?

Elle se tourna vers Rahesh, mais il secoua la tête.

— Je ne sais pas, dit Tracy. Est-ce que Kavita et vous partagez un compte Apple, vous savez, pour télécharger de la musique, des films ou des livres ?

Aditi leva les yeux vers Tracy et parut sur le point de lui répondre, mais elle marqua un temps d’arrêt ; et dans ses yeux soudain écarquillés, Tracy vit que la jeune femme venait de comprendre le sens de ses questions, et peut-être, peut-être, de trouver un moyen de les aider à remonter jusqu’au téléphone de Kavita.

Une énième fois, la dernière, Kavita avait adopté un air enjoué et affiché un sourire guilleret, prenant garde de bien dissimuler sa profonde détresse. Après son rendez-vous, elle quitta la chambre d’hôtel, et elle prit soudain conscience de l’importance de ce qui s’était passé ce jour-là. Elle n’était pas certaine d’avoir la force de surmonter cela ; c’était trop difficile. Elle n’avait aucune envie de regagner un appartement vide, pour s'y asseoir et se demander comment elles en étaient arrivées là ces trois derniers mois. Elle avait toujours pensé que ce n'était pas son rêve qu'elle poursuivait, mais le leur, à elle et à Aditi.

Plus maintenant.

Aditi était mariée. Elle n'étudierait pas pour devenir médecin.

Quand elle quitta l'hôtel au volant de sa voiture, le soleil avait commencé à descendre sur l'horizon. La chaleur avait perdu quelques degrés ; il faisait bon. Elle sortit du parking de l'hôtel sans regarder derrière elle ; c'était une bonne métaphore de ce que sa vie allait être maintenant, songea-t-elle. Elle ne regarderait plus en arrière. Elle n'en avait plus le temps. Elle avait pris la décision de partager son argent avec Aditi de bon cœur, sans le moindre regret, parce qu'elle savait combien cela avait été difficile pour Aditi d'encaisser le fait que les choses paraissaient si faciles pour elle, Vita, bien que son amie n'eût jamais manifesté la moindre rancœur ni la moindre jalousie à son égard - du moins jusqu'à ce lundi soir. Toute leur vie, Aditi avait toujours été là pour elle ; elle avait cru trouver enfin l'occasion d'être là pour Aditi, de ne pas la laisser à la traîne. Où qu'elle aille, quelle que soit l'école où elle étudierait, elle avait décidé qu'Aditi ne serait pas en reste.

Du moins, c'était le projet.

Elle soupira. Elle se demanda dans quelle mesure les choses auraient été différentes si elle avait parlé de l'argent à Aditi, si cela aurait suffi pour qu'elle décline finalement la proposition de mariage de Rahesh. Peut-être cela aurait-il permis de rendre plus concret, plus plausible leur rêve d'études ; peut-être aurait-elle pu s'y accrocher quand ses parents avaient fait pression pour qu'elle se marie.

Peut-être ; elle n'en saurait jamais rien, plus maintenant, et il n'était plus temps de s'arrêter et de regarder derrière elle. Il fallait qu'elle aille de l'avant. Il le fallait vraiment, ou elle risquait de devenir folle.

La voiture qui la précédait freina brutalement. Instinctivement, son pied glissa de la pédale d'accélérateur à la pédale de frein, qu'elle enfonça brutalement. Les pneus crissèrent, et elle fut projetée en avant, sa ceinture de sécurité se bloquant sur son épaule. Le conducteur du véhicule derrière elle pila à son tour, et donna un grand coup de klaxon. Grâce au ciel, elle ne s'était pas encastrée dans la voiture de devant, ni n'avait été emboutie par l'arrière.

Elle se rangea sur le bas-côté de la route. Elle avait besoin de reprendre son souffle et ses esprits. Elle avait conduit machinalement, en pilotage automatique. Maintenant qu'elle était arrêtée, elle se rendit brusquement compte qu'elle avait roulé en suivant le trajet qu'elle avait fait tant de fois durant tant d'années – en direction de la maison de ses parents à Bellevue, et non pas vers Seattle. Elle se demanda si, inconsciemment, quelque chose ne la ramenait pas chez elle. Une partie d'elle-même voulait y revenir, maintenant plus que jamais. Une partie d'elle-même voulait revoir sa famille.

Elle savait pourtant qu'elle ne pouvait pas rentrer, pas comme cela, pas en étant aussi vulnérable sur le plan émotionnel ; pas en étant aussi déprimée, abattue. Sa mère en profiterait pour lui jeter à la figure le mariage d'Aditi, comme la mère de celle-ci, Mme Dasgupta, n'avait pas dû manquer de le faire, en vantant la famille et l'apparente richesse de son nouveau gendre, en se réjouissant ouvertement qu'Aditi aille vivre dans un appartement londonien, et lui donne de futurs petits-enfants.

Kavita se doutait que cela avait dû être dur à entendre pour sa propre mère, aussi dur que pour elle, Kavita - à cette différence près que la douleur de sa mère trouvait sa source dans le ressentiment et la colère qu'elle éprouvait, et non dans la perte cruelle d'un être aimé. C'étaient deux choses totalement différentes.

Non, sa mère ne la consolerait pas. Elle lui reprocherait de nouveau son comportement égoïste, la ferait culpabiliser de ne pas lui donner un gendre ou des petits-enfants elle aussi, ou encore de la mettre, elle et Pranav, dans une position embarrassante vis-à-vis des amis de la famille. Son père garderait le silence, ne voulant pas contrarier sa femme, et Nikhil recommencerait à l'assommer en lui parlant de tradition, d'héritage, de culture.

Seul Sam serait heureux de la voir.

Sam. Elle jeta un coup d'oeil à son téléphone. Sam lui avait envoyé un texto un peu plus tôt, conscient que la nouvelle du mariage d'Aditi allait lui faire de la peine. Il l'avait invitée à venir le voir jouer au foot à côté de l'université, mais elle n'avait pas pu y aller et le regrettait.

Au loin, elle vit la cime des arbres hauts de plus de cinquante mètres de Bridle Trails. Les souvenirs affluèrent, et dessinèrent un sourire sur ses lèvres. Elle se remémora les jeux pratiqués dans le parc en compagnie d'Aditi et de ses frères quand elle était enfant, les longues sorties d'été en famille, la cueillette des mûres qui donnaient de merveilleuses confitures, le ramassage des chanterelles. Elle se rendait au parc pratiquement tous les jours alors ; c'était comme d'avoir un jardin de plusieurs centaines d'hectares. En grandissant, Bridle Trails lui était devenu également un refuge, un endroit où elle pouvait se rendre quand tout allait mal. Elle marchait alors au milieu des arbres, ou s'asseyait dans un coin tranquille, et cherchait des réponses à ses questions.

Elle quitta sa place de stationnement, le long du trottoir, et se remit en route. Elle n'irait pas chez ses parents. C'était inutile. Elle prit la direction du parc.

CHAPITRE 25

Faz tourna dans le parking de la résidence Ridge, un immeuble d'appartements situé à l'extrémité de South Cloverdale, qui devenait la First Avenue South une fois dépassée la SR 99.

— Allons voir s'il y a quelqu'un, dit-il.

Assise à côté de lui sur le siège passager, Gonzalez vérifiait son téléphone portable. Elle le glissa dans sa veste de tailleur et dit :

— Vous êtes certain que vous ne voulez pas qu'on jette juste un coup d'œil et qu'on attende l'arrivée du SWAT pour intervenir ?

Faz releva la tête et la regarda. D'après Nolasco, Gonzalez était une détective expérimentée, qui avait fait ses classes dans les quartiers chauds, mais de toute évidence, elle n'était pas à l'aise avec le choix de Faz d'y aller à l'improviste, sans mandat.

— Vous avez le trac ?

Elle se renfrogna.

— Non, j'ai fait ça un tas de fois à L.A. Je sais seulement par expérience qu'on peut se préparer à toutes les éventualités, et l'avoir tout de même dans l'os. Dans des moments comme ça, c'est toujours bien d'avoir derrière soi un type armé d'un fusil d'assaut AR-15, prêt à trouer le cul du type en face.

— Peut-être bien, mais on n'est pas à L.A. Et de plus, on est déjà dans le collimateur du ministère de la Justice pour usage excessif de la force. Faites venir le SWAT ici alors qu'il n'est pas indispensable, et derrière vous, ce n'est pas un type armé prêt à vous protéger que vous aurez, mais quelqu'un qui vous bottera le cul à la première occasion.

Faz regarda l'immeuble.

— Écoutez, reprit-il, la plupart des gens ici sont pauvres, ce ne sont pas des criminels. Ils essaient juste de vivre leur vie, comme vous et moi, et ils n'aiment pas plus que nous les types dans le genre du Petit Jimmy, mais ils doivent le tolérer s'ils veulent vivre ici.

Gonzalez inclina la tête sur le côté.

— La vraie question, dit-elle, c'est : est-ce qu'ils vont nous tolérer, nous ?

Faz eut un haussement d'épaules.

— Ne vous attendez pas à ce qu'ils déroulent le tapis rouge ou vous offrent une boisson fraîche, mais ils ne se mettront pas en travers de notre chemin. Cela dit, il y a des chances, si Lopez est toujours ici, qu'il nous dise qu'il n'a rien vu ni rien entendu ; et s'il refuse de nous laisser jeter un coup d'œil chez lui, on n'aura pas le choix : il nous faudra un mandat.

Faz ouvrit sa portière et descendit de voiture, essuyant aussitôt une rafale de vent. Les nuages noirs qui s'étaient amoncelés à l'est obscurcissaient maintenant tout le ciel.

Gonzalez fit le tour de la voiture par l'arrière et, en élevant la voix pour être entendue malgré la bourrasque, avertit :

— Si des sauterelles commencent à tomber du ciel, je vous lâche.

Parvenue devant l'entrée de l'immeuble, Gonzalez tira sur la poignée de porte, et, en dépit d'un boîtier noir fixé au mur indiquant que la porte était censée être verrouillée, elle s'ouvrit.

— Ça, c'est le genre de truc courant à L.A., dit-elle en entrant dans l'immeuble. Les résidents perdent leurs clés si souvent que le concierge en a marre d'être dérangé à n'importe quelle heure du jour et de la nuit pour venir leur ouvrir. Alors, il neutralise la fermeture automatique, et le tour est joué.

Le hall d'entrée était austère, vide. Pas une chaise, pas un fauteuil ni une plante en pot. Un ensemble de boîtes aux lettres occupait une partie du mur du fond – certaines ouvertes, d'autres n'ayant même plus de porte. Quant à celles qui en avaient encore une, il n'y avait aucun nom d'étiqueté dessus.

— J'ai déjà vu ça aussi, dit Gonzalez. Les locataires protègent leur identité. Ils préfèrent garder l'anonymat. Moins vous en savez sur les autres, moins ils en savent sur vous.

Elle appuya sur le bouton d'appel de l'ascenseur. Au même moment, la porte de la cage d'escalier s'ouvrit sur leur droite, et un homme de type hispanique traversa rapidement le hall d'entrée. Il les dévisagea d'un coup d'œil, mais continua de marcher jusqu'à la sortie. En poussant la porte de l'immeuble, il leur jeta un dernier regard par-dessus son épaule, l'air sombre.

Le carillon de l'ascenseur retentit et les portes s'ouvrirent. Gonzalez mit un pied dans la cabine, avant de faire brusquement marche arrière, visiblement horrifiée. Faz n'eut pas à lui demander pourquoi. Une odeur âcre et puissante d'urine lui arriva aux narines à la façon d'un gaz toxique.

Quand elle put parler, Gonzalez dit :

— Prenons les escaliers.

— Cinq étages ? Je ne crois pas, non.

Il tira un mouchoir de sa poche, se couvrit le nez et la bouche et entra dans la cabine. La galanterie attendrait. L'instinct de préservation était le plus fort.

— Vous venez ?

Gonzalez prit une grande inspiration et se couvrit la bouche et le nez à son tour avec un pan de sa veste, comme si elle luttait contre une terrible migraine ou une brusque envie de vomir. Sans surprise, l'ascenseur monta sans s'arrêter à aucun étage, personne n'ayant envie de le prendre.

— Maintenant, on sait pourquoi ce type a pris les escaliers, dit Faz, sa voix étouffée par le mouchoir.

Quand les portes s'ouvrirent, ils se précipitèrent sur le palier du cinquième étage, reprenant brusquement leur souffle. Faz prit quelques secondes pour évaluer la situation. Ils se trouvaient à l'extrémité sud de l'immeuble. Il faisait sombre dans le couloir au linoléum craquelé, malgré deux fenêtres, une de chaque côté. Les détecteurs de lumière auraient dû déclencher l'éclairage depuis un moment, mais rien ne se passait.

— Ils ont volé les ampoules, constata Gonzalez en montrant du doigt un plafonnier dont les deux douilles étaient vides. Le proprio a dû finir par renoncer à en acheter de nouvelles.

— Déjà vu ça à L.A. aussi ? demanda Faz.

Le couloir sentait le moisi ; les murs étaient balafrés, couverts d'entailles en tout genre. Lopez occupait l'appartement 551, tout au fond du couloir d'après les numéros de portes. Tandis qu'ils s'approchaient, un éclair blanc-bleu illumina le couloir. La seconde d'après, il y eut un grondement de tonnerre qui fit trembler les fenêtres en aluminium.

— Les orages de juillet, commenta Faz. Je vous l'ai dit.

— Il ne pleut même pas. C'est dingue, fit Gonzalez.

— Oh, de la pluie, vous en aurez. Des trombes d'eau. Ça commencera d'ici deux mois... Alors, vous trouvez toujours que Seattle est un petit paradis ?

Quand ils furent tout près de l'appartement, ils cessèrent de parler et se postèrent de chaque côté de la porte. Faz faisait face à la fenêtre du côté sud ; Gonzalez au couloir qu'ils venaient juste de traverser. Il lui fit un petit signe de tête ; elle tendit le bras pour frapper à la porte, mais il lui agrippa brusquement le poignet en portant un doigt à ses lèvres, pensant avoir entendu une voix à travers le mur fin comme du papier à cigarette. Gonzalez avait entendu elle aussi. Une voix d'homme, qui parlait espagnol. Elle mima le mot « espagnol » avec les lèvres.

Faz regarda la porte affichant le numéro 551, puis jeta un coup d'œil par-dessus son épaule à celle de l'appartement adjacent, le 509. Il pointa du doigt cette dernière porte et demanda doucement :

— Celle-là ?

— Je ne sais pas, murmura Gonzalez.

Faz dégrafa la bride de son holster et empoigna la crosse de son arme. Gonzalez l'imita. Les murs, assez fins pour transmettre jusqu'aux murmures, n'offraient aucune protection contre les balles si quelqu'un se mettait à tirer de l'intérieur. Il n'y avait pas non plus un seul endroit où se mettre à couvert dans le couloir. Gonzalez leva le poing pour frapper à la porte. Faz entendit de nouveau la voix, provenant cette fois sans aucun doute de la porte adjacente. Au même instant, il entendit celle-ci s'ouvrir.

Gonzalez s'écarta légèrement pour regarder par-dessus l'épaule de Faz, et écarquilla les yeux de surprise – ou de peur. Elle fit un pas vers lui en dégainant son pistolet, le déséquilibra en le poussant sur le côté et cria :

— Arme !

Quand Aditi entra l'identifiant et le mot de passe Apple qu'elle et Kavita avaient partagé, l'application « Find My iPhone » afficha un petit point bleu clignotant dans le coin sud-ouest du parc d'État. L'endroit correspondait à peu de choses près à la dernière position indiquée par le fournisseur d'accès. Tracy et Pryor remercièrent Aditi et partirent rapidement, après lui avoir promis de la tenir informée de ce qu'elles découvriraient, si toutefois elles découvraient quelque chose.

Comme Tracy longeait la limite extérieure du parc, dont l'immensité lui apparaissait d'autant mieux qu'elle cherchait maintenant une entrée prévue pour les voitures, un sentiment d'appréhension la saisit de nouveau, avec plus de force cette fois.

— Vous vous dites qu'on aurait déjà dû retrouver un corps, n'est-ce pas ? lui demanda Pryor d'une voix calme. Fréquenté comme l'est ce parc…

Tracy le pensait, mais elle n'en dit rien. Elles n'avaient pas évoqué ensemble, pendant qu'elles se trouvaient chez les Dasgupta, ce qu'impliquait le petit point bleu clignotant ; mais elles savaient l'une comme l'autre que cela signifiait soit que quelqu'un s'était débarrassé du téléphone de Kavita Mukherjee, soit qu'elle l'avait fait elle-même.

Kavita roulait maintenant l'esprit plein d'une détermination nouvelle. Aller de l'avant. Ne pas stagner. Avoir un projet. Le réaliser. Elle tourna et entra sur le parking. Il était quasiment désert ; un seul véhicule y était garé. Et on ne voyait pas un joggeur alentour. Elle descendit de voiture et sentit l'odeur familière des arbres et des plantes, qui la ramena à une époque où tout était plus simple, où tout ce qui comptait pour elle – famille, amis, école – se trouvait précisément ici, dans ce quartier.

Elle se dirigea rapidement vers le début du sentier de randonnée, avant de s'arrêter soudain en regardant ses chaussures plates – qu'elle avait choisi de porter pour éviter d'accentuer sa grande taille pendant son rendez-vous. Elle n'avait pas pensé à prendre une autre paire, n'ayant pas prévu de se rendre au parc. Sans se décourager, elle s'engagea sur le sentier qui montait. Le soleil avait plongé derrière la cime des arbres, les branches filtrant une douce lumière, quelques rayons étincelant çà et là. Elle avait arpenté tant de fois les sentiers du parc ; elle en connaissait tous les repères. Elle aurait pu les parcourir les yeux bandés. Après quelques centaines de mètres, le sentier formait une fourche ; Kavita emprunta la Trillium Trail, une boucle d'un peu plus de deux kilomètres. Il n'y avait que quelques minutes qu'elle respirait les odeurs familières du parc, mais déjà elle se sentait mieux. Elle réfléchit à son dilemme, et surtout à la manière de le résoudre.

Pour commencer, elle devait décider si elle devait conserver ou non l'appartement, du moins jusqu'à ce qu'elle entre à l'école de médecine. Elle ne voulait pas plus de la charité d'Aditi qu'Aditi ne voulait de la sienne. Maintenant qu'Aditi avait fait son choix, elle était libre d'utiliser une partie de l'argent qu'elle avait gagné pour payer le loyer jusqu'à ce qu'elle trouve une nouvelle colocataire – une étudiante diplômée, décida-t-elle. Cela s'avérerait peut-être difficile pendant l'été, mais à l'automne, quand les étudiants reviendraient, il y aurait une forte demande pour l'appartement en raison de sa proximité avec le campus. Problème résolu.

Deuxième problème : elle devrait faire des heures supplémentaires à la boutique de vêtements pour ne pas trop puiser dans ses économies. Le propriétaire l'aimait bien. Il lui trouverait des heures à faire. Et puis, être au travail l'aiderait à se sentir moins seule, surtout le soir ; c'était le moment où Aditi et elle avaient l'habitude de sortir. Elle décida également qu'elle s'inscrirait aux cours du soir qui préparaient au MCAT, le test d'admission aux écoles de médecine[9]*. Et elle n'attendrait pas les résultats du test pour postuler dans différentes écoles pour une admission à l'automne – des écoles où personne ne la connaissait, et où tout serait nouveau. Elle y repartirait de zéro, loin de sa famille. Loin de tout.*

C'était une perspective à la fois libératrice et terrifiante. Cela signifiait laisser derrière elle tout ce qu'elle connaissait, tous les êtres qui lui étaient chers.

Elle sentit sa gorge se nouer à la pensée de devoir abandonner son petit frère, Sam, et son père. L'idée de ne plus les voir était au-delà de la douleur.

Elle fut soudain – puissamment, irrépressiblement – prise de sanglots ; elle s'arrêta sous les arbres pour pleurer tout son soûl. Puis, après quelques minutes, elle se fit violence pour reprendre ses esprits et

9 Le sésame pour intégrer l'une des 141 écoles de médecine accréditées aux États-Unis.

revint à son nouveau mantra : aller de l'avant. Oui, c'était exactement ce qu'elle devait faire.

Elle baissa la tête et se mit à courir, ressentant chaque pierre du chemin sous ses pieds, à travers la semelle de ses chaussures plates. Quand elle arriva à l'endroit où le sentier se séparait de nouveau, elle prit la Coyote Trail qui s'enfonçait au cœur du parc. Elle s'obligea à dépasser son chagrin, jusqu'à ce que la fatigue la contraigne à s'arrêter pour reprendre haleine. Elle marcha en traçant des cercles, tête rejetée en arrière ; ses poumons et sa poitrine lui faisaient mal. Elle cherchait son souffle. La lumière avait faibli ; il faisait presque nuit maintenant. Toute la forêt était d'un gris profond. Il était temps de rentrer.

Soudain, quelque chose bougea. Elle se retourna.

Quelque chose dans les fourrés. Elle se retourna de nouveau, puis une troisième fois. Quelque chose paraissait rôder alentour.

Elle fit volte-face une fois de plus, mais il n'y avait que des arbres devant elle, droits, hauts, telles des sentinelles se fondant dans la nuit. Elle s'efforça de retenir son souffle et tendit l'oreille. Elle perçut la stridulation des grillons et le bourdonnement d'insectes invisibles. Une brise légère agitait les branches des arbres, qui gémissaient et craquaient doucement. Une grenouille-taureau coassa.

Elle prit de nouveau une grande inspiration, souffla, et tourna les talons pour rentrer.

Le temps s'était dégradé rapidement. Des nuages noirs avaient traversé la chaîne des Cascades et progressé vers l'ouest, vers Seattle. Tout paraissait réuni pour qu'éclate un violent orage.

— Il ne s'agit peut-être que de son téléphone, dit une nouvelle fois Pryor d'une voix nerveuse, comme Tracy tournait dans la 116th Avenue N-E. Elle a pu le perdre, ou s'en débarrasser.

Peut-être, songea Tracy, bien que cela ne répondît pas à une question plus fondamentale : qu'est-ce que Kavita faisait aussi près de chez elle, dans un parc d'État auquel, de toute évidence, elle était attachée sentimentalement ? Tracy ne pouvait s'empêcher de se demander si la jeune femme, dévorée par le chagrin, n'était pas revenue dans cet endroit qu'elle connaissait pour y mettre fin à ses jours. D'un autre côté, cela ne collait pas du tout au portrait de la jeune femme déterminée à réussir qu'Aditi lui avait brossé.

— Vous n'y croyez pas, n'est-ce pas ? lui demanda Pryor. Vous ne croyez pas que ça puisse être seulement son téléphone.

— Je m'efforce de rester optimiste, mais… non, je n'y crois pas.

L'espoir était une chose, mais Tracy avait depuis longtemps appris à se fier davantage à sa raison et à son bon sens.

— Je ne vois pas pour quelle raison elle aurait pu vouloir se débarrasser de son téléphone, surtout dans un parc. Et s'il ne s'agit que de son téléphone, il est plus probable que quelqu'un s'en soit débarrassé à sa place, ce qui nous laisse au moins deux interrogations : pourquoi ? Et où est-elle ?

Tracy ralentit à l'approche de deux grands panneaux indiquant l'entrée du parc. L'un montrait un randonneur équipé d'un bâton de marche, l'autre un cow-boy à cheval. Elle tourna sur le parking et se gara à côté de trois voitures qui faisaient face à un bosquet et à d'épais fourrés. Quand elle coupa le contact et descendit de voiture en plein vent, elle entendit le bruit du trafic routier sur l'A405, à un peu plus de cent mètres à l'ouest.

— Photographions les plaques des voitures en stationnement, dit-elle. Je doute que cela nous serve, mais on ne sait jamais. On vérifiera plus tard.

Pryor prit les photographies pendant que Tracy récupérait le petit sac à dos dont elle se servait sur les scènes de crime, et qu'elle gardait rangé derrière son siège. Elle enfila sa casquette de police frappée des initiales SPD, puis un coupe-vent noir dans le dos duquel on pouvait lire, en lettres blanches, le même acronyme. Elle prit sa lampe torche, dirigea le faisceau de lumière vers le sol, et tendit la lampe à Pryor quand elle la rejoignit à l'arrière du pick-up.

Une rafale de vent agita les branches des arbres, et fit chatoyer leur feuillage.

— Vous vous souvenez de cet orage sec l'année dernière ? demanda Pryor.

— Difficile de l'oublier. Allons-y avant que celui-là soit sur nous et qu'il fasse nuit noire.

Pryor regarda son téléphone.

— Le signal est plein est.

Elles empruntèrent un chemin de terre au tracé bien défini, et qui s'élevait sur les premiers cent mètres. Le sol était jonché de crottin de cheval et de glands. Au sommet de la pente, le sentier s'aplatit, avant de former une fourche qui marquait le début de deux pistes différentes. Tracy s'arrêta ; Pryor vérifia de nouveau son téléphone. La Trillium Trail, qui devait faire deux mètres de large, était plus ou moins droite, et correspondait à la direction d'où provenait le point bleu clignotant.

— Par là, dit-elle.

À mesure qu'elles progressaient le long de la piste, la forêt alentour s'épaissit, et le peu de lumière qui restait disparut. Tracy tenait de son père ce qu'elle savait des forêts ; il leur avait tout appris, à elle et à sa sœur Sarah, quand elles étaient enfants, dans les North Cascades. Elle reconnut les plus gros arbres ; des cèdres de l'Ouest, vieux d'une centaine d'années au moins, et hauts de plus de cinquante mètres. Des arbres plus petits – érables, peupliers, pruches et sapins de Douglas – comblaient les espaces entre ces derniers. Au sol, la couverture était encore plus dense : troncs pourrissants, fougères, palommiers, sureaux rameux, pruniers amérindiens, mahonias à feuilles de houx. Il n'avait pas plu, et pourtant l'atmosphère était humide, du fait notamment du tapis de fougères. Le vent mugissait, soufflait en rafales, agitait les arbres.

Après quelques centaines de mètres parcourus, Tracy et Pryor arrivèrent à un endroit où le chemin bifurquait de nouveau. Le point clignotant sur le téléphone indiquait qu'elles devaient suivre la Coyote Trail, sur la gauche. Elles s'y engagèrent.

Un premier coup de tonnerre retentit – un roulement lointain, à l'est. Tracy songea un instant à rebrousser chemin, à appeler la Brigade cynophile et à attendre que l'orage passe, mais au lieu de cela, elle continua. Quelques secondes plus tard, la forêt s'illumina, un éclair éblouissant qui parut déchirer l'air, suivi presque aussitôt d'une détonation ; comme un coup de fusil. L'orage progressait rapidement.

— C'est tout près, commenta Tracy par-dessus l'écho.

— Trop près, s'inquiéta Pryor en levant les yeux.

Le signal bleu sur le téléphone continuait de clignoter.

— On y est presque. Continuons.

Tracy quitta le sentier principal pour s'engager sur une piste plus étroite, qui grimpa de nouveau, franchit un petit pont, jusqu'à former une boucle. Entre les arbres, à l'extrémité sud du parc, Tracy aperçut des toits inclinés. Elle s'arrêta de nouveau pour examiner le point bleu clignotant.

— Par là-bas, dit Pryor en pointant du doigt la direction à suivre.

— Il y a un chemin, dit Tracy, en éclairant avec sa lampe torche un passage non balisé qui s'enfonçait au milieu des fourrés.

De nouveau, un éclair zébra le ciel, un arc éblouissant qui parut crever l'atmosphère, illuminant la zone de bleu et de gris. Presque immédiatement, un coup de tonnerre retentit, si assourdissant que Tracy et Pryor rentrèrent les épaules.

— Merde, fit Pryor.

Tracy fut une nouvelle fois tentée de rebrousser chemin, mais le petit point bleu la poussait à continuer. Elles étaient toutes proches maintenant ; et la batterie du téléphone de Kavita Mukherjee n'allait certainement plus tenir bien longtemps. Elle était consciente en même temps que Pryor avait des enfants à la maison.

— Pourquoi vous ne retourneriez pas au parking, hein ? lui dit-elle. Je peux finir ça toute seule. On se retrouvera plus tard.

— Non, dit résolument Pryor. Continuons. On est tout près maintenant.

— D'accord. Essayez de marcher en bordure du chemin, dans les fourrés, préconisa Tracy, soucieuse de ne pas dégrader d'éventuelles empreintes.

Elles ralentirent le pas, avançant avec précaution, dirigeant la lampe torche vers les fourrés, cherchant à apercevoir des couleurs tranchant avec la végétation. Elles marchaient en direction des maisons, en bordure du parc. Tracy s'arrêta. D'après l'application, elles se trouvaient exactement sur le point bleu clignotant.

— C'est ici, quelque part, dit-elle.

Elles balayèrent les fourrés avec le faisceau de la lampe, marchant en traçant des cercles de plus en plus grands. L'obscurité compliquait leur tâche. Elles trébuchaient sur des branches mortes ou des racines. Il y eut de nouveau un éclair, suivi d'un grondement assourdissant et d'un bruit de craquement de bois. Tracy leva les yeux, juste à temps pour voir un arbre se briser en deux, la moitié supérieure s'écrasant à travers la voûte feuillue, mutilant les arbres les plus proches, avant de heurter lourdement le sol ; Tracy et Pryor ressentirent l'onde de choc à travers la semelle de leurs chaussures.

— C'est complètement stupide, se morigéna Tracy.

Elle s'en voulait d'être là, dans ces conditions. C'était quelque chose que l'ancienne Tracy aurait fait, à l'époque où elle n'avait pas de famille ni rien à perdre. De plus, elle mettait en danger Pryor et sa famille. Il était temps de partir.

— Retournons au parking, laissons passer l'orage. Il vaut mieux appeler la Brigade cynophile.

Mais Pryor n'était pas disposée à abandonner.

— Essayez d'appeler le portable, suggéra-t-elle. Peut-être qu'on l'entendra sonner.

C'était une excellente idée. Tracy s'exécuta. Elles se figèrent en silence et tendirent l'oreille pour essayer d'entendre quelque chose par-dessus le bruit du vent. En vain.

L'appel passa sur messagerie. Tracy y mit fin, et essaya de nouveau. Mais elles n'entendirent toujours pas sonner.

— Plantons un piquet dans le sol et marquons l'endroit avec du ruban de scène de crime, dit Tracy. On pourra le retrouver même si la batterie lâche, ou si l'application cesse de fonctionner.

Elle cassa une branche morte sur un arbre, et la tailla en pointe à une extrémité en se servant du couteau qui équipait son sac à dos. Pryor lui tendit une pierre. Tracy enfonça la branche dans la terre, puis la fendit en partie haute en s'aidant de la pierre et de la lame du couteau. Elle prit ensuite dans son sac un rouleau de ruban de scène de crime jaune, en glissa deux morceaux dans l'entaille et tira dessus pour s'assurer qu'ils tenaient bien. Puis, tandis qu'elle et Pryor rebroussaient chemin, elle entoura des morceaux de ruban autour de plusieurs arbres pour pouvoir se repérer à leur retour – en espérant retrouver la piste suivie à l'aller. Avec tous les chemins empruntés et les détours qu'elles avaient faits, elle avait du mal à se souvenir de quelle direction elles arrivaient.

— Vous vous souvenez par où nous sommes venues ? demanda-t-elle à Pryor.

Celle-ci scruta les environs du regard, et désigna du doigt un sentier qui s'élevait au milieu des arbres.

— Il me semble qu'on vient de là-bas, non ?

— Oui, je crois, approuva Tracy.

Elles marchèrent en direction du nord-est, côte à côte, balayant le chemin avec la lampe torche. Tracy regardait par-dessus son épaule pour voir si elle apercevait les deux rubans jaunes agités par le vent, quand brusquement Pryor la tira par le bras en poussant un petit cri.

Tracy n'eut pas le temps de se retourner ; Pryor s'enfonça à travers les broussailles. Tracy lui agrippa le bras à son tour et se laissa choir sur les fesses pour l'empêcher de tomber plus bas. Pryor avait mis les pieds dans un trou.

Tracy la tira vers elle, tandis que Pryor s'arrachait au piège du mieux qu'elle le pouvait. Elles tombèrent toutes les deux en arrière dans les broussailles, hors d'haleine.

— Ça va ? demanda Tracy.

Pryor lui fit signe que oui.

— Je crois, dit-elle.

Elle se redressa et considéra le trou.

— Quelle profondeur peut-il avoir ?

Tracy se releva et aida Pryor à faire de même. Elles avancèrent à petits pas, testant le terrain, cherchant à déterminer la circonférence du trou dissimulé par la végétation. Il devait faire environ un mètre vingt de diamètre.

Le mauvais pressentiment revint tarauder Pryor.

Tracy se mit à quatre pattes au bord du trou. Pryor s'agenouilla à côté d'elle.

— Écartez les branches et maintenez-les soulevées, lui demanda Tracy.

Pryor dégagea une partie du feuillage qui masquait le trou, tandis que Tracy dirigeait le faisceau de la lampe à l'intérieur. Le cercle de lumière révéla un corps désarticulé au fond du puits, la tête tournée sur le côté et presque entièrement dissimulée par les cheveux noirs qui rayonnaient en éventail autour de la jeune femme.

Elles venaient de retrouver Kavita Mukherjee.

Faz perdit l'équilibre et heurta le mur de l'autre côté du couloir. Il avait réussi à tourner suffisamment la tête pour voir quelqu'un émerger par la porte de l'appartement mitoyen, en même temps que retentissaient trois coups de feu assourdissants, assortis de trois flashs lumineux. Il rebondit contre le mur, et tenta de reprendre son équilibre.

Andrea Gonzalez se tenait juste devant lui ; il voyait sa bouche s'ouvrir et se fermer rapidement, mais il ne l'entendait pas. Le sifflement dans son oreille droite couvrait tous les autres sons ; c'était comme s'il regardait un film muet. Et chaque mouvement qu'il percevait était comme dilué dans une substance épaisse et transparente. Gonzalez le poussa de nouveau, plus loin encore, à l'écart de la porte ; si d'autres types armés se trouvaient dans l'appartement, elle ne voulait pas qu'il reste dans leur ligne de tir.

Il entendit de nouveau sa voix :

— … ça va ? Est-ce que ça va ? demanda-t-elle en élevant la voix pour être entendue par-dessus les cris d'une femme et le braillement d'un bébé, qui semblaient provenir de l'intérieur de l'appartement.

— Oui, ça va. Ça va, s'entendit-il répondre.

À en juger par les grimaces de Gonzalez, il comprit qu'il devait parler trop fort.

Le corps d'un homme d'origine hispanique gisait sur le sol carrelé du couloir, son débardeur blanc trempé de sang, de minces filets rougeâtres s'écoulant déjà sur le carrelage. Il portait un jean taille basse descendu sur les hanches, qui révélait un boxer noir. Faz fit un pas en avant pour écarter d'un coup de pied une arme éventuelle, mais il ramena rapidement sa jambe en constatant que l'homme n'était pas armé. À la place, il vit un téléphone portable à côté de sa main droite. Il reconnut son visage pour l'avoir vu sur la photo de son permis de conduire. Eduardo Felix Lopez.

Gonzalez entra dans l'appartement pendant que Faz menottait rapidement Lopez, comme le voulait la procédure. Il voulut vérifier son pouls, mais n'en trouva pas.

Il se releva et suivit Gonzalez à l'intérieur de l'appartement. Une femme était assise recroquevillée dans un coin, serrant contre sa poitrine un bébé en pleurs. Faz balaya rapidement la pièce avec son arme ; quand elle se retrouva brièvement dans sa ligne de tir, la femme recommença à hurler en tournant sa tête vers le mur.

Gonzalez sortit d'une pièce à droite et s'adressa à la femme en espagnol :

— *¿Hay alguien más aquí ?* Il y a quelqu'un d'autre ici ?

La femme baissa la tête, appuyant son menton contre son enfant.

Faz continua d'avancer et vérifia la cuisine, puis la salle de bains.

Quand il revint, il trouva Gonzalez agenouillée à côté de la femme.

— *Dime tu nombre.* Dis-moi comment tu t'appelles ?

Entre les braillements du bébé et le sifflement dans ses oreilles, Faz avait du mal à entendre ce qu'elles se disaient.

— *El hombre en el pasillo, ¿cómo se llama ?* demanda Gonzalez.

La femme ne répondit pas. Gonzalez lui agrippa l'épaule et l'obligea à se tourner vers elle.

— *¿Cómo se llama ?*

— *López !* cria la femme. *Se llama Eduardo López.*

Gonzalez regarda Faz, puis la femme de nouveau.

— *¿Quién vive en el apartamento de al lado ?*

La femme pointa un doigt vers la porte.

— *El lo hizo. El lo hizo.*

Gonzalez se releva, exhala un long souffle et se tourna vers Faz.

— Quand je vous disais qu'on a beau se préparer à tout… Elle dit que Lopez habite à côté, au 511, mais qu'il est entré chez elle juste avant notre arrivée.

Faz se tourna vers le couloir, et le corps ensanglanté d'Eduardo Lopez. C'était lui qu'ils avaient entendu parler espagnol derrière la porte ; peut-être était-il en ligne sur son portable. Ils venaient en tout cas de tuer l'unique personne à leur connaissance susceptible d'être liée à l'assassinat de Monique Rodgers. Pire, Gonzalez venait d'abattre un homme apparemment désarmé.

CHAPITRE 26

Tracy se tenait à côté de son pick-up sur le parking du parc d'État de Bridle Trails, attendant que débarquent les escouades de police et d'experts médico-légaux. Si l'orage atmosphérique était passé, l'orage policier, lui, commençait seulement à menacer. Et la question de la juridiction serait au cœur de la tempête qui s'annonçait.

Bien que Kavita Mukherjee eût élu domicile à Seattle et qu'Aditi Banerjee eût officiellement signalé sa disparition auprès du Département de police de Seattle, son corps avait été retrouvé à Bellevue. Or, Bellevue avait sa propre force de police et sa propre juridiction, laquelle incluait le parc d'État, et donc tous les crimes qui pouvaient y être commis. Tracy n'avait qu'un seul argument valable à opposer à cette prérogative juridictionnelle, et cet argument, c'était le manque d'information – à savoir qu'il était possible que Kavita ait été tuée à Seattle, et son corps transporté et abandonné à Bellevue.

La décision finale reviendrait aux experts.

Une chose était sûre : Tracy n'avait pas l'intention d'abandonner l'affaire – pas avant qu'ils ne sachent avec certitude ce qui était arrivé. Son capitaine, Johnny Nolasco, risquait cependant de voir les choses autrement ; elle avait donc préféré prévenir son sergent,

Billy Williams, de la découverte du corps, et évoquer avec lui la question de la juridiction. Elle voulait attaquer le problème de front.

Elle dit à Williams qu'elle avait l'intention d'examiner la scène de crime, si c'en était une, et lui demanda d'envoyer une équipe du Bureau du médecin légiste de King County, et une autre de l'Unité d'investigation et d'identification du SPD, afin de préserver d'éventuelles preuves. Ils débattraient plus tard de la question de la juridiction. Williams donna son feu vert, mais prévint Tracy qu'elle devrait livrer cette bataille-là sans lui, parce qu'il était en route pour South Park avec une horde de flics de haut rang, et Stuart Funk, le légiste de King County. Faz et Andrea Gonzalez étaient impliqués dans une fusillade.

Après avoir eu confirmation que ni Faz ni Gonzalez n'étaient blessés, Tracy informa Williams qu'elle attendait les équipes de l'Unité d'investigation et du médico-légal sur le parking pour les briefer sur la configuration du terrain et les conduire jusqu'au corps.

Après avoir mis fin à la conversation, elle appela Kelly Rosa sur son portable. Rosa était une anthropologue médico-légale rattachée au Bureau du médecin légiste de King County. Elle avait exhumé les restes de la sœur de Tracy retrouvés dans les collines surplombant la ville de Cedar Grove, et était considérée comme un des meilleurs médecins-légistes de l'État, sinon du pays. Techniquement, ils n'avaient pas besoin d'un ou d'une anthropologue médico-légale ; les talents de Rosa s'exerçaient plutôt du côté des restes de squelettes et des corps décomposés, mais Tracy lui faisait au moins autant confiance qu'à Stuart Funk. Elle voulait quelqu'un qui lui dirait quelles preuves étaient exploitables, et lui donnerait son avis sur ce qui était arrivé. La dernière chose qu'elle voulait, c'était quelqu'un d'indécis, quelqu'un qui ne saurait pas dire si Kavita Mukherjee avait été tuée ailleurs, et son corps transporté et jeté dans ce trou. Rosa n'aurait pas ces hésitations-là.

Tracy appela également Kaylee Wright. Wright était une analyste de scène de crime qui travaillait pour le Bureau du shérif de King County en qualité de « pisteur » ou de « traceur ». Elle avait remonté la piste des cadavres dont Gary Ridgway, le Tueur de la Green River, s'était débarrassé durant une décennie de folie meurtrière, et elle avait aidé Tracy à résoudre un *« cold case »* dans Klickitat County, une affaire non résolue dans laquelle la victime était une jeune femme dont la mort remontait à quarante ans. Wright avait reconstitué ce qui était arrivé en s'appuyant sur des photographies de traces de pas et de pneus prises par le jeune officier de police qui avait trouvé le corps dans une clairière, au milieu des bois.

Pendant que Tracy attendait sur le parking les équipes médico-légales, Katie Pryor était restée dans le parc. Tracy l'avait chargée d'établir un périmètre de sécurité autour du lieu de découverte du corps à l'aide du ruban jaune, puis de définir un chemin autre que le sentier pédestre qu'elles avaient suivi pour accéder au puits. Un tel chemin devait permettre – du moins l'espéraient-elles – de préserver les indices susceptibles d'être découverts le long du sentier – empreintes de pas, cheveux, morceaux de vêtements pris dans les branches, brindilles brisées, feuilles piétinées. Mais là encore, plusieurs jours de beau temps avaient sans aucun doute attiré dans le parc joggeurs, cavaliers, promeneurs baladant leurs chiens ou cueilleurs de baies – autant de risques de voir d'éventuels indices masqués ou dégradés. Mais tout cela était encore purement hypothétique ; Tracy avait besoin de l'expertise de Wright, qui lui dirait ce qui constituait un indice et ce qui n'en était assurément pas.

Kins, qui habitait Madison Park, de l'autre côté du pont flottant de la SR 520, fut le premier à arriver sur place. Il gara sa BMW bleue à côté du pick-up de Tracy, et descendit de voiture en secouant la tête.

— Tu ne te trompes jamais, pas vrai ? dit-il.

Tracy considéra un instant la remarque, avant de répondre :

— J'aurais préféré me tromper, surtout cette fois.

Sentant que le moral n'y était pas, Kins demanda :

— Est-ce que ça va ?

Kins savait ce qui était arrivé à la sœur de Tracy, et ne devinait que trop bien l'impact que pouvait avoir sur elle la découverte du corps d'une autre jeune femme dans les bois.

— Ouais, dit-elle. Je me sens impuissante, c'est tout.

— Tu n'y es pour rien.

— N'empêche.

— Il n'y a pas de mal à se sentir mal, dit Kins. Le jour où je ne ressentirai plus rien, j'arrêterai ce boulot. Ce jour-là, je saurai que je suis mort à l'intérieur.

Il jeta un regard alentour, sur le parking.

— Alors, si tu me faisais un petit topo ?

Tracy lui expliqua comment Pryor s'était procuré un mandat pour obtenir des informations de l'opérateur de téléphonie mobile de Kavita Mukherjee, et comment Andrei Vilkotski les avait aidées à localiser le portable de la disparue en les mettant sur la piste du compte partagé avec son amie Aditi.

— Donc, si Nolasco pose la question, tu peux dire que c'est Pryor qui a trouvé le corps, dit Kins.

— *C'est* Pryor qui l'a trouvé, dit Tracy. Elle a failli tomber dans le trou où il se trouve.

— Un trou naturel, ou creusé par quelqu'un ? chercha à comprendre Kins.

— Je ne sais pas. Je ne crois pas que ce soit naturel, et en même temps, ça n'a pas l'air de quelque chose qui viendrait d'être creusé. C'est profond. Deux mètres, deux mètres cinquante peut-être, sur environ un mètre vingt de diamètre. C'est peut-être un ancien puits que la végétation a recouvert au fil des années.

À cet instant, une question parut évidente à Kins :

— Est-ce qu'elle a pu tomber dedans, par accident ?

— Possible, mais alors, ça soulève une autre question.

— Qu'est-ce qu'elle faisait là ?

Tracy acquiesça d'un hochement de tête.

— Elle a grandi tout près d'ici, reprit-elle. Sa maison et celle de sa meilleure amie se situaient de ce côté du parc, juste à la limite. Bridle Trails était pratiquement leur jardin. Mais elle avait coupé les ponts avec sa famille, et n'avait pas de raison de revenir ici.

— Si quelqu'un l'a tuée, Tracy, ce quelqu'un connaissait certainement ce trou.

— Je le crois aussi.

— Sa colocataire ?

— Peut-être. Ou peut-être un membre de la famille – quelqu'un qui connaît le parc et ses sentiers. Ou alors, elle est revenue vers un endroit qu'elle connaissait, et le désespoir l'a poussée au suicide.

— Dans ce trou ? Comment ? réagit Kins.

— Je ne sais pas. Je ne fais qu'échafauder des hypothèses. C'est pour cela que j'ai demandé à Kelly Rosa de venir.

— Une arme ? voulut savoir Kins.

— Je n'ai rien vu, mais il peut y en avoir une sous le corps, ou bien dans les fourrés. On le saura très bientôt.

— La question de la juridiction va se poser, l'avertit Kins.

— Il y a des chances. Mais elle a pu être tuée ailleurs ; quelqu'un a pu venir ici se débarrasser de son corps.

— Tu crois vraiment ?

Tracy regarda autour d'eux ; le parking était désert.

— Comment serait-elle venue ici ? Sa voiture n'est pas là. Elle est garée dans une petite rue, en bas de son appartement. Pour moi, la balance penche vers un crime commis ailleurs ; et si quelqu'un s'est débarrassé de son corps ici, il n'y a plus de problème de juridiction : c'est pour nous.

— Pryor est ici ?

— Je l'ai laissée sur place ; elle établit un périmètre de sécurité.

Kins jeta un regard par-dessus son épaule ; la forêt était impressionnante.

— Je ne l'envie pas.

Il remonta la fermeture Éclair de son blouson.

— Billy t'a dit pour Faz ?

— Oui, mais sans me donner de détails. Qu'est-ce qui s'est passé ? Ils se sont trompés d'appartement ou quoi ?

— Je ne sais pas. J'ai eu droit à la version abrégée, moi aussi. Ils ont envoyé un tas de personnes sur place, y compris des gars de la FIT.

La FIT, ou « Force Investigation Team », était une unité d'investigation avancée du Département de police de Seattle, formée de six détectives censés répondre aux critiques formulées au niveau fédéral par le Département de la justice, critiques selon lesquelles la police de Seattle faisait un usage excessif de la force. Une enquête fédérale visant ces réformes ordonnées par la Justice avait récemment applaudi à leur mise en œuvre ; voilà qui n'allait pas aider Faz et Gonzalez.

Un soir comme celui-ci, Tracy se demanda si Kins n'avait pas raison au fond. Peut-être qu'après la naissance du bébé, elle ferait mieux de rester chez elle.

Faz se tenait dans le couloir. Le corps de Lopez gisait sous un drap blanc, un sac mortuaire kaki posé juste à côté, destiné à son transport jusqu'aux bureaux du légiste, dès que Stuart Funk aurait terminé son examen *in situ*. Un infirmier urgentiste n'arrêtait pas de demander à Faz s'il allait bien, et Faz n'arrêtait pas de lui répondre que oui, malgré le bourdonnement persistant dans son oreille, qui lui rappelait le bruit de fond parasite qui suivait l'interruption des programmes télévisés jadis – avant l'ère du câble et de la télévision en continu. Il avait également la migraine. Il avait beau affirmer à tous ceux qui lui posaient la question qu'il allait bien, personne ne semblait vouloir se contenter de cette réponse – à moins que l'infirmier urgentiste, entre autres, n'ait rien trouvé de mieux à faire. Lopez n'avait aucune chance d'être sauvé. Gonzalez y avait veillé, en lui logeant trois balles dans la poitrine, un tir groupé d'une extrême précision.

Les locataires du cinquième étage avaient reçu pour consigne de rester dans leurs appartements, mais aucun ne semblait pressé d'obéir à cet ordre. Les enquêteurs de la FIT allaient les interroger un par un pour savoir ce qu'ils avaient vu et entendu. Il y avait déjà des officiers de police partout, à l'étage, dans le hall d'entrée de l'immeuble, sur le parking. Des huiles étaient là aussi, comme c'était la procédure lorsqu'un officier était impliqué dans une fusillade ; celle-ci serait examinée d'autant plus près qu'ils auraient un contrôleur fédéral sur le dos.

La situation s'annonçait des plus compliquées, Faz n'ayant pas trouvé d'arme sous le corps d'Eduardo Lopez, ni à côté.

Après être sorti de l'appartement mitoyen, Faz avait appelé Billy Williams pour lui donner brièvement sa version des faits. Williams était arrivé peu après et avait pris le commandement des opérations en tant qu'officier le plus gradé. Il avait eu la présence d'esprit d'appeler Anderson-Cooper, et de les charger d'obtenir rapidement un mandat pour pouvoir fouiller l'appartement de Lopez. Le lieutenant Andrew Laub, leur supérieur à l'Unité des crimes violents, était arrivé ensuite, et avait repris le commandement. Après avoir constaté qu'il y avait bien un décès dû à un échange de coups de feu avec un officier de police, Laub avait appelé la FIT.

L'unique rôle de la FIT était de chercher à déterminer si l'usage de la force était bien justifié, et de faire un rapport destiné au Conseil d'examen du Département de police de Seattle. Avant que le ministère de la Justice ne mandate des enquêteurs indépendants, c'étaient les détectives des Crimes violents eux-mêmes qui examinaient les circonstances de tel ou tel échange de coups de feu impliquant un officier de police. La nouvelle unité de la FIT, par conséquent, était une indication très claire que le ministère de la Justice doutait de leur objectivité, ce qui avait immédiatement creusé un fossé entre les deux unités. Les enquêteurs de la FIT n'avaient jamais fait usage d'une arme ; or, Faz et les autres détectives du Département des homicides savaient qu'à moins d'avoir vécu cette expérience, on ne pouvait pas comprendre ce qui se passait dans la tête d'un officier de police confronté à cette situation. Dans le stress du moment, l'officier voit souvent des choses qui n'existent pas, ou du moins qui sont différentes de la perception qu'il croit en avoir. Les gars de la FIT ne comprenaient pas comment l'esprit avait tendance à combler les manques, tout en s'efforçant de donner du sens à une situation qui, souvent, n'en avait aucun. Faz n'avait rien contre les enquêteurs de la FIT ; comme la plupart des détectives des Crimes violents, il considérait que c'étaient des types bien contraints de faire un boulot merdique, tout en étant eux-mêmes surveillés de près. Ce n'était pas pour autant qu'il leur faisait confiance.

Pour l'heure, Laub, Williams et Johnny Nolasco se trouvaient dans l'appartement bondé de Lopez, tandis que les détectives de la FIT interrogeaient Andrea Gonzalez. Le lieutenant de l'Unité d'investigation avait déjà confisqué l'arme de Gonzalez, et procédé à un comptage des balles. Il devrait également déterminer si l'arme et les munitions utilisées étaient approuvées par le département. Mais cela, c'était le moindre des ennuis de Gonzalez.

Tirer sur un homme désarmé, ça, c'était la vraie merdasse.

C'était aussi la raison pour laquelle Williams s'était empressé de demander un mandat pour pouvoir fouiller l'appartement de Lopez. Plus que jamais, il leur fallait trouver un .38 et prier pour que ce soit celui qui avait tué Monique Rodgers. Tuer un coupable désarmé était un problème ; tuer un innocent désarmé était bien pire.

Faz et Gonzalez devraient faire une déclaration enregistrée, et rédiger un rapport complet avant de pouvoir rentrer chez eux. Ils seraient ensuite mis en congé administratif avec obligation de consulter un psychiatre avant de pouvoir demander à réintégrer le service actif. Dans certains cas, la procédure pouvait durer plus d'un an. Et quand enfin l'officier de police concerné était de retour, il apprenait souvent sa mutation dans une autre unité ; ainsi, bien qu'il ait été blanchi, il lui était difficile de se débarrasser du sentiment d'avoir fauté.

Faz avait appelé Vera, conscient que l'histoire allait être relayée par la presse et figurer aux nouvelles du soir. Il lui dit qu'il allait bien et lui demanda de ne pas l'attendre, parce qu'une fois de plus, il avait une longue nuit devant lui. Quand il lui demanda comment elle allait, elle répondit simplement « Ça va », sans lui donner plus de détails.

Faz entendit la sonnerie de l'ascenseur et tourna la tête, juste à temps pour voir ce grand idiot de Del en sortir d'un pas hésitant, en se couvrant la bouche et le nez avec une main. Les yeux écarquillés, il affichait un air horrifié qui fit rire Faz, en dépit des circonstances. Pour écourter la distance qui les séparait et échapper aux regards des huiles qui parlaient à Gonzalez à l'intérieur de l'appartement, Faz le retrouva au milieu du couloir.

— Seigneur Dieu, Faz, qu'est-ce que c'est que cette odeur ? J'ai cru que le corps était dans l'ascenseur.

Faz sourit.

— Je t'aurais prévenu si j'avais su que tu venais.

— Tu parles !

— Bon, c'est vrai, peut-être pas, concéda Faz.

La tension ambiante était telle qu'un peu de légèreté faisait du bien. Les deux hommes, qui avaient vécu toutes sortes de situations au cours des vingt dernières années, en connaissaient toute l'importance.

— Comment ça va ? demanda Del.

— Mieux que toi, j'ai l'impression.

Faz pointa du doigt les chaussures de Del. Un des mocassins marron était plus foncé que l'autre.

— Tu t'es habillé dans le noir ?

— Je peux à peine me pencher. Au moins, ils sont marron tous les deux, relativisa Del. Sérieusement, tu tiens le coup ?

Faz acquiesça d'un hochement de tête.

— Ouais, ça va. J'ai un sifflement persistant dans l'oreille et la tête comme un compteur de gaz, mais c'est sûrement parce que j'anticipe la montagne de paperasse, d'entretiens et de conneries en tout genre qu'ils vont me coller sur les bras.

— Qu'est-ce qui s'est passé ? Billy ne m'a quasiment rien dit.

Faz tourna la tête pour s'assurer que personne ne s'approchait dans le couloir.

— Je n'en sais foutre rien. Je me tenais là, face à la porte de l'appartement de Lopez, dit-il en montrant la porte d'un geste. Gonzalez était de l'autre côté. Et brusquement, je l'ai vue ouvrir des yeux grands comme des soucoupes, et elle m'a poussé contre le mur. Elle a tiré trois fois. Bam, bam, bam.

— Attends. Où se trouvait Lopez ?

— Dans l'appartement d'à côté.

— Qu'est-ce qu'il faisait là ?

— J'en sais rien.

— Il était armé ?

Faz secoua négativement la tête.

— Oh, merde. Tu es certain que c'est Lopez ? demanda Del en regardant le corps recouvert par un drap.

— Ouais, certain.

— Le ministère de la Justice va nous emmerder sur ce coup-là. Il n'y a plus qu'à espérer qu'on trouve une arme et que la balistique puisse établir une corrélation avec la balle qui a tué Monique Rodgers. Ça aidera, mais ça ne résoudra pas le problème ; pas pour Gonzalez. Qu'est-ce qu'elle dit ? Pourquoi est-ce qu'elle a tiré ?

— Elle dit qu'elle a vu quelque chose d'argenté dans la main de Lopez, et qu'elle a cru qu'il visait ma tête. Il s'est avéré que c'était son téléphone portable.

Del se passa une main sur le menton.

— Bon, ça se tient, c'est déjà ça.

— Ouais, j'espère, dit Faz. Mais le fait que Lopez soit mort nous complique sacrément la situation, même s'ils trouvent une arme et qu'elle correspond à celle qui a tué Rodgers.

— C'est vrai, ce n'est pas comme si on avait des aveux, concéda Del.

— Et surtout, ça ne nous dit pas pourquoi il a fait ça, renchérit Faz, ni s'il a agi sur ordre. Mais le Petit Jimmy est dans le coup, aucun doute.

Faz leva les yeux et aperçut Larry Pinnacle, un détective de la FIT, qui sortait de l'appartement et s'approchait. Pinnacle salua Del, puis s'adressa à Faz.

— On est prêts à retourner à Park 95. Il nous reste à enregistrer votre déposition avant que vous ne terminiez votre service.

— Compris, acquiesça Faz.

Comme Pinnacle s'éloignait, Del dit :

— J'aime pas ce gars-là.

— C'est pas un mauvais bougre, dit Faz.

— Comment va Vera ?

— C'est pas la joie. Ça a été dur pour elle. Et les soirs comme ça qui s'éternisent, ça n'aide pas.

— Tu veux que je fasse un saut chez toi pour lui expliquer ce qui se passe ?

— Je l'ai prévenue. Ça va aller.

— Hé, Faz… Je veux que tu saches que je regrette de ne pas avoir été avec toi.

— Je sais, ne t'inquiète pas. C'est comme ça, on n'y peut rien.

Faz releva la tête. Des voix résonnaient dans le couloir. Le groupe qui se trouvait dans l'appartement était sorti. Gonzalez tourna la tête et chercha à apercevoir Faz et Del. Ils échangèrent un rapide coup d'œil, avant qu'elle ne reporte son attention sur les enquêteurs.

— Dure façon de commencer un boulot dans une nouvelle unité, dit Faz.

— Il se peut qu'elle rentre chez elle avant même d'avoir commencé, présuma Del.

CHAPITRE 27

Tracy savait que le plus gros obstacle auquel seraient confrontés les techniciens de scène de crime était la logistique. Ce n'était pas comme s'ils pouvaient brancher une lampe à n'importe quel circuit électrique sur un arbre quelconque. La Scientifique possédait une camionnette équipée d'un groupe électrogène, mais il était impensable qu'elle puisse accéder au lieu de sépulture – puisque c'était ainsi que Tracy se représentait maintenant le trou dans le sol. La seule option possible était de tenter de transporter sur place des générateurs électriques mobiles, en dépit de la difficulté de l'entreprise et du temps que cela prendrait. Il ne resterait ensuite aux techniciens de scène de crime qu'à étendre le périmètre matérialisé par Pryor à l'aide du ruban jaune. Quiconque pénétrerait dans la zone préservée aurait alors l'obligation de se signaler sur la feuille de présence. Ils érigeraient ensuite une tente par-dessus la sépulture, avant de fixer des lampes à la structure intérieure de la tente afin d'éclairer le site, un peu comme le feraient des archéologues s'apprêtant à exhumer un trésor perdu.

Tracy aurait bien voulu qu'il ne s'agisse que de cela.

La Scientifique procéda exactement de la manière imaginée par Tracy, tout en s'efforçant, comme elle et Pryor l'avaient fait, de ne pas dégrader les pistes qui conduisaient jusqu'au trou. Kaylee Wright arriva et travailla avec les techniciens de la Scientifique pour redélimiter avec du ruban rouge le chemin de Katie Pryor conduisant au lieu de sépulture. Quiconque franchissait ce ruban devait le consigner par écrit ; un bon moyen de dissuader les huiles de s'aventurer trop près de la scène de crime – même si ce soir, la majorité d'entre eux avait l'esprit ailleurs et d'autres chats à fouetter, du fait de la fusillade impliquant un policier qui avait eu lieu à South Park.

Une fois le sentier balisé de nouveau, Wright se servit d'une lampe torche au puissant faisceau lumineux pour examiner les environs de la sépulture, les chemins qui y menaient, et les principaux sentiers dans et en dehors du parc. Elle s'efforçait de détecter des traces de pas conduisant au trou, ou s'en éloignant, changeant brusquement de direction, ou bien des signes indiquant une altercation, comme des plantes piétinées ou de la terre retournée. Les techniciens de la Scientifique prenaient également un grand nombre de photos et, quand c'était possible, réalisaient des empreintes en plâtre des traces de pas qu'ils trouvaient.

Après que Katie Pryor eut fourni elle-même des empreintes témoins des semelles de ses bottes, Tracy l'encouragea à rentrer chez elle. Pryor commença par protester, mais Kins étant là maintenant – et la disparition devenant un probable homicide – sa présence n'était plus nécessaire, bien que ce ne fût pas la raison principale qui poussait Tracy à lui dire de rentrer chez elle. Elle voulait tout simplement que Pryor retourne auprès de sa famille.

Kelly Rosa arriva à son tour et descendit rapidement dans le trou à l'aide d'une échelle, accompagnée d'un photographe, pour documenter la sépulture. La première préoccupation de Rosa, cependant, fut de confirmer la mort et d'identifier formellement le corps. Après cela, elle réalisa un croquis de la position de ce dernier au fond du trou. Elle allait devoir déterminer si Kavita Mukherjee avait été victime d'un homicide, d'un malheureux accident, ou bien si elle s'était suicidée.

Tandis qu'elle se livrait à ses premières constatations, et en dépit du nombre important de policiers et de professionnels du médico-légal présents sur place, il régnait sur le site un étrange silence, comme si un voile de tristesse était descendu sur la forêt. On n'entendait que le ronronnement des générateurs électriques et, çà et là, quelques échanges à voix basse.

Des bruits de pas attirèrent l'attention de Tracy. Elle et Kins s'écartèrent du trou, et retrouvèrent Kaylee Wright sur le chemin balisé. Analyste de scène de crime chevronnée, Wright avait à peu près la même taille et le même âge que Tracy, mais elle était brune au teint mat. Elle tenait à la main un crayon et des fiches cartonnées bleues sur lesquelles elle consignait les caractéristiques de chaque trace de pas découverte. Elle affichait un air impassible, professionnel ; son visage était un masque fermé.

— Je ne peux rien affirmer de certain encore, déclara-t-elle d'une voix calme.

— Mais vous avez trouvé des indices, crut comprendre Tracy, qui connaissait suffisamment Wright pour deviner que c'était le cas.

Wright fronça les sourcils.

— Peut-être. J'ai parcouru les deux chemins de randonnée principaux.

Elle jeta un coup d'œil aux notes qu'elle avait prises.

— La Coyote Trail et la Trillium Trail.

Elle suivit grossièrement les deux pistes sur une carte avec la pointe de son crayon, et le sentier qui menait depuis chacune d'elles jusqu'au trou.

— C'est étonnant s'agissant de Seattle, mais la chaleur prolongée des derniers jours et l'absence de pluie font qu'il est difficile de trouver des traces de pas exploitables. D'ordinaire, il y a des moments dans la journée – au petit matin ou tard le soir, où il y a suffisamment d'humidité dans l'air pour que la semelle d'une chaussure laisse une empreinte lisible. Mais là, c'est compliqué.

À part constater que de nombreux promeneurs ont emprunté ces chemins, parfois à cheval…

— Et la victime ? Vous avez trouvé des traces de pas correspondant à ses chaussures près du trou ? voulut savoir Tracy.

Wright secoua négativement la tête.

— Non. Il s'agit pourtant d'un motif de semelle assez caractéristique – des chaussures plates de marche, un modèle plutôt classique. S'il y en avait des traces par ici, je les reconnaîtrais.

— Pas vraiment le genre de chaussures qu'on porte pour aller se balader dans un parc forestier, fit remarquer Kins.

— Non, c'est vrai, admit Wright.

Elle chercha dans ses fiches cartonnées et leur montra l'image de la chaussure qu'elle avait dessinée.

— Ce sont des chaussures de la marque American Rag. Vous voyez, là, le motif caractéristique de la semelle ?

Tracy vit en effet quatre formes plus ou moins carrées de la pointe des orteils à l'arrière du talon.

— Et vous n'avez retrouvé nulle part ce motif autour du trou ? insista-t-elle, en espérant que cela signifiait que le corps avait été transporté.

Wright fit non de la tête.

— Ni sur le chemin derrière, ni autour du trou. Néanmoins, je l'ai effectivement trouvé sur la Coyote Trail, ainsi que sur la Trillium, ce qui signifie qu'elle se dirigeait par ici.

— On sait donc qu'elle a marché dans le parc, en déduisit Kins.

— Oui, une partie du chemin, au moins, précisa Wright.

— Comment ça "une partie du chemin" ? chercha à comprendre Tracy.

— Elle a couru sur une certaine distance.

— Pour échapper à quelqu'un ?

Wright secoua négativement la tête.

— Elle a commencé à marcher, mais à un moment, à en juger par l'écartement des pas, elle s'est mise à courir. Et puis elle s'est arrêtée. J'ai trouvé ses empreintes de pas sur le chemin ; elles allaient dans toutes les directions. Je n'ai trouvé aucune trace indiquant qu'elle fuyait quelqu'un.

— Donc, elle s'est arrêtée, et quoi ? Elle s'est mise à tourner en rond ?

— On dirait, oui.

— Elle s'est peut-être perdue, suggéra Kins. Peut-être qu'elle essayait de se réorienter.

Tracy secoua la tête à son tour.

— Non. Aditi dit qu'elle connaissait parfaitement le parc, rappela-t-elle. Mais elle a pu croire avoir entendu quelque chose ; ça expliquerait qu'elle se soit mise à courir en premier lieu. Et puis, elle s'est arrêtée – soit pour souffler, soit pour s'assurer que personne ne la suivait.

— Mais vous n'avez pas retrouvé de traces de pas indiquant un poursuivant éventuel ? demanda Kins.

— Non. Et il n'y a que ses empreintes à l'endroit où elle s'est arrêtée et s'est mise à tourner sur place.

— Mais on ne retrouve aucune trace de ses chaussures autour du trou, on est bien d'accord ? s'enquit de nouveau Tracy.

— Pas les siennes, non.

— Mais vous vous attendiez à trouver quelque chose, n'est-ce pas ?

— Si elle avait marché ou couru jusque-là, oui. Même si elle était tombée dans le trou, on aurait quelque part autour au moins une empreinte, même partielle. J'ai trouvé celles de Katie Pryor, par exemple, là où elle a glissé, et les vôtres. J'ai bien repéré une empreinte de chaussure plate, mais très dégradée et qui ne semble pas correspondre. Je ne suis pas sûre que cela nous aide beaucoup.

— On peut donc *a priori* écarter l'hypothèse selon laquelle elle aurait chuté accidentellement dans ce trou ? raisonna Tracy.

— Rien ne l'indique, en effet, répondit Wright. Si Kelly, de son côté, établit également que la victime n'est pas morte en tombant accidentellement dans ce trou, on pourra raisonnablement en déduire qu'elle a été tuée ailleurs dans le parc, et son corps jeté là.

Kins regarda Tracy. Elle savait ce qu'il se disait : si Wright ne se trompait pas, le tueur devait connaître l'existence du trou ; il n'était pas tombé dessus par hasard en cherchant à se débarrasser du corps. Cela signifiait également que Bellevue allait faire valoir son droit juridictionnel, et les décharger de l'enquête, selon toute probabilité. Wright se tourna vers la tente illuminée.

— J'ai examiné attentivement les branches qui recouvrent le trou. Je n'en ai pas vu de cassées – en dehors de celles au travers desquelles Pryor est passée quand elle a glissé. Je ne trouve ni cheveux ni fibre textile non plus. Et d'après le premier examen que Kelly a fait des vêtements de la victime, ils ne présentent aucune déchirure, pas le moindre accroc. Mais avant de tirer des conclusions définitives, j'aimerais y regarder de près, avec une loupe, à la lumière du jour ; idem pour les branches.

— On a bien compris que si elle était vraiment tombée dans ce trou accidentellement, vous en trouveriez les traces, n'est-ce pas ? dit Kins.

Wright acquiesça.

— Il est évident qu'un individu normalement constitué, si le sol se dérobe sous ses pieds, tente d'attraper tout ce qui est possible autour de lui pour ne pas tomber – et donc nous devrions trouver des branches cassées, ou des feuilles remuées.

— Alors que si quelqu'un s'est débarrassé du corps, il ou elle a pu faire très attention à déplacer les branches de manière à ce qu'on ne remarque rien ensuite, termina Tracy.

— C'est une hypothèse de travail, du moins, dit Wright.

— La personne qui a fait ça devait donc savoir que le trou était là, reprit Kins, ce qui implique que le parc lui était familier. Rien n'indique que quelqu'un soit revenu pour essayer de combler le trou ?

— Je n'ai relevé aucune trace d'outils, répondit Wright.

— Autre chose d'intéressant ? demanda Tracy en désignant d'un geste les fiches cartonnées que Wright tenait à la main.

— Pas pour le moment, non, mais j'aimerais vraiment réexaminer tout ça quand il fera jour. L'obscurité complique vraiment les choses.

— En tout cas, on n'a pas de traces qui indiqueraient que quelqu'un a porté un corps jusqu'ici ?

— Non, répondit Wright, pas encore.

— Autrement dit, tout ce qu'on a, c'est ce qu'on n'a pas, raisonna Tracy. On n'a pas de branches cassées ni rien qui indique que la victime est tombée accidentellement dans ce trou. On n'a ni cheveux ni fibres textiles, et aucune empreinte de pas de la victime autour du trou.

— Absolument, confirma Wright.

— On a en revanche des traces de pas laissées par la victime sur les deux chemins principaux, la Coyote et la Trillium Trails, qui indiquent qu'elle s'est promenée volontairement dans le parc, et qu'à un moment elle s'est mise à courir dans cette direction.

— C'est exact, dit Wright.

— Peut-être qu'elle devait retrouver quelqu'un, quelqu'un qui connaissait le parc aussi bien qu'elle, suggéra Kins.

Tracy songea à Aditi.

— Je reviendrai demain matin à la première heure pour tout revérifier, reprit Wright. Pendant combien de temps allons-nous disposer du site ?

— Aussi longtemps que nécessaire, répondit Tracy.

Du moins espérait-elle que ce serait le cas. Elle regarda la tente, et, à la lumière des projecteurs, elle vit un homme en uniforme bleu marine de la police de Bellevue promener sur la scène de crime des airs d'observateur aguerri, puis s'adresser à un des détectives de la Scientifique. Ce dernier jeta un regard autour de lui et repéra Tracy et Kins. Il pointa un doigt dans leur direction.

CHAPITRE 28

Faz était assis à une table dans une des salles de conférence de Park 95, ses mains en coupe autour d'une tasse de café noir tiède. Il était si fatigué qu'il n'aurait pas dit non à un expresso pur robusta. Peut-être qu'il se faisait trop vieux pour ces conneries, tout simplement, songea-t-il. À moins que ce ne soit la maladie de Vera qui le mettait plus durement à l'épreuve qu'il ne voulait bien l'admettre. Il cumulait assez d'années pour prendre une retraite à taux plein, comme Arroyo, mais pour faire quoi ? Vera et lui avaient parlé de voyager, d'aller voir tous ces endroits qu'ils n'avaient eu ni les moyens ni le temps de visiter. Il voulait retourner en Italie, où ils avaient passé leur lune de miel, et il avait promis à Vera qu'ils iraient à Paris et Barcelone, mais tout cela était remis en question maintenant.

Il étendit ses jambes fatiguées et fit craquer son cou, où se concentrait l'essentiel de la tension musculaire accumulée. Deux Advil n'avaient pas suffi à soigner sa migraine, ni le temps à amoindrir le sifflement dans ses oreilles. Il avait les bras et les jambes lourdes ; il savait par expérience que cet éreintement du corps était souvent consécutif au fait d'avoir été exposé à une situation de stress. Tout ce qu'il voulait maintenant, c'était que cette nuit soit derrière lui ; il voulait rentrer chez lui et prendre un repos bien mérité, mais il avait la désagréable impression que cette nuit ne faisait que commencer.

— Comment ça va, Faz ? lança Larry Pinnacle en entrant dans la salle de conférence et en fermant la porte derrière lui.

Pinnacle avait travaillé à l'Antigang avant de devenir un des six enquêteurs de la FIT, quand la cellule avait été formée en 2014. Faz et lui n'avaient eu que de brèves relations professionnelles. La cordialité était de mise entre eux, mais leur relation s'arrêtait là. Pour l'heure, c'était la dernière préoccupation de Faz. Il ne cherchait pas à se faire un nouvel ami ; tout ce qu'il voulait, c'était faire sa déposition et rentrer chez lui.

Il se redressa sur sa chaise.

— Fatigué, c'est tout, souffla-t-il. Finissons-en.

— On va essayer de faire aussi vite que possible, dit Pinnacle.

Faz en doutait.

— On vous a lu vos droits ? Vous avez signé l'avertissement Garrity ? demanda Pinnacle.

Les droits Garrity – ou l'avertissement Garrity – avaient été promulgués pour protéger les agents de l'État en leur garantissant notamment le droit au silence durant les interrogatoires menés par leur employeur, une protection qui découlait des cinquième et quatorzième amendements de la Constitution, lesquels prévoyaient que l'on ne pouvait contraindre une personne à témoigner contre elle-même.

Faz fit glisser sur la table le formulaire qu'il venait de signer. Pinnacle y jeta un coup d'œil rapide et le mit de côté, avant de s'asseoir lentement, comme au ralenti, sur une chaise. Faz trouva qu'il ressemblait à un morse, avec sa moustache tombante qui recouvrait sa lèvre supérieure, sa grosse tête et son corps en forme de poire.

— Bien. Parfait, dit-il. Des questions avant que nous ne commencions ?

Faz fit signe que non. Pinnacle prit le magnétophone qui se trouvait sur la table et dit :

— Cette conversation sera enregistrée, d'accord ?

Il appuya sur la touche d'enregistrement sans attendre la réponse, et plaça le magnétophone à égale distance entre eux deux.

Faz sortit son téléphone et dit :

— Je vais enregistrer, moi aussi.

Il appuya à son tour sur la touche d'enregistrement de son téléphone et le posa à côté du magnétophone.

Pinnacle regarda le téléphone, mais ne fit aucun commentaire. Puis il s'identifia, nom, grade, numéro de plaque, avant de préciser son intention d'interroger le détective Vittorio Fazzio à propos de la mort par balle d'Eduardo Felix Lopez lors d'une intervention de police impliquant deux officiers de l'Unité des crimes violents. Il posa ensuite ses questions en s'aidant apparemment de ce qui était inscrit sur une feuille de papier. Bien que Faz n'eût encore jamais eu droit à la procédure, d'autres lui avaient expliqué que la FIT suivait une sorte de scénario écrit, et que ses enquêteurs avaient été entraînés à ne manifester aucune émotion – ce qui leur avait valu le surnom de « Robocops ».

— Détective Fazzio, vous êtes conscient que je m'apprête à vous poser des questions concernant l'échange de coups de feu qui a coûté la vie à un homme ?

— Oui, dit Faz.

Pinnacle s'appuya contre le dossier de sa chaise et le regarda dans les yeux.

— D'accord. Pouvez-vous m'expliquer pour commencer quel était votre but en pénétrant dans cet immeuble de South Park ?

— Nous avions obtenu la dernière adresse connue d'Eduardo Lopez.

— Qui est… ?

— Oh, désolé.

Faz secoua la tête pour s'éclaircir les idées, et avala une gorgée de café.

— Nous soupçonnions Lopez d'être impliqué dans l'assassinat de Monique Rodgers, reprit-il.

— Merci. Continuez.

— Eduardo Lopez occupait l'appartement 511. Notre but était de le soumettre à un interrogatoire informel.

— Pourquoi le SWAT n'a-t-il pas été appelé ?

— Ce n'était pas nécessaire. Il s'agissait d'un entretien non officiel.

— Qui a pris cette décision ?

— Moi, dit Faz.

— Pensiez-vous que M. Lopez pouvait être armé ?

— On n'en avait aucune idée.

— Mais c'était possible ? insista Pinnacle.

— Tout le monde peut être armé, surtout aujourd'hui, répondit Faz. Est-ce que je pensais qu'il était armé et constituait une menace immédiate ? Non.

— Pourtant, vous le soupçonniez d'être votre tireur dans l'affaire Monique Rodgers ?

Faz haussa les épaules. Il savait où Pinnacle voulait en venir. Pas question de tomber dans le piège en répondant oui. Pinnacle aurait immédiatement enchaîné en lui demandant pourquoi, dans ce cas, il n'avait pas anticipé le fait que Lopez serait armé.

— Nous ne savions pas si c'était notre tireur ou non. Tout ce que nous savions, c'est que ses empreintes se trouvaient sur une voiture garée à proximité du lieu de l'assassinat. Il pouvait tout à fait s'agir de quelqu'un qui, en entendant tirer, aurait paniqué et posé la main dans sa fuite sur le capot d'une voiture en stationnement. C'est ce que nous espérions découvrir.

— Est-ce que vous, ou votre équipière, vouliez que le SWAT vous prête main-forte, et vous aide à obtenir un mandat de perquisition ?

— Comme je l'ai dit, nous n'avions besoin ni du SWAT, ni d'un mandat de perquisition. Quant à ce que pensait ou voulait Andrea Gonzalez, il va falloir lui poser la question directement. Ce n'est pas à moi de formuler des hypothèses.

— Vous a-t-elle dit qu'elle voulait que le SWAT soit présent ?

Faz chercha à comprendre où Pinnacle voulait en venir avec ses questions, qui ne paraissaient pas préparées à l'avance.

— Elle a dit dans la voiture qu'elle se sentait mieux quand le SWAT était de la partie.

— Vous vous souvenez de l'avoir entendue dire cela ?

— Quelque chose comme ça, oui.

— De quoi d'autre vous souvenez-vous l'avoir entendue parler ?

Faz souffla bruyamment. Le trajet en voiture jusqu'à Bellevue avec Gonzalez lui paraissait déjà remonter à une éternité.

— Elle a dit qu'elle se sentirait plus en sécurité si nous avions avec nous un flic armé d'un fusil d'assaut AR-15, prêt à trouer le cul du premier type menaçant, ou quelque chose dans ce goût-là.

— Pourtant, vous ne jugiez pas utile la présence du SWAT ?

— En l'occurrence ? Non. Comme je l'ai dit, c'était un interrogatoire simple. Rien n'indiquait de façon certaine que Lopez serait armé, ni qu'il était l'assassin de Rodgers. Pas plus que nous n'avions de raisons de penser qu'il était au courant de notre venue, et pouvait nous considérer comme une menace.

— En dehors de la vidéo montrant Lopez touchant cette voiture en stationnement, quelles autres preuves aviez-vous ?

Faz avala une gorgée de café et reposa sa tasse.

— Pas d'autres preuves.

— Encore une fois, n'aurait-il pas été raisonnable de penser que Lopez serait armé, compte tenu du fait que vous le soupçonniez d'être l'assassin de Monique Rodgers ?

— Combien de fois va-t-il falloir que je me répète ? Je suis certain qu'il y a un tas de vidéos montrant un tas de types présents autour du lieu de l'assassinat. Est-ce qu'il faut tous les considérer comme étant armés et constituant une menace ? On voulait juste parler à ce type, découvrir ce qu'il faisait là-bas, voir s'il avait un comportement bizarre.

— Mais vous n'avez pas posé la question à vos supérieurs, n'est-ce pas ?

— Quelle question ? S'ils voulaient que le SWAT intervienne ? Non, je ne leur ai pas posé la question.

Faz avait l'impression d'entendre grincer les rouages du cerveau de Pinnacle, et il comprit soudain qu'il avait commis une erreur : si Gonzalez et lui partaient réellement de l'hypothèse que Lopez n'était pas armé, pourquoi avait-elle été si prompte à tirer ? Elle aurait assurément à répondre à cette question.

Pinnacle continua le forcing :

— Donc, reprit-il, vous êtes allés à l'appartement de Lopez pour mener un interrogatoire simple, sans mandat ?

— Nous espérions qu'il nous autoriserait à fouiller son appartement.

— Vous cherchiez quelque chose en particulier ?

Faz parut réfléchir un instant, puis :

— Une arme et un vêtement à capuche, répondit-il.

— Quel genre de vêtement à capuche ?

— Un sweat-shirt. Sur la vidéo, on voit Lopez en porter un, capuche remontée sur la tête.

— Et vous en avez déduit… ?

— Qu'il tentait peut-être de dissimuler son identité.

— Et quel genre d'arme cherchiez-vous ?

— On espérait mettre la main sur un .38. Un revolver. On n'a pas retrouvé de douilles à l'endroit où Monique Rodgers a été tuée. On est donc partis de l'hypothèse que le tueur avait dû se servir d'un revolver. La balle mortelle provenait d'un .38.

— Et que s'est-il passé quand vous êtes arrivés à l'appartement ?

Faz prit de nouveau le temps de répondre. Il lui semblait que le sifflement dans son oreille s'était intensifié avec la fatigue. Il tira sur le lobe de son oreille, à la façon d'un nageur tentant d'en déloger l'eau.

— On s'est positionnés de part et d'autre de la porte, Gonzalez et moi.

— La détective Gonzalez n'est pas votre équipière en temps normal, n'est-ce pas ?

— Non. Mon équipier habituel, Del Castigliano, s'est fait mal au dos et il a pris sa journée.

— Vous n'aviez encore jamais travaillé avec la détective Gonzalez ?

— Non. Elle a commencé lundi seulement.

— Étiez-vous inquiet d'être accompagné par une détective dont vous ignoriez l'expérience pour exécuter une perquisition “dynamique” ?

— Je n'ai jamais dit que nous avions un tel mandat de perquisition, corrigea Faz.

Le qualificatif de « dynamique » s'appliquait en l'occurrence à une perquisition dans laquelle la personne visée par le mandat était soupçonnée d'être armée et dangereuse.

— J'ai dit qu'il s'agissait d'un interrogatoire simple. Est-ce que j'étais inquiet à l'idée de faire équipe avec Gonzalez ? Non. Je savais qu'elle avait été détective à Los Angeles et qu'elle avait une expérience du terrain.

— Et comment le saviez-vous ?

— Eh bien, elle me l'a dit.

— Vous n'avez pas cherché à vérifier l'information ?

Faz laissa échapper un petit rire.

— Et comment est-ce que je vérifie ça, hein, Larry ? Quelqu'un me dit qu'il a de l'expérience ; mon premier réflexe n'est pas de penser que j'ai affaire à un menteur.

— Donc, vous n'avez pas tenté de vérifier l'information, reprit Pinnacle, professionnel.

Faz ne répondit pas immédiatement. Il savait que Pinnacle était dans son rôle, mais qu'est-ce qui faisait qu'un flic nommé à un poste de gratte-papier oubliait sa propre expérience du terrain pour devenir un connard de bureaucrate ?

— Le fait qu'on l'ait engagée à l'Unité des crimes violents suppose qu'on a vérifié ses états de service, non ? Pour moi, ça allait de soi. Après, ça dépasse mes compétences. Vous devriez peut-être poser la question au lieutenant Laub ou au capitaine Nolasco.

— D'accord. Reprenons : vous décriviez ce qui s'est passé quand vous êtes arrivés à l'appartement…

Faz s'efforça de se souvenir où il en était resté. Il commençait à avoir la désagréable impression que cet interrogatoire était moins destiné à recueillir son témoignage qu'à le piéger – le faire parler, changer de sujet, créer la confusion dans son esprit, afin qu'il ne puisse pas s'en tenir à quelque chose d'appris. Faz s'était servi de tactiques similaires pour mener certains de ses propres interrogatoires. Sauf qu'en l'occurrence il n'avait rien répété avant, et n'était pas suspect, *a priori*. À moins que si ? Merde, il était fatigué, et pas seulement à cause des événements de la soirée. Il était fatigué émotionnellement, depuis qu'on avait posé le diagnostic pour Vera. Et il ne rajeunissait pas.

Il prit quelques secondes pour répondre, but une gorgée de café. Le sifflement dans son oreille était toujours là ; de nouveau, il tira sur son lobe.

— Ça va aller ? On continue ?

— Ouais, ça va, dit Faz, avant de reprendre : donc, on était de chaque côté de la porte de l'appartement 511, Gonzalez et moi – Gonzalez côté sud, et moi côté nord. Gonzalez allait frapper à la porte quand j'ai entendu une voix qui paraissait provenir de l'intérieur de l'appartement. J'ai levé la main pour lui signifier d'attendre.

— À cet instant précis, est-ce que vous ou la détective Gonzalez aviez sorti vos armes de vos étuis ?

— Pas à cet instant, répondit Faz, en même temps qu'il s'efforçait de se souvenir à quel moment il avait sorti son arme.

— Vous en êtes sûr ?

— Oui.

— Est-ce que la détective Gonzalez vous a identifiés tous les deux comme étant des officiers de police ?

— Elle n'en a pas eu le temps. Comme je l'ai dit, j'ai entendu parler à l'intérieur et...

—Qu'est-ce qu'ils disaient ?

— Je ne sais pas. On aurait dit que quelqu'un parlait espagnol.

— Espagnol ?

— C'est ce que m'a dit Gonzalez. Elle a mimé le mot "espagnol" en me regardant, et elle connaît cette langue.

— D'où avez-vous dit que provenait la voix ?

— De l'intérieur de l'appartement. Du moins, c'est l'impression que j'avais, mais je n'en étais pas certain, alors j'ai demandé à Gonzalez, et...

— Vous ne saviez pas, en fait.

— Je n'en étais pas sûr. Pour moi, ça venait de l'appartement de Lopez. Pour Gonzalez aussi. Mais ça pouvait aussi venir de l'appartement d'à côté.

— Vous entendiez ce qui se disait ?

— Oui, je vous l'ai dit. Mais sans pouvoir comprendre.

Pinnacle griffonna quelque chose sur son bloc-notes.

— Continuez, dit-il.

Y avait-il eu une autre question ? Faz n'en avait pas l'impression. Il avait hâte que cet interrogatoire se termine.

— La détective Gonzalez allait frapper à la porte. J'ai entendu un bruit. C'était la porte derrière moi qui s'ouvrait. Et soudain, j'ai vu Gonzalez écarquiller les yeux comme s'il y avait une énorme surprise derrière moi.

— Elle vous regardait vous, ou la porte de l'appartement à laquelle elle frappait ?

— Elle me regardait moi – enfin, pas moi, mais par-dessus mon épaule gauche, répondit Faz en faisant un geste vague de la main. J'ai vu ses yeux, grands comme des soucoupes. Et c'est allé très vite : elle a fait un pas vers moi, et elle a levé son arme par-dessus mon épaule.

— Avez-vous entendu quelque chose avant qu'elle ne regarde par-dessus votre épaule ?

— Je vous l'ai dit, j'ai entendu parler espagnol et le bruit de la porte qui s'ouvrait derrière moi.

— Vous êtes-vous retourné pour voir ce qui se passait ?

— Je ne me souviens pas de l'avoir fait. Je regardais Gonzalez, et j'étais concentré sur la porte à laquelle elle allait frapper.

— Que s'est-il passé ensuite ?

— Elle m'a poussé, et je suis tombé à la renverse, contre le mur derrière moi.

— Elle vous a déséquilibré ?

Faz crut déceler une pointe d'incrédulité dans la question. Il faisait un mètre quatre-vingt-dix pour cent trente kilos. Gonzalez devait faire un mètre cinquante-cinq pour cinquante-cinq kilos.

— Ouais, c'est ce qu'elle a fait. Elle a levé le bras et crié : "Arme !"

— "Arme !", c'est bien ce qu'elle a crié ?

— Oui, en même temps qu'elle levait son arme, avant de faire feu elle-même trois fois de suite.

— Elle vous a poussé à la renverse avant ou après avoir crié ?

— En même temps. Elle a crié "Arme !" en même temps qu'elle levait son bras droit et me poussait à l'écart avec son autre bras, répéta Faz en mimant l'action.

— Mais vous, vous n'avez pas crié ?

Faz marqua un temps d'arrêt, fixant Pinnacle d'un air incrédule.

— Quoi ? fit-il.

— Vous n'avez pas crié "Arme" !

— Je vous l'ai dit, je tournais le dos à la porte. Pourquoi voulez-vous que je crie cela ?

— J'essaie juste de comprendre ce qui s'est passé dans l'ordre où ça s'est passé.

— Non, c'est faux. Vous cherchez à me pousser à la faute, à faire en sorte que je dise le contraire de ce que j'ai déjà déclaré, et ça commence à m'agacer sérieusement.

Pinnacle ne répondit pas au commentaire. Il poursuivit sur sa lancée :

— Vous vous trouviez face à la porte à laquelle vous frappiez, c'est bien ça ?

— Non, répondit Faz, incapable de dissimuler son irritation.

Il se servit de ses mains pour expliquer à quel endroit exactement il se trouvait par rapport à la porte et expliqua :

— Je me tenais sur le côté. En face de moi, au bout du couloir, il y avait une fenêtre. J'étais concentré sur la porte de l'appartement de Lopez, celle à laquelle Gonzalez s'apprêtait à frapper.

— À aucun moment vous n'avez vu le suspect sortir ?

— Non, comment aurais-je pu ? se justifia Faz, en colère. La porte se trouvait derrière moi.

— Je pose la question, c'est tout.

— Et je vous ai répondu. Passons à la suite.

Pinnacle parut réfléchir un instant, puis il dit :

— Êtes-vous absolument certain que c'est bien la détective Gonzalez qui a crié : "Arme !" ?

— Si j'en suis certain ?

— Oui.

Faz avait interrogé suffisamment de suspects pour comprendre où les menait cette dernière question. Il regarda Pinnacle baisser les yeux, son stylo à la main, et se renverser contre le dossier de sa chaise. Il pensait que Faz lui mentait.

— Absolument certain, répondit Faz.

— Comme vous êtes certain qu'elle a bien regardé par-dessus votre épaule, qu'elle a vu le suspect, puis qu'elle s'est avancée en vous poussant sur le côté ?

— C'est exactement ce qui s'est passé.

— Vous avez dit qu'elle frappait à la porte ?

— J'ai dit qu'elle *s'apprêtait* à frapper à la porte.

— Donc, elle était face à la porte, et se préparait à frapper.

— C'est exact.

— Vous n'avez pas attiré son attention sur le suspect ?

— Attiré son attention comment ?

— Vous n'avez pas crié : "Arme !" ?

Faz laissa échapper un petit rire.

— Qu'est-ce que c'est que ces conneries, Larry ?

Pinnacle ne répondit pas.

— Elle a dit que c'est moi qui ai crié ça ?

— C'est le cas ?

— J'ai déjà répondu à cette question.

— Vous avez crié : "Arme !" ?

— Je vous ai déjà dit que non.

— Et vous n'avez pas non plus attiré l'attention de Gonzalez sur le suspect au moment où il sortait de l'appartement ?

— C'est bon, j'en ai marre de ces conneries.

Faz repoussa sa chaise et se leva.

— C'est moi qui vous dis quand c'est terminé, détective.

— *C'est* terminé. Je ne répondrai plus à aucune question ; ou alors, j'exige la présence d'un représentant du syndicat.

Pinnacle se leva à son tour. Il leva les bras, paumes tournées vers l'avant, son stylo dans une main.

— D'accord, d'accord, dit-il. On continue. O.K. ? On avance.

— C'est quoi, ce bordel ? Est-ce qu'elle a dit que c'est moi qui ai crié "Arme !" ?

— On continue. Dites-moi ce qui s'est passé après qu'elle vous a poussé contre le mur du couloir.

Faz rapprocha sa chaise et s'assit. Il prit un moment pour boire une gorgée de café ; il n'était même plus tiède. Quand il eut retrouvé son calme, il dit :

— J'avais les oreilles qui sifflaient. Son Glock a tiré tout près de mon oreille gauche. J'étais dans le brouillard ; j'ai entendu Gonzalez me demander si ça allait.

— Pourquoi ?

Faz fixa Pinnacle.

— Je viens de vous le dire. Elle a tiré trois fois tout près de mon oreille. Je n'entendais rien de ce qu'elle me disait.

— Mais vous l'avez entendue vous demander si ça allait ?

— Au bout d'un moment, oui.

— Combien de temps s'est-il passé avant que vous ne réussissiez à l'entendre ?

— Je ne sais pas.

— Quelques secondes ? Quelques minutes ?

— Non, quelques secondes.

— Et ensuite ?

— Ensuite, elle est entrée dans l'appartement d'où Lopez venait de sortir. Il y avait une femme à l'intérieur, assise par terre, dos au mur. Elle tenait un bébé dans les bras. Ils hurlaient tous les deux.

— Qu'est-ce que la femme hurlait au juste ?

— Je ne sais pas. Je veux dire, elle pleurait, vous voyez.

— Vous n'entendiez pas à cause du sifflement dans vos oreilles ?

— Gonzalez lui a posé une question en espagnol, et la femme lui a répondu en espagnol.

— Combien pesez-vous ?

Faz marqua de nouveau un temps d'arrêt.

— Quel rapport ?

Pinnacle le fixa.

— Je ne sais pas encore. Simple question.

— Environ cent trente kilos.

Pinnacle le nota sur son bloc, avant de se renverser de nouveau contre le dossier de sa chaise.

— Quand Gonzalez est entrée dans l'appartement, qu'avez-vous fait ?

— J'ai vérifié que le suspect était bien mort. Et j'ai cherché une arme.

— Et il était mort ?

— On ne peut plus mort.

— Avez-vous trouvé une arme ?

— Je n'en ai pas vu. Il y avait juste un téléphone, à côté de sa main droite. J'ai pensé qu'il était peut-être tombé sur l'arme.

— Vous avez regardé sous lui pour vérifier ?

— Pas tout de suite.

— Qu'avez-vous fait ?

— Je l'ai menotté, et puis je suis entré dans l'appartement avec Gonzalez pour vérifier qu'il n'y avait plus de danger.

— Gonzalez, que faisait-elle ?

— Je vous l'ai dit, il y avait une femme et un enfant dans l'appartement, blottis dans un coin. Ils pleuraient ; ils étaient hystériques. Gonzalez posait des questions en espagnol.

— Vous n'arriviez pas à comprendre ce qu'elle disait ?

— Non. Mais je suis à peu près certain qu'elle demandait le nom de l'homme étendu dans le couloir.

— Et qu'est-ce que la femme lui a répondu ?

— Elle a dit qu'il s'agissait d'Eduardo Lopez.

— Détective Fazzio, avez-vous fini par trouver une arme ?

— Non.

— Et dans l'appartement ? Avez-vous trouvé une arme dans l'appartement ?

— L'appartement dans lequel se trouvaient la femme et l'enfant ? Non. Nous n'avions pas de mandat pour cet appartement ; nous nous sommes contentés d'examiner visuellement les lieux, pour notre propre sécurité.

— Et vous n'êtes pas entrés dans l'appartement du suspect ?

— Non. On a attendu l'arrivée de la Scientifique.

— La mort de Monique Rodgers… c'est la seule affaire sur laquelle vous travaillez pour le moment ?

— C'est exact.

— Vous et le détective Castigliano avez résolu toutes les affaires d'homicide qui ont émaillé votre carrière. Je me trompe ?

— Non, c'est exact.

— Et Lopez était votre seule piste dans l'affaire Rodgers, je ne me trompe pas non plus ?

— Jusque-là, non.

— Il y a autre chose que vous aimeriez ajouter ?

— Non.

— Très bien, alors j'interromps l'enregistrement.

Il se pencha et éteignit le magnétophone.

— Merci, détective. C'est terminé pour moi.

Faz récupéra son téléphone. Il voulait croire Pinnacle, mais il savait par expérience que cette histoire était loin d'être terminée. Très loin.

CHAPITRE 29

La conversation de Tracy et Kins avec le capitaine Ray Giacomoto du Département de police de Bellevue fut professionnelle et directe. Giacomoto voulut savoir ce que Tracy et Kins faisaient « de ce côté du lac », et pourquoi ils n'avaient pas appelé son département.

— La victime résidait à Seattle et le rapport concernant sa disparition a été traité par notre département, expliqua Tracy. Nous ne sommes pas venus ici en nous attendant à retrouver son corps. Nous tentions de remonter jusqu'à son téléphone portable. Quand nous l'avons découverte, j'ai cru bon de lancer le plus rapidement possible une mise en protection du site, avant que de possibles preuves ne disparaissent.

Giacomoto eut un grand sourire.

— Nous sommes parfaitement équipés pour protéger une scène de crime, détective. Je pense que vous le savez.

— Absolument, dit Tracy.

— Donc, pourquoi tant de précipitation ? Vous connaissiez la victime ?

— Uniquement à travers ce que j'ai appris des entretiens que j'ai pu avoir avec sa colocataire et sa famille. Nous enquêtons sur sa disparition depuis plusieurs jours maintenant.

— Le corps ne risquait pas de disparaître de sitôt, fit valoir Giacomoto.

— Non, c'est vrai.

— Et il se trouve dans la juridiction de Bellevue.

— Peut-être bien ; encore que nous ne sachions toujours pas avec certitude si la victime a été tuée ici. Il n'y a aucune trace de pas autour du trou. La première hypothèse de notre "pisteur" est qu'elle a été tuée ailleurs, et son corps jeté ici.

Tracy ne lui dit pas que la première hypothèse était plutôt que Kavita Mukherjee avait été tuée ailleurs dans le parc.

— Et puis, il y a longtemps que nous n'avons pas eu de pluie, rappela-t-elle. À la météo, ils prévoyaient de l'orage. Alors, comme je vous l'ai dit, j'ai pensé qu'il valait mieux protéger le site avant que la pluie justement n'efface les traces de pas, ou n'importe quel autre indice.

Giacomoto n'eut pas l'air vraiment convaincu, mais pour le moment, laisser Tracy faire son travail paraissait plutôt l'arranger.

— Il nous faudra une copie de tous les rapports, prévint-il.

— Sans problème, le rassura Tracy.

— Quant à la question de la juridiction, je pense que la décision ne nous appartient pas, ni à vous ni à moi, et qu'elle sera prise bien plus haut. D'ici là, je vous abandonne volontiers les commandes.

Ils se retournèrent en entendant quelqu'un approcher. Kelly Rosa était sortie du trou. Elle avait tout à fait l'air d'une archéologue sur un chantier de fouille ; il y avait de la terre collée à ses grosses bottes, aux revers de son jean, et jusque sur la visière de sa casquette de base-ball des Mariners. Elle éteignit sa lampe frontale pour ne pas les éblouir, et abaissa le masque qui couvrait son nez et sa bouche. Puis elle ôta ses gants en latex et brossa les pans de sa chemise du plat de la main. Des genouillères en caoutchouc lui donnaient une drôle d'allure.

— Tiens, un nouvel accessoire, fit remarquer Kins en pointant les genouillères du doigt.

— J'ai vu ça chez Costco, dit-elle. Ça a été conçu pour les couvreurs. Mes genoux ne sont plus de la première jeunesse.

— J'ai cru que vous vous entraîniez pour devenir receveuse, plaisanta Kins.

— Les Mariners auraient bien besoin de quelqu'un qui marque des points, regretta-t-elle.

Elle observa un bref silence, puis :

— Il y a une chose que je peux vous dire, c'est qu'on ne l'a pas attaquée pour la détrousser ; ou alors, c'est qu'on a affaire au voleur le plus stupide de la planète.

Pour un petit bout de femme d'un mètre cinquante, Rosa était dotée d'une personnalité hors norme.

— Dans ses poches, j'ai trouvé douze dollars, ainsi qu'un permis de conduire délivré dans l'État de Washington et une carte de crédit. Elle a une chaîne en or autour du cou, et un bracelet en or au poignet.

— Donc, on n'a pas cherché à la voler, et le tueur n'a pas non plus essayé de dissimuler l'identité de sa victime, raisonna Kins.

— Si ce n'est tout de même qu'il a jeté son cadavre dans un trou, qu'il a pris soin de recouvrir de branches, fit valoir Giacomoto.

— "*Jeté* son cadavre" ? releva Tracy. Donc, ce n'était pas un accident ?

— Non, répondit Rosa. Je ne crois pas.

— Que croyez-vous que ce soit, alors ? demanda Giacomoto.

Rosa leva un bras et simula des coups sur son crâne.

— Elle est morte de ce qu'on appelle un "traumatisme contondant" – plusieurs coups portés sur le côté de la tête. Je dirais deux, peut-être trois. On ne le saura qu'après avoir examiné des photos en gros plan de la blessure. Elle a été frappée au côté droit par un objet à la forme irrégulière, une pierre probablement. J'ai demandé à plusieurs de nos agents en uniforme de fouiller le parc à la recherche d'une pierre tachée de sang.

— Autant chercher une aiguille dans une botte de foin, dit Kins. Une botte de foin de deux cents hectares.

— Le tueur a très bien pu la balancer aussitôt ; elle est peut-être toujours par ici, dit Rosa.

— Êtes-vous certaine que le tueur s'est servi d'une pierre ? demanda Giacomoto.

— On n'en aura la certitude qu'après un examen au microscope, mais je dirais que c'est plus que probable.

— Donc, elle a été tuée dans le parc ?

— Ce n'est pas à moi de le dire, répondit Rosa.

Tracy sentit que l'anthropologue médico-légale lui lâchait un peu de mou.

— Ce que je sais, en revanche, poursuivit cette dernière, c'est qu'elle n'a pas été tuée dans le trou ni à proximité immédiate. Quant à savoir où exactement…

Elle haussa les épaules.

— Je vais demander moi aussi à plusieurs de mes gars de fouiller le parc, dit Giacomoto à Tracy. Les chemins ont déjà été inspectés ?

Tracy acquiesça.

— Oui, c'est fait, mais un deuxième coup d'œil n'est jamais inutile.

Giacomoto tendit une carte à Kelly Rosa.

— J'aimerais avoir une copie de votre rapport quand il sera prêt, lui demanda-t-il, avant de s'éloigner.

Les constatations de Rosa recoupaient celles de Kaylee Wright, à savoir que Mukherjee avait été transportée jusqu'au trou, et jetée dedans.

— Quoi d'autre ? demanda Tracy.

— Il n'y a pas beaucoup de sang dans le trou. Si elle était tombée et que sa tête avait heurté le sol ou autre chose, on devrait en avoir une plus grande quantité. La lividité cadavérique est compatible avec la position du corps dans le trou, expliqua Rosa, mais c'est probablement parce qu'elle a été rapidement déplacée après avoir été tuée.

L'expression « lividité cadavérique » – *livor mortis* – désignait une coloration bleue ou pourpre de la peau qui apparaissait sur un cadavre, sous l'effet de la gravité, dans les zones « déclives » du corps, celles qui étaient en contact avec le sol.

— Quand a-t-elle été vue en vie pour la dernière fois ?

— Lundi en fin d'après-midi, répondit Tracy. Aux environs de 18 heures.

Rosa se retourna en direction du trou, et reprit, comme si elle réfléchissait à voix haute :

— Pas de rigidité cadavérique ; autrement dit, elle est morte depuis au moins douze heures, mais probablement depuis plus longtemps que cela. Elle a une décoloration abdominale, et le gonflement du corps semble indiquer plutôt trente-six à quarante-huit heures, ce que semblent confirmer également les marbrures sur la peau.

— Donc, lundi soir, c'est une possibilité, dit Tracy.

— Absolument, mais on va encore travailler là-dessus et affiner l'estimation.

— Pour en arriver à la frapper à plusieurs reprises à la tête avec une pierre..., commença Kins. Il y avait de la colère chez son assassin.

Rosa haussa les épaules.

— Ça, ce sera à vous de le démontrer. Tout ce que je peux dire, c'est que la force des coups portés est compatible avec une volonté de faire du mal. On se prépare à déplacer le corps. Ensuite, le site sera tout à vous.

— Est-ce qu'on a une indication d'agression sexuelle ? demanda Tracy, en cochant mentalement les cases de sa liste d'hypothèses à examiner.

— On ne le saura avec certitude qu'après avoir examiné le corps au labo, mais je n'ai pas remarqué de traces de lutte, ses vêtements ne semblent pas avoir été déchirés ni coupés, ses ongles ont l'air propres ; mais encore une fois, on va vérifier tout ça.

— Je me disais que ce serait bien si votre rapport n'était pas bouclé… trop vite, risqua Tracy.

— Je suis très occupée, dit Rosa avec un sourire. Et on peut m'appeler à n'importe quel moment.

Elle fit un clin d'œil à Tracy et retourna à la sépulture.

— On ne l'a pas tuée pour la voler, reprit Tracy en s'adressant à Kins, ni apparemment pour l'agresser sexuellement.

— Tu as dit qu'elle n'avait pas de petit ami ?

— Pas de petit ami connu, mais elle avait rendez-vous avec quelqu'un.

Tracy se retourna de nouveau en entendant quelqu'un approcher. Cette fois, un officier en uniforme tenant à la main une écritoire à pince précédait une femme vêtue d'un pantalon marron multipoches, de bottes et d'une grosse veste Carhartt.

— Détective, dit l'officier. Voici Margo Paige. Elle est ranger, et veille sur ce parc.

Tracy lui tendit la main et se présenta, ainsi que Kins.

— Depuis combien de temps travaillez-vous dans ce parc ? lui demanda-t-elle.

Le regard de Paige se porta par-dessus l'épaule de Tracy jusqu'à la tente dressée au-dessus du trou.

— Environ trois ans, répondit-elle d'une voix douce, mais plus profonde que ne s'y attendait Tracy.

— Donc, vous connaissez parfaitement les lieux.

— Je pense qu'on peut dire ça, oui.

— Venez avec moi.

Elle précéda Paige le long du chemin balisé par les techniciens de la police scientifique, et s'arrêta devant le ruban de scène de crime attaché aux mâts de la tente.

— Ce trou vous est-il familier ?

— Familier ? Dans quel sens ? demanda Paige, décontenancée.

Tracy reformula sa question :

— Connaissiez-vous son existence ?

— Ce n'est pas un trou que vous venez de creuser ? s'enquit Paige.

— Non, répondit Tracy.

Paige secoua négativement la tête.

— J'ignorais tout de ce trou. Autrement, je l'aurais fait combler.

— Y en a-t-il d'autres du même genre dans le parc ? voulut savoir Tracy.

Paige parut réfléchir à la question.

— Il faut savoir que ce parc s'étend sur plus de deux cents hectares, détective, et qu'il compte près de quarante kilomètres de pistes et de chemins divers. Mais non, je n'en connais aucun autre.

— Aucun ? insista Kins.

— Non, vraiment.

— Vous avez une idée de ce que ça peut être ? demanda Tracy. Qu'est-ce qu'un trou comme celui-là peut bien faire là ?

Paige hocha la tête.

— Étant donné sa relative proximité avec les maisons qui bordent le parc, dit-elle en désignant du doigt l'arrière des bâtisses en question, j'imagine qu'il s'agit d'un ancien puits, peut-être illégal, creusé il y a longtemps par quelqu'un du coin.

— Ça pourrait être autre chose encore ?

Paige haussa les épaules.

— Possible aussi qu'il soit dû à l'érosion. Un arbre a pu tomber en arrachant ses racines ; avec les pluies torrentielles de l'hiver dernier, un trou s'est peut-être formé. Ça arrive parfois ; l'orage met l'arbre à terre, la pluie érode le sol derrière, fait pousser la végétation, et la voilà qui finit par recouvrir le trou. Quelle est sa profondeur ? Et sa largeur ?

— Il a plus ou moins deux mètres de profondeur, et il est large d'un peu plus d'un mètre vingt.

— Alors, c'est sûrement un ancien puits, réagit Paige.

— Avez-vous déjà vu des accidents impliquant une chute dans un ancien puits justement ?

— Non. Personnellement, non. Mais j'ai entendu parler d'une histoire qui s'est passée il y a une dizaine d'années. Une jeune cavalière traversait le parc quand le sol s'est dérobé sous les sabots de son cheval. Elle a dit que c'était comme si l'animal était brusquement passé à la trappe. La chute l'a d'ailleurs tué. Elle aurait sans doute tué aussi la jeune femme si elle n'avait réussi à sauter à temps. Il existe probablement un rapport là-dessus dans nos archives. Je peux essayer d'y jeter un coup d'œil demain.

— Si je comprends bien, reprit Kins, les chances que quelqu'un tombe par hasard dans ce trou sont très faibles.

— Difficile à dire. Cette cavalière et son cheval ne s'attendaient pas spécialement à ça. La question que je me pose, c'est plutôt : si quelqu'un connaissait l'existence de ce trou, pourquoi n'en avoir parlé à personne ? Nous aurions pu le reboucher.

CHAPITRE 30

Faz se gara dans son allée ; il était épuisé, frustré et désorienté. Larry Pinnacle pouvait toujours s'évertuer à lui faire croire qu'il voulait juste avoir sa version des faits, Faz savait quand un détective essayait de trouver des failles dans les réponses qui lui étaient faites, en espérant qu'une de ces failles s'ouvre suffisamment pour mettre à mal toute la crédibilité de l'histoire.

La question, c'était : pourquoi ?

Ce que Pinnacle venait de conduire, certes maladroitement, c'était un interrogatoire en règle, et il avait laissé entendre que la version des faits donnée par Faz et celle de Gonzalez ne se recoupaient pas. Savoir qui avait crié « Arme ! » paraissait le préoccuper au plus haut point. Sur le chemin du retour, Faz n'avait pu s'empêcher d'imaginer un scénario dans lequel Gonzalez déclarait à Pinnacle que c'était lui, Faz, qui avait crié « Arme ! ». Il en avait conclu qu'il y avait trois raisons possibles pour qu'elle ait fait une chose pareille. Première option, dans la panique du moment, ses souvenirs s'étaient brouillés et elle avait fini par tout mélanger ; deuxième option, elle mentait délibérément. Enfin, dernière possibilité, Faz avait réellement crié « Arme ! ».

Il balaya cette dernière hypothèse, qui n'avait aucun fondement. Comment aurait-il pu crier cela alors qu'il tournait le dos à la porte de l'appartement d'où Lopez était sorti ? Il n'avait pas vu ce dernier, il aurait encore moins pu conclure qu'il était armé. Ce qui laissait donc encore deux possibilités : soit les souvenirs de Gonzalez étaient faussés et elle se méprenait sincèrement, soit elle mentait.

Il aurait été facile de conclure que Gonzalez mentait pour protéger sa carrière, mais Faz savait que ce n'était pas aussi simple. Les détectives du SPD avaient récemment dû suivre un cours de gestion du stress, également appelée « désescalade » – la formation faisait partie des réformes mises en place par le ministère de la Justice dans le but de diminuer l'usage de la force et la perception que l'on en avait. Faz et Del s'étaient présentés à la formation obligatoire tels deux ados récalcitrants contraints d'apprendre une langue étrangère. Ils n'en voyaient pas l'utilité, surtout après toutes ces années passées sur le terrain. Mais ils avaient rapidement changé d'avis. La formation leur avait révélé qu'une confrontation directe avec un suspect armé générait un stress susceptible d'avoir des répercussions significatives sur les souvenirs d'un policier. En fait, deux officiers de police faisant équipe pouvaient avoir des souvenirs radicalement différents d'un même événement, et même souvent se tromper tous les deux. Des flics chevronnés se souvenaient d'avoir vu des armes là où il n'y en avait pas, et prenaient des bras levés en signe de reddition pour un acte d'agression.

Faz ne pouvait s'empêcher de se demander si Gonzalez n'avait pas été victime du même phénomène.

Il leva les yeux vers la fenêtre de leur chambre, à Vera et à lui, au premier étage. Il l'avait appelée après l'interrogatoire, mais ne lui avait donné aucun détail. Elle avait assez de soucis comme cela. Il lui avait simplement dit qu'il avait de la paperasse à terminer. Il allait lui suggérer de ne pas l'attendre, comme elle en avait l'habitude, mais cette fois elle avait été plus rapide que lui :

— Je suis fatiguée. Ces deux derniers jours m'ont épuisée. Je vais me coucher.

Il entra sans faire de bruit par la porte de service, et prit l'escalier pour rejoindre leur chambre. Il s'arrêta sur la dernière marche et contempla la silhouette de Vera qui se dessinait sous les draps, illuminée par la lumière gris-bleu qui entrait par la fenêtre. Les quatre vitres projetaient une croix sur la couette, créant un tableau paisible qui le fit penser aux peintures de Norman Rockwell ; la vie dans son apparente perfection, loin de certaines réalités plus brutales.

Au moment où il entra dans la chambre, Vera s'étira.

— Vic ? fit-elle d'une voix endormie en se tournant vers la porte.

— Ouais, fit-il. Désolé de te réveiller.

— Non, ça ne fait rien. Je regardais la télé. Quelle heure est-il ?

— Un peu plus de minuit.

— Que s'est-il passé ?

— Je te raconterai ça demain. Tout va bien.

Il s'assit sur le bord du lit pour délacer ses chaussures.

— Ça va ?

— Oui, dit-il, songeant soudain aux centaines de fois où Vera lui avait posé cette question, et au peu de fois où lui l'avait fait. Et toi, comment ça va ?

— Plutôt pas mal, répondit-elle. Alors, c'était bien la personne qui avait laissé son empreinte sur la Volkswagen ?

Faz se leva et rangea ses chaussures dans son placard.

— Ouais, c'était bien lui.

— Que s'est-il passé ?

Il dégrafa sa ceinture et répondit, en même temps qu'il ôtait son pantalon :

— On était en train de frapper à la porte de sa dernière adresse connue, quand soudain, la porte de l'appartement derrière moi s'est ouverte. Le type en est sorti. Mon équipière l'a abattu.

— Ton *équipière* ? Tu n'étais pas avec Del ?

Il n'avait pas dit à Vera que Del s'était blessé au dos.

— Non, Del a dû rester chez lui, cloué au lit par un mal de dos. C'était une nouvelle détective.

— Elle l'a tué ?

Il suspendit son pantalon à un crochet derrière la porte de sa penderie.

— Oui. Elle l'a tué. Les huiles ont débarqué aussi sec ; on se serait cru à la fanfare. Tu sais comment ça se passe aujourd'hui ; la FIT s'en est mêlée, il a fallu que j'aille à Park 95 répondre à tout un tas de questions.

— Tu es en congé administratif ?

Il grimpa sur le lit.

— Ouais, mais je suis sûr que ça ne va pas durer, un ou deux jours au plus. Ils vont m'envoyer voir un psy, et ce sera réglé. Ne t'inquiète pas.

— Tu es sûr que ça va ?

— Oui, sûr. La procédure, c'est la procédure, tu sais bien. Ça passera devant la commission d'examen, et je serai blanchi. Allez, rendors-toi. Il n'y a aucune raison de s'inquiéter.

Il était heureux que les lumières soient éteintes et que Vera ne puisse pas voir son visage. Il se croyait bon détective, mais Vera savait lire en lui comme dans un livre ouvert. Il repensa à ce qui s'était passé dans ce couloir d'immeuble, et se demanda une fois de plus s'il était possible que ce soit lui qui ait crié « Arme ! » – si ce n'était pas lui qui faisait erreur. Certes, il était fatigué au moment des faits ; sous le coup du stress, inquiet pour Vera. La confusion avait pu s'emparer de son esprit, mais… non, ça ne collait pas ; il ne voyait pas de scénario plausible.

— Vic ? Il y a un problème ? s'inquiéta Vera.

Il aurait voulu lui faire part de ses doutes. Vera était toujours là pour ramener les choses à leur juste mesure. Mais cette fois, il ne le pouvait pas ; il ne ferait qu'ajouter à ses inquiétudes.

— Nan. Tout va bien.

— Parce que tu ne t'es pas brossé les dents, dit-elle. Et tu dors avec tes chaussettes.

CHAPITRE 31

Vendredi 13 juillet 2018

Quand Tracy et Kins regagnèrent le parking, c'était le petit matin ; leur journée ne faisait que commencer. La première chose qu'ils devaient faire était ce que Tracy détestait le plus dans son métier de détective à la Criminelle.

Le médecin légiste de King County avait la responsabilité et l'obligation légale de notifier à la famille le décès d'un de ses membres, mais dans des situations comme celle-ci – elle avait déjà parlé à la famille de Kavita Mukherjee – Tracy tenait à s'en charger elle-même. Quand on lui demandait pourquoi elle en ressentait le besoin, le boulot étant déjà assez dur comme cela, elle n'avait pas de réponse claire. Peut-être était-ce une forme de pénitence pour avoir échoué à protéger sa sœur la nuit où Sarah avait disparu ; à moins que son raisonnement ne fût bien plus pragmatique que cela. Peut-être le fait d'avoir été de l'autre côté, d'avoir elle-même eu à apprendre la mort d'un proche, et de connaître l'effet dévastateur d'une telle nouvelle, lui conférait-il une compréhension qui manquait à ses collègues, une expérience qu'elle pouvait partager avec les familles.

Il était un peu plus de six heures du matin quand Kins et elle arrivèrent chez les Mukherjee. Elle avait appelé du parc pour s'assurer qu'ils étaient bien chez eux. Le père, Pranav, s'apprêtait à partir au travail. Tracy lui demanda de rester chez lui. Il ne chercha pas à savoir pourquoi. Il ne demanda pas s'ils avaient trouvé Kavita, ni si sa fille était encore en vie. Il ne voulait pas s'entendre confirmer ce qu'il soupçonnait déjà au tréfonds de lui-même, dans cet endroit où les êtres humains relèguent le genre de nouvelle horrible que seul un détective de la Criminelle pouvait annoncer.

Quand Pranav leur ouvrit, sa femme et lui fixèrent Tracy comme s'ils venaient de voir surgir devant eux l'ange de la mort en personne. Ils s'efforcèrent de lire sur son visage ce qu'ils soupçonnaient qu'elle était venue leur dire, et qu'ils ne voulaient pas entendre. Les secondes s'égrenant, la réalité finit par les rattraper et s'imposer, et ce fut comme un coup de poing à l'estomac ; ils en eurent le souffle coupé. La douleur était profonde ; c'était un aiguillon. Des larmes coulèrent du coin des yeux de Pranav avant même que Tracy n'annonce la nouvelle.

— Nous avons trouvé Kavita, dit-elle. Je suis désolée. Elle est morte.

Pranav et Himani pleurèrent seuls un moment, avant d'aller tranquillement réveiller leur famille. Tous se blottirent les uns contre les autres dans le vestibule – Himani, Pranav, leurs deux fils, Nikhil et Sam, et les grands-parents de Kavita – se consolant mutuellement du mieux qu'ils le pouvaient. Tracy et Kins leur laissèrent du temps, tout en observant leurs réactions, conscients qu'un grand nombre de victimes d'homicide sont assassinées par un membre de la famille ou une connaissance.

Nikhil était le plus calme, du moins en apparence ; le destin de sa sœur paraissait ne pas le surprendre. Il affichait un air résigné. Sam, au contraire, était abasourdi, comme s'il ne comprenait pas réellement ce que son père venait de lui dire. Il était trop jeune ; la mort n'était pas censée faire partie de sa vie ; le concept lui était encore étranger. Quand, enfin, il prit conscience de ce qui se passait, il s'écroula sur la première marche de l'escalier, et pleura bruyamment.

Pranav sanglotait ; la douleur lui coupait toujours le souffle. Himani accusait le coup avec plus de retenue. D'imperceptibles spasmes agitèrent ses épaules, mais elle ne pleura pas, ne gémit pas. Machinalement, Tracy posa sa main droite sur son ventre. Elle n'imaginait rien de pire que de perdre un enfant, surtout de manière aussi insensée, aussi violente. À cet instant, face à la douleur de cette famille, elle comprit ce que Kins avait essayé de lui dire dans cette salle de conférence. Pour être parent, mieux valait ne pas avoir une âme trop sensible. Devenir parent, c'était exposer son cœur à d'incroyables joies, à un bonheur immense, certes, mais aussi au risque d'un chagrin et d'un désespoir innommables. Tracy se sentit terrifiée à l'idée que l'on puisse frapper ainsi à sa porte un matin, et lui apprendre une nouvelle propre à bouleverser à jamais sa vie de maman.

CHAPITRE 32

Faz attendit qu'il soit 9 heures avant d'appeler son représentant syndical et réclamer de pouvoir s'entretenir avec un avocat, pour le cas où il lui en faudrait un. Il prit ensuite rendez-vous avec le psy qui, il l'espérait, lui permettrait de reprendre le travail, même s'il savait que rien n'était aussi simple. Sandy Clarridge, le chef de la police de Seattle, était récemment intervenu en faveur de ses officiers, en réclamant notamment que les enquêtes internes soient accélérées, et qu'un officier de police disculpé de toute faute puisse être autorisé à reprendre au plus tôt son poste dans son unité.

Mais on n'en était encore qu'au stade de la proposition.

Faz s'était d'abord dit que le congé administratif, étant donné la maladie de Vera, était peut-être un mal pour un bien. Il pourrait la soutenir émotionnellement tout au long du parcours médical qui s'annonçait, mais Vera avait une tout autre vision des choses. Elle lui avait fait remarquer qu'il y avait déjà bien assez de changements dans leur vie comme cela. Elle n'en voulait pas davantage. Elle était persuadée qu'il valait mieux pour tous les deux que Faz soit au travail, qu'il ait l'esprit occupé, un but dans sa journée. Rester à la maison entre quatre murs allait le rendre complètement cinglé.

Pour le moment cependant, il n'avait guère le choix.

Il fut surpris d'entendre frapper à la porte d'entrée. Il n'attendait personne. Quand il ouvrit, il vit Del qui se tenait sur le perron inondé de soleil. Il portait un costume avec une cravate et s'apprêtait à rejoindre le bureau.

— Salut, dit Faz. Comment ça va ?

Del tendit à Faz le journal du matin, ôta ses lunettes de soleil et tendit le cou pour jeter un coup d'œil à l'intérieur de la maison.

— Vera est là ?

— Non. Des amies l'ont emmenée se balader pour la journée, histoire de lui changer un peu les idées.

— Comment elle va ?

— Il y a des hauts et des bas, répondit Faz. Elle est vite submergée par l'émotion quand Antonio appelle, ou quand nous parlons d'avenir. J'essaie de vivre l'instant présent, de prendre les choses comme elles viennent.

Del acquiesça d'un hochement de tête.

— L'opération est prévue pour quand ?

— Dans trois semaines.

— Pas avant ?

Faz haussa les épaules.

— Après la mastectomie, son cas sera discuté en commission. Ils vont décider du meilleur traitement ; ce sera probablement de la chimio, d'après ce que le médecin nous a dit. Mais tu n'es pas venu jusqu'ici pour me demander de vive voix des nouvelles de Vera, pas vrai ?

Del secoua la tête.

— Tu as lu la presse ce matin ? demanda-t-il en pointant le journal du doigt.

— Je voulais éviter, répondit Faz.

Il s'écarta de la porte.

— Entre, dit-il.

Del entra, la démarche encore hésitante à cause de son mal de dos, et ferma la porte derrière lui. Il suivit Faz à travers le salon et la salle à manger, jusque dans la cuisine. L'odeur du cake à la banane et du café frais imprégnait encore l'air de la pièce.

— L'article se trouve en pages intérieures, à la rubrique locale. On y parle d'un homme d'origine hispanique désarmé abattu chez lui, et il y a un autre article à la rubrique "Opinions" qui explique que cela va à l'encontre des déclarations récentes du ministère de la Justice selon lesquelles la police aurait fait des progrès significatifs.

— Il fallait s'y attendre, dit Faz.

Il leva la verseuse de la cafetière.

— Tu en veux une tasse ? Il est de ce matin. C'est Vera qui l'a fait.

— Ouais, pourquoi pas ?

Faz sortit deux mugs d'un placard, les remplit et en tendit un à Del.

— Je me disais qu'étant donné que Gonzalez et Lopez sont tous les deux d'origine hispanique, la presse éviterait au moins de crier au crime raciste.

— Ça ne se passe jamais comme ça, tu devrais le savoir.

— C'est vrai.

La presse avait tendance à considérer qu'une balle policière était forcément « blanche », quel que soit le tireur.

— Comment va le dos ? s'enquit Faz.

— Un peu mieux. Je vais devoir faire attention pendant un moment à ne pas faire certains mouvements, mais la douleur s'est atténuée.

— Tu veux un morceau de cake à la banane ?

— Non, le cake à la banane de Vera, vaut mieux pas que je mette le nez dedans. Je suis capable de le terminer.

Faz alla s'asseoir à la table de la cuisine. Del le suivit et s'assit à son tour. Le réfrigérateur cliqueta et se mit à ronronner bruyamment. Derrière la maison, le golden retriever des voisins aboyait en courant après un frisbee.

Del buvait son café à petites gorgées ; Faz avait l'impression qu'il cherchait à gagner du temps. Son équipier paraissait nerveux, tout comme leur fils Antonio pouvait l'être quand il s'apprêtait à avouer qu'il avait fait quelque chose de stupide.

— Qu'y a-t-il ? Tu es là à cause de ce qui s'est passé hier soir ?

— Qu'est-ce qui te fait dire ça ?

Faz haussa les épaules.

— Il y a un truc qui me tracasse en tout cas, à propos d'hier soir.

— Ah oui ?

— Pinnacle n'a pas arrêté de me poser des questions pour savoir si j'étais bien certain que Gonzalez avait crié : "Arme !", comme s'il ne me croyait pas. Comme s'il ne croyait pas ma version. Pourquoi est-ce que je mentirais ?

— Pas ton genre, je le sais bien.

— Ce truc m'a foutu en rogne. Du coup, ça m'a travaillé presque toute la nuit.

Del posa son mug sur la table.

— Billy m'a appelé ce matin, dit-il. Apparemment, ta version et celle de Gonzalez ne se recoupent pas.

— Je m'en doutais. Qu'est-ce que Billy t'a dit ?

— Que Gonzalez avait déclaré aux enquêteurs de la FIT qu'elle voulait qu'une équipe du SWAT se charge de Lopez – qu'elle craignait qu'il soit armé, et que les choses dégénèrent. Elle dit que tu lui as répondu qu'appeler le SWAT était inutile.

Faz fronça les sourcils.

— C'est vrai. Je veux dire, une intervention du SWAT ne s'imposait pas. Il s'agissait d'un simple interrogatoire. Mais je reconnais qu'elle a plusieurs fois évoqué le SWAT.

— On risque de t'opposer le fait que ça n'aurait peut-être pas dû être un simple interrogatoire justement.

Faz secoua la tête.

— L'ironie de tout ça, c'est qu'ils s'inquiètent de nous voir utiliser une force *excessive*, et les voilà à se demander s'il n'aurait pas mieux valu faire une descente dans l'appartement de Lopez avec tanks et fusils d'assaut !

— Je suis d'accord.

— Tout ce qu'on avait, c'était une empreinte sur un capot de voiture, Del. On n'avait aucune preuve tangible que Lopez était notre tireur, ni qu'il était armé. Tout n'est qu'une question de circonstances. Il était fiché pour consommation de drogue, même pas pour revente ; il n'avait aucune condamnation pour crimes violents.

— Tu prêches un converti, mon vieux Faz.

— L'idée, c'était de la jouer en douceur, lui parler, lui dire qu'on cherchait des informations sur le meurtre de Monique Rodgers, lui demander s'il se trouvait dans le secteur et s'il avait vu ou entendu quelque chose. Peut-être le prendre en flagrant délit de mensonge. Toi et moi, on a fait ça des milliers de fois.

— Je sais, et je suis d'accord, mais visiblement Gonzalez t'a fait passer pour un cow-boy. Ils ont dû avoir l'impression que tu voulais te payer Lopez tout seul.

— Un cow-boy ? Moi ? Merde, j'suis même pas foutu de monter à cheval !

— D'après elle, tu lui aurais dit que Rodgers était l'unique affaire sur laquelle on travaillait en ce moment, et que tu comptais bien la résoudre.

— Elle a dit ça ?

Del acquiesça.

— Attends une minute. Je n'ai jamais dit ça.

— Ça m'étonne aussi. Ça ne te ressemble pas.

— Pourquoi lui aurais-je dit qu'on travaillait uniquement sur cette affaire ?

— Je n'en sais rien.

— D'où est-ce qu'elle tient ça, d'ailleurs ?

Del haussa les épaules.

— Mystère.

Faz se redressa sur sa chaise, préoccupé. C'était une chose de discuter ses décisions ; c'en était une autre de lui faire dire ce qu'il n'avait pas dit.

— D'après Billy, qu'est-ce qu'elle a dit d'autre ?

— D'après lui, Gonzalez a raconté à l'enquêteur de la FIT qu'elle allait frapper à la porte de l'appartement et s'identifier comme étant du SPD, mais que tu l'avais empêchée de le faire.

— C'est vrai. C'est ce que j'ai fait. J'ai entendu quelqu'un parler espagnol, et j'ai cru que la voix provenait de l'intérieur de l'appartement de Lopez. Avec le recul, maintenant, je pense que je me suis trompé. La voix provenait de l'appartement d'à côté, d'où Lopez est sorti.

— Il n'y avait personne dans l'appartement de Lopez, d'après Billy.

— Ouais, je sais. C'est pour ça que je pense que le bruit venait d'à côté. Qu'est-ce qu'il t'a dit d'autre encore ?

— Apparemment, Gonzalez a déclaré qu'elle était concentrée sur la porte, que tu te tenais à sa gauche, légèrement en retrait derrière elle, et donc que tu avais une vue sur le couloir.

— Non, ça, c'est faux. On se tenait de part et d'autre de la porte, moi à gauche ; je tournais donc le dos à l'autre appartement, de manière à pouvoir couvrir Gonzalez quand elle ouvrirait la porte, pour le cas où quelqu'un se tiendrait derrière.

— Elle a dit qu'elle était face à la porte et qu'elle t'a entendu crier "Arme !". Elle dit que c'est pour ça qu'elle a abattu Lopez.

— C'est bien ce que je me suis dit : qu'elle avait dû déclarer que c'est moi qui ai crié "Arme !" dit Faz.

Del ne répondit pas. Il but une gorgée de café, lentement, comme s'il se donnait encore une fois le temps de réfléchir.

— Tu crois que j'ai pu crier ça, Del ?

— Non. Enfin, je veux dire… puisque tu me dis que non.

— Qu'est-ce qui te tracasse ?

Del posa son mug.

— Écoute. Je sais que tu as été soumis à rude épreuve dernièrement, avec Vera et tout ce qui se passe.

— Tu repenses à ce stage qu'ils nous ont fait suivre, hein ? Tu te dis que le stress de la situation, ajouté à celui généré par la maladie de Vera, a peut-être brouillé mes souvenirs de ce qui s'est passé, pas vrai ?

— J'y ai songé, oui, reconnut Del.

Avant d'ajouter rapidement :

— Mais je n'ai rien dit à Billy. Tu y as pensé, toi aussi ?

— Évidemment. Comment veux-tu que je n'y pense pas ?

Faz posa son mug à son tour.

— Une chose est sûre : je tournais le dos à l'appartement d'à côté. Comment je le sais ? Parce que je regardais par la fenêtre derrière Gonzalez et que je voyais le ciel devenir noir. Il était impossible que j'aperçoive Lopez. Et je me souviens aussi des yeux de Gonzalez, grands comme des soucoupes, et je la revois parfaitement faire un pas vers moi et brandir son arme. Comment aurais-je pu voir ça si je regardais l'autre côté ?

— Impossible, c'est certain.

— Et si vraiment je regardais vers l'appartement d'où Lopez a surgi, est-ce que ça ne soulève pas une autre question ?

— Pourquoi tu n'as pas tiré ?

— Exactement.

Del opina du chef, mais il détourna le regard.

— Quoi ? demanda Faz.

— Un témoin confirme la version de Gonzalez.

— Quel témoin ? Il n'y avait pas de témoin. Nous n'étions que tous les deux… Attends une minute, tu parles de la femme qui se trouvait dans l'appartement ?

Del confirma d'un hochement de tête.

— Je crois, oui. D'après Billy, une femme a dit qu'elle avait entendu un homme crier "Arme !", et puis une femme demander : "Pourquoi est-ce que tu as crié 'Arme !' ? Pourquoi ?"

Faz se rassit à la table, prit une grande inspiration, et expira lentement. Il réfléchit un instant, puis il dit :

— Non, Del, ça ne colle pas. Cette femme hurlait, elle était en pleurs, et elle avait un bébé dans les bras. Ils étaient tous les deux hystériques. Elle n'a pas pu entendre quoi que ce soit, ni prêter attention à autre chose qu'à son enfant.

— Peut-être, mais Billy dit que ce n'est pas ce qu'elle a déclaré aux enquêteurs de la FIT. Écoute, Faz, Billy dit qu'étant donné que le département est déjà dans le collimateur du ministère de la Justice, ils vont passer cette affaire au crible, ils ne vont pas nous lâcher d'une semelle. Alors, je te pose la question : est-il possible que tu te sois trompé ?

— Quoi ? dit Faz.

— Comme tu l'as dit, tu as été sous le coup du stress ces derniers jours.

Faz n'en croyait pas ses oreilles.

— Je n'ai jamais dit ça. C'est toi qui l'as dit.

— Hé, je te pose juste la question, Faz. Ne t'en prends pas à moi. Tu sais que tu avais l'esprit ailleurs, et c'est compréhensible.

Faz ne voulait pas décharger sa colère sur Del.

— Je ne me suis pas trompé, Del. Je ne sais pas ce qui se passe, mais je sais ce que j'ai fait et dit. Je n'ai pas crié "Arme !". Je n'ai même pas vu d'arme.

— Tu te souviens peut-être si Gonzalez t'a dit quelque chose, n'importe quoi ?

— Je ne sais pas, Del. Je n'entendais rien, bordel. Gonzalez venait de tirer par-dessus mon épaule ; mes oreilles sifflaient et me faisaient mal. Quand j'ai fini par réentendre quelque chose, elle m'a demandé si ça allait. C'est ça. *"Est-ce que ça va ?"*

— Tu as dit ça à Pinnacle ?

— Oui. Je n'avais pas de raison de…

Faz s'interrompit soudain. Il venait de comprendre ce qu'impliquaient ses propos.

— Merde. Elle va dire que je n'ai pas entendu la femme, et que je ne l'ai pas entendue me demander pourquoi j'avais crié "Arme !"

Del acquiesça d'un hochement de tête.

— C'est ce que Billy a dit aussi.

Faz se passa la main sur le menton.

— Je n'ai pas besoin de ces conneries en ce moment.

— Désolé, j'aurais préféré te parler d'autre chose, s'excusa Del. Peut-être que le témoin s'est trompé comme on nous l'a appris à ce stage justement. Peut-être qu'elle n'a pas entendu ce qu'elle dit avoir entendu ; peut-être qu'elle a cru t'entendre crier, voilà tout.

— Ou alors quelqu'un lui a suggéré ce qu'elle a entendu, supposa Faz. Gonzalez a été la première personne à lui parler.

— Qu'est-ce qu'elle lui a dit ?

— Je ne sais pas. J'étais dans le couloir en train de passer les menottes à Lopez et de chercher une arme. Quand je suis entré dans l'appartement, Gonzalez était déjà en train de lui parler, en espagnol, mais d'après ce que j'ai compris, elle lui demandait le nom du type étendu dans le couloir.

— Possible, mais elle a très bien pu lui suggérer aussi ce qu'elle voulait qu'elle se rappelle – tu sais, du genre : *Est-ce que vous avez entendu un homme crier : "Arme !"*

Faz opina du chef.

— Si elle a fait ça, Del, ce n'est plus qu'elle confond ce qui s'est passé. C'est qu'elle ment, et qu'elle fait mentir un témoin pour accréditer sa version des faits.

— La question, c'est : pourquoi ? s'étonna Del. Pour protéger sa carrière ?

— Peut-être, dit Faz. Je ne sais pas, mais bordel, tu peux me croire, je compte bien le découvrir.

CHAPITRE 33

Pranav rompit l'étreinte familiale. Il ôta ses lunettes et essuya ses yeux rougis et enflés. D'une voix à peine audible, il demanda à Tracy :

— Savez-vous ce qui est arrivé ?

— Non, répondit Tracy. Je suis navrée. Pas encore. Nous attendons que les experts aient terminé leurs rapports.

C'était certainement l'aspect le plus cruel de son travail : ne pas pouvoir dire aux familles tout ce qu'elle savait, ce que l'enquête avait déjà révélé. Elle devait attendre d'être absolument certaine de ce qui s'était passé, et même à ce moment-là, elle ne pouvait pas tout leur dire, pas avant d'avoir la conviction que chacun des membres de la famille était innocent.

— Où l'avez-vous trouvée ? demanda Himani.

À défaut d'avoir des détails, ils allaient très vite savoir où, que ce soit par le journal télévisé ou par des voisins.

— On l'a retrouvée dans le parc, tout près d'ici.

— À Bridle Trails ? fit Pranav, les yeux écarquillés. Elle était ici, à Bridle Trails ?

Tracy vit qu'il était touché au vif en apprenant que sa fille se trouvait aussi près de chez eux.

— Je suppose que vous connaissez bien le parc ? risqua-t-elle, cherchant à confirmer ce qu'Aditi lui avait dit.

— Bien sûr.

Pranav ferma les yeux et poussa un soupir.

— Elle était ici, répéta-t-il.

Et il fondit en larmes. Tracy et Kins attendirent. Quand il eut quelque peu recouvré ses esprits, Tracy suggéra qu'ils s'assoient pour parler. Pranav les invita à prendre place à la table de la salle à manger, et dit à Nikhil d'aller chercher des chaises supplémentaires dans la cuisine.

Tracy et Kins s'assirent en face de Pranav et Himani. Nikhil, Sam et le grand-père prirent les autres chaises. La grand-mère alla dans la cuisine préparer du thé. Derrière Tracy, deux fenêtres fixes étroites et hautes laissaient entrer la lumière du jour, ses rayons révélant un maëlstrom de grains de poussière en suspension, et illuminant un chandelier orné de perles posé au centre de la table. Tracy sollicita l'attention de Pranav en lui posant une question simple pour commencer :

— Kavita connaissait-elle bien le parc de Bridle Trails ?

Il expira profondément, comme s'il chassait de son corps un esprit mauvais. Il avait joint les mains en pyramide devant lui, et se mit à les fixer.

— Kavita *adorait* ce parc, répondit-il d'une voix douce. Quand les enfants étaient petits, nous allions y faire des promenades, y cueillir des mûres et des framboises sauvages.

Il regarda ses fils. Ils étaient silencieux.

— On ramassait aussi des chanterelles.

Il reporta son attention sur Tracy et Kins.

— C'était un endroit calme et agréable où se retrouver en famille, et profiter les uns des autres.

Pranav craqua de nouveau et baissa la tête. Ses épaules tremblèrent. Himani, bien qu'assise à côté de lui, ne lui caressa pas le dos, n'eut pas le moindre geste de consolation.

La grand-mère revint avec un plateau chargé de mugs pour le thé et d'une bouilloire en céramique grise. Elle posa le plateau sur la table du côté de Pranav, servit une tasse de thé à son fils et la lui tendit. Elle en remplit une deuxième et la tendit à son mari. Himani et les garçons n'en voulaient pas. Tracy et Kins acceptèrent. La nuit avait été longue, et Tracy savait que la grand-mère voulait se rendre utile.

Pranav tint le mug entre ses mains sur la table sans même boire une gorgée de thé.

— Nous préparions des confitures avec les baies, reprit Himani, qui n'avait pas perdu le fil de la conversation. On les mettait en pot et on en distribuait aux voisins.

Elle regarda Pranav, puis de nouveau Tracy.

— Comment l'avez-vous retrouvée ?

— Nous avons pu localiser son téléphone grâce à son fournisseur d'accès, qui nous a communiqué des coordonnées géographiques, latitude et longitude, répondit Tracy, sans mentionner l'application sur le téléphone, ni donner de détails à propos du trou dans le sol.

Sam leva la tête, comme étonné, ou plutôt intrigué, avant de baisser les yeux de nouveau.

Nikhil se redressa sur sa chaise, les coudes appuyés sur la table. Tracy l'observa attentivement. Bien qu'il eût versé quelques larmes, son chagrin n'avait pas l'air aussi intense que celui du reste de la famille. Mais peut-être n'était-ce qu'une façade ; peut-être qu'en tant qu'aîné, il se devait de donner le change, de paraître fort. Il semblait être ailleurs, absorbé dans ses pensées ; son regard allait de la table à la baie vitrée, mais il n'avait pas l'air de regarder quelque chose en particulier.

Il tourna la tête et demanda soudain à Tracy :

— Comment s'y est-elle prise ?

— Je ne comprends pas votre question, mentit Tracy, qui voyait très bien à quoi il pensait.

Elle ne pouvait donner aucun détail précis à la famille concernant les circonstances de la mort de Kavita. Kelly Rosa n'avait pas encore terminé ses analyses ni rendu son rapport ; seul l'assassin savait comment les choses s'étaient passées.

— Comment a-t-elle mis fin à ses jours ? précisa Nikhil.

Tracy le fixa intensément, mais en vision périphérique, elle vit Pranav et Himani lever la tête et leurs regards osciller entre son fils et elle. Nikhil avait servi ; c'était à Tracy de lui retourner sa volée.

— Qu'est-ce qui vous fait dire qu'elle s'est suicidée ? lui demanda-t-elle.

Nikhil fronça les sourcils.

— Ça paraît évident, non ?

Tracy joua les imbéciles.

— Qu'est-ce qui est évident ?

Nikhil plissa les yeux, comme s'il se demandait à quel jeu elle jouait ; ou peut-être parce qu'il le savait très bien, mais n'appréciait pas du tout.

— La dernière fois que vous êtes venue, vous nous avez dit que Kavita était bouleversée. Aditi nous a dit qu'elle était dans le même état d'esprit quand elle a quitté leur appartement.

C'était vrai. Tracy n'avait d'ailleurs pas écarté la possibilité que Kavita, désespérée, se soit effectivement suicidée.

— Nous ne connaissons pas encore les détails de sa mort, reprit-elle. Le médecin légiste n'a pas encore terminé ses analyses.

— Vous devez savoir quelque chose, dit Himani de l'autre côté de la table. Vous l'avez vue ? Vous étiez là ?

— Oui, nous étions là, répondit Tracy.

— Mais vous ne nous direz rien ? crut comprendre Nikhil.

— Nous ne savons pas si Kavita s'est suicidée, réaffirma Kins.

La famille ne le connaissait pas ; il était par conséquent celui qui pouvait rappeler avec autorité, sans avoir à s'excuser, qu'il y avait une investigation en cours et qu'ils étaient tenus d'observer certaines règles.

— Vous devez comprendre qu'il y a une procédure, et que cette procédure n'en est qu'à son début. Nous avons des spécialistes qui œuvrent sur le terrain pour…

— Vous allez nous faire croire qu'il n'y a pas au moins un de ces spécialistes capable de dire si elle s'est servie d'un pistolet ou d'un couteau, ou de Dieu sait quoi ? Ce n'est pas une question difficile, détective, insista Nikhil en haussant le ton, son regard allant rapidement de l'un à l'autre.

Tracy continuait de l'observer attentivement, d'analyser ses paroles. *Étaient-elles sincères ?*

— L'analyse du médecin légiste va prendre un certain temps, prévint-elle, faisant écho aux paroles de Kins. Ainsi que vous l'a indiqué le détective Rowe, dès que cette analyse sera terminée, nous vous en fournirons une copie. Jusque-là, on ne peut que se livrer à des spéculations. Aussi difficile cela soit-il à entendre, vous allez devoir faire preuve de patience.

— Vous avez parlé d'une arme, reprit Kins en s'adressant à Nikhil. Savez-vous si votre sœur en possédait une ?

— Non, répondit Nikhil. Je n'en sais rien.

— Croyez-vous que Kavita a pu être assassinée ? demanda Pranav.

— C'est la piste sur laquelle nous travaillons en ce moment, répondit Tracy, jusqu'à ce que nous en ayons une meilleure.

— Qui ? demanda alors Pranav. Qui aurait pu vouloir la tuer ?

— Notre enquête commence à peine, répondit Kins. Nous vous tiendrons informés autant que nous le pourrons, dès que nous le pourrons, mais nous devons partir de l'hypothèse que votre fille ne s'est pas suicidée, jusqu'à ce qu'un élément nous prouve le contraire, comme l'a dit la détective Crosswhite.

— C'est ridicule, s'agaça Nikhil en s'adossant à sa chaise. Kavita s'est suicidée, c'est évident. Les circonstances parlent d'elles-mêmes. Regardez où vous l'avez trouvée. Elle était bouleversée, complètement perdue. Et ça lui ressemble bien de faire un truc comme ça.

— Ne dis pas ça ! s'emporta soudain Sam, sa voix haut perchée claquant comme un fouet. Ne parle pas d'elle comme ça !

Il repoussa sa chaise derrière lui et se leva d'un bond. Puis il s'adressa à ses parents :

— Pourquoi vous ne l'avez pas soutenue, tout simplement ? Qu'y avait-il de si terrible à vouloir devenir médecin ?

— Sam, dit Pranav en se levant à son tour.

— Non ! résista Sam. Elle voulait être médecin, mais vous n'avez pas voulu lui donner d'argent ; vous avez essayé de la forcer à revenir à la maison et à se marier. Vous êtes responsables de ce qui est arrivé.

— Sam ! intervint Himani.

Pranav tenta de s'approcher de son fils, les bras tendus, mais Sam se détourna de lui. Nikhil agrippa le bras de son frère, mais Sam lui échappa et courut jusqu'à la porte d'entrée. Il l'ouvrit et sortit avec fracas, claquant violemment la porte derrière lui. La maison trembla.

Après un bref silence, Pranav se tourna vers Tracy et Kins. Il avait l'air embarrassé ; il s'excusa :

— Je suis navré, détectives. La nouvelle a été un immense choc pour nous tous.

Il inspira profondément, puis :

— Quand pourrons-nous voir Vita ? demanda-t-il. Quand nous laisserez-vous récupérer son corps ?

— Nous l'avons identifiée de manière certaine grâce à ses papiers d'identité et à des photographies ; donc, vous n'avez pas besoin d'identifier le corps. Je vous donnerai le numéro de téléphone du médecin légiste de King County, ainsi que le nom d'une femme qui travaille avec notre Unité d'assistance aux victimes. Elle vous aidera dans toutes vos démarches – pour récupérer le corps, notamment – dès que le légiste aura terminé.

— Terminé quoi ? demanda Himani. Terminé de faire quoi ?

— D'examiner le corps, répondit Tracy.

— Nous ne voulons pas d'une autopsie.

Himani parut soudain catastrophée. Elle se tourna vers Pranav.

— Nous ne voulons pas que l'on souille le corps de Kavita.

— Dans ce cas de figure, reprit Tracy, quand il y a un doute sur la cause de la mort, le médecin légiste de King County décide s'il convient ou non de pratiquer une autopsie. Ce n'est pas un choix qui est laissé. C'est une nécess…

— Et nous n'avons rien à dire ? coupa Himani, ses mains posées à plat sur la table, s'efforçant de maîtriser sa colère.

— Malheureusement non, répondit Kins. Mais le plus important est de déterminer ce qui est arrivé à votre fille.

C'était la justification d'usage dans ces circonstances. Elle n'apaisa pas Himani. Mais Pranav leva les mains et dit :

— Bien sûr, nous voulons savoir ce qui est arrivé à notre fille. Merci d'être venus, détectives. Notre famille a besoin d'être un peu seule maintenant, vous le comprendrez facilement.

Tracy et Kins se levèrent.

— Il se peut que vous soyez contactés par différents médias, expliqua Tracy. Vous n'avez aucune obligation de parler à qui que ce soit ; nous vous recommandons d'ailleurs de ne pas le faire. Notre service d'aide aux victimes peut vous offrir une assistance.

— Et les amis, la famille ? reprit Himani. Est-ce qu'on peut les prévenir ?

— Bien entendu, dit Kins. Mais ne leur dites rien de ce dont on vient de parler. Ne donnez aucun détail…

— Des détails ? coupa Nikhil d'un ton sarcastique. Mais nous n'en avons aucun. Et nous n'avons parlé de *rien*.

— Que pouvons-nous leur dire ? demanda Pranav.

— Dites-leur que Kavita est morte et que la police enquête pour découvrir dans quelles circonstances. Dites-leur que nous vous avons demandé de ne divulguer aucun détail tant que l'enquête n'est pas bouclée.

Pranav les raccompagna en silence jusqu'à la porte. Il l'ouvrit et dit :

— Nous ferons comme vous le demandez.

— Je suis désolée d'être venue vous apporter une pareille nouvelle, dit Tracy. Je suis désolée pour votre famille.

— Ce qu'il en reste, dit Pranav.

Et il ferma doucement la porte derrière eux.

CHAPITRE 34

Del entra dans l'open space de la « A Team » et se rendit compte, dépité, qu'il était seul. Ses collègues étaient ce qu'il préférait quand il venait travailler. Leur entrain facétieux et leurs taquineries rendaient tolérable un boulot souvent éprouvant. Tracy et Kins, supposa-t-il, devaient s'occuper du corps qu'ils avaient découvert dans un parc de l'Eastside ; mais il y avait apparemment un problème juridictionnel, dont il ne voyait pas comment ils allaient pouvoir se dépatouiller. Faz et Gonzalez étaient tous les deux en congé administratif ; l'un ou l'autre le serait sans doute bientôt définitivement.

Del avait beau y réfléchir tant et plus, il ne savait plus que croire. Il soutiendrait Faz autant qu'il le pourrait. Si Faz lui assurait qu'il n'avait pas crié « Arme ! », il se devait de le croire et de le soutenir. Et pourtant…

Del savait ce que c'était que de devoir travailler l'âme en peine. Il avait essayé de continuer à faire son boulot normalement après la mort par overdose de sa nièce Allie, mais en vain. Certains jours, il ne parvenait même pas à se concentrer. Son esprit s'égarait, et il perdait un temps considérable. Faz lui parlait, mais il était incapable de se souvenir de ce qu'il lui avait dit. Ça avait été si problématique qu'il avait un temps envisagé de prendre un congé, craignant que quelqu'un ne soit blessé du fait de son inattention.

Et s'il adorait sa nièce, leur relation n'était rien comparée à celle d'un mari et d'une femme. Sur le plan émotionnel, Faz devait essuyer une véritable tempête.

Alors, était-il *possible* qu'il ait crié : « Arme ! » et qu'il ne s'en souvienne plus ensuite ?

Del ne voulait pas se poser la question, mais il était passé par là. Il savait que c'était possible.

Il agrippa sa chaise à deux mains et s'y assit lentement, en veillant à garder le dos bien droit.

— Del, fit Johnny Nolasco en entrant dans l'open space.

— Capitaine, dit Del en se tournant lentement.

— Comment va le dos ?

— Je fais aller, répondit Del. Ça coince encore un peu.

— Vous savez qu'on va être en sous-effectif pendant un moment ?

— Ouais, c'est ce que j'ai cru comprendre, dit-il. C'est pour cela que je suis venu.

— On vient de me prévenir que le *Times* va publier un autre article demain matin à propos de la mort de ce type, Eduardo Lopez. Ils ont l'intention de faire le rapprochement avec les récentes recommandations du ministère de la Justice, qui a demandé des efforts au département.

— Ils vont exploiter ça aussi longtemps qu'ils le pourront.

— Le journaliste sait déjà que le suspect n'était pas armé.

— J'ai vu l'article ce matin. Est-ce qu'on sait qui a balancé l'info ?

— Non, mais on se doute bien d'où ça a fuité, dit Nolasco.

Il y avait un indic au département. Et ce n'était pas nouveau. Des fuites, il y en avait toujours eu, et le département s'était toujours révélé incapable de les colmater complètement.

— On peut parier que cet article ne va pas nous faire du bien, dit Nolasco, fataliste.

— Ça remonte à quand, la dernière fois qu'ils ont écrit quelque chose de positif sur nous, hein ? demanda Del.

— Je sais. Les huiles ne vont pas aimer ça du tout.

— Vous croyez qu'ils vont chercher un bouc émissaire ?

Nolasco grimaça d'un air qui voulait dire que c'était plus que probable.

— Enfin, je voulais juste que vous soyez au courant, dit-il.

Del savait que Nolasco avait partagé l'info avec lui afin qu'il en fasse part à Faz.

— Merci, capitaine.

— Si jamais quelqu'un appelle pour avoir un commentaire, renvoyez-le vers Bennett Lee.

Lee était le chargé de relations publiques du département.

— Ouais, pas de souci, dit Del. Combien de temps avant que Faz ou Gonzalez revienne ?

— Je ne sais pas, dit Nolasco. Ça risque de prendre un moment. À propos, vous êtes au courant que Tracy et Kins ont aussi une affaire de meurtre sur les bras depuis hier soir ?

— Je l'ai entendu dire, oui. Mais d'après ce que je sais, le corps aurait été découvert dans l'Eastside. Pourquoi est-ce nous qui gérons cela ?

— Bonne question, dit Nolasco, manifestement contrarié. Pour le moment, ils vont sûrement être très occupés avec ça. Il se peut que j'aie besoin de vous pour travailler sur d'autres dossiers.

— On a encore l'affaire Monique Rodgers sur les bras, fit remarquer Del.

Nolasco secoua la tête.

— Gonzalez a abattu le tireur hier soir.

— On n'en a pas la preuve encore. Pas sans une arme.

— La Scientifique a retrouvé un revolver, un .38 Special, dans l'appartement de Lopez. La balistique fait les tests ce matin.

Appelez-les pour savoir ce qu'ils auront trouvé. Si la balle retrouvée correspond à l'arme, c'est terminé pour nous.

Del ne s'était absenté qu'une journée, mais il avait déjà l'impression d'être à la traîne.

— On a des témoins qui affirment que c'était un contrat, fit-il valoir, que Monique Rodgers menait la vie dure aux gangs et à la drogue avec ses déclarations sans concession.

— Vous avez des pistes sérieuses ?

— On commençait tout juste à en avoir, capitaine. Le nom du Petit Jimmy est revenu plusieurs fois. Lui et son gang font peur ; des tas de gens ont reçu des menaces.

— On n'a pas les moyens de s'occuper de ça dans l'immédiat. Si vous pensez qu'il y a quelque chose à creuser par là, contactez les Stups ; faites-leur un topo de la situation. S'il y a un lien entre Lopez et le Petit Jimmy, si le Petit Jimmy a commandité le meurtre, les Stups ont des informateurs qui pourront le confirmer et en apprendre plus.

— Et si on découvre que c'est bien le Petit Jimmy qui a appointé Lopez ?

— Alors, on portera l'affaire devant le procureur.

Del aurait voulu insister pour que l'affaire reste dans le service, y aller de ses contre-arguments persuasifs. Le problème était que Nolasco avait raison. Lopez mort, ils n'avaient plus de suspect qu'ils pouvaient manipuler pour tenter de faire tomber le Petit Jimmy. Et si la balle et l'arme correspondaient, l'assassinat de Monique Rodgers était élucidé. Si le Petit Jimmy en était le commanditaire, les Stups, grâce à leurs informateurs, étaient évidemment les mieux placés pour le prouver.

Nolasco le salua d'un petit signe de tête et quitta l'open space. Del décrocha aussitôt son téléphone.

Un quart d'heure plus tard, Del raccrocha. Il avait appelé Faz pour l'informer de ce que le mandat de perquisition avait permis de découvrir. Il avait ensuite appelé la balistique. Ils lui avaient dit ce qu'ils savaient au téléphone, et lui avaient envoyé le rapport par e-mail. L'arme et la balle qui avait tué Monique Rodgers coïncidaient. Dieu merci, songea-t-il. Ils allaient au moins pouvoir dire à la presse que Lopez n'était pas innocent, qu'il avait tué de sang-froid Monique Rodgers. Ils avaient l'arme et une bande vidéo. De plus, Lopez était sorti de l'appartement en tenant à la main un téléphone portable argenté, ce qui rendait plausible le fait que Gonzalez ait cru qu'il tenait une arme.

Mais tout cela, c'était la théorie ; il savait qu'il se berçait d'illusions. À Seattle, où la permissivité avait force de loi, quoi qu'elle fasse la police finissait toujours par avoir tort. Il allait pleuvoir un tas d'emmerdes sur le département, surtout si un petit futé d'avocat entreprenant croisait le chemin de la famille Lopez.

Pour le moment, en tout cas, Del et Faz en avaient terminé avec cette affaire. Il allait refiler le bébé aux Stups, qui se chargeraient d'établir un lien entre Lopez et le Petit Jimmy. Il se leva en s'appuyant sur son bureau, et alla jusqu'à la table qui se trouvait au centre de l'open space. Les classeurs de travail de la « A Team » se trouvaient rangés en dessous sur des plateaux. Il se pencha avec précaution et prit le classeur de l'affaire Monique Rodgers. En tant que chargé d'enquête, c'était à lui que revenait la responsabilité de tenir à jour ce dossier, ainsi que son équivalent électronique. Il lui restait encore à consigner par écrit leur entretien avec Tanny, le propriétaire de l'épicerie de quartier, et à expliquer comment ils avaient obtenu l'empreinte sur la Volkswagen, qui les avait menés jusqu'à la dernière adresse connue d'Eduardo Lopez. Enfin, il devait adjoindre au dossier le rapport de la balistique, avant d'envoyer le tout aux Stups.

Il rapporta le classeur sur son bureau, alluma son ordinateur, se connecta, et ouvrit le dossier Rodgers. Aussitôt, un détail attira son attention, une entrée à laquelle il ne s'attendait pas, qui indiquait qu'il avait consulté ses fichiers privés la veille, ce qui était impossible puisqu'il se trouvait chez lui à soigner son dos. Il prit son téléphone portable, et il s'apprêtait à appeler Faz pour lui demander s'il s'était connecté à ses fichiers – chacun d'eux connaissait le mot de passe de l'autre – quand son téléphone fixe sonna sur son bureau.

— Del, fit Nolasco quand il répondit. Tommy Fritz a besoin d'aide pour interroger des témoins concernant cette fusillade liée aux gangs qui a eu lieu la semaine dernière. Son équipier est sur la touche aujourd'hui. Je lui ai dit que vous pourriez lui donner un coup de main. Appelez-le.

— Je m'en occupe, pas de problème.

Il raccrocha, fixant toujours son écran d'ordinateur. Puis il cria par-dessus la séparation de son box en direction de l'open space de l'autre équipe :

— Eh, Fritz ? Le capitaine dit que tu as besoin d'un coup de main cet après-midi ?

CHAPITRE 35

Tracy tendit à Aditi Banerjee une serviette en papier marron. La jeune femme n'en finissait pas de sécher ses larmes, elle semblait incapable de se ressaisir. Tracy et Kins étaient assis avec elle sur des chaises Adirondack à l'ombre d'un parasol doré, à la terrasse d'un café, le *Down Pour* – littéralement « le déluge » – un nom tout trouvé pour Seattle la pluvieuse.

Tracy ne pressa pas la jeune femme. Elle comprenait ce qu'elle ressentait et compatissait, mais elle évaluait en même temps sa réaction. Ainsi que Kins l'avait fait remarquer, l'assassin de Kavita devait connaître parfaitement le parc.

Aditi prit une longue et profonde inspiration. Sa poitrine trembla un instant, puis elle exhala un long souffle saccadé en secouant la tête. Elle avait l'air abasourdi, en état de choc. Elle s'adossa à sa chaise, croisa les bras et les serra autour d'elle comme si elle avait froid ; la température était pourtant agréable, même à l'ombre du parasol.

Tracy et Kins avaient réussi, en dépit des protestations de Rahesh, à faire en sorte qu'Aditi quitte la maison un moment, seule, et les suive.

— Pourquoi Kavita a-t-elle utilisé son surnom et son deuxième prénom pour son compte à la Wells Fargo ? voulut savoir Tracy. À qui voulait-elle cacher l'existence de ce compte ?

Aditi ferma les yeux et répondit en soupirant :

— À tout le monde.

Tracy se tourna vers Kins, qui se contenta de hausser les épaules.

— Pourquoi ? insista Tracy. Où a-t-elle eu cet argent ?

Aditi secoua la tête.

— Je ne savais pas qu'il s'agissait d'une somme aussi importante, leur assura-t-elle.

— Mais savez-vous d'où provient cette somme ? insista Tracy.

Aditi acquiesça d'un hochement de tête, mais avant même d'avoir réussi à parler, elle fondit de nouveau en larmes. Kins lui tendit d'autres serviettes en papier. Aditi les prit et sécha une fois de plus ses larmes. Au bout d'un moment, elle dit :

— Vita avait une grande force de volonté.

Elle parlait comme si elle était hors d'haleine.

— Quand elle prenait une décision… (Elle regarda Tracy, et avala péniblement sa salive.) Nous étions très différentes de ce point de vue. Vita n'était pas du genre à se conformer à la volonté de ses parents. Le mariage, elle ne voulait pas en entendre parler. Il fallait la connaître.

— Qu'a-t-elle fait ? demanda Tracy.

Aditi regarda un jeune couple passer devant leur table, main dans la main, puis reporta son attention sur Tracy.

— Personne ne doit savoir, reprit-elle d'un ton insistant. Les parents de Vita ne doivent pas savoir. Ce serait une terrible honte pour toute la famille.

Elle s'interrompit un instant, puis :

— Rahesh non plus, d'accord ?

— Rahesh ? fit Tracy. Je ne comprends pas.

— C'est compliqué.

— Expliquez-moi.

Aditi avala une gorgée de café, reposa la tasse sur la table, et reprit une grande inspiration.

— Vita n'était pas seulement mon amie, détectives. C'était ma sœur. Quand nos parents nous ont posé un ultimatum nous prévenant qu'ils ne paieraient plus nos études ni notre appartement, Vita et moi sommes restées à discuter jusque très tard dans la nuit, à réfléchir à ce que nous allions faire. Nous n'en avions aucune idée. Notre rêve avait toujours été de devenir pédiatres un jour, et de travailler ensemble. Avant d'en être là, cependant, nous devions réussir à entrer à l'école de médecine. Mais les frais de scolarité paraissaient insurmontables sans le soutien financier de nos parents.

Elle but une autre gorgée de café. Tracy lui laissa du temps.

— Kavita était plus déterminée que moi. Peut-être qu'elle avait juste plus de courage. Je ne sais pas. Je m'étais préparée mentalement à devoir déménager, mais Vita m'a dit de ne rien faire avant que nous ne soyons forcées de quitter l'appartement. J'ai accepté de lui laisser du temps. Plusieurs jours ont passé, et Vita est rentrée tout excitée, elle ne tenait plus en place.

— Pourquoi ça ? demanda Tracy.

— Elle venait de décrocher un boulot dans une boutique de vêtements. Ce n'était pas payé une fortune, mais son patron lui a dit qu'il lui donnerait des heures sup'. Vita m'a assuré alors que l'argent qu'elle gagnait, plus mon salaire dans un laboratoire de chimie sur le campus, nous permettraient de conserver l'appartement durant l'été, et nous donneraient de toute façon un peu de temps pour prendre une décision. L'idée de conserver l'appartement en travaillant me plaisait bien, mais je me disais que nous n'allions pas pouvoir tenir bien longtemps, étant donné qu'une fois notre loyer payé, il ne nous restait presque plus rien pour vivre ; et je ne parle pas de pouvoir économiser pour l'école de médecine ! Vita me disait de ne pas m'inquiéter, que nous allions trouver une solution. J'ai commencé à me renseigner sur les prêts étudiants, à voir si nous avions droit à des bourses d'étude. Quelques semaines après avoir commencé à travailler à la boutique de vêtements, elle est rentrée un soir l'air morose, le moral à zéro. Elle m'a dit qu'elle avait discuté avec une de ces femmes qui travaillaient à la boutique avec elle. Je ne me souviens plus de son nom, mais Vita m'a dit qu'elle avait plusieurs piercings – un anneau dans le nez, je crois.

— Lindsay, dit Tracy, se souvenant de la jeune femme rencontrée à la boutique.

— Oui. Vita m'a expliqué qu'elle lui avait fait part des problèmes que nous avions avec nos parents, et que Lindsay lui avait dit qu'elle connaissait un moyen de se faire pas mal d'argent. Elle a sorti son ordinateur portable et lui a montré un service de rencontre en ligne appelé *Sugar dating*.

Quelques mois auparavant, Tracy avait lu un article publié dans le *Seattle Times* à propos de ces sites de rencontre. Ils en avaient parlé au bureau aussi. Des jeunes femmes remplissaient un profil en ligne avec l'espoir qu'un *sugar daddy* – un homme riche et âgé – voudrait les rencontrer. Le site promettait aux jeunes femmes qu'elles feraient la connaissance d'hommes qui les couvriraient de cadeaux et d'argent, leur feraient découvrir le monde à bord de leur yacht ou de leur jet, en échange de leur compagnie – un joli terme qui signifiait en réalité en échange de relations sexuelles.

— Et Vita s'est inscrite sur un de ces sites, dit Tracy.

Aditi sécha ses larmes une fois de plus.

— Lindsay lui a dit qu'elle gagnait cinq cents dollars par mois, parfois plus. J'ai dit à Vita que c'était une idée stupide, mais elle était en colère contre ses parents, elle leur en voulait beaucoup. Elle a dit que puisque sa mère avait l'intention de la donner à un inconnu, eh bien, autant qu'elle soit payée pour cela.

Tracy se renversa contre le dossier de sa chaise. Ce n'était pas l'histoire à laquelle elle s'attendait, mais du moins permettait-elle de lever certaines interrogations. Vita n'était pas seulement une jeune étudiante diplômée jouissant d'un cadre de vie relativement sûr. Elle s'était placée d'elle-même parmi les personnes les plus exposées, les plus en danger de la société. Tracy se souvint de ce que Sam leur avait dit, à savoir que Vita avait un rendez-vous le soir de sa disparition.

— Et qu'en pensiez-vous, Aditi ?

La jeune femme baissa les yeux.

— Je vous l'ai dit : je trouvais ça stupide. Mais Vita n'arrêtait pas de me répéter que je n'étais pas obligée de coucher avec des hommes, que certains hommes recherchaient seulement de la compagnie. Je ne voulais pas le faire, mais je me disais que je me devais d'essayer de gagner plus d'argent ; nous avions fait tellement de chemin ensemble. Je me devais au moins d'essayer. Je ne voulais pas la décevoir.

— Vous avez donc créé un profil vous aussi, dit Tracy en jetant un regard à Kins.

Ils comprenaient maintenant pourquoi Aditi tenait tellement à ce que Rahesh ne soit pas au courant.

— Sur quel site ?

— *Sugardating.com.*

— Et que s'est-il passé ?

— Ce qui se passe toujours.

Aditi leva les yeux et les regarda, avant d'expliquer, d'une voix où se mêlait colère, amertume, et peut-être même jalousie :

— Il a suffi que les hommes jettent un coup d'œil à Vita pour qu'ils se mettent à répondre à son profil. Elle a refusé le contact avec la plupart, mais elle en a rencontré quelques-uns.

— Et votre profil ? demanda Tracy.

Aditi eut un petit rire sardonique.

— J'ai eu une ou deux demandes, mais les types étaient de vrais paumés. J'ai vite compris que ce n'était pas de la compagnie qu'ils cherchaient.

— Ils cherchaient du sexe, dit Tracy.

— Oui.

— Êtes-vous allée à des rendez-vous ?

— Une seule fois, répondit Aditi. L'homme était indien. J'ai trouvé ça rassurant. Son profil disait qu'il était ingénieur en informatique, et qu'il était en train de monter sa propre start-up.

De nouveau, elle eut un rire amer.

— En réalité, c'était un programmeur au chômage qui vivait dans le garage de ses parents. On a dîné ensemble. Sur le chemin du retour, il a arrêté la voiture sur un parking, et il m'a proposé cinquante dollars contre une fellation.

— Je suis désolée, dit Tracy.

— C'était humiliant. Je suis descendue de voiture et j'ai appelé Vita pour qu'elle vienne me chercher. Ça a été mon seul et unique rendez-vous ; et c'est à ce moment-là que j'ai décidé de faire ce que mes parents voulaient pour moi.

— Et Vita ?

— Vita n'était pas prête à renoncer aussi facilement. Au début, ses rendez-vous ressemblaient au mien, mais elle s'est débarrassée de tous ces types. Et puis, elle a reçu un message d'un homme qui vivait à Medina, un médecin.

Medina était une ville ultra-résidentielle huppée située sur la rive est du lac Washington.

— Vita a fait sa connaissance dans un restaurant, et quand elle est rentrée, elle a dit qu'il lui avait offert de la payer deux mille dollars par mois à condition qu'elle soit disponible à chaque fois qu'il l'appellerait, étant entendu entre eux que cela ne devait pas être plus d'une fois par semaine. Vita m'a dit qu'elle mettrait de côté pour nos études la moitié de ce qu'elle gagnerait. Je lui ai dit que je ne pouvais pas accepter, que je ne voulais pas qu'elle s'abaisse à ça.

— Mais elle l'a fait quand même.

Aditi confirma d'un hochement de tête.

— On n'en a pas parlé ensemble, mais je savais qu'elle voyait quelqu'un.

— Qui est ce type ? voulut savoir Tracy, gagnée par la colère maintenant.

— Le Dr. Charles Shea. J'ai eu les tarés, et Vita a eu le médecin. Un pédiatre, rien que ça. Ça a toujours été comme ça.

— Est-ce qu'elle couchait avec ce Shea ? demanda Tracy.

— Je ne peux pas le dire avec certitude.

— Aditi…

— Elle ne m'a jamais dit ce qu'ils faisaient, et je ne lui ai pas posé la question, détective, se défendit la jeune femme d'un ton irrité.

Elle se laissa aller contre le dossier de sa chaise, souffla et reprit, d'une voix plus calme :

— Je ne voulais pas savoir, comme je ne voulais pas de son argent. Mais étant donné la somme que vous dites avoir trouvée sur son compte…

Tracy trouva curieux que Kavita ne se soit pas confiée à Aditi sur cette question précise.

— Elle ne vous a vraiment rien dit, Aditi ?

— Non.

— J'ai du mal à le croire. Pourquoi n'aurait-elle rien dit ?

Aditi fronça les sourcils.

— Parce que je ne voulais pas savoir. Et aussi, je crois, parce qu'elle se sentait mal pour moi, et qu'elle ne voulait pas que je me sente, moi, encore plus mal.

— Elle se sentait mal pour vous ? chercha à comprendre Kins.

Tracy savait pourquoi. Pour la même raison qui avait fait que sa propre sœur, Sarah, avait été si rebelle enfant, si férocement encline à la compétition, en particulier avec Tracy. C'était dur de vivre dans l'ombre d'une sœur aînée, en particulier une sœur que tout le monde jugeait si parfaite. Tracy n'était pas parfaite, loin de là, mais cela n'avait jamais rendu les choses plus faciles pour Sarah. Kavita avait été une grande et belle jeune femme au teint clair, intelligente de surcroît.

— Est-ce que c'était vraiment si terrible, Aditi, que Kavita vende ses charmes ? demanda Tracy.

— Kavita ne voyait évidemment pas les choses de cette façon. Dans son esprit, c'était juste une opportunité financière. C'était ce qu'elle devait se dire. Une opportunité financière qui devait nous permettre à toutes les deux d'atteindre le but que nous nous étions fixé.

— Pourtant, mettre son profil sur Internet... N'était-ce pas justement ce qu'elle voulait éviter, ce que sa mère faisait en quelque sorte ? demanda Kins.

— Pour bien comprendre, il faut replacer tout ça dans un certain contexte. Depuis que nous sommes jeunes, on nous rappelle constamment à quel point notre famille compte sur nous. Les femmes, chez nous, sont offertes en cadeau, c'est la tradition. Par le mariage, nous passons d'une famille à une autre. Nous ne sommes pas considérées comme nos frères – pour notre intelligence ou notre créativité. Nous sommes une marchandise. Des mariées en puissance.

Aditi secoua la tête.

— Kavita ne l'avait jamais accepté. Ce qu'elle a fait a été un moyen de riposter en quelque sorte, un moyen de ne pas tomber dans un cercle vicieux. C'était son pied de nez à ses parents et à tous ceux qui ne croyaient pas en elle.

CHAPITRE 36

Après avoir raccompagné Aditi chez ses parents, Tracy et Kins cherchèrent des informations sur le Dr. Shea en passant son nom dans les fichiers. Il n'avait pas d'antécédents, pas même une amende pour mauvais stationnement. Le Bureau des permis de conduire leur fournit son adresse, et une recherche sur Google leur apprit qu'il était un pédiatre respecté exerçant à Bothell, au nord de Seattle. Tracy appela son cabinet ; on lui dit que le Dr. Shea avait pris sa matinée, mais qu'il serait là l'après-midi. Ils se rendirent chez lui, sur les rives du lac Washington, mais trouvèrent les grilles fermées. Personne ne répondit à l'interphone, et ils ne virent aucune voiture garée dans l'allée.

— Probablement en train de jouer au golf, dit Kins. Tous les médecins jouent au golf, non ?

Tracy s'efforça de faire taire sa frustration. Ils avaient une piste sérieuse, mais le temps leur était de toute évidence compté pour coincer l'assassin de Kavita Mukherjee. Elle savait qu'à très courte échéance, si ce n'était déjà le cas, les huiles à Bellevue et Seattle se concerteraient, et qu'elle et Kins seraient déchargés de l'affaire. Ils devaient accélérer le rythme.

Ils attendirent l'arrivée de Shea devant chez lui en buvant du café.

— Bon, aide-moi à faire le point, dit Tracy. D'après ce qu'on sait, Kavita rencontrait des hommes riches et âgés pour financer leurs études de médecine, à Aditi et à elle, on est d'accord ?

— C'est ce qu'Aditi a dit, mais elle a dit aussi qu'elle ne voulait pas de cet argent, rappela Kins.

— Oublions ça pour le moment. Retenons seulement que c'était bien l'intention de Kavita.

— D'accord.

— Mais voilà Aditi qui s'en va en Inde et revient mariée, ce qui signifie quoi ?

— Je ne sais pas. Elle n'a pas besoin d'argent ?

— Ça signifie qu'Aditi ne fera pas médecine.

— D'accord. Du coup, elle n'a pas besoin de l'argent.

— Exact. Donc, Kavita se retrouve avec deux fois plus d'argent qu'elle ne le pensait pour financer ses études.

— Logique.

— Bon, on peut donc imaginer qu'après avoir appris la nouvelle du mariage d'Aditi et son déménagement à Londres, elle ait dit à ce Shea qu'elle n'avait plus besoin de le revoir.

— Et quoi ? Il se fout en rogne et la tue ? Comment était-il au courant pour le vieux puits ?

Tracy haussa les épaules.

— Je ne sais pas. Il travaille et vit dans le coin. Peut-être qu'il connaît le parc. Mais oublions ça pour le moment. Imaginons que Kavita lui ait dit qu'elle n'avait plus besoin de lui.

— C'est possible, Tracy, mais…

— Rosa a dit que le tueur devait être en colère. Kavita était une jolie fille. Et si ce Shea s'était réellement entiché d'elle ?

— D'accord, dit Kins. Mais stop, n'allons pas trop loin. Wright a dit que Mukherjee avait marché à l'intérieur du parc. Pourquoi a-t-elle fait ça ?

— Je ne sais pas.

— Et pourquoi Shea se serait-il trouvé dans ce parc ?

— Là encore, je ne sais pas, reconnut Tracy. Peut-être qu'il court dans le parc, avant ou après le travail ?

— Et là, il tombe sur elle, par hasard ?

— Peut-être qu'ils couraient ensemble.

— Non, Kaylee a dit que Mukherjee portait des chaussures plates, et qu'il n'y avait qu'une sorte d'empreintes.

Kins avait raison. La théorie de Tracy ne résistait pas aux faits tels qu'ils les connaissaient pour le moment.

— Ce n'était qu'une hypothèse, un point de départ, dit-elle.

Kins s'essaya à son tour à échafauder une variante.

— Bon, elle lui dit qu'elle le quitte, il est furax, la tue et se débarrasse du corps. Même s'il a une arme et qu'il l'oblige à marcher dans le parc, le problème reste le même : on n'a qu'une seule sorte d'empreintes.

Kins se redressa soudain sur son siège.

— Appelons Vilkotski. Voyons si Pryor lui a déposé le téléphone.

Tracy avait demandé à Katie Pryor de porter le téléphone de Kavita Mukherjee à Vilkotski après qu'ils auraient recherché dessus des empreintes et des traces d'ADN. Elle appela l'informaticien, mais l'appel bascula sur messagerie. Elle laissa un message disant qu'elle voulait examiner tous les textos envoyés ou reçus par Kavita Mukherjee sur son téléphone au cours des six derniers mois.

Elle appela ensuite Pryor, qui lui confirma qu'elle avait bien déposé le téléphone.

— Nous allons avoir besoin d'un mandat, dit Tracy. C'est pour un site de rencontre.

Elle expliqua à Pryor ce qu'ils avaient appris et lui demanda de préparer un mandat pour pouvoir obtenir le profil créé par Vita Kumari sur le site *Sugardating.com*, ainsi que toutes les communications entrantes et sortantes liées à ce profil. Elle demanda également à Pryor d'y chercher le nom du Dr. Charles Shea, bien qu'elle soupçonnât qu'il avait dû utiliser un pseudonyme sur le site.

Quand elle raccrocha, Kins dit :

— Faisons une recherche sur ce type de rencontre. Voyons à quoi on a affaire, au juste.

Tracy entra les mots « *sugar* » et « rencontre » sur son ordinateur portable, et fut aussitôt assaillie par des dizaines de sites Internet – du banal *Seekingarrangement.com*, qui mettait l'accent sur l'échange de bons procédés, au plus explicite *Honeydaddy.com,* ou « papa chéri ». Elle limita ses recherches en ajoutant le mot « Seattle » et tomba sur un article publié dans *Stranger*, un hebdomadaire alternatif de tendance libérale. Une journaliste de l'hebdo avait créé un profil de prétendue *sugar baby*, et s'était rendue à plusieurs rendez-vous. Elle avait même assisté à une conférence destinée aux *sugar babies* à – comme c'est étonnant – Los Angeles.

— C'est sûr que là-bas, il n'y a pas pénurie d'aspirantes actrices cherchant à compléter leurs revenus inexistants, commenta Kins après que Tracy eut partagé avec lui le résultat de ses recherches.

— Sans parler de tous ces vieux débauchés qui cherchent à profiter de ces jeunes femmes et de leurs rêves de réussite.

Kins fronça les sourcils.

— Profiter ? questionna-t-il.

— Ne me lance pas sur ce terrain, l'avertit Tracy en accentuant l'intensité de sa frappe sur le clavier. Il n'y aurait pas de *sugar babies* s'il n'y avait pas de *sugar daddies.*

— Tu veux dire, de la même manière qu'il n'y aurait pas de prostituées s'il n'y avait pas de michetons ?

— Exactement.

— Je crois que tu es naïve, dit Kins. Ce n'est pas pour rien que c'est la plus vieille profession du monde.

— Oui, parce qu'il y a des hommes qui profitent des femmes, en particulier de celles qui ont des rêves, quels que soient ces rêves. Ils les exploitent.

— Ces femmes n'ont pas toutes des rêves, Tracy.

— Non, c'est vrai. Certaines y ont renoncé, et sont juste pauvres et désespérées. Tu crois que c'est mieux ?

— Et certaines cherchent juste à se faire un peu d'argent. Les hommes paient, et les femmes acceptent leur argent.

— Et ça, ça te paraît normal ?

— Eh bien, si elles ont plus de dix-huit ans et qu'elles font ça librement, parce qu'elles l'ont décidé, oui. Jamais on ne pourra empêcher ça, quels que soient les moyens qu'on y consacre.

Elle avait déjà entendu ça. Kins était depuis longtemps favorable à la légalisation de la prostitution, afin que la police puisse consacrer ses moyens financiers et humains à d'autres crimes. Tracy ne voyait pas les choses ainsi. Pour elle, la prostitution était la pointe d'un gigantesque iceberg qui dénigrait, dévalorisait les femmes et conduisait à des crimes violents tels que le viol et le meurtre, sans parler de l'usage de stupéfiants et de la propagation des maladies sexuellement transmissibles. On avait avancé le même argument pour soutenir la légalisation de la marijuana – en prétendant que cela permettrait à la police de se concentrer sur des crimes plus sérieux. Sur le papier, ça paraissait une bonne idée, mais les cartels mexicains, se rendant compte qu'ils allaient perdre leur vache à lait, s'étaient mis à planter du pavot à la place du chanvre. Et ils avaient envahi le marché américain de *black tar*, une héroïne impure qui avait entraîné toute une série de crimes bien plus complexes à résoudre.

— Bon, restons-en là ; on n'est pas près de se mettre d'accord là-dessus, dit Kins. Appelons ce journal. Voyons s'il est possible de rencontrer cette journaliste. Elle a déblayé le terrain ; elle a sûrement un tas d'infos qui pourront nous être utiles quand on parlera à Charles Trouduc.

Un membre de la rédaction de *Stranger* expliqua à Tracy que la journaliste travaillait en free-lance pour l'hebdo et s'appelait Tami Peterson. Il ne voulut pas communiquer son numéro de téléphone, mais il prit celui de Tracy en lui promettant de le donner à Peterson et de demander à celle-ci de l'appeler.

D'après l'article, Peterson avait vingt-deux ans et était célibataire. Il y avait deux photos d'illustration, une de Peterson au travail, et une autre où elle apparaissait pomponnée et qu'elle avait utilisée comme photo de profil sur le site de rencontre. Elle était séduisante sur les deux – grande, mince, la peau claire. Sur sa photo au travail, elle portait d'épaisses lunettes à monture noire, qui lui donnaient l'air d'une étudiante. Pour sa photo de profil, elle avait remisé les lunettes pour mieux accentuer le bleu de ses yeux et la longueur de ses cils, et affichait une moue subtilement tentatrice qui transpirait le sex-appeal. Elle avait utilisé son vrai nom, et indiqué qu'elle vivait à Seattle et adorait le théâtre. Quant à ses prétentions salariales, elle avait mis « négociable ».

— Regarde ces sites web, dit Tracy à Kins. “Sortez avec un millionnaire ! Découvrez le monde à bord de jets privés et descendez dans des hôtels cinq étoiles !”

— “Faites une pipe à un paumé dans sa voiture !” ironisa Kins en imitant l'accent très *« british »* de Robin Leach, l'animateur de la célèbre émission de téléréalité américaine *Lifestyles of the Rich and Famous*[10].

— Non, tu n'y es pas, dit Tracy. Son article explique que toute allusion au sexe, tarifé ou non, est expressément interdite dans les profils, même si les couples sont encouragés à faire leur propre choix après avoir fait connaissance. Quelle bande de crapules ! Ce serait presque romantique, à les entendre.

— Demande à Aditi Banerjee si elle a trouvé son rendez-vous romantique...

— Le rêve de toutes les filles !

— La vraie question, c'est : qu'est-ce qu'un médecin fout sur ce site ? interrogea Kins.

— Tu ne crois pas qu'il y a des déchets dans toutes les professions ?

10 Littéralement « Les modes de vie des riches et des célébrités ».

CHAPITRE 37

Del s'engouffra dans l'ascenseur de l'immeuble d'Eduardo Lopez, un mouchoir serré contre sa bouche et son nez. Il avait un instant songé à prendre l'escalier, mais un instant seulement : monter cinq étages avec un dos dans l'état où était le sien, c'était chercher les ennuis. Quand il sortit de l'ascenseur au cinquième étage, ses yeux pleuraient, il était au bord de la nausée à cause de l'odeur et il retenait son souffle. Il prendrait l'escalier à la descente – tant pis pour son dos !

Il s'était rendu à South Park pour informer le mari et la mère de Monique Rodgers de la mort d'Eduardo Felix Lopez. La balistique, leur expliqua-t-il, avait confirmé que la balle qui avait tué la jeune femme provenait du revolver de calibre .38 découvert dans l'appartement de Lopez. Ils demandèrent si l'on pouvait prouver que le Petit Jimmy était lié à cet assassinat. Del leur dit seulement que l'enquête était en cours.

Il traversa le couloir au sol carrelé vieillissant, et s'aida des numéros de porte pour trouver celle qu'il cherchait. Ainsi que Faz le lui avait expliqué, des fenêtres, une à chaque extrémité du couloir, fournissaient un éclairage naturel à l'étage. Techniquement, Del n'aurait pas dû se trouver à South Park, dans cet immeuble. À l'heure qu'il était, il aurait déjà dû avoir bouclé le dossier Rodgers et l'avoir envoyé aux Stups, comme Nolasco le lui avait demandé. Il le ferait, mais pas avant d'avoir réglé certains détails et obtenu une réponse à une question qui le taraudait.

Il arriva devant l'avant-dernière porte du couloir, qui jouxtait celle qui, s'il avait bien compris, était celle de l'appartement d'Eduardo Lopez. Il considéra longuement l'endroit où Gonzalez et Faz avaient dit qu'ils se tenaient, et il admit que ce que Faz avait déclaré à l'enquêteur de la FIT collait. Il était effectivement logique que Faz se soit posté à gauche de la porte, et non pas derrière Gonzalez ; il pouvait ainsi non seulement jauger la personne qui ouvrirait, mais également vérifier s'il y avait quelqu'un d'autre dans l'appartement, et si ce quelqu'un d'autre constituait ou non une menace – sans même parler d'éviter une balle si la personne qui ouvrait faisait feu en même temps.

Il frappa à la porte de l'appartement adjacent. Personne ne répondit. Il frappa de nouveau, plus fort cette fois. La porte trembla sur ses gonds. Pas de réponse. Il frappa une troisième fois et attendit quelques secondes ; puis il colla son oreille contre la porte, mais n'entendit rien. Il s'écarta et remarqua qu'il n'y avait pas de judas sur la porte ; autrement dit, il y avait peu de chances pour que quelqu'un se tienne derrière et cherche à vérifier s'il était flic ou non. Plus important, Lopez n'en avait pas eu la possibilité non plus avant d'ouvrir la porte et de sortir.

Del entendit une porte s'ouvrir, puis se refermer bruyamment plus loin dans le couloir. Une femme et un jeune garçon venaient de déboucher de la cage d'escalier. La femme posa l'enfant au sol. Elle portait un sac à provisions en plastique dans une main, et des clés dans l'autre. Le garçon ne devait pas avoir plus de deux ans ; il tenait un jouet à la main, un dinosaure. En s'approchant, la femme regarda Del et s'arrêta net. Elle marmonna quelque chose au garçon, l'agrippa par la main, tourna les talons et repartit vers l'escalier. Le garçon regarda Del par-dessus son épaule ; sa mère le réprimanda aussitôt.

— Excusez-moi, dit Del.

La femme ne se retourna pas.

— Excusez-moi.

Del haussa la voix et pressa le pas, autant que son dos le lui permettait.

— Madame Reynoso ? Madame Reynoso.

— *No hablo inglés.*

Elle lui sourit d'un air d'excuse ; elle avait l'air épuisé.

— *¿Hablas español ?*

Elle secoua négativement la tête.

— *Tengo prisa. No puedo hablar ahora.*

Elle était pressée et ne pouvait pas parler maintenant. Del avait appris l'espagnol au lycée, et en sortant de l'Académie de police, il avait travaillé dans l'« Eastern Washington », la région située à l'est de la chaîne des Cascades, où la communauté latino était très importante. Il parlait et comprenait l'espagnol de la rue, mais il n'avait pas besoin de cela pour savoir que Reynoso mentait.

Il désigna du doigt la porte de son appartement et lui demanda pourquoi elle avait tourné les talons alors que, de toute évidence, elle avait l'intention de rentrer chez elle.

— *Estabas volviendo a casa. ¿ Pour qué te volviste cuando me viste ?* reprit-il.

— Non, non. Je ne peux pas parler maintenant. Je suis en retard, répondit-elle en anglais.

— Alors comme ça, vous parlez anglais ?

Elle hésita.

— *Sí.* Oui. Un peu.

— Pourquoi avoir fait demi-tour quand vous m'avez vu ?

Reynoso paraissait effrayée.

— Je vous en prie.

Del lui montra son insigne.

— Je suis un détective du Département de police de Seattle, dit-il, sans que cela paraisse impressionner le moins du monde Reynoso. J'aimerais vous poser quelques questions complémentaires. Voulez-vous que nous parlions ici, dans le couloir, ou chez vous ?

Reynoso, comme la plupart des citoyens, ignorait qu'elle n'était absolument pas tenue de parler à Del. Résignée, elle indiqua l'appartement d'un hochement de tête, et ils traversèrent le couloir ensemble. À la porte, Del s'écarta pour lui laisser la place. Le petit garçon leva vers lui des yeux à la fois curieux et soupçonneux. Del lui sourit, mais sans parvenir à le dérider pour autant.

Reynoso ouvrit la porte et entra dans l'appartement. Del tendit le cou pour tenter de voir s'il y avait quelqu'un à l'intérieur, mais il ne vit personne. La jeune femme posa son sac de courses sur la table et dit au petit garçon :

— *Daniel, ve a jugar a tu cuarto con tu dinosaurio.*

Le regard de Daniel alla de sa mère à Del, comme s'il avait peur de la quitter.

— *Seguid*, dit-elle. *Haré quesadillas en un rato.*

Le gosse s'avança jusqu'à la porte qui se trouvait à l'autre bout de la pièce, jeta un dernier regard à Del, et alla jouer dans sa chambre.

La femme croisa les bras autour d'elle et baissa le menton.

— Vous étiez là l'autre soir quand Eduardo Lopez a été abattu. J'ai juste quelques questions à vous poser, dit Del.

— J'ai déjà parlé à la police. C'est eux que vous devez interroger, répliqua-t-elle sans lever les yeux.

— Je l'ai fait, dit Del. Si je suis là, c'est parce que votre version des faits ne correspond pas à celles des autres témoins. Ils m'ont demandé d'essayer de comprendre pourquoi.

La femme répondit en haussant les épaules, mais sans dire un mot.

— Une habitante de l'immeuble, à l'autre bout du couloir, dit qu'elle a entendu une femme crier “Arme !”, juste avant les coups de feu. Vous avez dit, vous, avoir entendu un *homme* crier la même chose ! Ça ne colle pas avec les autres témoignages.

— Je ne sais pas, dit Reynoso en secouant la tête.

Del changea de tactique.

— Comment connaissiez-vous Eduardo Lopez ?

— Il habitait à côté.

— Aviez-vous eu une liaison avec lui ?

— Non, fit-elle en fronçant les sourcils.

— Dans ce cas, que faisait-il ici, dans votre appartement ?

— Je l'ai déjà dit…

— Non, vous n'avez pas répondu à cette question. Personne ne vous l'a posée, la contredit Del, qui avait lu les dépositions des témoins, dont celle de Reynoso. Que faisait-il ici, chez vous ?

Elle eut de nouveau un haussement d'épaules. Elle cherchait à gagner du temps.

— Il est venu ici, c'est tout.

— Vous étiez amis ?

— *Sí*. Oui. Nous étions amis.

— Comment avez-vous fait connaissance ?

— Je vous l'ai dit. Il habitait à côté.

— Où travaillait-il ?

— Je… je ne sais pas.

— De quoi vous parlait-il ?

— S'il vous plaît, dit-elle. Il faut que je fasse à manger à mon fils.

— Pourquoi avez-vous dit avoir entendu un homme crier "Arme !", madame Reynoso ?

— Parce que c'est ce que j'ai…

— Non. Ce n'est pas ce que vous avez entendu. La police porte des caméras-piétons maintenant. Savez-vous ce qu'est une caméra-piéton, ou une caméra d'intervention ? C'est une minuscule caméra vidéo, madame Reynoso. Elle enregistre tout ce qui se passe et tout ce qui se dit.

Les officiers ne portaient pas de caméra, du moins très peu d'entre eux. Leur utilisation faisait encore l'objet de négociations ; ça se passait entre la ville et les syndicats de police. Del jouait l'intox pour voir si elle changeait sa version de l'histoire.

— De ce fait, nous savons que ce n'est pas un homme qui a crié “Arme !” Pourquoi avez-vous déclaré le contraire ?

— Je ne sais pas. Peut-être que je me suis trompée.

— Madame Reynoso, dire la vérité ne peut pas vous valoir d'ennuis. Par contre, mentir à un officier de police…

— Je vous en prie.

— Quelqu'un vous a-t-il demandé de dire que c'est un homme que vous avez entendu crier ?

— S'il vous plaît.

— Quelqu'un vous a-t-il demandé cela ?

— C'est vous qui avez demandé que je dise ça, répondit-elle en haussant le ton et en levant les yeux. Vous. La police. La femme. Elle a dit : “Vous avez entendu un homme crier ‘Arme !’ ”

Voilà, on y arrivait.

— Et c'était le cas, oui ou non ?

— Je ne sais pas. Daniel pleurait. J'ai dit : “je ne sais pas ce que j'ai entendu”, mais elle a insisté : “Vous avez entendu un homme crier ‘Arme !’, n'est-ce pas ?” Alors, j'ai dit : “D'accord, j'ai entendu un homme crier ça.” Alors, elle a dit : “Et vous m'avez entendue lui demander, à l'autre policier : “Pourquoi avez-vous crié ‘Arme !’ ”

— L'avez-vous vraiment entendue demander ça à l'autre officier ?

Reynoso secoua négativement la tête.

— J'ai rien entendu. J'ai dit ça juste parce que *elle* voulait que je dise ça.

— Est-ce qu'elle a expliqué pourquoi elle voulait vous entendre dire cela ?

— Elle a dit : “Eduardo Lopez a tué quelqu’un.” Elle a dit que je le cachais et que je risquais de gros ennuis, que je pouvais perdre Daniel. Alors, j’ai dit ce qu’elle voulait.

— Cachiez-vous Lopez ici ?

Elle secoua énergiquement la tête.

— Non. Il a frappé à ma porte. Il a dit quelqu’un vient chez lui. Il a besoin de pas être là.

— Il savait que quelqu’un allait venir ?

— Il a dit : “j’ai besoin d’un endroit où rester jusqu’à ce qu’ils partent.” Je lui ai dit : “je ne veux pas me mêler de ça.” Il a dit : “c’est l’immigration.”

— Alors, vous l’avez laissé entrer.

— J’avais peur. Il y avait des hommes dans son appartement, toujours.

— Savez-vous pourquoi ?

Elle secoua la tête de nouveau.

— Est-ce qu’il vendait de la drogue ?

Haussement d’épaules.

— Je sais pas.

— Il était dans un gang ?

— Je sais pas.

— Est-ce qu’il a dit de qui il se cachait ? Qui venait chez lui ?

Nouveau haussement d’épaules.

— Il a dit “immigration”. C’est tout.

Del songea à ce que Faz lui avait expliqué, et il se rapprocha de la porte de l’appartement de Reynoso.

— Est-ce qu’il se tenait près de votre porte ?

Elle acquiesça.

— Il écoutait. Quelqu’un dans le couloir, qui frappait à sa porte, et…

— Vous avez entendu quelqu’un frapper à la porte ? demanda Del.

Faz avait dit que Gonzalez n'avait pas eu le temps de frapper.

— Oui. Ils frappaient fort. Bam, bam, bam.

Del pointa un doigt vers la porte de Reynoso.

— À cette porte ?

— Non. *Sa* porte. À côté.

— Vous avez entendu cogner à la porte ?

— Oui. Bam, bam, bam, comme ça.

Del songea à autre chose et demanda :

— Étiez-vous en train de parler à Lopez ?

— Non, j'ai rien dit.

— Les policiers qui sont venus ont dit qu'ils avaient entendu quelqu'un parler en espagnol. Est-ce que c'est Lopez qui vous parlait en espagnol ?

De nouveau, elle secoua la tête, mais s'arrêta soudain.

— Vous vous souvenez de quelque chose ?

— Quelqu'un a appelé sur son téléphone. Il a parlé en espagnol avec la personne.

— Qu'est-ce qu'il a dit ?

— Je sais pas.

— Vous ne vous souvenez de rien ? Pas un mot de ce qu'il a dit ?

Elle fit signe que non.

— Est-ce qu'il a reçu l'appel avant ou après que vous avez entendu frapper à sa porte ?

— Après.

Reynoso grimaçait comme quelqu'un qui lutte contre une vilaine migraine.

— Quelqu'un a frappé à la porte, mais Lopez, il a juste écouté. Il a pas répondu. Et puis, ça frappe plus et Lopez, il va à la fenêtre, poursuivit-elle en montrant la fenêtre en question.

Del s'approcha de la fenêtre. La vue donnait sur le parking.

— Donc, il fait ce que je viens de faire, il s'approche de cette fenêtre et regarde dehors *après* avoir entendu frapper à sa porte ?

— Oui, il entend frapper, il va à la fenêtre, il regarde dehors, et puis il me regarde, moi, il dit *"Gracias"* et il commence à partir. Et puis, son téléphone sonne.

Cela expliquait pourquoi Lopez avait son téléphone à la main quand il était sorti de l'appartement et était tombé sur Gonzalez et Faz. Quelle que soit la personne qui avait frappé à la porte de son appartement, Lopez croyait qu'elle était partie ; peut-être même l'avait-il vue partir de la fenêtre de l'appartement de Reynoso. Il ne s'attendait pas à ce qu'il y ait quelqu'un dans le couloir quand il avait ouvert la porte, et sans judas, il n'avait eu aucun moyen de s'en assurer. Faz et Gonzalez l'avaient surpris.

Autant qu'il les avait surpris.

CHAPITRE 38

Tami Peterson habitait Capitol Hill, mais elle dit à Tracy qu'elle les retrouverait dans un pub appelé *The Stumbling Monk*, littéralement « Le moine titubant ». Au téléphone, Tracy avait été frappée par la jeunesse de sa voix et son enthousiasme presque exubérant ; elle ne paraissait pas le moins du monde intimidée à l'idée de rencontrer des détectives. Tracy et Kins espéraient qu'elle pourrait les aider à mieux comprendre le fonctionnement du site *sugardating.com*, leur donner des informations qu'ils pourraient mettre à profit si Shea se montrait réticent à leur parler, ou s'il mentait. Plus ils en sauraient sur le sujet, plus ils auraient de chances de le déstabiliser.

The Stumbling Monk était ce qu'on appelait un *« corner pub »* ; il était situé exactement à l'angle de deux rues. C'était un vieux bâtiment en brique à un étage, dont l'entrée surmontée d'une enseigne représentant un moine chauve et des fûts de bière, marquait l'intersection entre East Olive Way et Belmont Avenue East. Kins poussa la lourde porte d'entrée en bois barrée de pentures en fer boulonnées dans l'esprit des abbayes médiévales. À l'intérieur, le décor était austère. Une demi-douzaine de tabourets de bar étaient alignés sous un comptoir en bois piqué et balafré. On notait tout de suite l'absence de télévisions diffusant leur incessant bavardage. Une bibliothèque proposait des livres de poche hors d'âge et des jeux de société. Les clients étaient peu nombreux, assis au bar sur des tabourets, attablés dans la salle ou dans des alcôves, buvant des bières belges. Un tableau blanc en proposait toute une liste écrite à la main.

Tracy repéra Peterson qui s'extrayait de la banquette d'une des alcôves et se levait pour les accueillir. Elle ressemblait à sa photo professionnelle dans l'article de presse – lunettes à monture noire, jean bleu, sandales et chemisier blanc sans manche. Les présentations faites, Tracy et Kins se glissèrent dans l'alcôve, face à elle. Peterson avait son ordinateur portable ouvert sur la table, et une tasse de café à côté.

— Intéressant, cet endroit, commenta Kins en regardant une vieille bicyclette perchée au-dessus d'une grande armoire dans le fond.

— Je viens ici pour écrire, dit Peterson. Ça me permet de couper avec mon appartement, de mettre au moins un peu le nez dehors, ou du moins d'en avoir l'impression.

— Qu'est-ce que vous écrivez ? demanda Tracy.

— Tout ce qui paie. Surtout des articles en free-lance ; je m'intéresse principalement à la scène locale. Et, oui, je fais aussi partie de ces gens qui écrivent un roman.

— Déjà publié quelque chose ?

— Non. Je n'ai pas encore terminé, dit Peterson. Je suis une grande procrastinatrice. Ce sera une espèce de romance littéraire.

Elle haussa les épaules et but une gorgée de café.

— Mon rédacteur en chef m'a dit que vous vous intéressiez à l'article que j'ai écrit sur les rencontres du type *Sugar dating*. C'était il y a presque deux mois.

— Nous aimerions vous poser quelques questions à propos de vos recherches, dit Kins.

— Mon immersion incognito en tant que *sugar baby*.

Peterson sourit.

— Puis-je vous demander de quoi il retourne, au juste ? Vous portez tous les deux des alliances ; donc, je suppose que ce n'est pas pour vous créer un profil, encore que ça n'arrête pas certains hommes.

Tracy et Kins sourirent à leur tour.

— Nous travaillons sur une affaire – une jeune femme a apparemment pratiqué ce type de rencontre, dit Tracy, et nous aimerions en savoir un peu plus là-dessus. En lisant votre article, il m'a semblé que vous y aviez consacré beaucoup de temps et d'efforts.

— Une affaire d'homicide ? demanda Peterson.

En parfaite journaliste qu'elle était, la jeune femme avait tous ses instincts en alerte. Elle irait sur Internet à la minute où ils seraient partis, s'efforcerait de découvrir qui était mort, et puis elle essaierait de consulter son profil.

— Oui, mais nous n'avons encore aucune preuve que les deux sont liés. On commence seulement nos recherches.

— Mais elle avait créé un profil et rencontrait des hommes plus âgés ?

— C'est ce qu'on nous a dit, répondit Tracy. Si j'en juge par le ton de votre article, vous ne pensez pas grand bien du concept lui-même.

— Vous voulez parler de ce que j'ai écrit à propos des promesses de Ferrari qui se terminent à bord d'une Kia ?

— Par exemple, oui, dit Kins d'un air amusé.

— Honnêtement, j'ai trouvé tout ça bien triste. Certaines des filles avec qui j'ai parlé s'imaginaient vivre des moments à la *Pretty Woman* – vous vous souvenez, ce film avec Julia Roberts ?

Tracy s'en souvenait très bien. Elle trouvait l'idée de la prostituée et du millionnaire tombant amoureux et vivant heureux jusqu'à la fin de leurs jours plutôt tirée par les cheveux.

— Quoi, ce n'est pas comme ça que se terminent toutes ces rencontres ? dit Kins en feignant l'étonnement. Je suis choqué !

— Le pire, c'est que certains de ces *sugar daddies* doivent réellement se dire qu'ils aident ces filles à réaliser leurs rêves ; ils se considèrent comme des mentors ou je ne sais quoi.

De nouveau, elle haussa les épaules. Une habitude.

— En se conditionnant un peu, on finit par tout croire, j'imagine. D'autres types à qui j'ai parlé étaient plus pragmatiques : ils se disaient qu'après tout, cela valait mieux que de payer une prostituée.

— Et comment les filles justifient-elles tout cela ? demanda Tracy. Celles pour qui ça ne se passe pas comme dans *Pretty Woman* ?

— C'est ce qui est si triste. Certaines d'entre elles m'ont confié qu'elles avaient conscience, bien sûr, d'être utilisées, mais qu'au moins elles étaient payées pour cela. Pour certaines, c'est un complément de revenus ; mais d'autres sont encore étudiantes et ont réellement besoin de cet argent pour payer leurs factures.

Peterson fronça les sourcils et ajouta d'un air songeur :

— De mon point de vue, tout le monde croit être gagnant, alors que tout le monde se fait avoir dans cette histoire. Non, il n'y a pas de gagnant.

— Les sites prétendent que ces femmes se font jusqu'à trois mille dollars et plus par mois, dit Tracy. J'imagine que c'est faux.

— Les sites disent un tas de choses, souffla Peterson en se renversant contre le dossier de sa banquette. Je ne sais pas. Quelques-unes peut-être gagnent ce genre de somme, mais je n'ai pas pu le vérifier. La grande majorité à qui j'ai parlé se faisait plutôt de l'argent de poche, comme on dit. D'ailleurs, si on y réfléchit un peu, combien de types peuvent se permettre de dépenser trois mille dollars par mois pour s'offrir une petite amie ? Pour ce que j'en sais, un homme peut se payer une très belle prostituée pour quatre ou cinq cents dollars. Autrement dit, s'il y en a qui gagnent les sommes dont on parle, elles sont forcément très rares.

— Comment se fait-il, pour commencer, que ces sites soient légaux ? demanda Kins. Pour quelle raison n'est-ce pas considéré comme de la prostitution organisée ? De l'argent contre du sexe : on comprend bien que c'est le principe même de ces rencontres, non ?

— Pour ne pas tomber sous le coup de la loi, il suffit à ces sites web d'interdire toute conversation d'ordre spécifiquement financier ou sexuel. D'après ce que m'ont dit vos collègues des Mœurs, pour qu'il y ait proxénétisme avéré, il doit y avoir un accord explicite et une "consommation" immédiate ou presque, si je puis dire, des termes de cet accord. Ces sites se présentent juste comme des sites de rencontre ; ils expliquent qu'ils se contentent de mettre les gens en relation, et que le sexe n'a jamais été leur motivation première.

— Et pourtant, dit Tracy, à en croire l'expérience que vous avez décrite, on n'en doute pas une seconde.

L'article expliquait notamment qu'alors qu'elle se trouvait à cette conférence destinée aux *sugar babies* à Los Angeles, Peterson avait été approchée par deux hommes qui voulaient l'emmener dans un hôtel de l'autre côté de la rue, pour une partie de sexe à trois.

— Évidemment, le sexe fait toujours partie de l'échange. Bien sûr, on discute d'autres choses aussi, mais la question du sexe est toujours sur la table.

— Et les propriétaires de ces sites, qu'est-ce qu'ils disent ? demanda Tracy.

— Ils se défaussent en expliquant que le sexe est toujours sur la table quand deux personnes entrent en contact et sortent ensemble, mais que ni l'une ni l'autre n'est obligée d'y consentir.

Elle sourit tristement.

— En même temps, ces sites web se font fort d'expliquer aux femmes que ce qui est proposé, ce sont des relations sans complications ; l'argument avancé est qu'elles n'ont aucune attache à avoir ; elles restent libres de leur choix. La question de l'amour ne se pose même pas. Donc… pas d'amour, juste du sexe, et bien entendu de l'argent au bout du compte. On comprend bien que cela puisse parler à beaucoup.

— Qui s'inscrit sur ces sites ? demanda encore Tracy.

— Impossible de le savoir avec certitude, répondit Peterson. Tout cela est très confidentiel. Les femmes sont encouragées à utiliser de faux noms et de faux profils, et je suis certaine que les hommes font pareil. Tout cela n'est qu'écrans de fumée et miroirs déformants. Il faut imaginer des jeunes femmes de dix-neuf ans montant dans des voitures avec des hommes dont elles ne savent rien, même pas leur vrai nom. Tout ce qu'elles savent, c'est ce qu'elles ont lu sur leurs profils. Et souvent, elles n'ont dit à personne ce qu'elles faisaient, parce qu'elles n'en sont pas fières.

— Et bien sûr, presque tout ce qui est écrit sur ces profils relève du pur baratin, dit Kins.

Peterson se pencha en avant.

— J'ai interrogé une psy pour l'article, reprit-elle en s'animant, et d'après elle ces relations rappellent aux hommes l'époque où ils étaient jeunes et sortaient avec des filles. La différence est que maintenant, ils ont l'argent et le pouvoir. Ils contrôlent la situation ; ils peuvent mener la barque dans la direction qu'ils veulent. C'est une totale inversion des rapports de force pour beaucoup. L'âge moyen des utilisateurs masculins de ces sites est de cinquante-cinq ans, et de vingt-six pour les femmes. Tout est inversé : les rapports homme-femme, peut-être même les rapports de classe et de race. Et tout cela pose la question du consentement des filles ; n'ont-elles pas juste désespérément besoin d'argent, parce qu'elles risquent de perdre leur boulot, parce qu'elles ne peuvent pas payer leur loyer, ou tout simplement parce qu'elles ne voient pas comment elles pourraient donner une réalité à leurs rêves en travaillant à mi-temps au salaire minimum chez Starbucks ?

Peterson eut un geste las, l'air fataliste.

— Tout le monde a tendance à faire porter le poids de la faute à ces femmes et à dédouaner les hommes, alors qu'ils sont tout aussi coupables, sinon plus.

Tracy jeta un coup d'œil à Kins, qui préféra ne pas réagir.

— Je peux bien vous l'avouer, reprit Peterson, je n'imaginais pas que je parlerais à des détectives de la Criminelle quand j'ai écrit la conclusion de mon article, mais en fin de compte je ne suis pas plus étonnée que cela.

— Comment avez-vous conclu votre article ? voulut savoir Kins.

Sans regarder son ordinateur, Peterson répondit :

— Internet est un endroit dangereux. Vous pouvez vous connecter et protéger votre identité, mais la personne que vous ciblez aussi. Et cela peut être un jeu mortel.

CHAPITRE 39

Del gara son Impala vert chasseur de 1965 le plus à l'écart possible du panneau de basket, ne voulant pas risquer que la balle rebondisse sur l'arceau pour venir heurter son petit bijou. Faz se tenait sous le panier, la balle entre les mains. Del avait joué au basket avec Faz quand ils étaient plus jeunes et que son dos ne menaçait pas de vriller au moindre écart. Faz était étonnamment agile pour sa taille, et rappelait fièrement à qui voulait l'entendre qu'il avait été un excellent attaquant au lycée.

En descendant de voiture, Del entendit un journaliste sportif commenter à la radio le tour de batte final du dernier match des Mariners.

— Tu aurais dû être là il y a une heure, lui dit Faz. Tu aurais goûté au saumon de Vera. Il était à tomber.

Il lui lança la balle. Del l'attrapa, mais la lui renvoya aussitôt.

— Vaut mieux pas, dit-il. Le dos est encore fragile. J'ai pas vraiment envie de repartir en ambulance.

Faz tenta un lancer. La balle toucha l'arceau, roula autour et tomba en dehors.

— Alors, cette journée de congé forcé ? demanda Del. Comment ça va ?

— Tu vois, je joue au basket, répondit Faz. Ça ne fait pas vingt-quatre heures que je suis là, et je commence déjà à me sentir comme un lion en cage et à taper sur les nerfs de Vera. Tu veux une bière, ou un verre de vin ?

— Non, ça va, merci. Je suis venu bavarder un peu, c'est tout.

— Je me disais bien.

D'un signe du menton, Faz lui désigna la table et les chaises qui se trouvaient sur la terrasse du patio.

— Mettons-nous là-bas pour discuter.

Il lança doucement la balle par-dessus son épaule. Elle rebondit deux fois et disparut dans les buissons le long de l'allée. Ils entendirent des bruits de foule et des cris de joie provenant de la radio posée sur la table du patio.

— Ils gagnent encore ? demanda Del en tirant une chaise.

Après un premier match de début de saison en demi-teinte, les Mariners avaient remporté les neuf matchs suivants.

— Ils étaient à quatre à zéro tout à l'heure, dit Faz. Le score a dû augmenter encore.

Del s'assit en face de lui.

— Je suis retourné à South Park ce soir, à l'appartement de Lopez.

— Ah ouais ? sourit Faz. Quand on a parlé cet après-midi, tu m'as dit que Nolasco t'avait demandé de refiler le dossier aux Stups.

— Oui, mais j'avais encore des choses à boucler, sourit Del à son tour. Il fallait d'abord que j'informe la famille Rodgers des résultats de la balistique.

— Et alors ? Quelle réaction ?

— Celle à laquelle je m'attendais : ils pensent toujours que Lopez travaillait pour le Petit Jimmy. Je leur ai dit que c'est ce qu'on s'efforçait d'établir. Et comme je me trouvais dans le secteur, j'ai décidé d'aller parler à la voisine de Lopez.

Faz se redressa et appuya ses avant-bras sur la table.

— Est-ce qu'elle t'a parlé ?

— Au début, elle ne voulait pas.

Del lui narra la rencontre dans le couloir à l'étage.

— Elle avait peur, dit-il.

— Du Petit Jimmy ?

— Non, dit Del. De nous, la police.

Faz réfléchit un instant, puis :

— Peut-être qu'elle ne voulait pas qu'on la voie en train de te parler ?

— Peut-être, mais ce n'était pas une peur de la police d'une manière générale. C'était plus spécifique.

Faz lui jeta un regard interrogateur.

— Spécifique ? De quoi ?

— De qui, plutôt. Gonzalez. J'ai interrogé Reynoso pour savoir qui lui a demandé de dire qu'elle avait entendu un homme crier "Arme !"

— Et elle a dit que c'était Gonzalez ? demanda Faz.

— Elle a d'abord bafouillé un peu, et puis, oui, elle a dit que c'était la femme policier qui lui avait demandé de dire ça.

— Sans déconner ?

Del acquiesça d'un hochement de tête.

— C'est la pure vérité.

Il raconta à Faz dans le détail l'échange qu'il avait eu avec Reynoso à l'appartement.

— Gonzalez lui a dit qu'elle risquait des ennuis pour avoir laissé Lopez entrer chez elle, que ça pouvait mal se terminer pour elle et pour son fils.

— Tu l'as enregistrée ? voulut savoir Faz.

Del secoua la tête.

— Nan, j'ai eu peur de l'effrayer, peur qu'elle ne dise plus rien. Mais même si nous avions un enregistrement, ça n'empêcherait pas la FIT, ou n'importe qui d'autre, d'insinuer que j'ai orienté son témoignage – surtout si elle leur répète que j'ai dit que tu portais une caméra d'intervention au moment des faits, et qu'il nous était facile de vérifier si elle mentait ou non.

Faz s'adossa à sa chaise.

— Tu lui as dit ça ?

Del acquiesça.

— Merde, Del. Je ne veux pas que tu risques ton boulot pour moi.

— Ne t'inquiète pas. Et il y a autre chose encore, poursuivit Del. Quand Nolasco m'a demandé de boucler notre enquête et de passer le relais aux Stups, j'ai consulté le fichier pour mettre à jour le classeur. Et là, j'ai vu que Tracy l'avait consulté également cette semaine, lundi et mardi après-midi.

— Pourquoi est-ce que Tracy… attends une minute… Tracy était au procès Stephenson lundi et mardi après-midi.

— Je sais.

— Alors…

— Et j'ai vu aussi qu'il était indiqué que j'avais ouvert le fichier hier, alors que j'étais chez moi, avec mon mal de dos.

— Tu t'es connecté à distance ?

Del secoua la tête.

— Non. J'allais te poser la même question.

— Oh, merde. Del.

— Quoi ?

— Bon Dieu, dit Faz. J'ai laissé Gonzalez utiliser ton ordinateur hier, après qu'elle m'a fait son petit laïus sur l'accrochage qu'elle avait eu avec Tracy. Je lui ai donné ton mot de passe.

Del acquiesça, l'air pensif.

— Si elle a utilisé l'ordinateur de Tracy lundi ou mardi, elle a dû voir que c'est moi qui suis en charge du dossier Rodgers, pas Tracy, et donc qu'elle ne pouvait pas accéder à mes fichiers privés.

— Mais pourquoi voudrait-elle accéder à tes fichiers ?

— Je ne sais pas. Mais de toute évidence, ce qui l'intéressait, c'était l'affaire Monique Rodgers.

— Est-ce que tu as demandé à Reynoso pourquoi Lopez se trouvait chez elle ? demanda Faz.

— Oui, et elle a dit que Lopez avait besoin de se cacher de quelqu'un.

— Il savait que nous venions ?

— Je ne crois pas.

— Alors qui ?

— Reynoso dit que Lopez se trouvait chez elle quand quelqu'un a frappé à sa porte. Or, tu m'as dit que ni Gonzalez ni toi n'aviez eu le temps de frapper ?

— C'est vrai. On n'a pas frappé à sa porte.

— Donc, quelqu'un est allé à l'appartement de Lopez juste avant toi et Gonzalez. Reynoso dit que la personne a frappé à plusieurs reprises, avant de partir. Apparemment, Lopez l'aurait vue sur le parking depuis la fenêtre de l'appartement de Reynoso, et c'est à ce moment-là que son téléphone a sonné et qu'il a parlé en espagnol.

— J'ai entendu quelqu'un parler espagnol.

— Je sais, dit Del. Je ne crois pas que Lopez s'attendait à trouver quelqu'un dans le couloir quand il est sorti. Gonzalez et toi l'avez surpris, autant qu'il vous a surpris.

Faz se souvint d'autre chose.

— Gonzalez était là quand j'ai reçu les résultats de l'Unité des empreintes latentes pour Lopez. Elle m'a demandé si j'avais besoin d'aide pour passer son nom dans les fichiers.

— Donc, elle savait qu'on avait mis dans le mille pour Lopez, dit Del. En passant son nom dans les fichiers, elle a donc eu accès à sa dernière adresse connue.

— Tu crois qu'elle a prévenu Lopez qu'on venait le cueillir ?

— Peut-être, dit Del. Mais ça n'explique pas qui a frappé à la porte de l'appartement de Lopez avant que vous n'arriviez.

Faz se souvint de l'homme qui avait débouché de la cage d'escalier juste avant que Gonzalez et lui n'entrent dans l'ascenseur. Côté timing, ça collait.

— Je crois que je l'ai vu, dit-il.

— Qui ?

— Je ne sais pas qui c'est, mais Gonzalez et moi, on a vu un type d'origine hispanique sortir de la cage d'escalier alors qu'on attendait l'ascenseur. Il nous a regardés… et en sortant de l'immeuble, il s'est dirigé vers le parking.

— D'après Reynoso, Lopez l'a regardé partir depuis la fenêtre de chez elle, répéta Del.

— Il a dû lui falloir à peu près autant de temps pour regagner sa voiture et démarrer, qu'il nous en a fallu pour monter. Mais si Gonzalez a prévenu Lopez que nous arrivions, pourquoi est-ce qu'elle l'a abattu ? demanda Faz.

— Peut-être que ce n'est pas lui qu'elle a prévenu, mais l'autre type. Il a frappé à la porte, et comme personne ne répondait, il a dû se dire que Lopez n'était pas chez lui.

— Ça n'explique toujours pas pourquoi elle lui a tiré dessus.

— Là, j'avoue que je n'ai pas de réponse. Pas encore, reconnut Del. La seule chose dont je sois certain à ce stade, c'est que ce n'est pas un mort qui pourra témoigner contre le Petit Jimmy. Et en abattant Lopez, Gonzalez a mis fin à notre enquête ; d'autant plus sûrement que la balistique a confirmé que la balle qui a tué Monique Rodgers correspond bien au .38 retrouvé dans l'appartement de Lopez.

— On n'a pas assez d'éléments pour l'accuser, dit Faz. Reynoso aura beau affirmer que Gonzalez lui a dicté ses réponses, il lui suffira de nier en bloc.

— Et le fait que je lui aie menti en lui disant que tu portais une caméra d'intervention ne risque pas d'arranger les choses…

— Ils vont juste en profiter pour te griller les roubignoles en même temps que les miennes.

Del acquiesça.

— Je vais appeler Los Angeles demain. Je vais voir si je peux parler à quelqu'un qui la connaît, et tâcher d'en apprendre un peu plus sur elle.

— Passe son nom dans les fichiers, et trouve-moi son adresse, demanda Faz.

— Je ne peux pas faire ça. Tu le sais, Faz.

Les détectives n'étaient pas censés rechercher des adresses quand celles-ci n'étaient pas liées à une affaire en particulier.

— Trouve-moi cette adresse, c'est tout. Je vais devenir cinglé si je reste plus longtemps ici, le cul vissé sur une chaise. Laisse-moi garder un œil sur Gonzalez pendant qu'elle est en congé forcé. Est-ce que quelqu'un a déjà vérifié le téléphone de Lopez pour voir qui il appelait, ou à qui il envoyait des textos ?

— Pas encore. Je suis venu directement ici. Je m'occupe de ça dès demain matin.

Del se renversa contre le dossier de sa chaise. Il resta silencieux un instant, puis il secoua la tête et souffla :

— Quel merdier !

— Mouais, approuva Faz. Tu l'as dit. Un merdier de première.

CHAPITRE 40

Ce vendredi-là en fin d'après-midi, munis d'une photo montrant un Charles Shea souriant en blouse blanche et d'un extrait du fichier national d'enregistrement des plaques d'immatriculation indiquant qu'il conduisait une Tesla blanche modèle X de 2017, Tracy et Kins se garèrent dans le parking du centre médical. Tracy avait rappelé le centre en prétextant être une maman dont la fille était malade, et avait insisté pour voir Shea cet après-midi-là, mais on lui avait répondu que son carnet de rendez-vous était plein.

Les places de parking réservées aux médecins étaient situées au rez-de-chaussée, près de l'entrée du bâtiment. Ils ne virent aucune Tesla blanche.

— Cette voiture coûte dans les 125 000 dollars, dit Kins comme ils se garaient dans un emplacement libre. Il ne doit pas y en avoir tant que ça.

— Mon père était médecin et il conduisait un pick-up, dit Tracy. Pour conduire une voiture à plus de 100 000 dollars et habiter Medina, c'est soit que Shea est un heureux héritier, soit qu'il est richement marié. Il est rare de nos jours qu'un pédiatre gagne autant d'argent par ses seules consultations.

— Sans parler de dépenser au moins deux mille dollars par mois pour entretenir une *sugar baby.*

— Oui, sans même parler de ça, acquiesça Tracy.

Une Tesla blanche entra dans le parking couvert.

— C'est sa voiture.

— Et c'est lui, dit Kins en voyant Shea se garer sur sa place réservée et descendre de la voiture.

Les portes arrière de la voiture s'ouvrirent en se déployant telles les ailes d'un faucon.

Tracy et Kins s'approchèrent rapidement.

— Dr. Shea ? dit Tracy.

Shea avait récupéré une veste de sport sur la banquette arrière ; il sursauta en entendant son nom, et plissa les yeux.

— Oui.

Tracy brandit son insigne.

— Je suis la détective Crosswhite. Et voici le détective Rowe. Pouvons-nous vous parler une minute ?

— À quel sujet ?

— Vita Kumari, dit Tracy.

Les yeux de Shea trahirent le fait que le nom lui était familier, mais il dit :

— Je ne connais personne de ce nom.

— Je crois que si, intervint Kins. Donc, on évite de jouer à ce petit jeu, d'accord ? On sait tout à propos de *Sugardating.com*, des rencontres et du reste. "Papa gâteau cherche son petit bébé en sucre." C'est bien ça, hein ?

Shea en rabattit instantanément ; c'était exactement ce que cherchait Kins.

— Qu'est-ce que vous voulez ?

— Peut-être vaudrait-il mieux que nous parlions dans votre bureau plutôt qu'ici, sur un parking ? suggéra Tracy.

— Est-ce qu'il est arrivé quelque chose à Vita ? demanda Shea.

Il paraissait sincèrement inquiet, mais Ted Bundy, le « Tueur de femmes », avait paru sincère aux enquêteurs lui aussi.

— Pourquoi posez-vous cette question ?

— Pourquoi ? Eh bien, parce que j'ai deux détectives qui me cueillent à ma descente de voiture pour me dire qu'ils veulent me parler de Vita, voilà pourquoi.

Kins regarda Tracy.

— Bon argument.

— Oui, reprit Tracy en s'adressant à Shea. Il lui est arrivé quelque chose.

Shea jeta un regard du côté des portes en verre coulissantes qui donnaient accès au bâtiment un peu plus loin.

— Suivez-moi, dit-il.

Il les précéda jusqu'à une cage d'escalier, où il se servit d'une clé pour ouvrir une porte intérieure. Ils le suivirent le long d'un couloir recouvert d'une moquette ornée de motifs de voies ferrées et de wagons. Plus loin, ils passèrent devant une fresque murale représentant une scène de safari africain, avec des éléphants, des lions, des singes, un guépard allongé sur une branche surplombant une rivière. Ils continuèrent jusqu'à une salle encombrée de matériel médical, balances, toises, tableaux de contrôle de l'acuité visuelle. Une femme en uniforme bleu sortit d'une des salles d'attente.

— Dr. Shea, dit-elle, surprise, en reportant son regard sur Tracy et Kins. Je pensais que vous aviez pris le reste de la journée.

Étonnamment, Shea les présenta comme étant des détectives de la police de Seattle.

— Je suis revenu faire un peu de paperasse, dit-il. Je ne vais pas rester très longtemps.

Shea s'avança jusqu'à une porte ornée d'une plaque sur laquelle son nom était inscrit, et l'ouvrit. Le mobilier était austère pour quelqu'un qui conduisait une voiture aussi luxueuse que la sienne. La fenêtre était équipée d'un store vénitien, et la vue donnait sur l'A405.

— Asseyez-vous, dit-il en leur désignant deux chaises en même temps qu'il s'asseyait à son bureau.

Un grand écran d'ordinateur en occupait presque toute la surface. Sur le mur derrière lui étaient accrochés plusieurs diplômes encadrés. Il avait étudié à l'université Gonzaga – les jésuites, qui avaient fondé l'université, n'imaginaient sûrement pas compter dans leurs rangs un *sugar daddy* – et avait fait sa médecine à l'université de Washington, avant de se spécialiser en pédiatrie.

— Vous avez dit qu'il est arrivé quelque chose à Vita ?

— Quand avez-vous vu Kavita pour la dernière fois ? demanda Tracy sans lui répondre.

— Lundi soir.

— Qu'avez-vous fait ?

Shea s'éclaircit la gorge. Il faisait plus jeune que ses quarante-quatre ans, avec sa coupe de cheveux coiffé-décoiffé juvénile, et sa manie de dégager des mèches blondes sur son front.

— Nous avons dîné, et puis nous sommes allés dans un hôtel à Kirkland, comme nous en avons l'habitude.

— Où avez-vous dîné ?

— Au *Lila's Café*. C'est à Kirkland. La réservation était à mon nom.

— Et l'hôtel ?

— Le *Marriott*. À Kirkland également.

— À votre nom aussi, la réservation ? demanda Kins.

Tracy prenait des notes.

— Non, dit Shea d'un ton presque impassible.

— Au nom de Kavita alors ?

— Oui.

— Plutôt audacieux tout ça pour un homme marié qui habite Medina, non ? risqua Kins. Vous n'avez jamais été inquiet à l'idée d'être vu ?

Shea s'appuya contre le dossier de sa chaise. Il desserra sa cravate et déboutonna le col de sa chemise.

— Si quelqu'un nous voit dîner ensemble, Vita est une étudiante intéressée par la pratique pédiatrique.

— Et à l'hôtel, qu'est-ce qu'elle est ? demanda Kins d'un ton sarcastique.

— Nous n'arrivons jamais ensemble à l'hôtel, dit Shea. C'est toujours Vita qui se charge de la chambre.

— Et à la réception, personne ne lui demande jamais pourquoi elle a besoin d'une chambre le même jour et à la même heure chaque semaine ? poursuivit Kins.

— Elle leur a dit qu'elle était dans la vente de produits pharmaceutiques, et qu'elle rencontrait des clients de l'Eastside tôt le mardi matin. Elle a toujours un bagage avec elle.

— Donc, il s'agit d'un rendez-vous régulier ? dit Tracy.

— Autant que possible, oui.

— Comment ça, "autant que possible" ?

— Je veux dire, on se retrouve tous les lundis soir, à moins que l'un de nous deux n'ait un empêchement.

— Et dans ce cas-là, comment vous prévenez-vous ? voulut savoir Tracy.

— Par texto. Mais il arrive qu'on s'appelle.

Tracy échangea un regard avec Kins.

— Est-ce arrivé souvent que l'un ou l'autre ait dû changer ses plans au dernier moment ?

C'était moins la réponse à cette question qui intéressait Tracy, que l'allusion au fait qu'ils s'envoyaient des textos.

— Rarement. En fait, je ne suis même pas sûr que cela se soit produit.

— Et vous vous envoyez des textos pour d'autres raisons ?

— Uniquement pour confirmer nos rendez-vous.

— Oui, j'imagine que ce n'était pas pour lui demander si elle aimait la piña colada ou se faire surprendre par la pluie ? dit Kins, provocateur, qui voulait voir si Shea était du genre à se mettre en rogne facilement.

Shea le fixa d'un air placide.

— Non, répondit-il.

— Vous vous êtes servi de votre téléphone pour envoyer ces textos ? reprit Tracy. Vous n'avez jamais eu peur que votre femme lise vos messages ?

Shea secoua la tête.

— Je n'utilise jamais mon téléphone. Nous avons chacun un téléphone prépayé.

— Kavita aussi ? demanda Tracy.

C'était un élément totalement nouveau. Seul son téléphone portable personnel avait été retrouvé dans le trou. Shea aurait évidemment récupéré le téléphone prépayé de Kavita s'il l'avait tuée. Mais alors, pourquoi leur en parlerait-il ? À moins qu'il n'ait anticipé des questions à ce sujet, et préféré l'aborder pour cette raison même, pour que l'on se dise justement qu'il n'en parlerait pas s'il était coupable ?

— Oui, Kavita aussi, répondit-il.

— Lui avez-vous confirmé par texto votre rencontre de lundi ?

— Oui.

— Et Vita vous a-t-elle répondu ?

— Oui.

— Avez-vous votre téléphone ?

Shea chercha une clé sur son trousseau et ouvrit le tiroir du bas de son bureau. Il en sortit un téléphone premier prix, l'alluma et entra un mot de passe. Après quelques secondes, il tendit le téléphone à Tracy. Kavita Mukherjee avait confirmé leur rendez-vous du lundi soir précédent à 16 h 14. Elle lui avait ensuite envoyé un autre SMS à 17 h 30 pour lui dire qu'elle était prise dans la circulation et serait en retard. Tracy soupçonnait que c'était faux, puisque c'était ce soir-là qu'Aditi était rentrée et lui avait annoncé qu'elle s'était mariée et partait vivre à Londres avec son mari. Plus important, l'assassin de Vita, quel qu'il soit, avait pris son téléphone prépayé mais pas l'autre. De nouveau, Tracy se demanda si c'était délibéré, pour les égarer dans leur enquête. Shea avait assurément des raisons de faire cela.

Tracy regarda Kins, avant de reporter son attention sur Shea.

— Pourquoi le lundi soir ?

— Ma femme se rend à son club de lecture les premier et troisième lundis du mois. Du moins, c'est ce qu'elle dit.

— Qui surveille vos filles ? demanda Tracy.

Le fait que Tracy sache qu'il avait des filles laissa le pédiatre perplexe durant un instant. C'était exactement le but recherché. Elle voulait que Shea pense qu'ils en savaient déjà bien plus à son sujet que ce n'était le cas en réalité.

— Nous avons une nounou.

— Est-ce que votre femme travaille ? demanda Kins.

Shea laissa échapper un petit rire ironique.

— Seigneur, non. C'est une des héritières Umberto. Vous savez, la chaîne de magasins d'outillage ?

— Je crois me souvenir d'avoir lu il y a quelques années dans la presse que la famille a vendu ses magasins, oui, dit Kins. Deux cents millions, quelque chose comme ça ?

— Deux cent quatre-vingt-six millions exactement, précisa Shea. Mais la famille a continué de faire partie du conseil d'administration pendant cinq ans. L'année dernière, comme ils n'aimaient pas ce qu'étaient devenus les magasins, ils les ont rachetés. Ils avaient ce qu'on pourrait appeler des revenus disponibles conséquents.

— Pourquoi m'avoir répondu "du moins, c'est ce qu'elle dit" quand je vous ai demandé où va votre femme le lundi soir ? reprit Tracy.

Shea se balança doucement sur sa chaise et répondit :

— Je soupçonne ma femme d'avoir un petit ami, et aussi que ce n'est pas le premier.

Kins acquiesça.

— Et vous vous êtes dit, pourquoi est-ce que je ne ferais pas la même chose, c'est ça ?

Shea haussa les épaules.

— Pourquoi une *sugar baby* ? demanda Tracy.

— Parce que je me vois mal aller draguer au club de gym ou au café du coin, tout simplement. La famille de ma femme est réputée dans tout l'Eastside.

— Et aussi parce que si elle découvrait le pot aux roses, elle aurait une excuse toute trouvée pour vous flanquer dehors et prendre la tangente en gardant tout son argent, fit remarquer Kins.

— Peut-être, détective. Ce n'est pas tellement qu'elle soit un tel parangon de vertu, mais effectivement, quand il y a autant d'argent en jeu…

— Pourquoi ne divorcez-vous pas ? demanda Kins.

— Parce que nous avons deux filles de moins de dix ans qui adorent leur père et… leur mère un peu moins. Alors, comment dire ? On fait aller. Pour elles.

— Combien de *sugar babies* avez-vous ? voulut savoir Tracy, qui détestait cette expression.

— J'en ai trois. Kavita et deux autres.

— Comment trouvez-vous le temps ? Et l'énergie ? demanda Kins.

— Je vois les deux autres moins fréquemment, peut-être une fois tous les deux mois.

— Vous les voyez ensemble ou séparément ?

Shea hésita un instant.

— Ensemble, répondit-il.

— Une partie fine à trois, en somme, dit Kins, en continuant de gratter la croûte pour voir si elle finissait par saigner. À propos, comment faites-vous pour payer ces filles, que ce soit Vita ou les deux autres, sans que votre femme ne remarque rien ?

— Je fais des virements directs de mon compte sur le compte de Vita. Il n'y a aucun nom. Juste un numéro de virement. Si ma femme me pose la question, il me suffit de dire que c'est pour le club de gym. Mais elle ne s'intéresse pas de près à nos finances, encore moins aux miennes. Elle n'a pas de raison de s'y intéresser. Il y a quelqu'un qui administre sa fortune en fidéicommis, mais elle peut faire pratiquement ce qu'elle veut de son argent. Mes revenus, en comparaison, sont ridicules ; elle n'y pense même pas. Je paie les deux autres filles en espèces.

— Quand vous avez vu Kavita lundi, comment était-elle ? Je veux dire, est-ce qu'elle avait un comportement différent ? demanda Tracy.

Shea y réfléchit un instant, comme s'il avait déjà oublié.

— Elle m'a paru aller bien, mais bon, ça faisait partie de notre accord.

— Votre accord ? releva Kins.

— Nous avons un accord écrit par lequel nous convenons de ne nous poser aucune question d'ordre personnel, sur nos vies, ni même d'en discuter.

— Rien qui puisse vous détourner du sexe, en somme, dit Kins.

— Kavita a-t-elle jamais fait allusion à un petit ami qu'elle aurait ? demanda Tracy.

Shea secoua négativement la tête.

— De quoi parlez-vous quand vous êtes ensemble ? interrogea Kins.

— D'un tas de choses. Vita a des connaissances sur de nombreux sujets. Elle veut devenir pédiatre. Elle m'a posé beaucoup de questions sur le métier et mes patients. Elle s'intéresse à tout ce qui se passe dans le monde, et plus localement, à Seattle bien sûr. Elle m'a surpris par ses connaissances en sport, en particulier concernant l'équipe de foot des Seahawks. Nous avons passé des soirées très agréables.

— Donc, vous n'avez rien remarqué de particulier ce soir-là ? insista Tracy.

— Si, il s'est passé quelque chose. Vita m'a informé qu'elle mettait fin à notre accord.

Le ton était détaché, dénué d'émotion, au point que Tracy se demanda là encore s'il s'était préparé à avoir cette réaction.

— Est-ce qu'elle a dit pourquoi ?

— Elle m'a dit qu'elle avait suffisamment d'argent, au moins pour commencer l'école de médecine, ce qui avait toujours été son but.

— Et elle a décidé cela comme ça, brutalement ? demanda Kins.

— Pas vraiment. Elle m'avait déjà dit au début qu'elle s'efforçait de réunir assez d'argent pour payer ses études, et qu'elle arrêterait dès que ce serait le cas.

— A-t-elle dit autre chose ? demanda Tracy.

Shea eut un haussement d'épaules.

— Non, rien dont je me souvienne en particulier.

— Ouais, ça fait partie de l'accord, hein ? C'est la clause "Ne-viens-pas-m'emmerder-avec-tes-petits-problèmes-perso", pas vrai ? dit Kins.

— Je ne sais pas, détective. Elle a seulement dit qu'il allait y avoir des changements dans sa vie, qu'elle allait s'inscrire dans plusieurs écoles à l'automne, et mettre à profit son temps libre pour préparer son MCAT, son test d'admission à l'école de médecine.

— Et qu'est-ce que vous en pensiez ? demanda Tracy.

— J'étais heureux pour elle, répondit Shea sans hésiter. C'est une fille intelligente. Elle fera un excellent médecin.

Ce n'était pas la première réponse qu'il faisait en utilisant le présent ; et maintenant il parlait d'elle au futur, ne put s'empêcher de noter Tracy.

— Qu'est-ce que vous avez ressenti quand elle vous a fait part de sa volonté de mettre un terme à votre relation et d'aller de l'avant ?

— J'ai été déçu. J'ai beaucoup aimé les moments que nous avons passés ensemble, et nous avions trouvé une certaine stabilité dans notre relation. Je me suis demandé si j'avais réellement l'envie de repartir à zéro avec quelqu'un d'autre.

— Étiez-vous en colère ? insista Tracy.

— Non, dit Shea. Comme je vous l'ai dit, nous savions tous les deux dès le départ que cette relation aurait une fin, qu'elle ne déboucherait sur rien de sérieux.

— Et que ressentiez-vous pour elle ? demanda Kins. À vous entendre, ce n'était pas de l'amour. Qu'est-ce que c'était ?

Une fois de plus, Shea prit le temps de réfléchir à la question.

— Je crois que je la considérais comme une espèce d'associée en affaires.

— Et donc, quoi ? tenta de comprendre Kins. Elle faisait valoir une sorte de condition suspensive prévue dans votre accord, c'est ça ?

— Ça a toujours été sur la table… pour tous les deux.

— À quelle heure avez-vous quitté l'hôtel lundi soir ? demanda Tracy.

— Vers 21 heures… un peu avant. Il faisait encore jour. Je pars toujours à peu près à la même heure. Ma femme rentre de son club de lecture à 21 h 30.

— Et Vita ? Quand est-elle partie ?

— Je n'en ai aucune idée. Comme je l'ai dit, je suis parti avant elle. Elle était libre de garder la chambre pour la nuit si elle le voulait, ou bien de rentrer chez elle.

— Vous l'avez laissée seule dans la chambre d'hôtel, dit Kins.

— Toujours.

— Il arrivait souvent qu'elle y passe la nuit ?

— Je n'en sais rien, vraiment.

— Là encore, ce n'était pas un sujet de conversation ?

— Non.

— Votre nounou peut confirmer l'heure à laquelle vous dites être rentré ?

— Oui. Je vous l'ai dit, c'est toujours à peu près à la même heure.

— Quel est son nom ? demanda Tracy.

Shea lui communiqua le nom de la nounou et le téléphone de la jeune femme. Tracy les nota, et demanda :

— Quel nom Kavita donnait-elle à la réception de l'hôtel ?

Shea eut une moue dubitative.

— Vita Kumari, j'imagine.

Kins se pencha vers lui, ses avant-bras appuyés sur le bureau, et lui demanda :

— Dr. Shea, ne considérez-vous pas que la relation que vous aviez avec Kavita Mukherjee se rapprochait… comment dire… ? un tant soit peu de l'exploitation sexuelle ?

Tracy manqua rouler de grands yeux, mais elle s'en abstint, étant donné la gravité de la situation.

Shea se renversa contre le dossier de sa chaise. Il avait l'air fatigué.

— Écoutez, détectives, je reconnais que cette relation sort de l'ordinaire. Mais elle me convient, comme elle convenait à Vita. (Il haussa les épaules.) Quels choix ai-je, au juste ? Aller draguer dans les bars ? Je n'étais déjà pas très doué pour ça quand j'étais jeune. Je doute de l'être davantage aujourd'hui. De plus, on ne sait pas toujours à qui on a affaire, sans parler des MST et du reste. Et quand bien même, où voulez-vous que je trouve le temps de faire ça ?

Il s'interrompit, comme s'il attendait une réponse. Avant de poursuivre :

— J'ai entendu parler de ce site de rencontre, et j'ai créé un profil, juste pour voir ce qui pouvait se passer. Durant les six premiers mois, je suis allé de déconvenue en déconvenue. Les femmes n'étaient pas très intéressantes. J'allais renoncer, quand je suis tombé sur le profil de cette très belle jeune femme. Elle disait qu'elle voulait gagner assez d'argent pour payer ses études de médecine. J'ai trouvé ça rafraîchissant. Est-ce que c'était mal ? Oui, en un sens, mais je me disais qu'au moins je pourrais faire un peu de bien avec mon argent.

— Vous vous êtes dit : je vais être une sorte de Sallie Mae, quoi ? intervint Kins en faisant référence à la célèbre institution de crédits pour étudiants.

— D'une certaine manière, oui, vous avez raison, détective, répondit crânement Shea.

— Et ces deux autres filles avec qui vous faisiez des parties à trois, c'était aussi pour garantir leurs études ?

Shea ignora la remarque.

— Quel nom utilisez-vous sur le site ? lui demanda Tracy.

— Charles Francis, dit-il. Mes deux prénoms. Mais vous ne m'avez toujours pas dit pourquoi vous me posez toutes ces questions. Il est donc arrivé quelque chose à Vita, si j'ai bien compris ?

— Elle est morte, dit Kins.

Tracy et lui observèrent attentivement la réaction de Shea.

Il plissa les yeux et pinça les lèvres, manifestement sous le choc. Après quelques secondes, il demanda d'une voix étranglée :

— Comment ?

Tracy se dit qu'il n'avait pas l'air de jouer la comédie, mais il était difficile d'en être certain.

— C'est ce que nous essayons de déterminer.

— Mais vous croyez que quelqu'un l'a tuée. C'est pour ça que vous êtes ici. Vous pensez que j'ai quelque chose à voir avec sa mort ?

— C'est le cas ? demanda Kins.

— Non, répondit Shea, le regard perdu dans le vide.

Puis soudain, il dit d'une voix éteinte :

— Mon Dieu. Est-ce que j'ai besoin d'un avocat ?

— Je ne sais pas, docteur. C'est à vous de voir, répondit Kins. Nous sommes là uniquement pour vous poser des questions, et essayer de reconstituer le plus précisément possible la soirée de Kavita.

— Je l'ai laissée dans la chambre d'hôtel, répéta-t-il, et elle était en vie.

CHAPITRE 41

Samedi 14 juillet 2018

Faz se recala sur son siège ; à force d'être assis, la douleur s'insinuait plus ou moins intensément dans tous ses membres. Il avait abaissé sa vitre. La température restait supportable. La météo avait pourtant annoncé un pic à 34° C. à Seattle pour le week-end. Faz était arrivé dans le quartier de Capitol Hill un peu après six heures ce matin-là. Il avait tout de suite vérifié que l'Audi A8 de Gonzalez se trouvait bien à sa place réservée au pied de l'immeuble de trois étages où elle habitait. C'était une jolie voiture, bien que le modèle fût ancien. Il ne put s'empêcher de se demander si Gonzalez n'avait pas trouvé un moyen d'arrondir ses fins de mois.

Il avait quitté le parking de l'immeuble et était allé garer sa Subaru en face, dans Twelfth Avenue South. Et il s'était mis en planque. Il y avait de cela plus de cinq heures maintenant.

Il vérifia son téléphone, mais ne trouva pas de message de Del, qui, il le savait, passait des coups de fil à Los Angeles pour essayer d'obtenir des informations concernant Andrea Gonzalez. Il prit une bouteille d'eau dans la mini-glacière posée sur le siège passager, et en but une gorgée.

Il avait dit à Vera qu'il avait une visite de contrôle avec un psychiatre, avant un rendez-vous avec un des avocats du syndicat, et qu'il pensait être absent une bonne partie de la journée. Il n'aimait pas lui mentir, mais étant donné les circonstances, il ne voulait pas qu'elle s'inquiète pour lui. Elle avait assez de soucis comme cela.

Il se redressa au moment où le soleil fit étinceler le capot de l'Audi rouge, qui remonta l'allée en pente devant l'immeuble. La voiture s'arrêta pour laisser passer une voiture qui roulait plein nord, avant de s'engager dans la circulation. Faz la vit s'éloigner. Il remit rapidement la bouteille dans la glacière, démarra la Subaru et accéléra pour prendre l'Audi en filature.

Il connaissait bien le quartier de Capitol Hill. Ils étaient tout près du parc Cal Anderson, où Vera et lui avaient pique-niqué quelquefois en regardant Antonio jouer au base-ball ou au foot. Ils n'étaient pas loin non plus des bretelles d'accès de l'Interstate 5, l'autoroute inter-États. Gonzalez tourna à gauche dans Dennis Way et emprunta la rampe d'accès en direction du sud. Faz resta sur la file de droite, à trois ou quatre voitures derrière l'Audi, juste au cas où Gonzalez prendrait une sortie au dernier moment, un vieux truc pour voir si l'on était suivi. Elle traversa le centre de Seattle ; la circulation devint plus dense ; les voitures ralentirent jusqu'à rouler au pas. Il n'était pas facile pour Faz de rester discrètement derrière l'Audi, en raison notamment des changements de file, imprévisibles. Certes il portait des lunettes de soleil noires et une casquette de base-ball des Mariners, mais comme le disait Del, déguiser Faz, c'était comme essayer de dissimuler un grizzli derrière un mouchoir.

Gonzalez dépassa les sorties de l'International District, le Chinatown de Seattle. Elle ne changeait pas de file, n'augmentait pas ni ne diminuait sa vitesse, une autre technique pour détecter une éventuelle filature. Elle sortit quelques minutes plus tard pour s'engager dans Corson Avenue, toujours en direction du sud-ouest et de Georgetown, bien que Faz soupçonnât que Georgetown ne serait pas sa destination finale. Il se redressa sur son siège, concentré. À Marginal Way, Gonzalez tourna à gauche en direction de Boeing Field. Alors que la circulation redevenait plus fluide, Faz ralentit de nouveau pour ne pas être repéré. Il vit Gonzalez tourner à droite dans Sixteenth Avenue South en direction de la rivière Duwamish et du pont de South Park qui l'enjambait.

— Bingo, dit-il.

Il était possible que Gonzalez rende simplement visite à des amis, mais c'était tout de même à peu près aussi improbable que si Sandy Blaismith s'était rendue à South Park pour assister à un cours de fitness. Faz ne croyait pas aux coïncidences. Les gens ont généralement un but quand ils se déplacent, une raison d'agir, et il soupçonnait qu'il en allait de même pour Gonzalez cet après-midi-là.

Elle tourna dans Cloverdale, puis passa devant la maison où Faz et Del avaient confronté le Petit Jimmy. La circulation automobile et piétonnière augmenta ; des familles en tenue estivale marchaient sur les trottoirs, se dirigeant toutes dans la même direction, semblait-il, tels des fans progressant vers le lieu d'un concert.

Gonzalez tourna dans Eighth Avenue South, puis une fois encore dans South Sullivan. Faz, qui suivait toujours, vit des panneaux qui indiquaient le centre socioculturel de South Park. Plus loin encore, il nota la présence de tentes blanches sur la pelouse du centre. Sa vitre était baissée ; il entendit de la musique – un orchestre de mariachis – et sentit des odeurs de cuisine. Quand il arriva à l'angle de la rue, il décida de ne pas tourner, pour le cas où Gonzalez deviendrait soudain plus précautionneuse ; mais il devait également prendre garde à ne pas la perdre dans la foule si elle descendait de voiture.

L'Audi ralentit et tourna sur le parking du centre socioculturel, bien qu'il parût complet. Faz se gara le long du trottoir, de l'autre côté de la rue, bloquant une sortie, et regarda Gonzalez engager sa voiture sur la pelouse. Un gardien du parking s'approcha rapidement d'elle. Après un bref échange, l'homme recula et la laissa faire ; sans doute lui avait-elle montré sa plaque. Quand Gonzalez descendit de voiture,

Faz accorda une attention toute particulière à ses vêtements – lunettes de soleil, baskets, short blanc et T-shirt bleu. Elle s'engouffra dans l'Audi pour récupérer quelque chose ; un chapeau à bords tombants, un bob qu'elle posa sur sa tête et qui dissimulait une partie de son visage. Quelle que fût sa raison d'être là, Gonzalez ne voulait pas être identifiée. Le bob, cependant, allait l'aider, lui, à la suivre.

Elle traversa la pelouse en direction des tentes blanches.

Faz vit une voiture garée déboîter et s'engouffrer dans la circulation ; il s'empressa de prendre la place libre. Un jeune homme entreprenant s'approcha de sa vitre et lui demanda cinq dollars pour la place de parking. Faz paya la rançon, fourra son coupe-vent bleu derrière son siège, et traversa Eighth Avenue jusqu'au parc.

Les gens flânaient sur le champ de foire, certains mangeant des épis de maïs, d'autres des tacos ou des churros. Les stands exposaient de l'art latino – des peintures et autres bibelots artisanaux. Faz ramassa un dépliant sur une des tables, déclina une offre de dégustation de nourriture, et chercha du regard dans la foule le bob et le T-shirt bleu. Mais il ne vit plus Gonzalez.

Il avança, se mêla plus complètement à la foule au son des guitares et des trompettes. Des femmes en robes aux couleurs éclatantes dansaient sur une scène. Au centre du terrain, un ring de catch avait été érigé, et des catcheurs, vêtus de collants moulants et la tête dissimulée sous un masque élastique coloré de *luchador* – ou de *lucha libre*, la « lutte libre » mexicaine – allaient et venaient au milieu de la foule. Faz continua de chercher Gonzalez, allant d'un stand à un autre. Il traversa la pelouse et regarda ce qui se passait de l'autre côté, vérifiant dans les tentes et parmi les personnes qui faisaient la queue aux *food trucks* pour tenter de l'apercevoir. La sueur perlait sous son chapeau et coulait sur ses tempes et le long de ses joues. Il s'arrêta net en voyant brusquement le bob et le T-shirt bleu disparaître au détour d'une tente. Plutôt que de la suivre, il préféra faire un détour par la pelouse et arriver de l'autre côté. Il vit Gonzalez émerger entre deux tentes, tête baissée, apparemment en train d'écrire un SMS sur son téléphone, ne se doutant pas de sa présence. Il se détourna de trois-quarts, faisant mine de s'intéresser aux catcheurs, tout en la surveillant du coin de l'œil. Elle finit par abaisser son téléphone et attendit en piétinant sur place. Un homme s'approcha d'elle. Il tournait le dos à Faz, qui sortit aussitôt son téléphone comme pour prendre une photo des catcheurs. Il sélectionna le mode miroir pour voir derrière lui et dirigea l'objectif vers Gonzalez, qui parlait maintenant avec l'homme.

Il allait prendre une photo quand quelqu'un le tamponna, décentrant du même coup son cadrage.

— Désolé, dit un jeune homme.

Faz lui sourit.

— Pas de souci, dit-il.

Il redirigea l'objectif vers les deux tentes. Gonzalez et l'homme n'étaient plus là. Faz se retourna et les chercha du regard. Gonzalez traversait le champ en direction de sa voiture. Quoi qu'elle soit venue dire, elle l'avait dit, apparemment. Bien que Faz fût tenté de la suivre, il jugea plus important de filer l'homme et d'essayer de faire une photo pour tenter de découvrir son identité. Il retourna vers les tentes, mais ne le vit pas tout d'abord. Il l'aperçut enfin pénétrant par l'arrière dans une tente où une femme vendait des colifichets en perles, et où deux enfants installés à une table enfilaient des perles. L'homme échangea quelques mots rapides avec la femme, mais Faz ne voyait son visage que de profil. Il embrassa la femme, puis les deux enfants, tourna les talons et disparut par l'arrière de la tente avant que Faz n'ait le temps de faire une bonne photo montrant son visage. Il allait se lancer à sa poursuite quand l'homme, en réponse à une question de sa femme semblait-il, revint rapidement sur ses pas, donnant à Faz tout le temps d'observer son visage cette fois.

Il portait des lunettes de soleil noires et une casquette de baseball, mais Faz le reconnut immédiatement.

CHAPITRE 42

Tracy appela Kelly Rosa.

— Avez-vous terminé votre rapport concernant Kavita Mukherjee ?

— J'y travaille, répondit Rosa. Vous n'êtes pas la première à appeler.

— Bellevue ?

— Ouais. Hier soir, juste avant que je ne rentre chez moi.

— Combien de temps pouvez-vous les faire lanterner encore ?

— Ils insistent pour avoir au moins mes résultats préliminaires, donc plus très longtemps.

Kaylee Wright avait dit à peu près la même chose quand Tracy l'avait appelée. Elle allait devoir communiquer rapidement quelque chose à Bellevue.

Tracy et Kins se rendirent à Park 95 pour y récupérer la clé USB sur laquelle Andrei Vilkotski avait copié six mois de SMS provenant du téléphone de Kavita Mukherjee, ainsi que pour savoir où en était Katie Pryor dans l'obtention des ordonnances du tribunal. Nolasco avait essayé de les appeler l'un et l'autre le vendredi après-midi, mais ils n'avaient pas pris ses appels, devinant qu'il allait leur demander d'accélérer le transfert du dossier à Bellevue. Tracy copia le contenu de la clé USB sur son ordinateur portable, et elle l'étudia avec Kins.

— Le frère se montre virulent dans ses textos, dit Kins en s'étirant. C'est vraiment un cas, celui-là !

Tracy avait tapé « Nikhil » dans la barre de recherche et affiché les messages envoyés par celui-ci à sa sœur. Elle en lut un dans lequel Nikhil disait à Kavita que sa désobéissance à la volonté de leurs parents était puérile et irrespectueuse :

Tu causes un stress inutile et des ennuis à toute la famille. As-tu à ce point honte d'être indienne que tu n'hésites pas à faire du mal à Ma et Baba ? Il est temps que tu rentres à la maison et que tu arrêtes de te conduire comme une enfant.

— Est-ce qu'on sait où se trouvait Nikhil lundi soir ? demanda Kins.

— Chez lui, avec sa mère et ses grands-parents, répondit Tracy. Le père revenait d'un voyage d'affaires à Los Angeles ce soir-là, et Sam a passé la nuit chez un de ses copains après un match de foot. Ça ne devrait pas être difficile à confirmer.

— Elle n'a répondu à aucun des messages de Nikhil, fit remarquer Kins. Ça a dû le mettre en rogne, tu ne crois pas ?

— Ou alors, il y était habitué.

Tracy lut les messages qu'Aditi avait envoyés lundi soir et mardi matin, et dans lesquels elle exprimait son inquiétude et implorait Kavita de lui répondre. Elle trouva également le texto que le jeune Sam lui avait envoyé ce lundi soir-là :

Salut Vita. Je pensais à toi et je me demandais ce que tu faisais. J'ai un match de foot ce soir à Roosevelt, près de chez toi. C'est à 18 h. Ma et Baba ne peuvent pas venir, alors il n'y aura que moi. Je me disais que tu pourrais peut-être être là.

Kavita avait répondu à son jeune frère presque immédiatement :

> Salut Sam. Merci pour l'invitation. Tu me manques. J'ai eu une dure journée. Je suppose que tu as appris qu'Aditi s'est mariée ? Je parie que tout le monde est déjà au courant. Elle est revenue d'Inde et elle va quitter notre appartement. Elle déménage à Londres. Son mari est ingénieur. Je me sens si seule, Sam. J'ai l'impression d'avoir perdu une sœur. Je n'imagine que trop bien ce que Ma a dû dire en apprenant la nouvelle ! Mme Dasgupta n'a pas dû se gêner pour lui balancer la nouvelle en pleine figure. ☹ J'aurais aimé pouvoir venir à ton match, mais je ne peux pas ce soir. J'ai déjà un rendez-vous.
>
> Je serai avec toi par la pensée. Fais-moi un message quand ce sera terminé ; tu me diras comment ça s'est passé. Je t'aime, petit frère.

— Le rendez-vous, ce devait être avec Shea, dit Kins.

— Aucun doute.

— À la fin du message elle demande à Sam de lui dire comment s'est passé le match. Une femme qui songe à se suicider n'écrirait pas ce genre de chose.

Tracy en convint. Elle lut la réponse de Sam après le match :

> Vita, on a gagné ! Je n'ai pas marqué, mais j'ai bien joué. Appelle-moi quand tu seras rentrée. Je passe la soirée chez mon copain. J'aurai mon téléphone.

— "J'aurai mon téléphone" ? Pourquoi est-ce qu'il dit ça ? demanda Kins.

— Sa mère lui prend son téléphone tous les soirs, répondit Tracy.

— Oh, Shannah fait la même chose. Si elle ne le faisait pas, les gosses ne feraient jamais leurs devoirs.

Tracy lut le message que Sam avait envoyé à Kavita plus tard ce soir-là, à un peu plus de 22 heures.

Vita, as-tu eu mon message ? J'ai appelé mais tu n'as pas répondu. Rappelle-moi.

Sam avait envoyé un troisième message le lendemain mardi, après que Tracy et Katie Pryor avaient rendu visite à la famille.

Vita ? Où es-tu ? La police était ici et te cherchait. Tout le monde est inquiet pour toi. Ma et Baba sont inquiets. Je suis inquiet. S'il te plaît, si tu as ce message, peux-tu m'appeler ?

Il y avait également un texto de Nikhil.

Vita, la police est venue. Ils te cherchent. Il faut que tu arrêtes ces stupidités et que tu rentres à la maison.

— Rien de la mère ni du père, dit Tracy. C'est bizarre, non ?

— Je trouve aussi, admit Kins. Peut-être qu'ils ont demandé à Sam et à Nikhil d'essayer de la joindre. Mais je sais que Shannah enverrait un texto toutes les cinq minutes.

— Oui, bizarre, répéta Tracy en repensant à la réaction de ses propres parents quand sa sœur avait disparu.

À l'époque, ses parents et elle n'avaient pas de téléphones portables.

CHAPITRE 43

Faz regarda l'homme quitter la tente par l'arrière et marcher vers l'est, en direction de Eighth Avenue. Bien qu'il portât une casquette de base-ball et des lunettes de soleil, Faz était certain qu'il s'agissait de la même personne qu'il avait vue dans le hall de l'immeuble où habitait Eduardo Lopez, juste avant que Gonzalez et lui n'entrent dans l'ascenseur. L'homme les avait regardés tous les deux, mais ses yeux s'étaient attardés sur Gonzalez. Sur le moment, Faz s'était dit que cette insistance signifiait seulement que l'homme cherchait à comprendre s'ils appartenaient à la police.

Plus maintenant.

Gonzalez était allée à South Park porter un message à l'homme, ou en recevoir un – puisque rien, concrètement, ne paraissait avoir changé de main.

Faz voulait obtenir une meilleure photo de l'homme pour augmenter ses chances de pouvoir l'identifier. Il le suivit à travers la pelouse en marchant parallèlement à lui, et légèrement en retrait. Quand l'homme atteignit Eighth Avenue, il tourna à droite et marcha en direction du sud. Faz traversa la rue jusqu'à l'endroit où il avait garé sa voiture, sans quitter l'homme du regard ; mais il le vit tourner à droite au croisement de Eighth Avenue et de South Cloverdale. Il se remit rapidement au volant de sa voiture et fit demi-tour. À l'intersection – au feu rouge – il tendit le cou en scrutant la rue, mais l'homme avait disparu ; il ne le voyait plus.

— Merde ! lâcha-t-il.

Il tourna au coin de la rue, roulant lentement, inspectant les vitrines des immeubles et les ruelles qui rythmaient l'artère. Soudain, il entendit un puissant moteur se mettre en route. L'instant d'après, une Chevrolet Chevelle rouge au capot orné de bandes noires quitta sa place de stationnement le long d'une clôture grillagée et s'engagea dans la circulation. L'homme était au volant. Faz le dépassa, et observa la Chevelle dans son rétroviseur central. C'était la même voiture qu'il avait déjà vue passer devant chez Monique Rodgers, avec le Petit Jimmy assis côté passager.

— Voilà qui devient intéressant, marmonna-t-il.

Il s'arrêta à l'intersection suivante, s'assura que la Chevelle ne venait pas dans sa direction, et fit demi-tour. Puis il rejoignit la voiture et resta en retrait d'une cinquantaine de mètres. La Chevelle passa sous un viaduc et prit la direction de la SR 99, la « Washington State Route ». Cloverdale formait un virage sur la gauche et devenait la First Avenue South. Faz et Gonzalez avaient suivi cette même route pour se rendre à l'appartement d'Eduardo Lopez ; il se demanda si l'homme au volant de la Chevelle habitait au même endroit et rentrait simplement chez lui, ou s'il se dirigeait ailleurs. Quelques instants plus tard, la route bifurqua. La Chevelle prit sur la droite.

— D'accord, c'est raté, constata Faz en voyant la voiture s'éloigner de l'entrée de l'immeuble où vivait Lopez.

La Chevelle longea l'immeuble. Il crut un instant qu'elle allait s'engager sur le parking qui se trouvait derrière, mais la voiture ralentit et prit à droite, dans une voie d'accès à un complexe de stockage.

Faz continua tout droit, chercha à lire le numéro de plaque de la Chevelle au passage, mais n'y parvint pas. Il s'arrêta un peu plus loin à l'ombre d'un arbre, le long d'une clôture grillagée surmontée de fils de fer barbelés, et se retourna pour regarder par la vitre arrière. La Chevelle s'était arrêtée devant un portail grillagé. L'homme avait abaissé sa vitre et passé un bras à l'extérieur ; Faz le vit pianoter un code sur un boîtier. Le portail s'ouvrit ; la Chevelle le franchit et disparut derrière un hangar.

Faz jeta un regard à l'immeuble d'habitation de l'autre côté de la rue. Depuis son appartement, Lopez pouvait surveiller les entrepôts vingt-quatre heures sur vingt-quatre, sept jours sur sept. Faz savait également que les bâtiments se trouvaient à moins d'un kilomètre de la « Highway 509 », qui croisait la 508 près de l'aéroport de Seattle-Tacoma, et finissait par rejoindre l'I-5, l'autoroute inter-États qui courait de la frontière canadienne à Los Angeles. Bref, une configuration très pratique.

Si Faz parvenait à relever le numéro de plaque de la Chevelle, il pouvait espérer obtenir du Bureau des immatriculations le nom de l'homme que Gonzalez était venue retrouver. Il descendit de voiture et scruta les hangars à travers la clôture grillagée, cherchant à apercevoir la Chevelle. En vain.

Il compta quatre rangées de bâtiments comprenant chacune quatre unités de stockage. Un plan en grille qui permettait la circulation des voitures entre les différentes unités industrielles.

L'allée principale montait légèrement jusqu'à un petit bâtiment commercial situé à l'avant du terrain, lequel gérait probablement la location des unités de stockage et, à en croire les inscriptions en vitrine, les matériaux de conditionnement et les camions de la société de déménagement U-Haul.

Faz marcha en direction de l'entrée du magasin, scrutant en même temps les allées asphaltées entre les bâtiments, mais il ne vit pas la Chevelle. Soit l'homme était entré avec la voiture dans un des hangars, soit il s'était garé tout au bout de l'allée, derrière les derniers bâtiments. Le plus sûr, décida Faz, était encore d'attendre dans sa voiture que la Chevelle quitte les lieux, et puis d'appeler Del pour lui demander de faire une recherche à partir du numéro de plaque.

Il fit demi-tour. Il revenait sur ses pas dans l'allée quand il entendit un bruit de moteur et vit le portail s'ouvrir. Un pick-up attendait, moteur au ralenti, se préparant à quitter l'endroit. Dès que le véhicule sortit, Faz se glissa à l'intérieur avant que le portail ne se referme. Tout ce qu'il avait à faire maintenant, c'était prendre une photo de la plaque d'immatriculation et partir. Il remarqua la présence de caméras de surveillance en haut des bâtiments, mais se dit qu'il devait s'agir de caméras qui filmaient non-stop mais que personne ne regardait, à moins qu'un vol ne se produise.

Il continua d'avancer jusqu'à l'intersection entre les deux premières rangées de bâtiments, mais la Chevelle n'était pas là. Il continua, dépassa la deuxième rangée ; toujours pas de Chevelle en vue. Il avança encore, jusqu'au bout du complexe.

Comme il le soupçonnait, la Chevelle était garée au bout de l'allée, à côté d'une autre voiture de sport et d'un gros camion U-Haul.

Il sortit son téléphone. Il allait prendre une photo de la plaque d'immatriculation, quand il entendit le volet roulant d'un des boxes de stockage se relever, et des hommes parler en espagnol. Il se précipita dans la seule direction possible, le long du bâtiment. Il dirigea l'objectif de son téléphone vers la plaque et la prit en photo. Il prit également en photo celle de la deuxième voiture, reculant en même temps, concentré sur sa tâche. Quand il atteignit le coin du bâtiment, il sentit le canon d'une arme appuyer contre sa tempe.

— Un seul geste stupide, détective, et j'aurai le plaisir de vous coller une balle dans le crâne.

CHAPITRE 44

La journée du samedi touchait à sa fin quand Tracy et Kins regagnèrent le siège de la police.

Toutes sortes de documents jonchaient la table qui occupait le centre de leur open space, et des odeurs de pizza imprégnaient l'air de l'espace de travail – les boîtes à pizza de chez MOD s'empilaient sur le bureau vide de Faz, bien qu'il fût un peu tôt pour dîner. En temps normal, Tracy aurait dit non à une part de pizza, mais maintenant qu'elle avait commencé à prendre du poids malgré elle, elle se dit qu'elle aurait tort de ne pas se faire plaisir. Elle était affamée ; tout comme Kins, elle n'avait rien mangé depuis le début de la matinée.

Une douce lumière baignait l'open space, filtrée par les vitres teintées du bâtiment. La « C Team » était sortie dîner, et Kins avait éteint la télévision à écran plat afin qu'ils puissent se concentrer. On n'entendait aucune voix ; pas de sonneries de téléphone intempestives, ni de cliquetis de clavier. Juste le silence, et du temps pour passer de nouveau en revue les e-mails et les textos de Kavita Mukherjee, pour s'assurer qu'ils n'étaient pas passés à côté d'un détail important, et se laisser aller à conjecturer sur ce qui avait bien pu se passer.

Tracy attrapa une part de pizza et une serviette en papier, et retourna examiner les documents sur la table centrale. C'est comme cela qu'elle aimait travailler – avoir tout sous les yeux, en une seule fois. Cela la forçait à réfléchir de manière non linéaire – penser en termes de séquences l'entraînait trop souvent à rechercher l'élément qui venait logiquement à la suite, avec le risque de passer à côté de quelque chose qui justement n'avait pas de lien logique. C'était dans la nature humaine que l'esprit cherche à combler des blancs afin de donner aux actes ou aux événements une logique d'ensemble, quand bien même il manquait des preuves pour étayer cette logique. Dans la grande majorité des cas, les actes criminels n'étaient pas méticuleusement planifiés, loin de là.

Elle mordit dans sa part de pizza. Ses papilles gustatives furent instantanément assaillies par le goût de l'ail, du pepperoni et des poivrons rouges. Kins et elle allaient avoir l'haleine chargée une bonne partie de la nuit, et peut-être même de la matinée. Ils s'étaient mis d'accord pour travailler toute la nuit s'il le fallait ; jeudi au plus tard, ils devraient passer la main et transmettre le dossier.

Tracy prit le rapport préliminaire de Kaylee Wright, qui reprenait ce qu'elle leur avait dit à l'intérieur du parc. Wright avait découvert des traces de pas éparses qui correspondaient à celles laissées par la semelle des chaussures de Kavita au début d'une des pistes qui sillonnaient le parc, non loin du parking – ce qui semblait indiquer que Kavita avait marché dans le parc. Elle avait découvert plus loin d'autres traces révélant une enjambée différente, plus espacée, qui laissait penser que Kavita avait couru. Puis elle avait remarqué d'autres empreintes, qui allaient dans toutes les directions, comme si Kavita s'était arrêtée, peut-être après avoir entendu quelque chose. L'absence de traces de pas similaires menant jusqu'au puits, tournant autour ou s'en éloignant, constituaient par ailleurs une indication claire que Kavita n'était pas tombée accidentellement dedans. La conclusion logique était que le tueur l'y avait transportée.

Quand les preuves manquaient, Tracy optait toujours pour la solution de bon sens.

— Partons du principe qu'elle a été transportée jusqu'au trou, dit-elle. La première chose à laquelle on pense, c'est que Kavita était grande. Pas loin d'un mètre quatre-vingts, pour soixante-cinq kilos.

— Un adulte a pu la transporter, mais je suis d'accord, c'est un poids mort important, admit Kins.

— Charles Shea ? risqua Tracy.

Elle s'approcha du tableau blanc qu'elle avait trouvé dans la salle de conférence et écrivit « Shea » en bleu.

— Il faut encore le relier au parc, et le mobile n'est pas clair, dit Kins.

Ils avaient appelé, Margo Paige, la ranger du parc, le vendredi après-midi. Elle leur avait confirmé qu'il n'y avait pas de caméras sur le parking de Bridle Trails. Dommage. La voiture de Shea ne serait pas passée inaperçue. Paige leur avait promis d'aller à Seattle le lendemain, samedi, pour jeter un coup d'œil aux dossiers archivés du parc, et de les appeler si elle trouvait quoi que ce soit d'intéressant.

— Shea a pu convaincre Kavita de se promener avec lui dans le parc. C'était une belle soirée. Peut-être qu'il s'est mis à agir étrangement, à devenir possessif, et que Kavita a couru pour lui échapper. Elle a pu tourner en rond à un moment pour réfléchir au chemin le plus court pour sortir du parc, et éviter qu'il ne la rattrape, conjectura Tracy.

— Mais Kaylee n'a trouvé qu'une seule trace de pas sur le chemin, objecta Kins.

— Peut-être que c'est normal, compte tenu du fait que le chemin était très sec et qu'il avait été très emprunté. Les traces de pas de Shea ont pu être détruites par un joggeur ou par des chevaux. De plus, Kaylee n'avait aucun comparatif pour l'aider à les repérer. Quant au mobile, ça pourrait être quelque chose de très simple : Shea est tombé amoureux de Kavita, et il n'a pas supporté qu'elle mette fin à leur contrat.

— Ce qui confirmerait ton hypothèse selon laquelle Kavita aurait mis fin à leur relation parce qu'elle avait deux fois plus d'argent que nécessaire pour financer ses études, reconnut Kins.

— Ce que Shea a d'ailleurs confirmé, ajouta Tracy.

— D'accord, mais le puits ? Comment connaissait-il son existence ?

— La réponse la plus simple est qu'il connaît très bien le parc, c'est tout.

— Mais on n'en a aucune preuve. Medina se trouve trop loin de Bridle Trails pour qu'il aille y courir régulièrement le soir.

— Je l'admets.

— Je crois personnellement que c'est par là qu'on devrait commencer : découvrir qui pouvait être au courant de l'existence de ce puits.

— La famille, sans aucun doute, dit Tracy. Son père dit qu'ils se sont longtemps promenés en famille dans le parc, pour aller aux champignons par exemple. Rien de tel pour sortir des sentiers battus.

— Il faut qu'on vérifie auprès de la compagnie d'aviation, qu'on voie si son alibi tient la route. Et on peut ajouter Aditi à la liste, dit Kins. Et sa famille. Qu'est-ce qu'on sait d'eux ?

Tracy écrivit les noms au tableau, puis se retourna vers Kins.

— Pas grand-chose, dit-elle.

— Entoure le père et Nikhil, dit Kins. Sam et la mère auraient eu des difficultés à transporter le corps. Sam ne doit pas faire plus de cinquante kilos. Et quel serait son mobile ? Reste l'hypothèse du crime fortuit, quelqu'un qui tuerait au hasard.

Tracy se refusait à croire qu'il pouvait s'agir d'un crime fortuit. Pour commencer, cette hypothèse ne collait pas avec les preuves médico-légales. En se basant sur les blessures infligées au crâne de Kavita, Rosa avait conclu que les coups portés étaient intentionnels, une probable indication que le tueur avait agi sous l'emprise de la colère. Elle prit le rapport préliminaire d'autopsie de Kelly Rosa. Cette dernière attribuait la cause de la mort à un « trauma contondant » juste au-dessus de la tempe gauche de Kavita Mukherjee. D'après la nature de la fracture, Rosa concluait encore que Mukherjee avait été frappée trois fois, ce qui venait étayer la théorie selon laquelle il pouvait s'agir d'un crime passionnel violent. Rosa ajoutait dans son rapport que rien n'indiquait que Kavita avait été violée, alors même que subsistaient des traces d'un rapport sexuel ayant eu lieu dans les vingt-quatre heures précédant sa mort – et qu'elle avait vraisemblablement eu avec Shea.

— Pas de viol, dit-elle.

— Et on ne lui a rien volé, ajouta Kins. Shea n'avait effectivement pas besoin de lui prendre son argent, ni ses effets personnels d'ailleurs, qui risquaient de le trahir.

— En revanche, il aurait récupéré le téléphone prépayé de Kavita, argua Tracy, sachant qu'il n'y avait rien sur le téléphone normal de la jeune femme pouvant l'incriminer.

— Le rapport semble indiquer qu'elle a été surprise par son agresseur, fit remarquer Kins. On n'a retrouvé aucune ecchymose, pas d'égratignures ni de coupures sur son corps, qui pourraient indiquer qu'elle s'est débattue, qu'elle a tenté de se défendre contre une attaque.

— Elle a couru pour s'échapper. Shea a pu la surprendre au moment où elle s'est arrêtée. Il devait faire sombre, elle ne devait pas y voir très bien. Et il y avait suffisamment d'arbres pour que Shea puisse se cacher.

— Bon, on suppose donc que le tueur l'a suivie jusqu'au parc ou attendue à l'intérieur ?

— Oui, mais il reste un problème : pourquoi Kavita s'est-elle rendue à Bridle Trails ?

Kins réfléchit à la question.

— Supposons qu'elle était en colère contre Aditi.

— Mais elle *était* en colère contre Aditi.

— Et si elle était allée au parc parce qu'elle avait prévu d'y retrouver quelqu'un, ou que quelqu'un voulait l'y retrouver ?

— Pas Sam, dit Tracy. Il était à son match. Ni son père, qui voyageait apparemment. Nikhil et sa mère ? Il est peu probable qu'elle ait voulu les rencontrer.

— Ce qui nous laisse Aditi, dit Kins. Ou un tueur opportuniste, qui agit au hasard. Un deuxième *sugar daddy* ?

— On n'a rien trouvé qui prouve l'existence d'un deuxième « papa gâteau », et son compte en banque n'indique pas de virements provenant d'un autre compte. Et puis, ça ne nous dit toujours pas pourquoi elle est allée au parc.

Kins but une gorgée de soda, les yeux rivés sur le tableau.

— On sait donc qu'elle a marché à l'intérieur du parc, et on peut supposer qu'elle l'a fait volontairement, du moins en apparence.

— Je crois que c'est là que ça se joue, reprit Tracy.

Elle traça une ligne de temps au tableau.

— Elle est arrivée à l'hôtel à 19 h 30.

La vidéo de l'hôtel avait enregistré le passage de Kavita à la réception.

— Et elle en est partie à 20 h 52.

Une caméra sur le parking l'avait filmée quittant l'hôtel ; elle était seule.

— Qui savait qu'elle allait à l'hôtel ? interrogea Tracy.

— Shea, évidemment, répondit Kins.

Tracy souligna son nom sur le tableau blanc.

— Peut-être qu'il n'a pas quitté l'hôtel. Peut-être qu'il l'attendait dans sa voiture pour la suivre, sans qu'elle s'en doute.

— Et sa femme ? La femme de Shea, risqua soudain Kins. Il a dit qu'elle le soupçonnait de la tromper. Et si elle l'avait suivi, avant de suivre Kavita ?

Tracy écrivit « Mme Shea » sur le tableau.

— Ça n'explique toujours pas pourquoi Kavita est allée au parc, mais gardons ça en tête pour le moment.

Puis elle dit :

— Et Aditi ? Et si elle savait que Kavita avait un rendez-vous et qu'elle en connaissait les détails ? Shea a dit qu'ils procédaient toujours de la même manière, qu'ils allaient dans le même hôtel. Aditi a pu facilement être au courant de ça.

— Donc, elle aurait menti en affirmant qu'elle ne savait pas que Kavita avait un rendez-vous ?

— Peut-être, ou alors...

Tracy réfléchit un instant.

— Même si elle n'était pas au courant de leurs habitudes, elle a très bien pu localiser Kavita grâce à l'application sur son téléphone.

— Oui, mais tu as dit qu'elle avait paru sincèrement surprise quand tu l'as interrogée à propos du compte partagé Apple.

— C'est vrai, mais elle a pu aussi se préparer à cette question. De plus, il lui était facile d'attirer Kavita dans le parc sans avoir à la suivre depuis l'hôtel. Elle se trouvait tout près de là, chez ses parents. Elle a pu appeler Kavita et lui demander de la retrouver au parc avant son départ pour Londres.

— C'est possible : Kavita n'aurait sûrement pas voulu aller chez les Banerjee et faire face à la mère et au reste de la famille, si j'ai bien compris, dit Kins. Tu as dit qu'elle ne voulait même pas les voir à l'appartement.

— C'est ce qu'Aditi m'a dit.

— Bon, d'accord, le parc est l'endroit idéal, et Kavita s'y rend volontiers. Mais quelles raisons Aditi aurait-elle de vouloir tuer sa meilleure amie ?

Tracy se mit à aller et venir près de la table.

— La jalousie ?

— Jalousie à propos de quoi ?

— Peut-être qu'on fait fausse route en envisageant la situation uniquement du point de vue de Kavita. On devrait essayer de se mettre à la place d'Aditi, et considérer les choses de son point de vue.

— Ce qui nous donne quoi ?

— Pour commencer, Kavita s'apprêtait à vivre la vie dont elle et Aditi rêvaient depuis qu'elles étaient petites filles. En fait, poursuivit Tracy en repensant à sa conversation avec Aditi, Aditi ayant renoncé à faire médecine, plus rien, matériellement, n'empêchait Kavita de se lancer. Ce n'était plus un rêve, mais une réalité.

— C'est vrai, admit Kins.

— Bon, et si Kavita avait parlé à Aditi de l'argent, si elle lui avait dit qu'elle en avait suffisamment pour qu'elles puissent au moins démarrer leurs études toutes les deux ?

— Trop tard, dit Kins. Aditi était déjà mariée.

— Et si Aditi avait eu des regrets, des doutes… ? Kavita était la plus jolie des deux, celle qui attirait toujours l'attention, réussissait tout.

— Y compris à dénicher un médecin capable de lui payer ses études, alors qu'Aditi, elle, n'est tombée que sur des paumés qui voulaient qu'elle leur fasse une fellation dans leur voiture.

— Kavita était également meilleure à l'école, alors que c'était Aditi qui travaillait le plus dur, ajouta Tracy.

— Ça a dû la rendre plus d'une fois furax, dit Kins. Moi, c'est l'effet que ça me ferait.

Tracy se tut un instant, réfléchissant à la question. Puis elle dit :

— Ça fait beaucoup à encaisser pour une jeune femme.

— C'est vrai, mais de là à tuer sa meilleure amie…

— Les crimes passionnels, par définition, ne sont pas raisonnés. La personne agit impulsivement. Le fait est qu'Aditi connaissait le parc. Elle et Rahesh se trouvaient juste à côté, et Kavita et elle ont grandi ensemble et y ont souvent joué.

— Tu veux dire qu'elle connaissait l'existence du puits ?

— C'est possible, dit Tracy.

— Et comment aurait-elle transporté le corps ?

— Elle avait Rahesh, mais quelqu'un d'autre dans sa famille a pu l'aider, répondit Tracy.

— Aditi pouvait ensuite ramener la voiture de Kavita à l'appartement, suivie par un ou une complice, continua de raisonner Kins. Ça colle. Reste malgré tout la question du mobile.

— Je l'admets. Bon, disons qu'Aditi s'est rendue en Inde pour assister au mariage d'une cousine, comme elle l'a dit, reprit Tracy, réfléchissant à voix haute en même temps qu'elle faisait les cent pas. Elle se retrouve là-bas, et là, sa mère et sa famille commencent à lui parler mariage.

— C'est plus que probable.

— La pression a dû être très forte, et cette fois Aditi n'avait plus Kavita pour la soutenir moralement. Rahesh et sa famille se sont peut-être mis de la partie eux aussi. Aditi a dit que les pères ont grandi ensemble.

— Les deux familles se sont sûrement mises d'accord, continua de raisonner Kins. Ouais, j'imagine bien la chose.

— À en croire Aditi, Kavita et elle subissaient des pressions familiales, mais Kavita était la plus forte des deux. Et si la famille d'Aditi avait profité de l'occasion, profité qu'elle se trouvait à des milliers de kilomètres, isolée, loin de l'influence de Kavita, pour lui mettre la pression et faire en sorte qu'elle cède ?

— Elle aurait accepté ce mariage juste pour satisfaire ses parents, et pas parce qu'elle le voulait ? Qu'est-ce que tu essaies de dire ? Qu'elle a juste… craqué ?

— Pas craqué nerveusement ; c'est juste qu'elle se trouvait dans un pays différent, et qu'il y avait cet homme, un célibataire, assis professionnellement, qui s'intéressait à elle… Elle a dit qu'elle était prête à se soumettre à la volonté de sa mère, et que, dès le début, elle ne voulait pas aller à la pêche au *sugar daddy* sur ce site de rencontre. Sa famille et celle de Rahesh se trouvaient à ce mariage, et les arguments de sa mère ont commencé à faire mouche. Aditi a dû se dire qu'elle ne resterait pas éternellement jeune ; et qu'elle n'aurait probablement pas tant de prétendants que cela, en particulier aux États-Unis. Là, il y avait un homme qui la désirait. Elle a dû se sentir spéciale, ça a dû flatter son ego. Elle a dû se dire qu'il y avait bien pire que le mariage ; que ce n'était pas une si mauvaise chose après tout.

— Mais il y a eu le retour aux États-Unis, à leur appartement, enchaîna Kins, poursuivant le raisonnement.

— Le retour à sa vie d'avant, le retour à la réalité… et là, elle se rend brusquement compte de l'ampleur de sa décision.

— Elle comprend qu'elle a commis une erreur monumentale, qu'elle a été stupide, dit Kins.

— Et voilà que Kavita lui annonce qu'elle a assez d'argent pour qu'elles puissent commencer à étudier toutes les deux…

Kins acquiesça d'un hochement de tête appuyé.

— Elle se rend compte qu'elle a tout fichu en l'air, renchérit-il, qu'elle était à deux doigts de réaliser son rêve.

— Elle aurait pu être médecin, comme son amie, poursuit Tracy. Et voilà que non seulement elle est mariée, mais qu'il lui faut de surcroît déménager à Londres, dans un autre pays, pour y vivre avec un homme qu'elle connaît à peine, mais aussi avec toute sa famille, dont elle va devoir s'occuper.

— Dur à encaisser, admit Kins. Peut-être même trop dur.

— D'accord, disons qu'Aditi savait que Kavita était avec le docteur, parce que ce rendez-vous du lundi soir était régulier. Elle connaissait le parc. Admettons qu'elle connaissait l'existence du puits.

Kins grimaça, quelque chose l'empêchant toujours d'aller au bout de ce scénario.

— J'entends ce que tu dis, vraiment. Mais tuer sa meilleure amie ? La frapper avec une pierre ?

— Peut-être qu'elle n'avait pas prévu de la tuer, dit Tracy. Peut-être qu'Aditi a demandé à Kavita de la retrouver au parc pour parler. Peut-être qu'avec tout ce qui était arrivé, elle avait juste besoin de parler à sa meilleure amie, sa sœur, sans la présence de son mari ni de personne.

— Il est certain qu'elle ne risquait pas de trouver une oreille compatissante chez ses parents, admit Kins.

— Elle a paniqué. Elle avait peur, n'arrivait plus à penser clairement. Et ce parc, c'est l'endroit où Kavita et elle ont grandi. Il représente une époque où elles avaient plein de rêves toutes les deux.

Tracy continuait d'aller et venir dans la pièce, mettant à l'épreuve sa théorie en l'exprimant à voix haute.

— Peut-être qu'Aditi voulait de l'aide, et que Kavita lui a dit qu'elle ne pouvait rien faire.

— Elle pouvait divorcer, suggéra Kins.

— Je ne crois pas. Ça ne marche pas comme ça.

— Kavita avait trente mille dollars. Elle aurait pu l'aider.

— Mais Aditi a dit que Kavita était en colère. Elle avait d'ailleurs déchiré son chèque. Peut-être que Kavita lui en voulait toujours de ne même pas l'avoir appelée avant de se marier, de ne pas lui avoir laissé une chance de la dissuader de faire cela. Peut-être qu'elles s'en voulaient toujours réciproquement. Ça arrive entre deux sœurs. On commence à se disputer pour une broutille, et une chose en entraînant une autre…

— Kavita finit par lui tourner le dos et s'éloigner…

— Et Aditi, qui a l'impression que sa vie est fichue, a un geste désespéré. Dans un brusque accès de colère, elle frappe son amie, dit Tracy.

— On a vu des couples mariés en arriver là ; deux personnes apparemment amoureuses l'une de l'autre ; l'une fait quelque chose de stupide, et l'autre réagit.

— Kavita allait vivre la vie dont rêvait Aditi, et l'espace d'un instant, Aditi l'a détestée pour cela, ajoute Tracy.

— C'est plausible, Tracy, mais comment est-ce qu'on prouve ça ? demanda Kins.

Tracy y réfléchit un instant.

— Les relevés d'appels de Kavita. On sait qu'Aditi a essayé de contacter Kavita ce soir-là. Il faut qu'on vérifie les appels entrants sur le portable de Kavita.

Kins effectua la recherche sur son ordinateur. Tracy se pencha par-dessus son épaule.

— Rien, dit-il. Mais elle a pu utiliser le numéro du téléphone prépayé.

— Ce qui expliquerait qu'on ne l'a pas retrouvé, dit Tracy. Elle aura voulu effacer la trace de cet appel.

— Il va nous falloir plus que ça, dit Kins, et j'ai comme l'impression que Bellevue aura pris la main entre-temps.

— On peut peut-être avoir "plus que ça", comme tu dis.

Tracy retourna à son bureau et décrocha son téléphone.

— Qui appelles-tu ? demanda Kins.

— Andrei Vilkotski, répondit-elle.

CHAPITRE 45

Faz n'avait jamais eu l'ombre d'une chance. Le bâtiment situé à l'avant de la parcelle n'était pas seulement un local commercial ; c'était également le centre de surveillance de l'ensemble de la propriété. Il s'en rendit compte alors qu'on le faisait entrer dans une pièce où se trouvait une baie de contrôle multi-écrans qui fournissait en continu et sous tous les angles possibles des images de surveillance de l'ensemble du complexe de stockage. Il était apparu sur un des écrans à l'instant même où il avait mis le pied dans la propriété, et ils avaient suivi sa progression. La complexité du système de surveillance confirmait ses premiers soupçons, à savoir que les boxes de stockage contenaient quelque chose qui avait bien plus de valeur que le mobilier du client lambda.

L'homme qui lui avait collé le canon de son arme contre la tête n'était autre qu'un des deux sbires shootés aux stéroïdes anabolisants qui montaient la garde chez le Petit Jimmy pour sa fête d'anniversaire. Le tissu de sa chemise de sécurité était tendu sur ses épaules et ses pectoraux, et les veines de ses bras étaient si saillantes que l'on avait l'impression que des cancrelats se frayaient un chemin sous sa peau. Il avait désarmé Faz et lui avait pris son téléphone portable. Plus question pour Faz, par conséquent, d'indiquer le lieu où il était, ni d'envoyer la photographie à Del.

— Je me souviens de toi, dit Faz au garde du corps tandis que celui-ci terminait de le menotter à un gros tuyau qui courait sur toute la hauteur du mur. Bon sang, l'abeille qui t'a piqué devait être sacrément balèze. T'as jamais songé à prendre un peu d'adrénaline pour désenfler un peu ?

L'homme le regarda comme s'il avait affaire à un cinglé, mais il ne lui répondit pas. De toute évidence, il n'avait pas saisi la plaisanterie.

Il le laissa seul quelques minutes, avant de revenir avec l'homme que Faz avait suivi du parking jusqu'au complexe de stockage, et un troisième larron dont le visage n'était pas familier à Faz. Tous parlaient en espagnol. Faz ne comprenait pas ce qu'ils disaient, mais il était à peu près sûr d'une chose : c'était lui le sujet de la conversation.

Comment est-ce qu'il était arrivé là, et qu'est-ce qu'il avait vu ?

L'homme qu'il avait suivi s'approcha de lui.

— C'est vous le détective de l'appartement, celui qui a abattu Eduardo.

— Non, dit Faz, ce n'est pas moi. Je suis juste un innocent qui passait là par hasard.

Il se dit qu'il valait mieux ne pas révéler qu'il l'avait vu avec Gonzalez avant de savoir ce qui se passait au juste.

— Je vais avoir besoin de vos noms pour mon rapport.

— T'es qu'un petit connard stupide, dit le videur.

— Je suis sûr que le tien, de nom, est imprononçable, et que t'as dû en chier à l'école pour apprendre à l'écrire. Un surnom, peut-être ?

Le videur lui balança un crochet, qui toucha Faz au-dessus de la tempe droite ; ce fut comme s'il avait reçu un coup de massue. Il décolla littéralement du sol, avant de s'écrouler sur les genoux ; un coude en métal empêchant les menottes de glisser vers le bas, ses bras restèrent levés au-dessus de sa tête, qui ploya en avant tandis qu'il luttait pour rester conscient, sa vue se brouillant.

— Bon Dieu, lâcha-t-il. Hé, les gars, il va vraiment falloir améliorer votre sens de l'humour.

Le videur fit un pas vers lui, s'apprêtant à lui assener un autre coup de poing, mais l'homme que Faz avait suivi l'en empêcha en lui parlant de nouveau en espagnol. Il s'ensuivit une discussion houleuse, jusqu'à ce que le videur recule finalement, puis quitte la pièce.

— Il faut que tu saches que j'ai appelé mon équipier, dit Faz, à genoux. Il a ta plaque d'immatriculation et il sait où je suis. Alors, s'il m'arrive quoi que ce soit, *vaquero*, je te garantis que tu vas bouffer les pissenlits par la racine. Si j'étais toi, je filerais direct vers la frontière. Tu ne nous intéresses pas. C'est le Petit Jimmy qu'on veut coincer. Laisse-le tomber maintenant, et disparais. C'est ta seule chance.

L'homme lui tourna le dos, et s'adressa à voix basse au troisième homme. Faz n'entendit pas ce qu'il lui dit, mais l'autre n'avait pas l'air d'approuver. Ses mains balayaient l'air agressivement. Faz réussit à saisir plusieurs fois les mots « Petit Jimmy » prononcés en anglais, sans doute parce que « *Pequeño* Jimmy » n'était pas aussi menaçant.

Finalement, l'homme qu'il avait suivi s'approcha de lui.

— Il va falloir que tu règles ça directement avec le Petit Jimmy. Mais tu t'en doutes : il ne t'aime pas beaucoup.

Faz sentit que le côté de sa tête était en train d'enfler, là où il avait reçu le crochet. La douleur était intense, et il voyait encore des étoiles. Il comprit que sa meilleure défense pour le moment, c'était encore l'attaque – sous n'importe quelle forme. Il haussa les épaules.

— Tu as eu ta chance. Vous avez tous eu votre chance. Crois-moi sur parole. Tuez un flic, et c'est l'enfer sur terre garanti pour vous tous. Les collègues viendront réduire cet endroit en cendres, et vous avec. Et ceux qui survivront iront pourrir à la prison d'État de Walla Walla. Vous ne pourrez pas dire que je ne vous ai pas prévenus.

CHAPITRE 46

Kins jeta un coup d'œil à sa montre.

— Il est tard, dit-il. Andrei ne répondra pas à cette heure-là.

— Il travaille tard, dit Tracy en composant son numéro. À cause des vols de téléphones portables. J'ai son numéro de mobile, au besoin.

— Mets-le sur haut-parleur.

Vilkotski répondit à la quatrième sonnerie.

— Andrei, c'est Tracy Crosswhite et Kinsington Rowe. Je t'ai mis sur haut-parleur.

— J'en déduis que tu ne m'appelles pas pour me susurrer des mots doux au téléphone, dit Vilkotski.

— Tu veux que je m'en charge, Andrei ? rigola Kins.

— Oh, ne te donne surtout pas cette peine, lui renvoya Vilkotski. Bon, Tracy, ne me dis pas que tu m'appelles parce que quelqu'un t'a volé ton téléphone portable ?

Tracy se mit à rire.

— Désolée de t'appeler chez toi, mais on a une autre question pour toi concernant les téléphones portables précisément.

— Pas de souci, dit-il. Je t'écoute.

— Si je me servais de l'appli "Find My iPhone" sur mon mobile pour localiser le téléphone d'une autre personne, est-ce que ma recherche laisserait une trace quelque part ?

— Une trace ? Non. Je veux dire, la personne que tu essaierais de trouver pourrait savoir ce que tu es en train de faire, mais à la condition qu'elle prenne le temps de consulter l'appli, répondit Vilkotski.

— Qu'est-ce qu'on peut chercher, au juste, avec cette appli ? demanda Kins.

— Il y a une flèche qui apparaît, mais durant un moment très court. Dix secondes, je crois, quelque chose comme ça.

— Tu veux dire qu'il faudrait que la personne regarde son téléphone au moment où l'appli est activée, et qu'elle sache en plus quoi chercher ? demanda Kins.

— Exactement.

— D'accord, dit Tracy. Mais ce que je veux savoir, c'est s'il y a une sorte de fichier généré sur le téléphone qui fait la recherche. Par exemple, est-ce qu'il y aurait un moyen de savoir si j'ai cherché à localiser le téléphone de quelqu'un en me servant de l'appli "Find My iPhone" sur mon propre téléphone ?

— Je ne crois pas, mais il faut que je vérifie. Qu'est-ce que tu essaies de déterminer ?

— Eh bien, en gros, dit Tracy, on aimerait savoir si une personne a recherché le mobile d'une autre personne pour savoir où elle allait.

— Quel âge a le téléphone ? demanda Vilkotski. Celui à partir duquel la recherche est lancée ?

— Je ne sais pas, répondit Tracy. Pourquoi ?

— Parce que tu pourrais oublier l'appli, du coup, ne plus te soucier de ça, et te contenter de vérifier l'historique GPS du téléphone. Fais ça, et tu connaîtras tous les endroits où la personne est allée.

Tracy regarda Kins.

— Et comment est-ce qu'on fait ça, Andrei ? demanda Kins.

— Tu n'as rien à faire. Le téléphone s'en charge tout seul. Il enregistre l'heure et l'endroit en permanence, de la même manière que lorsque tu lances Google Maps, ton téléphone sait où tu es. Il y a eu pas mal d'articles là-dessus, qui dénonçaient un viol de la vie privée.

Il laissa échapper un petit rire sardonique.

— Ça me fait rire, reprit-il. Que ceux qui se plaignent qu'on viole leur vie privée aillent vivre un peu en Russie.

— Est-ce qu'on peut désactiver ce service ? demanda Kins.

— On peut, mais je ne vois pas trop pourquoi – à moins d'être parano.

Tracy échangea de nouveau un regard avec Kins, qui secoua la tête pour indiquer qu'il n'avait plus d'autres questions.

— Merci, Andrei, dit-elle. J'espère qu'on n'a rien interrompu d'important.

— Pas de souci, répéta-t-il. Ça m'a fait plaisir.

Tracy mit fin à la conversation et regarda sa montre.

— Il nous faut le téléphone d'Aditi.

— Je te rappelle qu'on est dans la pure spéculation, Tracy.

— Ce ne sera plus le cas si l'historique de son téléphone nous indique qu'elle se trouvait à Bridle Trails ce soir-là. Non ?

— Et si elle nous traite de cinglés et qu'elle ne veut pas nous donner son téléphone, qu'est-ce qu'on fait ?

— Kavita et elle partageaient un compte.

— Ça ne suffit pas. Il nous faut plus que ça, l'avertit Kins.

— Donc, c'est bien ce que je dis : il nous faut son téléphone.

— On tourne en rond, là, tu ne crois pas ? Qu'est-ce que tu vas dire au juge ? *Il nous faut son téléphone pour prouver qu'on a besoin de son téléphone ?* Non, il nous faut autre chose. Parce que si on se pointe là-bas maintenant et qu'on se met à lui poser tout un tas de questions qui ne mènent nulle part, elle risque de se débarrasser de son téléphone, tout simplement.

— Et son opérateur ? Peut-être qu'il peut nous envoyer ce qu'on cherche ? suggéra Tracy.

— Peut-être, mais ce n'est pas une urgence. Ce n'est pas comme lorsque nous avions besoin de trouver le téléphone de Kavita. Il va nous falloir un mandat signé.

Kins jeta un coup d'œil à sa montre.

— Je ne sais pas si on a le temps. À quelle heure tu m'as dit qu'elle devait prendre l'avion pour Londres ?

— Ce soir. Très tard.

Le téléphone sonna sur le bureau de Tracy.

— Je dis qu'il faut aller à l'aéroport et risquer le coup, dit-elle à Kins en même temps qu'elle traversait l'open space jusqu'à son bureau pour répondre.

Elle souleva le combiné.

— Détective Crosswhite.

Elle écouta en silence un instant, puis regarda Kins qui lui tournait le dos, son téléphone portable collé à l'oreille, probablement pour avertir Shannah qu'il n'était pas près de rentrer à la maison. Elle claqua des doigts deux fois pour attirer son attention, avant de ramasser un stylo sur son bureau et de le lui lancer ; elle le toucha derrière la tête.

Kins se retourna et Tracy brancha le haut-parleur :

— Je suis désolée, ranger Paige, mais pourriez-vous répéter ce que vous avez commencé à me dire, afin que mon équipier puisse entendre lui aussi ?

— Je disais juste que je suis allée à Seattle aujourd'hui, et que j'ai consulté les archives du parc. Je suis tombée sur un signalement faisant état d'une cavalière dont le cheval est tombé dans un puits. J'ai pensé que vous aimeriez le savoir.

Kins s'approcha.

— De quand date ce rapport ?

— Ne quittez pas.

Ils l'entendirent fourrager dans ses papiers.

— C'était il y a neuf ans, reprit-elle.

— Quelqu'un a été blessé ?

— Non. La cavalière a réussi à sauter avant que le cheval ne tombe. Le cheval s'est cassé une jambe et a dû être abattu.

— Est-ce que ce puits se trouvait près de la maison de Kavita Mukherjee ?

— C'est la victime ?

— Oui.

— Je ne savais pas qu'elle habitait à côté du parc.

— C'est la maison familiale.

— Si vous me donnez l'adresse, je peux essayer de vérifier.

Tracy regarda Kins, qui retourna à son bureau chercher l'adresse des Mukherjee.

— Est-ce qu'un nom est indiqué sur ce signalement ?

— Oui, il y en a un. La cavalière avait quinze ans. C'est un nom étranger. Le prénom est Aditi. A-D-I-T-I.

Kins se retourna instantanément en entendant le nom.

— Le nom de famille est Dasgupta. Vous voulez que je l'épelle ? Détectives ?

CHAPITRE 47

La pièce du fond ne comportait aucune fenêtre. Seul un rai de lumière apparaissait sous la porte. Faz avait l'impression d'être là depuis des heures. Il avait entendu plusieurs personnes parler espagnol dans la pièce d'à côté, mais aucune n'était venue le voir depuis que l'homme qu'il avait suivi était parti. Il avait examiné le tuyau auquel on l'avait menotté, et tenté de tirer sur le collier de maintien boulonné au mur, mais il n'arriverait pas à le faire céder.

Il avait envisagé de se mettre à hurler, mais étant donné la configuration du complexe, le fait que le magasin devant était fermé à l'heure qu'il était, la présence d'un bosquet d'arbres et de buissons sur l'arrière, sans parler du bruit permanent de la circulation sur la 509 toute proche, personne ne risquait de l'entendre. Les sous-fifres du Petit Jimmy avaient dû se dire la même chose, puisqu'ils n'avaient même pas pris la peine de lui coller un chiffon dans la bouche. En même temps, aucun ne lui avait paru être un digne héritier d'Einstein ; ça aurait pu être une très grosse erreur de leur part.

Plutôt que de livrer une bataille perdue d'avance contre le tuyau et ses fixations, Faz s'était laissé aller à essayer de deviner qui s'inquiéterait en premier de son absence, et quand. C'était difficile à dire. Vera essaierait certainement de le joindre dès qu'il ferait nuit, mais elle était habituée à ses changements d'horaires inopinés, à son besoin fréquent de travailler tard sans même la prévenir parfois. De plus, elle avait d'autres raisons d'être inquiète. Quant à Del, il y avait peu de chances qu'il l'appelle. Il était comme lui. Il n'appelait que s'il avait une info importante, ou besoin de quelque chose. Il n'appelait pas juste pour tuer le temps. De surcroît, étant au courant de la maladie de Vera, il s'efforçait de respecter autant que possible leur intimité en ne les dérangeant pas trop. Alors, à moins que Del n'apprenne de ses contacts à Los Angeles quelque chose concernant Gonzalez, Faz ne s'attendait pas à ce qu'il l'appelle. En d'autres termes, il risquait de moisir longtemps dans cette pièce – quoique peut-être pas tant que cela. Il était plus que jamais convaincu que le Petit Jimmy était au centre d'un trafic de drogue le long de la côte ouest, et qu'il était tombé, lui, Faz, sur l'épicentre de toute l'opération. Des millions de dollars étaient en jeu ; il ne voyait pas le Petit Jimmy le laisser partir avec la promesse de ne rien dire de ce qu'il avait vu. Au reste, qu'il soit question de millions ou non, Jimmy n'avait pas besoin de cela pour le tuer. Comme avait dit le type, il détestait Faz, qu'il rendait directement responsable de la mort de son père, le Grand Jimmy. Tuer un flic, cependant, n'était pas quelque chose qu'un gros trafiquant de drogue faisait volontiers, pas si son principal souci est de passer sous les radars le plus longtemps possible. Faz pouvait donc au moins espérer mettre dans l'embarras le Petit Jimmy de ce point de vue – même si, encore une fois, ce dernier ne savait sans doute même pas écrire le mot « embarras ».

Faz entendit les hommes parler en espagnol tandis qu'ils venaient apparemment le rejoindre dans la pièce. La porte s'ouvrit et la lumière s'alluma. Le videur et l'homme qu'il avait suivi entrèrent. Derrière eux se tenait le Petit Jimmy, tout sourire. *Quand on parle du loup…*, songea Faz.

— Qu'est-ce qu'on dit déjà de l'homme qui sait être patient ? demanda le Petit Jimmy. Tout vient à point…

Les deux autres n'avaient pas la réponse. C'était bien ce que pensait Faz : les gars n'étaient pas des lumières.

— Allons, Fatso, mon vieux. Tu connais sûrement la réponse.

— Dire le contraire serait mentir, Jimmy.

— Tout vient à point à qui se donne la peine d'attendre.

— C'est "Tout vient à point à qui sait attendre", mais peu importe. À ta place, je ne me réjouirais pas trop vite, Jimmy. Ce n'est pas forcément une bonne nouvelle.

— Ah non ? Qu'est-ce que tu vas m'annoncer, hein ? Tu vas me dire que tout le monde sait que tu es ici, et que les renforts arrivent pour te sauver ?

Il eut un large sourire.

— Il se trouve qu'on a vérifié ton téléphone, Fatso. On a contourné ton mot de passe. Surprise ! Nous ne sommes pas les crétins de Mexicains que vous croyez, vous autres, gringos. T'as de jolies photos de San Francisco, poursuivit-il, mais tu n'as rien envoyé à personne. Pour moi, personne ne sait que tu es ici, mon vieux. T'es… comment dire… ? sur une île ! Ouais, c'est ça, comme ce type, comment est-ce qu'il s'appelle déjà ?

Il se tourna vers les autres, l'air interrogateur.

— Robinson Crusoé, dit Faz.

— Non, mec, cet acteur, là... Il parle à une balle de volley… Tom Hanks. T'es comme Tom Hanks, mon vieux.

— Et combien de temps est-ce que tu crois que ça va durer, Jimmy ? Combien de temps est-ce que tu crois qu'il va se passer avant qu'on ne s'inquiète de la disparition d'un détective enquêtant dans une affaire d'homicide ?

— J'en sais rien. Ça dépend du nombre de personnes qui t'aiment assez pour s'inquiéter de ton putain de sort.

— Ça fait beaucoup de monde, Jimmy. Je suis un type très populaire.

Le Petit Jimmy s'avança d'un pas, souriant toujours.

— Pas ici, en tout cas, dit-il.

Il se tourna vers le videur.

— Hector, ici présent, n'a qu'une envie : te broyer à mains nues. Qu'est-ce que tu as pu faire ou dire pour le mettre à ce point en rogne ?

— C'est sûrement mon petit commentaire sur l'abeille qui l'a piqué, dit Faz.

Il regarda Hector et ajouta :

— C'est ça, hein, Hector ? Ou bien est-ce que c'est quand j'ai parlé d'adrénaline pour soulager la piqûre et désenfler un peu ? J'essayais juste de me rendre utile, tu sais.

Hector regarda Faz, l'air de ne toujours pas comprendre le sens de sa petite pique.

— T'es un comique, Fatso, reprit le Petit Jimmy. T'étais déjà aussi drôle quand t'as arrêté mon père ?

— Je me bonifie avec l'âge. Dans vingt ans, je serai à mourir de rire.

— Je vais te dire ce qui est drôle, dit Jimmy. C'est que tu crois que tu seras toujours là dans vingt ans.

Il rit, et les autres l'imitèrent.

— Ne t'inquiète pas pour ça, Jimmy. J'ai de bons gènes. Mes grands-pères des deux côtés de la famille ont presque fait des centenaires, et ma mère et mon père filent tout droit vers les quatre-vingt-dix ans, en pleine forme. Tiens, tu savais que mon père fait de la plongée sous-marine ? Je déconne pas. L'été dernier encore, il a plongé en Afrique du Sud, au milieu des requins.

— Je te vois bien nager au milieu des requins, dit le Petit Jimmy. Je dois pouvoir t'arranger ça. Non, blague à part, ton vieux, ça a l'air d'être un sacré bonhomme. Mais toi, qu'est-ce qui t'est arrivé ?

— Il y en a qui ont les muscles. J'ai eu la beauté.

Le Petit Jimmy rit de nouveau.

— Mais pas la chance. T'es bien parti pour faire baisser les statistiques familiales. Moi ? Je ne sais pas combien de temps je vais vivre. Mon vieux, il aurait pu vivre longtemps, mais quelqu'un l'a mis en prison et il s'est fait tuer.

— Quand on donne dans le trafic de drogue, c'est un des risques du métier, non ?

Le Petit Jimmy perdit son sourire.

— Continue, Fatso. Continue de plaisanter. Qu'est-ce qu'on dit déjà ? C'est celui qui rira le dernier qui rira bien.

— Presque, mais l'idée y est.

— Fais le malin, Fatso. Tu ne manques pas de cran, je dois dire.

— Ce n'est pas une question de cran, Jimmy. Le truc, c'est que je suis un problème, et je le sais. *Ton* problème. Je me dis que tu aurais déjà dû me tuer au lieu de jouer les caïds et de me sortir toutes ces conneries, mais on sait tous les deux que tu ne peux pas me tuer.

— Ah ouais, et pourquoi ça ?

— Parce que tuer un flic, il n'y a rien de plus mauvais pour les affaires. Je sais que tu donnes dans le trafic de drogue. Je sais qu'il y en a probablement pour des millions quelque part dans ces bâtiments, mais je sais aussi que toute cette came ne t'appartient pas. Elle appartient au cartel qui t'emploie. Si tu me tues, tu crois que mon équipier, Del, ne va pas découvrir ce qui se passe ? Sur quoi crois-tu qu'on travaillait ? Tue-moi, et Del fera de ta vie un véritable enfer. Il te pourchassera impitoyablement, toi et tous ceux qui te fournissent, du Canada au Mexique. Et je te laisse imaginer comment le cartel réglera le problème. Tu sais ce qu'ils font pour s'assurer que personne ne puisse témoigner contre eux quand le temps se gâte ? Ils font ce qu'ils ont fait au Grand Jimmy en prison.

Jimmy s'approcha encore, si près que Faz sentit son souffle sur son visage, et son haleine aux relents acides. Puis il inclina la tête sur le côté et fit des bruits de succion avec sa langue.

— Il n'y a qu'une chose qui intéresse le cartel mexicain : écouler la camelote et faire le plus d'argent possible, le plus vite possible. Et tu vois, à ce petit jeu, j'ai pas mon pareil. Dans vingt-quatre heures, on ne sera même plus ici. On est comme des fantômes, tu comprends ? *Pouf !* Plus personne. Plus rien. La came, envolée ! Dispatchée à travers le pays. Je vais me faire tellement d'argent que je pourrai vivre comme un roi, quelque part. Et toi ? Merde, non, je ne vais pas te tuer pour des raisons purement commerciales. Qu'est-ce qu'il y aurait de drôle là-dedans ? Non, je vais te tuer parce que tu as manqué de respect à mon père. Et parce que tu *m'as* manqué de respect, chez moi, devant mes amis.

— Le respect, ça se mérite, Jimmy. J'ai respecté ton père. C'était un homme. Et je ne l'ai pas tué. Ce sont les gens pour qui tu travailles qui l'ont tué. Quel respect crois-tu qu'ils aient pour un gamin qui travaille pour les types qui ont tué son père ?

Les coups se mirent à pleuvoir, furieusement. Le Petit Jimmy enchaîna coups de poings et coups de pied, et les autres l'imitèrent. Faz essaya d'enfouir sa tête entre ses bras, mais c'était inutile. Incapable de se protéger, tout ce qu'il pouvait faire, c'était accepter la punition et la douleur, la terrible douleur. Il entendit ses os craquer, sentit du sang lui jaillir par le nez et la bouche. Et le passage à tabac continua, jusqu'à ce qu'il n'entende ni ne sente plus rien.

CHAPITRE 48

Del poussa la porte d'entrée et franchit le seuil de sa maison en s'efforçant d'apaiser Sonny qui dansait, dressé sur ses pattes arrière, en battant l'air avec celles de devant, gémissant.

— Ça va, ça va, dit Del. Doucement. Je sais, tu crois que je t'ai abandonné.

Son shih tzu avait passé la quasi-totalité des deux derniers jours à l'intérieur de la maison, ou dans le jardin de derrière, d'abord parce qu'à cause de son dos Del n'avait pu l'emmener faire sa balade habituelle, et ensuite parce qu'avec Faz en congé administratif, sa surcharge de travail ne lui avait pas laissé une minute. Sonny pesait moins de quatre kilos, mais avec son dos encore fragile, Del préféra ne pas le soulever pour le prendre dans ses bras, au moins pendant encore un jour ou deux.

— Donne-moi une minute, laisse-moi le temps de rentrer, et on ira faire une balade, d'accord ?

La boule de poils blanche et fauve passa entre les jambes de Del et s'empara de la laisse glissée sur la patère près de la porte.

— Ouais, ouais, on va sortir, et tu pourras te soulager, mais laisse-moi faire ma petite affaire d'abord.

Del suspendit sa veste de costume sur la rambarde de l'escalier. Aussitôt, son téléphone portable sonna. Il plongea la main dans sa poche pour l'attraper, avant de se souvenir qu'il était encore dans la poche intérieure de sa veste. Il pensait que c'était Celia qui l'appelait, mais le numéro qui s'affichait ne lui disait rien. Il prit l'appel.

— Détective Castigliano ?

— Lui-même. Qui est à l'appareil ?

— Je crois savoir que vous avez cherché à obtenir des informations concernant la détective Gonzalez, cet après-midi.

— Mouais, c'est exact. Je cherche à savoir où elle a été en poste à Los Angeles. Qui êtes-vous ? Vous avez travaillé avec elle ?

Del écarta le téléphone de son oreille et regarda de nouveau le numéro qui s'affichait sur son écran.

— Puis-je vous demander pourquoi vous sollicitez ces informations ? demanda l'homme au téléphone.

C'était une question légitime.

— J'essaie seulement d'en savoir un peu plus à son sujet. Nous avons un officier ici qui est impliqué dans une affaire d'homicide ; Gonzalez faisait équipe avec lui. Alors je me renseigne : est-ce qu'elle a déjà été impliquée dans une affaire de ce genre ? Mais qui êtes-vous, s'il vous plaît ?

Del était maintenant dans la cuisine. Il chercha dans les tiroirs de quoi écrire.

— Je m'appelle Jeffrey Blackmon. Je travaille avec la DEA.

— La DEA ?

— Je vous ordonne de cesser toute recherche concernant le passé de la détective Gonzalez. Suis-je assez clair ?

Del cessa de fouiller dans les tiroirs.

— Je vous demande pardon ? J'ai mal entendu, ou vous venez de m'ordonner de faire quelque chose ?

— Vous m'avez bien entendu, détective. Cessez vos recherches. C'est un ordre. Cette affaire dépasse vos compétences.

— Je ne vous connais ni d'Ève ni d'Adam. Je ne reçois pas d'ordre de personnes que je ne connais pas.

— Alors, laissez-moi me présenter une fois encore. Je m'appelle Jeffrey Blackmon, et je suis un agent de la DEA.

— Et moi mère Teresa. Prouvez-le.

— Je fais partie de l'OCDETF. Renseignez-vous.

— C'est quoi ? Un examen oculaire ?

— C'est un acronyme. Il s'agit de la Force opérationnelle de lutte contre le trafic de drogue et le crime organisé.

— Jamais entendu parler.

— C'est voulu.

— Et vous menez une enquête ici, à Seattle ?

— Ainsi que dans d'autres villes, oui.

— Et vous ne voulez pas que je pose de questions concernant la détective Gonzalez.

— C'est exact.

— Comment voulez-vous que je sache si vous me dites la vérité ?

— La foi, détective Castigliano.

Del se mit à rire.

— Ma foi, je la réserve à Dieu, et encore, j'ai quelques doutes qui ne me quittent pas. Pour le reste, je vais avoir besoin de preuves.

— J'imagine qu'on vous a fait savoir qu'il était temps de passer la main concernant votre enquête sur l'assassinat de Monique Rodgers ?

Del repensa à sa conversation avec Nolasco.

— Comment le savez-vous ?

— Je vous suggère d'obéir à cet ordre, détective, à défaut d'obéir au mien.

— C'est une menace ?

— Vous bousillez mon opération, Castigliano. Si vous continuez, je vais faire bien plus que vous menacer. Vous avez reçu l'ordre de passer le relais. Faites-le. Ou je serai dans l'obligation d'appeler certaines personnes haut placées. Je préférerais ne pas avoir à le faire.

Là-dessus, Blackmon mit fin à la conversation. Del écarta le téléphone de son oreille. Dans quoi Faz et lui avaient-ils mis les pieds ?

Sonny continuait de danser et de couiner.

— Désolé, mon chien. Le boulot.

Il composa aussitôt le numéro de portable de Faz, mais l'appel bascula sur messagerie. Il savait que lorsqu'il n'était pas de service, Faz coupait son téléphone et le laissait dans une corbeille près de la porte de service. Il jeta un coup d'œil à sa montre. Il ne voulait vraiment pas déranger son équipier chez lui maintenant. Vera traversait peut-être une mauvaise passe. Il avait du nouveau, mais le nouveau en question attendrait le lendemain matin.

Il chercha dans ses contacts le numéro de portable de Johnny Nolasco. Il voulait découvrir dans quel merdier Faz et lui avaient mis les pieds, au juste.

CHAPITRE 49

Tracy appela l'aéroport de SeaTac tandis qu'elle et Kins filaient sur l'autoroute, une rampe de signalisation clignotant à la vitre arrière de leur voiture de patrouille. Aditi et Rahesh Banerjee avaient des places réservées sur le vol 48 de la British Airways à destination de l'aéroport londonien d'Heathrow, dont le décollage était prévu à 19 h 30. Cela signifiait que Tracy et Kins avaient très peu de temps pour arriver à l'aéroport. Néanmoins, la circulation étant plus fluide à cette heure de la soirée et les gyrophares aidant, c'était faisable, même si Rahesh et Aditi pouvaient avoir eu le temps d'embarquer.

— Je ne suis pas sûr qu'on arrivera à temps, dit Kins en changeant de file et en accélérant. Appelle le port de Seattle, et demande-leur de les arrêter.

Le Département de police du port de Seattle était en charge de la surveillance de l'aéroport de Seattle-Tacoma, ou « SeaTac ». Tracy les appela, s'identifia, fournit les noms et descriptions d'Aditi et Rahesh Banerjee, ainsi que leurs informations de vol, et demanda à ce qu'on les mette en détention.

Quand ils arrivèrent à l'aéroport vingt minutes plus tard, Tracy et Kins se dirigèrent directement vers les bureaux du Département de police du port de Seattle situés au troisième étage du terminal principal. L'entrée des bureaux, marquée par une porte en verre dépoli, se trouvait derrière les comptoirs de la compagnie

Southwest Airlines. Kins y était déjà allé, des années auparavant. Pour Tracy, c'était une première.

Ils déclinèrent leur identité, et on leur apprit qu'Aditi et Rahesh se trouvaient sous bonne garde dans une salle de réunion ; Rahesh, semblait-il, vivait mal la situation.

Et ce n'était rien de le dire. Furieux, il tournait comme un lion en cage dans la petite salle. Quand Tracy et Kins entrèrent, il s'immobilisa, avant de laisser éclater sa colère :

— Qu'est-ce que tout ça signifie ? Pourquoi est-ce qu'on nous a fait rater notre vol pour Londres ?

Aditi était assise sur une chaise à la table de conférence, l'air désorienté. Tracy demanda à lui parler seule, ce qui ne fit qu'aiguillonner davantage la colère et la frustration de Rahesh, qui ne digérait pas le fait d'avoir raté leur avion.

— En plus, nos bagages sont sur ce vol, se plaignit-il.

Tracy se tourna vers l'officier du Port de Seattle.

— Non, on les a récupérés, dit-il. Ils arrivent.

— Ah oui ? Et pour ce qui est de…, commença Rahesh, mais Aditi l'interrompit :

— Rahesh, je t'en prie.

Elle se tourna vers Tracy.

— Est-ce que ça concerne Kavita ?

— Oui, confirma Tracy.

Aditi regarda son mari.

— Alors, il faut que je leur parle, Rahesh, dit-elle.

Elle se leva, s'approcha de lui et tenta de l'apaiser :

— Si ça concerne Kavita, alors c'est important. Je t'en prie.

Rahesh hésita, avant de quitter la pièce, accompagné par deux officiers de police. Lorsqu'il fut sorti, Tracy et Kins s'installèrent à la table. Tracy sortit un document de la poche intérieure de sa veste, le déplia et le fit glisser sur la table. Margo Paige, la ranger du parc, le lui avait envoyé par e-mail après qu'elles avaient parlé au téléphone.

— Une ranger du parc d'État de Bridle Trails m'a appelée, ce soir, expliqua Tracy. Elle a trouvé ce rapport dans leurs archives, à Sand Point. Il remonte à neuf ans – une jeune cavalière se baladait dans le parc quand son cheval est tombé dans un puits.

— C'était moi, dit Aditi sans hésiter ni même jeter un coup d'œil au document. J'avais quinze ans. Mon cheval est mort. J'ai eu de la chance de pouvoir sauter juste avant qu'il ne tombe dans ce trou.

— Kavita était avec vous ? demanda Tracy.

— Oui. Elle me suivait. Autrement, ça aurait pu être elle à ma place.

Tracy échangea un regard avec Kins avant de poursuivre :

— Vous saviez qu'il y avait d'anciens puits dont l'entrée n'était pas condamnée à l'intérieur du parc ?

— Celui-là, en tout cas, oui, on le connaissait.

Elle regarda Tracy, puis Kins.

— Je ne comprends pas, dit-elle. Qu'est-ce que cela a à voir avec la mort de Kavita ?

Tracy et Kins n'avaient pas révélé à Aditi, ni aux Mukherjee, ni aux médias, les circonstances de la mort de Kavita.

— Kavita et vous partagiez un compte iCloud ? demanda Tracy.

— Oui, je vous l'ai dit, répondit Aditi.

— Vous pouviez localiser son téléphone, déterminer l'endroit où elle se trouvait ?

— Je suppose que oui. Vous m'avez dit que c'était possible.

Aditi plissa les yeux, comme si elle était soudainement prise de migraine.

— Avez-vous cherché à localiser son téléphone ce soir-là, Aditi ? L'avez-vous géolocalisé et vous êtes-vous rendu compte que Kavita se dirigeait vers le parc ?

— Ou l'avez-vous appelée pour lui demander de vous retrouver là-bas ? ajouta Kins.

Pendant quelques secondes, Aditi ne réagit pas. Elle les fixa l'un et l'autre avec le même air angoissé et désorienté. Puis, lentement, elle écarquilla les yeux, se redressa et s'écarta légèrement de la table.

— Oh, mon Dieu, dit-elle. Vous croyez que j'ai tué Vita ?

Elle se couvrit la bouche d'une main.

— Qu'est-ce qui peut vous faire penser que j'ai fait une chose pareille ? Vita était mon amie. Elle était comme une sœur pour moi.

Elle se mit à pleurer.

Elle avait l'air sincère, mais Tracy avait connu des cas où l'assassin ne se souvenait même plus d'avoir commis le meurtre, et avait même réussi le test du détecteur de mensonges.

— Ça a dû être terriblement difficile, Aditi, de vous rendre compte que vous alliez laisser cette sœur derrière vous, qu'elle allait mener la vie dont vous aviez rêvé – devenir médecin, rester indépendante.

— Bien sûr que ça m'a fait mal de devoir la quitter, dit Aditi, retrouvant sa voix. J'aime Vita. Mais j'ai choisi cette vie.

— Vraiment ? demanda Tracy.

— Quoi ?

— Vous avez vraiment choisi cette vie, Aditi, ou on l'a choisie pour vous ?

— Je ne comprends pas.

Son regard oscilla entre Tracy et Kins.

— Je vous l'ai dit. Je suis allée en Inde, au mariage de ma cousine, et là, j'ai rencontré Rahesh.

— Vos parents étaient là aussi ? demanda Tracy.

— Bien sûr.

— Est-ce qu'ils ont fait pression sur vous pour que vous l'épousiez ?

Aditi laissa échapper un petit rire dépité.

— Bien sûr qu'ils ont fait pression. C'est ce qu'ils voulaient pour moi. C'est ce qu'ils ont toujours voulu pour moi.

— Et vous, c'est ce que vous vouliez, Aditi ?

— Non… Non. Pas jusqu'à ce moment-là, je vous l'ai dit. Mais Rahesh est quelqu'un de bien. C'est un homme bien, et je crois qu'il m'aimera, si ce n'est déjà le cas.

— Et vos projets, Aditi ? insista Tracy. Votre envie d'étudier la médecine, de devenir pédiatre ?

— Un jour, peut-être. Je reviendrai à mes études, dit-elle. Rahesh et moi en avons discuté. Il ne veut pas que je sois malheureuse.

— Êtes-vous malheureuse, Aditi ?

— Non.

Elle secoua négativement la tête.

— Non.

Elle se tut un instant, avant d'ajouter :

— Je veux être mère. Je veux fonder une famille.

Elle souffla, comme si elle était très fatiguée.

— Je ne m'attends pas à ce que vous compreniez, détective, mais quand je me pose la question, quand je me demande ce que je veux le plus dans la vie, la réponse me paraît évidente. Je veux être mère. Je veux avoir des enfants. Je veux être une épouse, fonder une famille. Peut-être qu'un jour je serai médecin aussi, mais si vous me demandez à laquelle de ces deux vies il m'est le plus facile de renoncer, je vous le dis sans la moindre hésitation : je renonce à devenir médecin.

À cet instant, Tracy comprit qu'Aditi lui disait la vérité, parce qu'elle partageait son point de vue. Aditi ne leur avait pas parlé de l'accident avec son cheval au puits abandonné parce qu'ils ne lui avaient pas dit à quel endroit le corps de son amie avait été retrouvé. Elle regarda Kins, secoua la tête et dit :

— Elle ne l'a pas suivie.

— Kavita ? Non. Bien sûr que non, dit Aditi. Pourquoi aurais-je fait ça ? Il me suffisait de l'appeler. Je le voulais. Je voulais tellement qu'on se voie, et voilà, maintenant…

De nouveau, ses yeux se brouillèrent de larmes.

— Je me suis dit qu'il valait mieux lui laisser le temps de digérer tout ça, mon mariage et le reste.

Quelque chose tracassait Tracy cependant ; elle demanda :

— Qui a su pour votre accident dans le parc, quand votre cheval est tombé dans le puits ? Qui en a été informé ?

— Nos parents, bien sûr, répondit Aditi. Les rangers du parc. Probablement les frères de Kavita. Oui. Les frères de Kavita l'ont su. Sam, évidemment, était très jeune à l'époque ; c'était encore un bébé.

À cet instant, tout se mit brusquement en place dans l'esprit de Tracy, comme lorsqu'on ajoute une pièce à un puzzle et qu'il devient soudain facile de lui associer toutes les autres.

— Sam se sert du même compte iCloud, n'est-ce pas ? Vous m'avez bien dit qu'il partageait de la musique et des films avec Kavita ?

— Sam et Kavita étaient très proches, dit Aditi. Elle lui manquait énormément. C'était un moyen pour eux de rester en contact. Oui, on se servait tous du même compte.

Tracy regarda Kins, mais intérieurement elle se morigénait d'avoir été aussi aveugle. Comment avait-elle pu passer à côté ? Tout était là, sur le téléphone de Kavita.

CHAPITRE 50

Johnny Nolasco avait confirmé l'identité de Jeffrey Blackmon, et aussi qu'Andrea Gonzalez travaillait pour la DEA depuis bientôt trois ans. Les Stups surveillaient de près le trafic sur toute la côte ouest, y compris à Seattle, et Gonzalez était un de leurs agents sous couverture. Cette information était classée, et tout cela s'était décidé en haut lieu, à un niveau qui dépassait Nolasco. Cela répondait à une question, mais pas à la plus pressante, qui était : où diable était passé Faz ?

Après avoir raccroché avec Nolasco, Del avait de nouveau essayé de joindre Faz, mais il était tombé une fois de plus sur sa messagerie. Il allait appeler directement chez lui quand son téléphone sonna dans sa main. Le numéro qui s'afficha sur son écran était précisément le numéro personnel de Faz et Vera. Del prit aussitôt l'appel.

— Salut, dit-il. Ça tombe bien que tu m'appelles. Il se passe un tas de trucs bizarres. Est-ce que Nolasco a essayé de te joindre ?

— Del ?

La voix féminine décontenança Del.

— Vera ?

— Oui.

— Oh, désolé. Je croyais que c'était Faz.

— Il n'est pas avec toi ?

— Non. Non, il n'est pas avec moi. Tu n'as pas de nouvelles de lui ?

— Pas depuis qu'il a quitté la maison, tôt ce matin. Je n'arrive pas à le joindre sur son portable, et il n'est pas au bureau.

— Je suis sûr qu'il n'y a rien de grave, Vera. Il s'est peut-être arrêté pour manger un morceau avant de rentrer.

Mais Del n'en croyait pas un mot. Quelque chose clochait.

— Dans ce cas, pourquoi est-ce qu'il ne répond pas sur son portable ?

Del n'en savait rien. Après avoir rassuré Vera en lui promettant de l'appeler dès qu'il aurait des nouvelles, il mit fin à la conversation, puis composa aussitôt le numéro de portable de Faz. Une fois de plus, son appel bascula instantanément sur messagerie. L'air sombre et hagard, il se mit à faire les cent pas dans la pièce du fond, dont la vue donnait sur le centre de Seattle. Les fenêtres des tours d'habitation étincelaient dans la lumière dorée. Il allait bientôt faire nuit ; Del sentait l'angoisse s'emparer insidieusement de son esprit.

Il composa le numéro de portable de Billy Williams. Il l'eut presque aussitôt en ligne, et lui expliqua les raisons de son appel.

— Il voulait suivre Gonzalez, essayer de voir où elle allait, si elle rencontrait certaines personnes suspectes.

— Quand as-tu eu de ses nouvelles pour la dernière fois ? demanda Billy.

— Je lui ai parlé ce matin, avant que Gonzalez n'aille Dieu sait où. Il planquait devant chez elle.

— Et plus de nouvelles depuis ? Pas un appel, pas un texto, rien ?

— Rien, dit Del.

Williams écouta attentivement, avant d'assurer à Del qu'il n'était au courant d'aucune opération ciblée de la DEA, mais qu'il allait remonter la chaîne de commandement et le rappeler dès qu'il aurait du nouveau.

Del n'avait pas l'intention d'attendre des nouvelles de Billy. Il attrapa sa veste et ressortit. Il connaissait l'adresse du domicile de Gonzalez ; c'était tout près. Il se glissa au volant de son Impala et fit rugir le moteur. En chemin, il composa de nouveau le numéro de portable de Faz, mais tomba une fois de plus sur sa messagerie.

Parvenu à l'adresse de Gonzalez, il se gara devant l'immeuble et se dirigea vers l'entrée du bâtiment, où il chercha la plaque indiquant le nom des locataires. Il n'y en avait pas. De plus en plus d'immeubles évitaient d'indiquer les noms des locataires, autant pour décourager les démarcheurs que pour des raisons de sécurité, en particulier pour les personnes âgées. Cet immeuble-ci n'était pas immense, mais Del estima qu'il devait comporter au moins une douzaine de logements. Il appuya sur un bouton et attendit. Une voix masculine répondit. Del demanda s'il était bien chez Andrea Gonzalez.

— Non, vous vous êtes trompé d'appartement.

— Oh, je suis désolé. J'ai dû faire une erreur en écrivant le numéro de son appartement. Vous ne le connaîtriez pas, par hasard ?

— Non, désolé.

Del essaya un autre appartement, mais n'obtint pas de réponse. Il appuya sur le bouton d'un troisième, puis d'un quatrième appartement. Les locataires qui répondirent soit ne connaissaient pas Gonzalez, soit hésitaient à donner des renseignements à un étranger. Il essaya plusieurs autres appartements encore, mais n'obtint pas plus de résultats.

Frustré, il revint sur ses pas. Une brise légère lui caressa le cou tandis qu'il s'efforçait de se concentrer, mais aucune idée ne lui vint. Il réessaya d'appeler Faz sur son portable, mais tomba une fois de plus sur sa messagerie. Il grogna de frustration en rejoignant son Impala.

Quand il fut au volant, il appela l'équipe de nuit et demanda à parler à Ron Mayweather.

— J'ai besoin que tu me remplisses une demande en règle pour obtenir la dernière géolocalisation du téléphone portable de Faz.

— Qu'est-ce qui se passe, Del ?

— Je ne sais pas. Faz n'est pas chez lui, ni au boulot, et il ne répond pas sur son portable. Tu peux essayer de le localiser ?

— Ouais, je m'en occupe tout de suite. Je t'appelle dès que j'ai quelque chose.

CHAPITRE 51

Tenant d'une main la pointe de son skate-board, l'arrière de la planche maintenu au sol sous sa basket, Sam Mukherjee fixait sombrement Tracy et Kins qui venaient de se garer dans l'impasse, devant la maison familiale. Il était vêtu d'un short et d'un T-shirt, et portait un casque.

Tracy ferma sa portière et s'approcha.

— Salut, Sam.

Sam fit sauter son skate-board et l'attrapa.

— Salut, dit-il d'un air hésitant. Mes parents ne sont pas là.

— Est-ce que tu sais où ils sont ? demanda Tracy.

— Mon père est parti régler des détails concernant l'enterrement de Kavita, je crois. Ma mère est allée se promener ; elle n'est pas encore revenue.

Il leva le menton et contempla brièvement le ciel nocturne qui s'assombrissait. Le bruit des grillons leur parvenait depuis le parc tout proche.

— Sais-tu où elle est allée se promener ? demanda Tracy.

Sam pointa un doigt par-dessus son épaule, en direction des arbres.

— En général, elle va dans le parc, mais elle devrait être revenue normalement à cette heure-là, alors…

— Tous les soirs ? interrogea Tracy.

— Presque, oui, répondit Sam. Parfois, mon père l'accompagne, mais pas toujours.

— Et ton frère, Nikhil, où est-il ? demanda Kins.

— Il est à l'intérieur, dit Sam en faisant un geste vague en direction de la maison. Je ne sais pas ce qu'il fait.

— Est-ce que tu as ton téléphone sur toi, Sam ? demanda Tracy.

Sam pointa un doigt vers sa chemise posée sur les marches en béton de l'étroit perron de la maison.

— Ouais, dit-il timidement.

— Il va falloir que je le récupère, Sam.

— Pourquoi ?

Tracy ne voulait pas faire voler en éclats le monde du jeune garçon, mais c'était inévitable maintenant.

— Ta mère te prend bien ton téléphone, le soir, non ? C'est ce qu'elle a dit, je crois.

— Ouais. En général, mais… elle n'est pas là, et c'est l'été, alors… elle ne l'a pas pris. Parfois, elle oublie. Avec tout ce qui est arrivé… Pourquoi est-ce que vous le voulez ?

— Est-ce que tu as donné ton téléphone à ta mère lundi soir ? demanda Tracy.

Il secoua négativement la tête.

— Non. J'avais foot, et j'ai dormi chez un copain.

— Tu as bien envoyé un SMS à Kavita lundi soir, n'est-ce pas ?

— Ouais. Je m'inquiétais pour elle. J'ai entendu ma mère et mon père discuter et dire qu'Aditi s'était mariée en Inde. Ma mère n'a pas bien pris la nouvelle. Je savais que Kavita allait être bouleversée elle aussi. Je voulais juste savoir comment elle allait.

— Et elle t'a dit qu'elle ne pouvait pas venir à ton match parce qu'elle avait un rendez-vous, c'est ça ?

— Ouais.

— C'était la première fois qu'elle te disait avoir un rendez-vous, comme ce soir-là ?

— Non.

— C'est arrivé souvent ?

— Deux ou trois fois, je crois.

— Et elle t'en parlait par SMS ?

— En général, oui. Mais parfois, je l'appelais.

Tracy échangea un regard avec Kins. Ils s'étaient dit que si Kavita avait parlé à Sam d'un rendez-vous, ce n'était sans doute pas la première fois qu'elle le faisait, ce qui devait être facilement vérifiable sur le téléphone du garçon.

— As-tu jamais essayé de géolocaliser le téléphone portable de ta sœur, Sam ?

— Quoi ?

Son étonnement avait l'air sincère.

— As-tu jamais essayé de pister le téléphone de Kavita pour savoir où elle se trouvait ?

— Je ne saurais même pas comment faire ça. Je veux dire, peut-être que j'y arriverais ; enfin, j'imagine. Mais… je n'ai jamais fait ça. Pourquoi est-ce que je ferais une chose pareille ?

— Sais-tu, Sam, si tes parents ont pu lire les messages que tu as échangés avec Kavita ?

Il secoua énergiquement la tête.

— Je les ai effacés.

— Et tes autres messages, à tes amis ? Tes parents les ont lus ?

— Ma mère, oui. Enfin, certains messages. Elle dit que comme c'est mon père et elle qui paient pour le portable, je n'ai pas vraiment le choix.

— Tu es sur le compte de tes parents pour le téléphone, c'est bien ça ?

— Oui.

— Tes parents ont-ils installé un contrôle parental sur ton téléphone, ou une sécurité quelconque qui leur permet de lire tes messages ? Même ceux que tu pourrais avoir effacés ?

Sam allait répondre, mais il resta silencieux un instant, comme s'il venait de penser brusquement à quelque chose, et que cette même chose l'avait tout aussi soudainement rendu muet. Son regard se mit à flotter ; il baissa les yeux. Quand il releva le menton et regarda Tracy, la réponse lui apparut aussi clairement qu'à Tracy, quoiqu'il fût loin d'en mesurer encore toutes les conséquences.

Andrei Vilkotski avait confirmé les soupçons de Tracy, tandis qu'elle et Kins roulaient en direction de Bellevue après avoir quitté l'aéroport. Elle l'avait appelé et l'avait interrogé à propos des applications que les parents étaient susceptibles d'utiliser pour lire les messages de leurs enfants à distance, sans même avoir le téléphone en main. Vilkotski lui avait expliqué qu'il existait pléthore d'applications de type *« spyware »* – les fameux logiciels espions – qui permettaient aux parents de lire les e-mails et les textos de leurs enfants, y compris ceux que l'enfant pensait avoir effacés. Il lui avait également confirmé qu'étant donné que Sam partageait un compte Apple avec sa sœur, ses parents pouvaient également se servir de son téléphone pour géolocaliser celui de Kavita.

De ce fait, si Sam et Kavita avaient parlé des rendez-vous de cette dernière, alors sa mère en avait probablement été informée elle aussi. Elle avait facilement pu localiser le téléphone, et donc savoir où se trouvait sa fille. Ainsi avait-elle pu déterminer ses habitudes – et notamment son rendez-vous régulier du lundi soir avec le Dr. Charles Shea, dans une chambre d'hôtel de Kirkland.

— Je m'occupe du frère aîné, dit Kins en se dirigeant vers la porte d'entrée. Je te laisse te charger de la mère ?

CHAPITRE 52

Faz ouvrit les yeux, ou du moins crut-il les avoir ouverts. La pièce demeura plongée dans l'obscurité. Il fallut quelques secondes de plus pour que ses autres sens se réveillent ; quand ce fut le cas, il le regretta. Une violente douleur lui martela le crâne, profonde, lancinante. Il se rendit compte qu'il ne voyait que de l'œil droit. Son œil gauche tuméfié était presque fermé, son champ de vision réduit à une mince fente. Quand il tenta de se redresser en position assise pour diminuer la pression des menottes qui lui coupaient les poignets, il grimaça et se retint de hurler tant la douleur dans ses côtes fut intense. Il devait prendre garde à chaque mouvement, se préparer mentalement à souffrir. Ses bras et ses épaules lui cuisaient après les coups de poings et de pied portés par ses agresseurs. Il avait des difficultés à respirer. À chaque inspiration, la douleur le crucifiait et le faisait tousser, ce qui intensifiait encore sa souffrance.

Il baissa la tête, l'approcha de ses mains et explora son visage. Il sentit sous ses doigts un liquide tiède et visqueux qui coulait de son crâne jusque dans son cou et derrière ses oreilles. Du sang. Beaucoup de sang. Le Petit Jimmy et ses sous-fifres l'avaient tabassé comme on cogne sur une *piñata*. Il avait un goût métallique dans la bouche ; sa langue explora l'intérieur de ses joues pour essayer de vérifier s'il avait des coupures ou des dents cassées.

Après cette rapide appréciation de son état physique, il se concentra sur ce qui l'entourait, sur sa situation, qui n'avait rien d'enviable. Il était même sérieusement dans la panade, toujours menotté dans la même pièce.

Le tabassage qu'il avait subi avait des implications qui allaient bien au-delà des préjudices physiques : cela signifiait que le Petit Jimmy se fichait complètement de son sort ; sa mort lui importait peu. En outre, c'était le signe évident que le bluff de Faz sur les renforts censés arriver n'avait pas marché. Tout ce qui comptait pour le Petit Jimmy, c'était de ne pas perdre les dizaines de millions de dollars de la production du cartel. L'organisation le tuerait si cela arrivait, ce qui voulait dire que Jimmy n'avait pas d'autre option que de le liquider.

Il se rendit compte qu'il avait été stupide. Il aurait dû insister sur le fait que sa présence n'était liée qu'à son enquête sur la mort de Monique Rodgers. Au lieu de cela, il avait donné au Petit Jimmy une raison supplémentaire de le tuer, comme si une ne suffisait pas.

Faz songea à Vera. Se pouvait-il qu'il la laisse seule pour affronter son cancer ? Il se sentit submergé par une immense vague de tristesse, et ses yeux s'emplirent de larmes. Soudain, les voix des hommes dans la pièce d'à côté et le bruit des clés dans la serrure attirèrent son attention. Les lampes fluorescentes au-dessus de lui s'allumèrent, projetant leur éclat insoutenable. Ébloui, il inclina la tête pour pouvoir voir avec son œil encore valide.

— Détective Fatso. T'es pas beau à voir, mon vieux.

Le Petit Jimmy s'accroupit et lui agrippa le visage, lui causant une intense douleur là où ses doigts s'enfoncèrent dans la chair. Il le saisit par le menton, et le tourna vers lui, pour que Faz le regarde.

— Alors, détective, tu te sens l'envie de me dire des choses, ou est-ce que tu préfères me balancer d'autres vannes ?

— Inutile, Jimmy, marmonna Faz. Avec toi, mes vannes tombent à plat, on dirait.

— Alors, tu as envie de me dire ce que tu fais ici ?

— Je te l'ai dit. Je suis là parce que je te cherchais, dit Faz, d'une voix qui s'élevait à peine au-dessus du murmure. Et mon équipier est au courant.

Changer de version maintenant n'aurait eu aucun sens.

Le Petit Jimmy sourit.

— Et tu m'as trouvé. C'est ça, le boulot de détective. Pas vrai ? Mais, comme je te l'ai dit, j'ai vérifié ton téléphone et je ne crois pas que ton téléphone mente. *¿ Entiende ?* Je ne crois pas que qui que ce soit sache que tu es là. Tu es tout seul. Tu es sur une île déserte.

— Tu te répètes. Il va falloir changer de métaphore.

— Changer de quoi ? fit le Petit Jimmy.

— C'est bien ma veine d'être coincé sur une île avec un type comme toi, murmura Faz.

— Je vais te dire, tu m'as fait cogiter, *cabrón.* Je me suis vraiment demandé ce que tu foutais ici, et surtout pourquoi tu es venu seul. Alors, j'ai vérifié la vidéosurveillance, tu vois ? Je voulais voir si tu suivais quelqu'un en particulier.

Faz sentit son estomac se serrer.

Le Petit Jimmy se releva, se tourna vers la porte et fit un petit signe de tête. Hector – M. Stéroïdes – et le troisième homme traînèrent un corps dans la pièce, sa tête ballottée ployant entre ses épaules. Faz ne vit pas son visage, quoiqu'il eût une assez bonne idée de qui il pouvait s'agir. Ils jetèrent le corps aux pieds du Petit Jimmy. Avec sa botte, ce dernier fit rouler l'homme sur le dos. Faz dut incliner la tête pour y voir quelque chose. Il reconnut Francisco, bien que difficilement. Son visage tuméfié était couvert de sang séché. Son nez était comme aplati, et on avait l'impression qu'il avait une balle de golf sous l'œil gauche.

— Tu vois, Fatso, je suis une espèce de plombier, dit le Petit Jimmy. Je passe mon temps à chercher des fuites. Et cette fois, je crois bien en avoir trouvé une.

— Jamais vu ce type, dit Faz.

— Le truc, tu vois, comme je te l'ai dit, c'est que les bandes vidéo ne mentent pas.

— T'as dit ça, hein ? M'en souviens pas.

— Tu vas me dire pourquoi tu as suivi Francisco, pourquoi tu as pris des photos au champ de foire, et qui est la femme à qui il parlait.

Faz avait oublié les photos qu'il avait prises de loin à cette fête en plein air. Il lui fallut quelques secondes encore pour comprendre autre chose : le Petit Jimmy avait besoin d'informations, et c'était là peut-être son unique chance de rester en vie. En dépit de sa forfanterie affichée, le Petit Jimmy avait peur. Il savait ce qui l'attendait s'il foirait son coup avec la cargaison du cartel. Au bout du compte, il était ce que Faz avait toujours vu en lui, et rien d'autre : une petite frappe.

— Je ne sais pas de quoi tu parles, dit Faz.

Le Petit Jimmy l'agrippa par les cheveux, lui souleva la tête et la fit basculer en arrière de manière à ce que Faz le regarde. Une douleur intense lui parcourut le cuir chevelu et irradia jusque dans sa nuque. Jimmy s'accroupit et le fixa droit dans les yeux.

— Tu crois que je suis stupide, Fatso ?

Faz n'aurait rien tant aimé que de pouvoir répondre honnêtement à cette question, mais au lieu de cela, il dit :

— Je suis retourné à l'appartement d'Eduardo Lopez, et je l'ai vu dans la rue. Alors, je l'ai suivi.

— Vraiment ? Alors, quoi, tu suis tous les Mexicains, maintenant ? Ça a un nom, ça, tu sais : ça s'appelle du profilage racial. Et c'est illégal. Je vais devoir appeler mon avocat.

Faz ne savait pas quoi répondre exactement. Tout ce qu'il savait, c'est qu'il valait mieux ne pas dire qu'il avait vu cet homme, Francisco, à l'appartement d'Eduardo Lopez.

— Je l'avais vu à ta petite fête d'anniversaire. C'est pour ça que je l'ai reconnu, dit-il.

L'espace d'un instant, le Petit Jimmy parut surpris. Puis il sourit, tel un chat sur le point de dévorer une souris.

— Et tu t'es souvenu de lui ? Pourquoi est-ce que vous autres, gringos, croyez que tous les Mexicains se ressemblent ?

Il perdit son sourire et ajouta :

— Tu n'es qu'un sale menteur, Fatso. Francisco n'était pas à mon anniversaire. Il était chez lui, avec sa femme et ses gosses.

— J'ai dû me tromper. C'est un fait que vous vous ressemblez tous.

Jimmy sortit quelque chose de sa poche – le téléphone portable de Faz.

— Je ne sais pas à qui Francisco envoie des textos. Je me suis dit que c'était peut-être à toi, alors j'ai vérifié sur ton téléphone, mais non. Alors, à qui est-ce que Francisco envoie des SMS, *cabrón* ? Hmm ? À qui ?

— Peut-être qu'il a une maîtresse, et qu'il ne veut pas que sa femme soit au courant, dit Faz.

Jimmy recula d'un pas, porta la main derrière son dos, et tira une arme de sa ceinture. Un pistolet argenté qui avait des allures de canon miniature.

— Levez-le, dit-il, ordonnant aux autres de soulever Francisco du sol.

Faz se dit que c'était fichu. Il allait mourir dans l'arrière-salle d'un magasin d'entreposage, et finir dans un plan d'eau quelconque, les pieds lestés par des poids. Vera ne saurait jamais ce qu'il lui était arrivé. Merde. Il se demanda si elle se ferait opérer pour son cancer s'il venait à mourir. De toute façon, il n'était même pas sûr de vouloir continuer à vivre sans elle.

Hector et l'autre homme soulevèrent Francisco en le prenant sous les bras, jusqu'à ce qu'il soit plus ou moins à genoux. Sa tête sombra entre ses épaules.

Jimmy colla le canon de son arme contre le crâne de Francisco.

— Je vais te poser la question une dernière fois, Fatso. Si tu me baratines, ou que tu me réponds “Je ne sais pas”, je lui fais sauter le crâne. Et tu auras sa mort sur la conscience, tout comme celle de mon père. Ensuite, je te tue, je passe ton corps au hachoir et je te donne à manger aux cochons.

Le Petit Jimmy actionna la culasse de son automatique, et appuya de nouveau le canon argenté contre la tête de Francisco.

— Dernière chance, *cabrón* : à qui est-ce qu’il écrit ?

CHAPITRE 53

Il régnait une douce tranquillité sur le parking, qui rappela à Tracy celle des North Cascades quand, petite fille, le week-end, elle parcourait les sentiers du parc national au petit matin. D'aucuns, lui avait expliqué son père, comparaient les voûtes feuillues des allées d'arbres à des cathédrales. Elle comprenait pourquoi. Le matin, quand le soleil dardait sa lumière à travers les grands feuillus, des rayons traversaient la canopée et descendaient à l'oblique tels des anges tombant du ciel. Mais pas ce soir. Ce soir, la lumière qui déclinait sur le parc colorait tout d'un gris léger. Les anges avaient déserté l'endroit, qui resterait à jamais marqué par les forces du mal.

Tracy suivit la même piste que le soir où elle s'était aventurée avec Pryor dans le parc, mais cette fois sans la petite lumière bleue pour la guider, ni le sentiment angoissant d'être tout près de faire quelque horrible découverte. Ce soir, elle connaissait le chemin, et ce qui l'horrifiait, c'était surtout de ne pas avoir compris plus tôt, de ne pas avoir tenu compte du fait que Pranav et Sam n'étaient pas chez eux ce lundi soir-là, ni les grands-parents – du moins, pas avant une heure tardive. Seuls Himani et Nikhil étaient présents.

Tracy prit à droite à la première bifurcation et continua le long de la piste extérieure. Des grenouilles-taureaux coassaient, comme si elles s'alertaient mutuellement de sa présence. Elle ralentit le pas comme elle approchait du chemin qui menait jusqu'au trou dans le sol, bien que celui-ci eût été comblé par les rangers du parc depuis la macabre découverte. Le chemin s'éleva ; Tracy s'arrêta au sommet de la butte, d'où elle aperçut quelqu'un se tenant à l'endroit même où se trouvait tout récemment encore le trou.

En ce lieu de sépulture, au cœur d'une des cathédrales de Dieu, Himani Mukherjee avait tout à fait l'air d'une pénitente.

Comme si elle avait senti la présence de Tracy, ou encore comme si elle l'attendait, elle se tourna de trois-quarts et leva brièvement les yeux vers elle, avant de reporter son regard sur la tombe de sa fille.

Tracy avait réfléchi à ce qu'elle voulait lui dire, mais maintenant qu'elle était arrivée, tous les mots lui paraissaient vides de sens. Elle s'avança jusqu'à l'ancien puits comblé et attendit presque une minute avant qu'Himani ne prenne finalement la parole.

— Je ne m'attends pas à ce que vous compreniez, détective, commença-t-elle d'une voix à peine audible au milieu des bruits de la forêt.

Sur ce point au moins, Himani ne se trompait pas. Tracy ne comprenait pas.

— Pourquoi ne pas essayer de m'expliquer, dans ce cas ? dit-elle.

Himani sourit, quoiqu'avec quelque chose de désespéré dans l'expression.

— À quoi bon ? fit-elle.

— Pour boucler la boucle, dit Tracy. C'est bien pour ça que vous êtes ici, non ? En terminer. Y a-t-il eu… un déclencheur, une raison particulière ?

— Les raisons, ce n'était pas ce qui manquait, répondit Himani, retrouvant les accents de colère que Tracy se souvenait avoir décelés le soir où elle avait rendu visite pour la première fois aux Mukherjee.

Himani souffla, la poitrine tremblante, mais elle ne se laissa pas aller à pleurer.

— J'avais toutes les raisons du monde d'être en colère contre Kavita, reprit-elle d'une voix faible, comme si elle se parlait à elle-même.

Tracy attendit.

— Elle ne respectait pas sa famille. Elle ne se respectait pas elle-même. Elle nous faisait honte devant nos amis et tous nos proches. Au début, son père et moi avons cru qu'avec le temps, elle reviendrait à la raison. Nous nous sommes dit qu'il suffisait d'attendre, qu'elle allait finir par rentrer et me demander de lui trouver un mari convenable. Nous étions convaincus que cela finirait par arriver, ne serait-ce que pour des raisons d'ordre matériel.

— Manquer d'argent, par exemple, hein ? dit Tracy. Mais elle n'est pas rentrée et s'est débrouillée pour l'argent ; alors vous avez commencé à vous demander pourquoi.

— Même quand Aditi est rentrée d'Inde, mariée, Kavita a continué de refuser d'obéir. Elle est devenue encore plus rebelle.

— Kavita et vous paraissez vous ressembler beaucoup de ce point de vue, dit Tracy.

Himani se tourna vers elle avec le même regard qu'elle avait décoché à Sam quand il avait avoué avoir échangé des textos avec Kavita.

— Vous ne savez pas. Vous ne savez pas ce que ça fait d'apprendre que votre fille est une putain. Je suis au courant pour les chambres d'hôtel, détective, et pour les hommes qu'elle y rencontrait. Je sais pourquoi elle n'a pas manqué d'argent, et pourquoi elle n'est pas rentrée à la maison.

Elle continua de fixer Tracy, qui n'arrivait pas à détacher ses pensées du mot « rebelle ». Himani reprit d'une voix cassante :

— Ce n'est pas vous qui avez dû supporter d'entendre les parents d'Aditi se gargariser de son mariage avec Rahesh, de la fortune que possède sa famille, et de la jolie maison londonienne où ils vont vivre, et où ils leur feront des tas de petits-enfants.

Elle secoua la tête, sa colère s'intensifiant.

— Vous ne savez pas l'humiliation que cela peut être.

Elle dit cela les dents serrées, les yeux fermés, les narines dilatées, le souffle tremblant. Puis elle eut un geste dédaigneux de la main destiné à Tracy, comme on chasse un insecte nuisible.

— Vous ne pouvez pas comprendre. Nos coutumes ne sont pas les vôtres.

— Quand avez-vous compris que vous pouviez suivre Kavita en vous servant du téléphone de Sam ?

Tracy ne croyait pas qu'Himani avait appris cela toute seule. Quelqu'un l'avait forcément informée de cette possibilité. Quelqu'un de plus jeune, mieux au fait de la technologie. Nikhil.

Himani haussa doucement les épaules.

— Je surveille les messages de Sam depuis que nous lui avons acheté le téléphone, tout comme je piste son mobile pour voir où il va. Ce n'était pas difficile de faire la même chose avec celui de Vita.

— Vous avez donc vu le texto que Sam a envoyé à Kavita lundi soir.

— Et la réponse de Vita, oui, confirma-t-elle. Ce n'était qu'un message parmi d'autres, détective, comme elle en écrit beaucoup chaque lundi soir.

Cela confirmait le fait qu'Himani était bien au courant des rendez-vous réguliers de Kavita avec Shea. Durant un long moment, Himani resta silencieuse, au point que Tracy crut qu'elle avait choisi d'en rester là, de ne plus rien dire. Puis elle reprit :

— Je venais juste de sortir de chez les Dasgupta. Ils avaient organisé une petite fête pour leurs amis qui n'avaient pas pu se rendre en Inde au mariage. Kavita n'était pas là, ce qui ne m'a pas surprise. J'ai dû les écouter se vanter, porter aux nues Aditi et leur nouveau gendre. Pranav était en voyage. Il n'a pas eu à supporter ça.

Elle leva les mains, et passa ses doigts crispés dans ses cheveux.

— Leurs voix résonnaient dans mon crâne, je n'entendais plus que ça. Quand je suis rentrée à la maison, ma tête bourdonnait.

Elle laissa échapper un soupir affligé.

— Je me suis installée à mon ordinateur, j'ai ouvert l'application, et je suis tombée sur les messages échangés par Sam et Kavita.

De nouveau, elle regarda Tracy.

— Alors même qu'elle venait d'apprendre qu'Aditi s'était mariée, elle refusait de changer de comportement. Elle continuait de nous humilier. C'était comme si elle prenait un malin plaisir à retourner le couteau dans la plaie.

— Elle avait l'intention de ne plus le voir, l'informa Tracy. Elle venait de lui dire que c'était terminé entre eux. Elle s'apprêtait à entrer à l'école de médecine.

Himani marqua un temps d'arrêt, mais il fut bref.

— Ça ne change rien à ce qu'elle était devenue, reprit-elle. Ça ne change rien au fait qu'elle était souillée, et qu'aucun homme digne de ce nom n'aurait voulu d'elle.

Tracy baissa les yeux et regarda la terre retournée, jonchée de feuilles mortes racornies et de morceaux de branches brisées. Puis elle se tourna vers Himani de nouveau, l'observa attentivement, attendant qu'elle poursuive son récit. Comme elle n'en faisait rien, elle lui demanda :

— Avez-vous envoyé Nikhil à l'hôtel pour qu'il tue Kavita ?

CHAPITRE 54

Kins dit à Sam d'attendre dehors, de ne pas entrer dans la maison. Puis il pénétra à l'intérieur. Les lumières étaient éteintes ; la maison était silencieuse. Il sortit son Glock et le tint le long de sa cuisse.

— Nikhil ? appela-t-il. C'est le détective Kinsington Rowe du Département de police de Seattle. J'aimerais te parler.

Pas de réponse.

— Nikhil ?

Kins quitta l'entrée et s'avança dans le salon. La grand-mère et le grand-père étaient assis là, immobiles. Ils le regardèrent d'un air à la fois calme et terrorisé.

— Où est Nikhil ? leur demanda-t-il.

Les yeux du grand-père se tournèrent vers la cuisine, mais il ne dit pas un mot.

Kins et Tracy avaient envisagé tous les scénarios possibles sur la route entre l'aéroport et Bellevue, et ils étaient tombés d'accord sur le fait qu'Himani n'avait pas pu transporter seule le corps de Kavita jusqu'au trou. Donc, soit Himani avait tué Kavita et avait demandé l'aide de Nikhil pour se débarrasser du corps, soit Nikhil avait tué sa sœur.

Kins revint sur ses pas, entra lentement dans la salle à manger, s'arrêta et scruta prudemment l'intérieur de la cuisine. Nikhil était assis à la table qui se trouvait dans le fond, lumières éteintes, mais Kins distingua clairement le grand couteau de cuisine, qu'il appuyait fermement sur sa gorge.

Kins s'efforça de garder son sang-froid.

— Nikhil, dit-il d'une voix calme, pose ce couteau.

Nikhil tourna son regard vers lui, mais ne répondit pas.

Kins entra lentement dans la pièce, cherchant désespérément les mots justes. Il songea à ses trois garçons, au lien fort qui les unissait.

— Ton frère est dehors, dit-il. Et tes grands-parents sont dans la pièce d'à côté. Tu ne veux sûrement pas qu'ils voient ça.

— Sam me déteste, dit Nikhil, d'une voix à peine plus forte qu'un murmure.

— Non, dit Kins. Sam ne te déteste pas.

La lame montait et descendait à chaque fois que Nikhil avalait sa salive ou parlait.

— Sam adorait Vita.

— C'est vrai. Mais tu es son unique frère, Nikhil. Il a déjà perdu sa sœur. Ne le laisse pas perdre aussi son frère.

— Il se fiche de ce qui peut m'arriver.

Kins gardait son arme le long de sa cuisse et restait à bonne distance de la table.

— Ne crois pas cela. Quoi qu'il se soit passé, tu seras toujours son frère. Ne lui fais pas ça. Ne fais pas ça à tes parents, ni à tes grands-parents. Pose ce couteau.

Nikhil refusa de s'exécuter.

— Alors, dis-moi ce que tu veux, Nikhil, reprit Kins, qui cherchait seulement à le faire parler pour le moment.

— Ce que je veux ?

— Oui, dis-moi ce que tu veux.

— Pourquoi a-t-il fallu qu'elle fasse ça ? dit-il, des larmes coulant le long de ses joues. Pourquoi est-ce qu'elle n'est pas rentrée à la maison ? Elle se serait mariée. C'était si terrible que ça ?

— Je ne sais pas, Nikhil.

— Vous savez ce qu'elle a fait ? Elle nous a tous déshonorés.

— Peut-être, Nikhil, mais te tuer maintenant ne changera rien à ce qui s'est passé. Ça ne fera qu'aggraver les choses. Ton frère a déjà perdu une sœur. Ta famille ne veut pas enterrer en plus un frère et un fils.

— Baba préférera me savoir mort, dit-il.

— Non, c'est faux. Quoi que tu aies fait, il restera toujours ton père. Tu veux savoir comment je sais ça ?

Nikhil chercha son regard. Kins crut distinguer une lueur d'espoir dans ses yeux, comme s'il voulait entendre la réponse, croire que son père l'aimerait toujours.

— Parce que j'ai trois fils, reprit Kins. Et qu'ils resteront mes fils, quoi qu'ils puissent faire, aussi terribles leurs actes soient-ils. Je resterai toujours leur père ; ils resteront mes fils.

— Vous devez être un bon père, détective.

— Ton père aussi est quelqu'un de bien. Il fera tout pour t'aider, Nikhil. Ne lui fais pas de mal ; ne l'oblige pas à enterrer deux enfants. Pose ce couteau, mon gars. Asseyons-nous et discutons de tout ça.

— Il n'y a rien à discuter, détective.

— J'aimerais essayer de comprendre ce qui est arrivé, et pourquoi. Tu veux bien m'expliquer ton geste ?

— J'ignore pourquoi c'est arrivé. C'est arrivé, c'est tout.

— Il y a des gens à qui tu pourrais parler, des gens qui pourraient t'aider à comprendre pourquoi. Tu as ressenti de la colère à l'égard de ta sœur, c'est compréhensible. Je suis certain que ce qu'elle a fait t'a mis en rogne, et que tu n'avais plus ton jugement.

Kins remarqua un filet de sang coulant le long de la gorge de Nikhil.

— Laisse-moi t'aider, Nikhil. Et je ne suis pas seul à pouvoir le faire : d'autres personnes peuvent t'aider à mieux comprendre ce qui est arrivé.

— Je sais ce qui est arrivé, détective. Je sais ce que j'ai fait.

— Nikhil ?

Kins tourna la tête en entendant la voix de Sam. Le garçon se tenait sur le seuil de la porte.

— Reste dehors, Sam, dit Nikhil.

— Qu'est-ce que tu fais ?

— Va-t'en, Sam, dit Nikhil.

Sam entra dans la pièce.

— Qu'est-ce que tu fais ? Pose ce couteau.

— Va-t'en, répéta Nikhil avec plus de force.

— Sam, reste où tu es, dit Kins.

Puis, de nouveau, plus lentement :

— Reste juste où tu es, d'accord ? Tout le monde reste calme.

— Faites-le sortir, s'agaça Nikhil, l'air agité.

Sam fit un pas en avant.

— Pose ce couteau. Tu t'es coupé. Tu saignes.

— Faites-le sortir, détective.

— Sam, ton frère veut que tu sortes.

— Pose ce couteau, Nikhil.

— Tu ne sais pas ce que j'ai fait, Sam. Tu ne sais pas.

— Pose ce couteau.

— Je suis désolé, Sam, dit Nikhil. Tellement désolé.

CHAPITRE 55

Faz ne portait pas particulièrement dans son cœur les membres de gangs, et encore moins les trafiquants de drogue, mais il ne voulait pas être directement responsable de la mort de Francisco. Il savait aussi, parce que le Petit Jimmy avait été assez stupide pour le lui dire, que Francisco avait envoyé des textos à quelqu'un, et que ce quelqu'un devait être Gonzalez. S'il ne se trompait pas, plus il réussirait à gagner du temps, meilleures seraient leurs chances de survie. Les autres dans la pièce s'adressaient au Petit Jimmy en espagnol ; ils étaient agités. Il ne fallait pas être grand clerc pour comprendre qu'ils lui disaient que le temps pressait, et qu'il fallait qu'ils partent, vite. Le Petit Jimmy, cependant, était aveuglé par sa haine pour Faz.

Faz se redressa en ravalant sa douleur.

— Je vais te dire un truc, Jimmy, fit-il. Ton père, je l'aimais bien. C'est vrai.

Le Petit Jimmy tourna son regard vers lui, l'air d'attendre la suite, une chute quelconque. Le canon de son arme était toujours collé contre le crâne de Francisco.

— Je désapprouvais ce qu'il faisait, mais il avait ses priorités, que je pouvais comprendre. Il prenait soin de sa famille, et de sa communauté. En d'autres circonstances, il aurait pu être politicien, et même un très bon politicien.

Il sourit. Jimmy paraissait perplexe ; il était visiblement décontenancé, et la tension était retombée d'un cran.

L'homme qui se trouvait au fond de la pièce intervint soudain avec animation :

— *¡ Tenemos que irnos ahora, Jimmy ! ¡ Todavía tenemos tiempo !*

— Tu veux savoir pourquoi ? Tu veux savoir pourquoi ils l'ont tué ? reprit Faz, captant de nouveau l'attention de Jimmy. Ils l'ont tué parce qu'ils savaient qu'il était son propre patron, parce qu'il faisait les choses à sa façon, parce qu'il se souciait des siens. Personne ne disait au Grand Jimmy quoi faire. Pas même les cartels. Voilà pourquoi ils l'ont tué. Et je vais te dire autre chose : il n'a jamais laissé ses émotions affecter ses décisions. C'est pour cela qu'il était si bon en affaires. Et toi ? Qu'est-ce que ton père penserait de toi ? Qu'est-ce que le Grand Jimmy se dirait, là, maintenant, en te voyant faire ?

Le Petit Jimmy ne répondit pas. Mais Faz avait toute son attention. C'était une chose de dire que le cartel n'avait aucune considération pour lui ; c'en était une autre de suggérer que son propre père ne le respecterait pas.

— Ce n'est peut-être pas moi qui te collerai les menottes aux poignets, mais tue-moi, et je resterai la raison pour laquelle ils te coinceront. Ils ne vont pas te lâcher, Jimmy. Tu sais que c'est ce qui se passera. Tu laisses tes émotions décider pour toi. Tu crois vraiment que mon équipier va en rester là ? Il est sicilien. Tue-moi, et il mettra un point d'honneur – ce sera sa mission dans la vie – à en finir avec toi, d'une manière ou d'une autre. Tu ne pourras même plus aller chier sans qu'il soit là pour te regarder t'essuyer le cul. Qu'est-ce que tu crois ? Que tu vas pouvoir retourner tranquillement au Mexique pour y vivre comme un pacha ? Réfléchis bien. Comment crois-tu que tes petits copains mexicains vont réagir quand ils apprendront qu'un détective te colle aux basques vingt-quatre heures sur vingt-quatre, sept jours sur sept, parce que tu as tué un flic ? Ce qui va se passer, c'est que tu vas devenir un boulet, un fardeau. Je te laisse deviner ce qu'ils font aux boulets dans ton genre.

Faz sourit.

— Donc, si Del ne te tue pas… (Il regarda les autres)… vous autres il vous descendra, tous autant que vous êtes. Et c'est vous qui régalerez les cochons.

Jimmy redirigea son arme vers lui, mais Faz vit qu'il était hésitant. Les autres aussi commençaient à redouter sa mort, à en craindre les conséquences si Jimmy tirait.

— Jimmy, non ! intervint Hector.

— La ferme.

— Il faut partir. Maintenant, insista Hector.

Un autre homme franchit le seuil de la porte du bureau et, d'une voix haletante, dit quelque chose en espagnol. À défaut de saisir le sens précis des mots, Faz comprit que c'était urgent, que quelque chose était en train de se passer. Les autres aussi pressèrent le Petit Jimmy d'y aller. Hector l'agrippa même par le bras.

Jimmy regarda Faz. Hector continuait de le tirer par le bras. L'homme à la porte cria le nom de Jimmy. Quoi qu'il se passât, ils n'avaient plus une seconde à perdre.

Jimmy grogna, jura, puis se retourna et quitta précipitamment la pièce.

Faz exhala un long soupir, mais ce n'était pas le moment de se réjouir ; pas encore. Il se tourna vers Francisco.

— Hé, vous êtes conscient ? Hé, vous m'entendez ?

Francisco tourna lentement la tête vers lui.

— Vous avez compris ce que le type à la porte vient de dire ?

Francisco répondit dans un murmure :

— Les camions sont là. Ils chargent la drogue pour l'expédier. Il faut qu'ils partent.

Sa tête retomba mollement.

— À qui avez-vous envoyé des textos ? Hein ? À qui ?

Faz entendit des bruits à l'extérieur ; des hommes criaient, en anglais et en espagnol, leurs voix bientôt noyées dans le flap-flap assourdissant des pales d'un hélicoptère. Un puissant faisceau lumineux pénétra dans le bureau par la fenêtre haute, et des ombres se mirent à onduler sur les murs.

CHAPITRE 56

Himani leva la tête, mais ses yeux restèrent rivés sur la tombe.

— Nikhil n'a rien à voir avec ça, dit-elle.

— Alors, dites-moi ce que vous avez fait, dit Tracy.

Elle ne croyait pas Himani, mais voulait entendre sa version des faits.

— Je ne me souviens pas de ce que j'ai fait, détective. Tout ce dont je me souviens, c'est de Vita tombant dans le trou, et ne bougeant plus.

Elle leva la main et toucha sa tête.

— Elle avait du sang sur le côté de la tête, là où je l'ai frappée. Je me souviens du sang sur la pierre, et sur mes mains. Je l'ai lâchée, quelque part dans les fourrés, dit-elle en tendant le bras d'un geste vague.

— Qu'avez-vous fait ensuite ?

— J'ai voulu me mettre à courir, sortir du parc pour demander de l'aide, mais…

Elle mentait. Elle n'avait pas agi seule. Nikhil était là.

— Comment avez-vous transporté le corps ? lui demanda Tracy.

Nouveau haussement d'épaules.

— Je ne sais pas comment. Je l'ai fait, c'est tout.

Tracy ne doutait pas qu'Himani connaissait le trou. Elle avait pu le découvrir lors d'une de ses promenades d'après dîner. Mais elle ne croyait pas qu'elle avait pu transporter le corps toute seule. Non.

Elle avait probablement envoyé Nikhil chercher sa sœur pour la ramener chez eux, après lui avoir expliqué quelle vie elle menait. Il avait suivi Kavita depuis l'hôtel, et l'avait tuée dans le parc. Paniqué, il était peut-être allé trouver sa mère, et elle s'était arrangée pour le protéger. Ça n'expliquait pas pourquoi Kavita était allée au parc ; c'était une question dont ils ne connaîtraient peut-être jamais la réponse. Kaylee Wright déterminerait si les empreintes retrouvées au bord du trou correspondaient aux chaussures de Nikhil, ou peut-être à celles de sa mère.

— Je ne m'attendais pas à ce que vous la retrouviez, poursuivit Himani. Quand vous êtes venue chez nous et que vous avez dit avoir géolocalisé son téléphone, j'ai compris que ce n'était plus qu'une question de temps.

— Avez-vous pris son deuxième téléphone, le prépayé – vous ou Nikhil ?

Himani se tourna vers Tracy et la fixa.

— J'ai perdu une fille, détective. Je ne perdrai pas un fils.

Peut-être que non, songea Tracy. *Il allait falloir du temps pour le savoir.*

— Vous ne pouvez pas le protéger.

Elle haussa les épaules.

— Nous verrons ce que je peux faire ou non.

Soit.

— Tournez-vous, lui demanda Tracy en tirant les menottes de sa ceinture. Je dois vous passer les menottes. Ensuite, je vous lirai vos droits.

— Vous voyez, détective, j'avais raison, dit Himani.

— Raison ? À quel sujet ?

— Vous ne pouvez pas comprendre. Vous ne pouvez pas comprendre parce que vous n'êtes pas mère.

— Pas encore, dit Tracy. Mais je sais que je ne serai jamais comme vous.

CHAPITRE 57

Kins était sur le point de se précipiter vers le couteau quand Sam dit :

— Pose ce couteau, Nikhil. Je t'en prie !

Le visage de Nikhil était couvert de larmes. Kins avait les yeux rivés sur la pointe du couteau, attentif à ce qu'elle ne s'enfonce pas davantage dans la chair. Soudain, le bras de Nikhil retomba, comme s'il avait porté un poids trop lourd et n'en pouvait plus. Dans un fracas métallique, le couteau tomba sur la table, puis sur le sol.

Sam courut vers son frère. Kins s'avança et écarta le couteau d'un coup de pied. Il se demanda si Nikhil pleurait à cause de ce qu'il avait fait, ou parce qu'on l'arrêtait. C'étaient deux choses différentes. Pour le reste, il était d'accord avec Kelly Rosa : le tueur avait agi sous l'emprise de la colère. Il attendit, laissa les frères partager un moment tranquille, conscient que, selon toute probabilité, ils n'en auraient plus l'occasion avant longtemps, si toutefois une telle occasion devait jamais se représenter.

CHAPITRE 58

Faz regarda les hommes lourdement armés et portant des vestes en kevlar entrer avec fracas dans le bâtiment et en sécuriser l'intérieur.

— Par ici, cria-t-il.

Ils franchirent le seuil de la pièce en exécutant une série de mouvements précis. Puis, quand il fut clair qu'il n'y avait pas de danger, ils s'approchèrent de Francisco étendu sur le sol. Faz s'assit, toujours menotté à la canalisation.

— Il est dans un sale état, dit-il au premier homme qui était entré. Occupez-vous de lui d'abord.

— Êtes-vous le détective Fazzio ?

— Oui, répondit Faz.

Del apparut dans la pièce adjacente. Il laissa échapper un soupir de soulagement en voyant Faz, quoiqu'il affichât la même expression horrifiée qu'il avait eue en sortant de l'ascenseur de l'immeuble d'Eduardo Lopez. Il traversa rapidement la pièce.

— Les secours arrivent, dit-il.

Pour une fois, Faz ne trouva pas les mots. Il se contenta de hocher la tête. Finalement, il dit :

— Ne dis pas à Vera que je suis blessé. Elle va s'inquiéter.

— M'étonnerait qu'elle soit dupe, Faz.

— Ils m'ont salement amoché, hein ?

— Tu l'as dit.

— Je ne veux pas qu'elle me voie, pas comme ça, Del.

— Tu connais Vera. Une tornade ne l'arrêterait pas.

— Alors, demande-leur de me nettoyer. Au moins, qu'ils me nettoient.

— On va s'occuper de ça, Faz. Une ambulance est en route.

— Comment m'as-tu trouvé ?

— Ce serait trop long à t'expliquer maintenant, dit Del.

Il glissa un bras autour des épaules de son équipier et le serra contre lui.

— Hé, toi qui répètes toujours que tu as une gueule d'ange. Eh ben là, tout de suite, ça saute pas aux yeux, désolé de te le dire.

Faz sourit.

— Ne me fais pas rire, ça fait trop mal.

Les ambulanciers sortirent Faz de l'immeuble sur un brancard. À l'extérieur, les abords du complexe avaient été transformés en zone de guerre. Le Petit Jimmy et le reste de son équipe étaient couchés sur le bitume, face contre terre, les mains menottées dans le dos. Autour d'eux, des hommes et des femmes en treillis et gilets pare-balles montaient la garde. Un hélicoptère continuait de survoler la zone dans un bruit assourdissant, son faisceau laser balayant les allées du complexe. D'autres policiers encore se tenaient près des grilles d'entrée, attendant apparemment une autorisation – autrement dit, un mandat de perquisition signé – pour pénétrer dans la zone et de commencer leurs recherches.

Quand le brancard passa à côté du Petit Jimmy, celui-ci, toujours au sol, leva les yeux et croisa le regard de Faz. Faz sourit. Puis il leva la main, forma un pistolet avec son pouce et son index tendu, et pressa la détente en mimant le mouvement de recul de l'arme.

Le Petit Jimmy détourna les yeux.

Les infirmiers glissèrent Faz à l'arrière de l'ambulance. Del se tenait à côté du véhicule ; il était en ligne avec Vera sur son portable. Il articula silencieusement le mot « Vera » à l'attention de Faz, qui acquiesça d'un hochement de tête. Del approcha le téléphone de l'oreille de son équipier, tandis que les infirmiers posaient un tensiomètre autour du biceps de Faz pour vérifier sa pression artérielle.

— Salut, Vera, dit Faz en s'efforçant d'adopter un ton dégagé.

— Vic, est-ce que ça va ?

— Ouais, ouais, tout va bien. Juste quelques bleus, quelques égratignures, mais ils prennent bien soin de moi. Surtout, ne t'inquiète pas.

Vera pleurait.

— Je t'assure, chérie. Je vais bien.

Vera n'en croyait rien.

— Je te retrouve à l'hôpital, dit-elle. Demande à Del de me tenir au courant quand vous serez en route.

— Ouais, d'accord, dit Faz. Je vais le lui dire. Et, Vera…

— Oui ?

— Je veux que tu saches que je t'aime. Je sais que tu le sais, mais je tiens à ce que tu m'entendes le dire. Je sais aussi que tu m'as dit de ne pas commencer à m'excuser, mais je regrette de ne pas te l'avoir dit plus souvent. Tu mérites d'entendre ça, Vera. Tu mérites d'entendre ça tous les jours. Et je vais me mettre à te le dire tous les matins.

— Je t'aime, moi aussi, lui dit-elle entre deux sanglots.

Faz hocha la tête et rendit son téléphone à Del.

— Elle va nous retrouver à l'hôpital. Je crois que tu ferais bien de la rappeler et de la préparer, suggéra Faz.

— Ouais, je me disais la même chose.

Del regarda sur sa droite, là où Andrea Gonzalez discutait avec un groupe d'hommes et de femmes vêtus de coupe-vents.

— Il va falloir qu'elle nous explique à tous les deux ce qui se passe. Pour le moment, je n'ai eu droit qu'à la version abrégée.

— Comment as-tu réussi à remonter jusqu'à moi ?

— On a retracé ton parcours grâce à ton téléphone ; il a borné ici pour la dernière fois. J'ai cru un moment que tu étais retourné à l'appartement d'Eduardo Lopez. Quand je suis arrivé ici, le SWAT se déployait sur le parking. Apparemment, ils venaient de recevoir un texto confirmant ta présence à l'intérieur du complexe.

— Détectives, dit Gonzalez.

Elle regarda Faz dans l'ambulance.

— Comment vous vous sentez ?

— Comme quelqu'un qu'on a fourré dans un lave-linge industriel avec un sac de galets.

— Vous voulez bien répondre à une ou deux questions ? Ça va aller ?

— Si vous faites pareil à votre tour, répliqua Faz. On dirait bien que vous nous devez quelques explications.

Gonzalez sourit.

— C'est de bonne guerre. Comment êtes-vous arrivé ici ?

Faz lui expliqua qu'il l'avait suivie, avant de suivre Francisco jusqu'au complexe de stockage.

— Vous avez eu de la chance qu'ils ne vous tuent pas.

— J'ai été plus futé qu'eux. Je leur ai laissé croire que j'en savais plus que ce n'était le cas en réalité. Il était évident qu'ils trafiquaient de la drogue. Je leur ai fait comprendre que tuer un flic serait lourd de conséquences, et qu'ils n'en seraient jamais quittes avec ça. Je leur ai dit aussi que Del ne les lâcherait jamais.

— Malin. Mais je peux vous dire que le cartel ne va pas aimer apprendre qu'il a perdu une cargaison pareille.

— Alors, qui êtes-vous ? voulut savoir Faz.

— Je travaille pour l'OCDETF, la Force opérationnelle de lutte contre le trafic de drogue et le crime organisé. Je dirige une équipe avec laquelle je travaille sur ce dossier depuis plus de trois ans. On a affaire avec ce cartel au plus grand distributeur d'héroïne et de meth de toute la côte ouest. On mène des opérations similaires dans la plupart des grandes villes, notamment Vancouver, en Colombie britannique.

— Et le type que j'ai suivi... celui que vous avez rencontré au champ de foire. C'est un indic ?

— Francisco Mercado, répondit-elle en hochant la tête. Mercado est un ancien Sureño devenu indic. Il y a dix-huit mois, il a eu un deuxième enfant, un garçon. On l'a coincé pour trafic d'héroïne juste avant la naissance de son fils. Compte tenu des quantités qu'il revendait, et de ses antécédents, il risquait la prison à vie.

— Il a préféré accepter de collaborer, crut comprendre Del.

Elle sourit.

— "Accepter" n'est pas tout à fait le mot juste. Disons qu'on ne lui a pas laissé le choix. Mercado était le type dont nous avions besoin pour infiltrer ces trafiquants, et avoir des infos de première main sur les livraisons et les expéditions.

— C'est pour ça qu'ils vous ont mutée chez nous ?

Gonzalez acquiesça.

— Nous avions enfin un indic fiable.

— Et vous étiez son contact, dit Faz.

— Mais notre enquête sur la mort de Monique Rodgers vous a compliqué la tâche, reprit Del.

— Nous avions besoin d'un peu plus de temps pour tout mettre en place, dit Gonzalez. Quand Rodgers a été tuée, nous avons dû revoir le calendrier de notre opération.

— Et Eduardo Lopez ? Comment se fait-il que Mercado se soit trouvé à l'appartement ce soir-là ?

— Mercado nous a fait savoir que le Petit Jimmy avait mis un contrat sur vos têtes pour cinquante mille dollars, après que vous êtes allés chez lui et que vous avez bousillé sa petite fête.

— Bon sang, et moi qui pensais que nous étions des gens bien élevés, dit Del à Faz.

— Je te l'ai déjà dit : on ne nous apprécie pas à notre juste valeur.

— Quand j'ai appris que vous aviez une empreinte identifiant Lopez et que vous étiez en route pour aller lui parler, j'ai envoyé Mercado à son adresse vérifier s'il était chez lui, pour le cas où Lopez se serait mis en tête d'empocher cinquante mille dollars.

— Pourquoi Lopez se trouvait-il dans l'appartement d'à côté ? demanda Faz.

— Je ne sais pas, dit Gonzalez. Je soupçonne Lopez de s'être dit que Mercado venait pour le tuer. La nouvelle circulait que vous aviez une empreinte appartenant à l'assassin de Rodgers, et que vous vous apprêtiez à l'arrêter. Mercado m'a dit avoir entendu cela dans la rue. Lopez vivait dans cet appartement pour pouvoir garder un œil sur le complexe de stockage pour le compte du Petit Jimmy. D'après ce que j'ai pu comprendre, Lopez a dû voir Mercado se garer sur le parking, et il a dû se dire qu'il venait le tuer.

— Alors il est allé se cacher dans l'appartement d'à côté, chez sa voisine, dit Faz.

Gonzalez acquiesça.

— Comme Lopez ne répondait pas, Mercado s'est dit qu'il n'était pas chez lui et qu'on pouvait frapper à sa porte sans danger. C'est ce qu'il m'a écrit par texto cet après-midi-là ; j'ai eu le message juste au moment où nous arrivions là-bas en voiture. Mercado ignorait que Lopez était dans l'appartement d'à côté. Moi aussi.

— Du coup, quand Lopez est sorti, vous avez cru qu'il cherchait à me tuer ? tenta de comprendre Faz.

— J'ai vu briller un truc argenté dans sa main ; j'ai cru que c'était une arme. Ça ne m'a pas enchantée de le tuer, pour un tas de raisons. Surtout quand j'ai appris que c'était un téléphone portable qu'il tenait à la main. J'aurais préféré le prendre vivant.

— Il y a une chose qui me chiffonne : pourquoi avoir déclaré aux enquêteurs de la FIT que c'était moi qui ai crié "*Arme !*" ?

— Il fallait que je vous mette sur la touche pour que l'on puisse s'occuper du Petit Jimmy. Je n'imaginais pas que vous étiez une telle tête de mule.

Faz se gratta l'arrière du crâne et sentit du sang séché. Il était rare que Del et lui se fassent à ce point rouler dans la farine, mais il devait reconnaître qu'ils s'étaient trompés tous les deux sur Gonzalez.

— Je vous dois des excuses, je pense, et un grand merci, dit-il.

— Remerciez Mercado. C'est lui qui a envoyé le texto disant où vous étiez.

— Qu'est-ce qui va lui arriver ?

— On va l'arrêter, et faire comme s'il allait en taule avec les autres.

— Le Petit Jimmy a vu les photos que j'ai prises de vous et Mercado en train de discuter. Il est probablement déjà grillé.

Gonzalez réfléchit à la question.

— Dans ce cas, on mettra en place un programme de protection des témoins, il pourra disparaître avec sa famille. Il n'aura plus qu'à se tenir à carreau. Il a des gosses maintenant. Ça suffira peut-être. Je peux vous poser encore une question ? Vous êtes toujours aussi obstiné ?

— Une vraie tête de pioche, dit Del. C'est son côté italien qui s'exprime.

Gonzalez secoua la tête.

— Je suis navrée pour ce qui s'est passé.

— Ne commencez pas à vous excuser, dit Faz en pensant à Vera. On dirait que je ne vais pas m'en sortir.

— Qui était au courant que vous faisiez partie de cette Force opérationnelle ? demanda Del à Gonzalez.

— L'adjoint du Département des enquêtes criminelles, Stephen Martinez. C'est lui qui s'est arrangé pour me faire transférer dans votre unité. Et votre capitaine.

— Pourquoi les Crimes violents ? Pourquoi pas les Stups ?

— Les Stups, c'était trop évident. Nous avions besoin de ne pas faire de vague jusqu'à ce que tout soit en place, mais quand vous vous êtes mis à enquêter sur l'affaire Rodgers, j'ai compris qu'on allait avoir un problème. À l'origine, je devais intégrer la "C Team", dont un des détectives partait à la retraite. C'était l'excuse toute trouvée. Quand Rodgers a été assassinée, j'ai demandé à Martinez de me transférer dans votre équipe pour pouvoir garder un œil sur l'enquête et m'assurer que vous ne mettiez pas tout notre travail par terre.

— Tracy n'a pas beaucoup apprécié votre arrivée, dit Del.

— Je crois bien avoir trahi son petit secret, reconnut Gonzalez.

— Quel secret ? demanda Faz.

Il regarda Del, qui n'avait pas l'air d'en savoir davantage.

Gonzalez sourit.

— Vous n'êtes pas au courant ?

— Au courant de quoi ? Elle quitte l'unité ?

— Il faudra bien, au moins pendant quelque temps, dit Gonzalez. Elle est enceinte.

— Non, dit Faz. Sérieusement ?

Il se tourna vers Del.

— Tu étais au courant ?

— Je m'en doutais un peu, mais je ne voulais pas lui poser la question. Avec la chance que j'ai, il suffisait qu'elle ait juste pris deux ou trois kilos depuis son mariage, et… tu la connais.

— Ouais, je la connais, dit Faz. Bon Dieu. Tracy enceinte.

— Je suppose qu'elle a tout fait pour que cela ne se voie pas, reprit Gonzalez. Mais dans un mois, elle n'aura plus le choix. Je reconnais une femme enceinte quand j'en vois une.

— Vous avez des gosses ? demanda Faz.

— Quatre.

— Ouah ! s'exclama Faz. Vraiment ?

— Je prends ça comme un compliment, détective. Et vous deux ? Des enfants ?

— Pas moi, dit Del.

— Un, dit Faz.

— Je pensais que les Italiens aimaient les familles nombreuses.

— Ma femme et moi, on s'y est pris un peu tard, se justifia Faz. Et puis, il y a eu quelques complications. Ma femme ne pouvait plus avoir d'enfant.

— Désolée de l'apprendre.

— Cancer de l'utérus.

Faz secoua la tête, brusquement submergé par l'émotion.

— On vient de découvrir qu'elle a un cancer du sein. On est en plein dedans.

Gonzalez posa une main sur l'épaule de Faz.

— Il faut être confiant. Les traitements s'améliorent chaque année. Il faut qu'elle sache qu'elle n'est pas seule à vivre cela. Je suis passée par là, moi aussi.

— Ah oui ?

Gonzalez pointa un doigt vers sa poitrine.

— Ne me dites pas que vous avez cru qu'ils étaient vrais ?

— Sans commentaire, dit Del.

Ils rirent. Puis Gonzalez expliqua :

— J'ai subi une double mastectomie il y a dix ans. Je me suis dit : autant qu'il en sorte quelque chose de positif. Mon mari est heureux.

Del et Faz rirent de plus belle, bien que ni l'un ni l'autre ne fît le moindre commentaire.

— Je vous donnerai mon numéro perso. Si votre femme a besoin de quelqu'un à qui parler, si elle a la moindre question, n'hésitez pas à m'appeler.

— Merci. Elle va apprécier, j'en suis sûr. Elle ne me dit pas grand-chose à moi.

— Laissez-lui un peu de temps, laissez-la respirer. C'est une expérience éprouvante.

Faz regarda Del.

— Puisqu'on parle de Vera…

— Ouais, on ferait bien de t'emmener rapidement à l'hôpital, dit Del. Vera en colère, si on pouvait éviter ça...

— La colère peut être saine parfois, fit valoir Faz.

Gonzalez parut sceptique.

— Vera adore prendre soin des autres, dit Faz. C'est ce qui la rend heureuse.

Gonzalez eut un sourire.

— Alors elle va être aux anges quand elle verra dans quel état vous êtes.

CHAPITRE 59

Les voitures de patrouille attendaient Tracy quand elle sortit du parc, escortant Himani Mukherjee ; Kins était là. Des rampes de signalisation projetaient leurs lumières rouges et bleues sur les pignons des maisons et les arbres derrière. Des voisins étaient sortis dans leur allée pour essayer de comprendre ce qui se passait, loin toutefois de pouvoir imaginer quel secret abritait la maison voisine. Tracy aida Himani Mukherjee, mains menottées dans le dos, à monter à l'arrière d'une des voitures de patrouille. Si Himani était gênée par la situation, elle n'en montrait rien. Elle se tenait le menton bien haut, regardant droit devant elle d'un air de défi. Kins avait déjà fait monter Nikhil à l'arrière d'une autre voiture, menotté lui aussi. Contrairement à sa mère, il se tenait tête baissée, et évitait les regards.

— Le père vient de rentrer, dit Kins en désignant la maison d'un signe de tête. Il est à l'intérieur avec Sam, les grands-parents et Anderson-Cooper.

— Comment il prend ça ?

— Il est sous le choc. Ils le sont tous. Il a appelé un avocat – un ami à lui – qui est apparemment en route.

— Qu'est-ce que Nikhil t'a dit ? voulut savoir Tracy.

— Pas grand-chose. Il s'était mis un couteau contre la gorge. Son jeune frère lui a parlé et l'a convaincu de le poser.

— Il n'a pas dit qu'il a tué Kavita ?

— Pas aussi clairement que ça, non.

Kins regarda Himani, assise de profil à l'arrière de la voiture de patrouille.

— Pourquoi ? Qu'est-ce que dit la mère ?

— Elle dit que c'est elle qui a tué Kavita, répondit Tracy en suivant le regard de Kins. Elle dit qu'elle l'a frappée avec une pierre.

— Elle n'a pas pu la transporter seule jusqu'au trou. Je n'y crois pas.

— Je sais, dit Tracy. Elle ment pour le protéger. Elle a dit qu'elle a déjà perdu une fille, et qu'elle ne perdra pas en plus un fils.

— On peut la comprendre. Tu crois qu'elle a envoyé Nikhil tuer sa sœur ?

— Je ne sais pas. Ils savaient qu'elle était à l'hôtel ; tout comme ils ont su qu'elle se baladait dans le parc. Pour quelle raison, ça, on ne le saura peut-être jamais.

— Elle ne pourra pas le protéger, pas complètement, dit Kins. Et même si elle s'acharne à le faire, ils seront jugés tous les deux pour le meurtre de Kavita, à moins qu'un des deux, ou les deux, ne plaide coupable. Le fils le fera peut-être. La mère, ça m'étonnerait.

Tracy regarda la maison.

— Je suis triste pour le père et pour Sam. Quand je pense à ce qui les attend, après tout ce qu'ils ont déjà subi…

Kins secoua la tête.

— J'imagine que la mort de leur fille doit réveiller certains souvenirs chez toi, dit-il. Est-ce que ça va ?

Tracy repensa à ce jour horrible à Cedar Grove, où ils avaient retrouvé les restes de sa sœur Sarah dans une sépulture peu profonde. Elle s'était demandé alors comment elle allait pouvoir continuer à vivre, ce qui allait se passer maintenant qu'elle avait appris la vérité sur la disparition de sa sœur survenue vingt ans plus tôt. La réponse à cette question, elle devait l'avoir bien plus tard, dans la salle de bains de leur maison de Redmond, en tenant à la main un test de grossesse affichant deux traits positifs.

Elle toucha son ventre.

— Oui, répondit-elle. Tout va bien.

ÉPILOGUE

Samedi 15 décembre 2018

La sage-femme de la maternité tendit à Tracy son bébé, une petite fille, emmitouflée dans une couverture, un bonnet rose couvrant son crâne. Son visage était rouge rubis, et ses grands yeux mobiles et curieux paraissaient loucher légèrement.

— Vous êtes sûre que c'est normal ? demanda Dan à la jeune infirmière. Les yeux qui louchent.

— Parfaitement normal, le rassura la jeune femme.

— Est-ce qu'ils vont rester bleus ? demanda-t-il.

— Ça varie d'un enfant à l'autre, mais étant donné que sa maman et son papa ont les yeux clairs, je dirais qu'il y a de fortes chances pour que ce soit le cas.

— Et elle est en bonne santé ? Tout va bien ?

— Elle pèse quatre kilos cent, sourit la sage-femme. Elle se porte *très* bien.

L'accouchement avait dû être déclenché, Tracy ayant dépassé d'une semaine la date prévue pour le terme.

La sage-femme, qui avait fait l'essentiel, récupéra serviettes et plateaux et dit :

— Je vous laisse tranquilles un moment. Vous avez des visiteurs dans la salle d'attente.

Tracy regarda Dan, puis dit à la sage-femme :

— Donnez-moi quelques minutes avant de leur dire de venir, s'il vous plaît. Et merci… pour tout.

La sage-femme sourit et dit :

— C'est vous qui avez fait tout le travail.

Quand elle fut sortie et que la porte se referma, Dan fit le tour du lit, se pencha et embrassa Tracy.

— Alors, comment se sent ma petite maman ?

Tracy sourit à travers les larmes qui mouillaient ses joues.

— Elle est si parfaite, tu ne trouves pas ? Si innocente.

— Dix doigts, dix orteils, deux oreilles et un nez, dit Dan. J'aurais tellement aimé que nos parents soient là pour partager ça. Ma mère serait complètement gaga.

— Et toi, comment ça va ? lui demanda Tracy.

— Comme si je venais de faire l'ascension de l'Everest et que je regardais le soleil se lever à l'horizon, répondit Dan en souriant. Comme si je regardais apparaître les premières lueurs du jour et un arc-en-ciel de couleurs. Mais ce que je vois ici est encore plus beau !

— Ne sois pas aussi sentimental avec moi. Je suis complètement détraquée sur le plan hormonal, fit-elle en se remettant à sangloter.

— Hé, murmura Dan, tout va bien. Regarde ce que tu viens d'accomplir.

— Ce *qu'on* vient d'accomplir, corrigea Tracy.

Elle baissa les yeux pour regarder sa fille.

— Tout ce que je veux, c'est la protéger, tu comprends ? Je ne veux pas qu'elle tombe et s'égratigne les genoux, ni qu'un garçon lui brise le cœur, jamais.

— On a encore un peu de temps avant que les garçons ne lui tournent autour, dit-il. Et puis, sa mère est armée la plupart du temps, et reste une des plus fines gâchettes de l'Ouest, non ?

— Je peux lui apprendre à tirer, dit Tracy, qui n'avait encore jamais envisagé la question jusqu'à cet instant. Je suis certaine qu'elle sera douée.

— Comme je l'ai dit, on a encore un peu de temps avant de la mettre à l'entraînement.

Tracy sourit et leva les yeux vers Dan.

— Alors, est-ce que tu as eu le temps d'y réfléchir ?

— Tu sais que je serai le plus heureux des hommes si tu veux la prénommer Sarah.

— Je sais, dit Tracy.

Ils avaient eu cette discussion ce matin-là, allongés dans leur lit, alors qu'ils réfléchissaient à des prénoms. Tracy voulait honorer la mémoire de sa sœur Sarah, d'une manière spéciale, qui ferait naître un sourire sur ses lèvres au lieu d'une profonde tristesse. Mais elle était partagée sur cette question. Elle ne voulait pas imposer ce fardeau à sa fille ; elle ne voulait pas que cela interfère avec sa personnalité, ou son devenir. Elle voulait qu'elle se sente parfaitement libre. Tracy, elle, n'oublierait jamais qu'il était arrivé quelque chose d'horrible et de tragique à Sarah, comme cela était arrivé à Kavita Mukherjee et à des milliers d'autres jeunes femmes. Mais elle ne voulait pas que cette pensée morbide soit associée à quelque chose d'aussi beau et innocent que son bébé.

— Non, trancha-t-elle. Quand j'entendrai le nom de notre fille, je veux qu'il soit associé à quelque chose de beau, quelque chose qui me donnera toujours envie de sourire.

— D'accord, dit Dan. Bon, alors, comment veux-tu l'appeler ?

Et à cet instant, le prénom vint à Tracy, un prénom dont ni elle ni Dan n'avaient jamais parlé, mais qui lui parut soudain parfait.

— Je veux qu'on la prénomme d'après la personne qui a su remettre de la couleur dans ma vie quand je voyais tout en noir ou en gris. Je veux qu'on l'appelle Danielle, comme toi, au féminin en quelque sorte.

Des larmes emplirent les yeux de Dan. Il se pencha un peu plus, et vint coller son nez contre celui de Tracy.

— Sérieusement ? murmura-t-il.

— On pourra même l'appeler Dani, c'est un diminutif tout trouvé, ajouta Tracy.

— D'accord, dit-il. Danielle Sarah O'Leary, c'est parfait.

Il donna un long baiser à Tracy.

— Et si on leur disait de venir, maintenant ? suggéra-t-elle en parlant de leurs visiteurs.

Dan embrassa sa fille et sortit de la chambre. Tracy trouva la télécommande et remonta la partie supérieure de son lit, Danielle blottie contre son flanc. La péridurale cessait doucement de faire son effet ; la douleur et la fatigue revenaient s'installer insidieusement. Tracy restait néanmoins concentrée sur sa fille. Elle ne pouvait pas s'empêcher de la regarder ni de sourire.

La porte de la chambre s'ouvrit et la sage-femme revint un instant.

— Est-ce qu'elle a déjà essayé de manger ?

— Pas encore, dit Tracy. Elle reste là à tout regarder autour d'elle.

— Elle est très éveillée, on dirait.

La sage-femme s'approcha et examina attentivement le bébé.

— Donnez-lui quelques minutes encore, et puis essayez de la nourrir de nouveau. Elle sera sûrement affamée. En parlant de manger, que puis-je apporter à sa maman ?

Tracy allait devoir s'habituer à ce qualificatif de « maman ».

— J'adorerais manger un cheeseburger et des frites… et un milkshake au chocolat, dit-elle, avec un peu de crème Chantilly par-dessus. Je suppose qu'il va me falloir plusieurs mois pour retrouver la ligne, alors…

— Autant en profiter pour le moment. Et votre mari ?

— Mettez la même chose.

— Ça marche, dit la sage-femme avant de quitter la chambre.

La porte s'ouvrit de nouveau ; Dan entra, suivi de Faz et de Vera. Vera s'approcha directement de Tracy et du bébé. Elle portait un bonnet tricoté sur ce qu'il lui restait de cheveux. Quand l'équipe d'oncologie lui avait expliqué qu'elle ferait mieux de se raser la tête pendant la chimiothérapie, pour éviter de voir de grosses mèches de cheveux tomber de sa brosse, Faz avait appelé Tracy et lui avait demandé si elle pouvait venir voir Vera pour lui remonter le moral. Tracy l'avait fait volontiers ; elle avait rendu visite à Vera presque tous les jours durant son traitement, même quand elle était devenue aussi grosse qu'un SUV. Elle apportait à son amie des plats qu'elle cuisinait elle-même, et que Vera pouvait congeler.

— Elle est magnifique, s'extasia Vera. Oh, mon Dieu. Vic, regarde-la. On dirait un petit ange.

Faz s'approcha du lit à son tour.

— Elle est superbe, Tracy. Tu as réussi ton coup ; ça, on peut le dire.

Les blessures sur son visage après son passage à tabac avaient guéri. Il gardait quelques cicatrices, mais les médecins avaient pu suturer ses coupures, notamment au-dessus de son œil gauche, et redresser son nez. Il avait été au repos forcé durant presque deux mois, le temps de soigner également deux côtes cassées. La reprise s'était faite en douceur à la « A Team ». Vera avait pris soin de lui, en dépit de ses protestations. Cela avait été une bonne thérapie pour elle ; cela l'avait aidée à avancer, et bien souvent à oublier son cancer.

— Comment te sens-tu ? demanda Tracy à Vera.

— C'est moi qui devrais te poser cette question, non ?

— Je vais bien, dit Tracy. Un peu fatiguée, et à fleur de peau émotionnellement, mais je suis si heureuse. Comment se passe la fin de ton traitement ?

Vera avait eu sa dernière séance de chimiothérapie deux jours avant que Tracy n'entre à l'hôpital. Faz avait expliqué que l'oncologue était très optimiste ; le cancer était en rémission, et le resterait certainement.

— Ça va, dit Vera. Honnêtement, je ne me suis jamais sentie aussi pleine d'énergie que lorsque Dan a appelé et nous a dit que tu étais à l'hôpital.

— Quand as-tu rendez-vous avec le chirurgien plasticien ?

— Dans un mois environ, répondit Vera.

— J'ai suggéré que nous dînions avec Andrea Gonzalez, pour le cas où Vera voudrait avoir une idée des tailles possibles, dit Faz.

Vera lui donna une tape sur la main.

— Hé, c'est comme quand tu veux acheter une voiture, non ? Tu dois faire le tour de ce qui existe pour pouvoir te décider.

— Oui, bah, c'est moi qui déciderai, dit Vera. Ce n'est pas toi qui devras te les balader toute la journée.

— Au fait, comment est-ce que tu l'as appelée ? demanda Faz à Tracy.

— Danielle, dit Tracy. On l'appellera Dani.

— Ça sonne bien.

Il regarda Dan et lui adressa un petit signe de tête approbateur.

— J'ai toujours voulu appeler Antonio "Faz", mais Vera n'était pas d'accord.

Vera leva les yeux au ciel.

— Pardi ! Faz Fazzio, c'est tellement élégant ! Tu as déjà un restaurant qui porte ton nom, tu devrais être content.

— Il a déjà ouvert ? demanda Tracy.

— Dans une petite semaine, répondit Faz. On tient à ce que vous soyez tous là pour l'inauguration, vous deux, Del et Celia, Kins et Shannah.

— Je ne manquerais ça pour rien au monde, dit Dan.

— Ce sera une double célébration, dit Vera. Antonio a demandé sa petite amie en mariage.

— C'est merveilleux ! se réjouit Dan.

— Est-ce que Vera vous a dit qu'elle allait travailler au restaurant ? demanda Faz.

— Juste quelques jours par semaine. Je ferai l'accueil, dit Vera.

— Non, non. Répète-leur ce qu'Antonio t'a dit.

Vera hésita. Faz prit les devants :

— Il veut, à terme, que Vera fasse partie de la brigade de cuisine. À quel poste déjà ? Quel est le mot qu'il a utilisé ?

— "Tournant", dit Vera.

— C'est ça. Il veut que Vera devienne le "tournant" ; c'est le chef qui veille sur tout en cuisine, qui est capable de remplacer tous les chefs de partie. Le poste est fait pour elle.

— J'apprécie une telle attention, dit Vera, mais je crois qu'il y a là une maman et un adorable bébé qui en méritent bien plus que moi.

Tracy sourit.

— Tu veux la prendre dans tes bras ?

Le visage de Vera s'illumina.

— Si je veux la prendre dans mes bras ? Pardi ! Laisse-moi voir ce petit ange.

Tracy lui tendit le bébé.

— Oh, Seigneur, regardez-moi ça, comme elle est éveillée, et attentive !

— Tu es prévenue, Tracy. Elle pourrait bien finir détective, dit Faz.

— Elle est tellement belle, s'extasia encore Vera. Magnifique.

Tracy fit un petit signe à Dan, qui en profita pour dire :

— Écoutez, avant que tout le monde déboule ici, il y a une chose que Tracy et moi voulions vous demander à tous les deux.

Vera, qui se balançait doucement en roucoulant, s'immobilisa. Faz eut l'air inquiet. Il se tourna vers Tracy et lui demanda :

— Ne me dis pas que tu ne vas pas revenir ?

— Ça, c'est une décision que je n'ai pas encore prise, dit Tracy.

— Vous savez que Tracy vous considère tous les deux comme des membres de la famille, intervint Dan. Du coup, on se demandait si vous accepteriez de nous faire l'honneur de devenir les parrain et marraine de Danielle.

Durant un instant, ni Vera ni Faz ne prononcèrent un seul mot. Ils se regardèrent en silence durant quelques secondes, puis Vera se mit à pleurer, les larmes inondant ses joues. Secoué lui aussi, Faz dit doucement :

— Waouh, ce sera un honneur. Un véritable honneur, pas vrai, Vera ?

Vera acquiesça. Elle s'approcha de Tracy, se pencha et l'embrassa sur la joue.

— Qu'est-ce que vous dites de ça ? s'exclama Faz. D'abord, je donne mon nom à un restaurant ; et maintenant, me voilà parrain.

Il ajouta, en imitant à la perfection Marlon Brando :

— Le premier garçon qui tourne autour de ta fille, je lui ferai une offre qu'il ne pourra pas refuser.

— Don Fazzio, dit Tracy. Que Dieu nous garde. La "A Team" ne sera plus jamais la même.

REMERCIEMENTS

L'intrigue de ce roman m'est venue après avoir lu plusieurs articles de presse concernant, d'une part, les mariages arrangés dans la culture indienne, et d'autre part les rencontres entre *sugar daddy* et *sugar baby.* La question des mariages arrangés, s'agissant en particulier de la culture indienne, est à la fois compliquée et intéressante. Mon intention en écrivant ce livre n'était aucunement de porter un jugement, mais simplement d'aborder le sujet, et de le comparer notamment aux *blind dates*, ces rendez-vous arrangés, ou « à l'aveugle » – une pratique courante aux États-Unis. Pour cela, j'ai sollicité le concours d'une bonne amie, la talentueuse romancière Bharti Kirchner. Bharti a lu la première version de ce manuscrit, et m'a recommandé un certain nombre de lectures susceptibles de m'aider à comprendre la culture indienne, et notamment son roman *Sharmila's Book*, ainsi qu'*Une bonne épouse indienne* d'Anne Cherian, et *Un nom pour un autre* de la romancière lauréate du prix Pulitzer, Jhumpa Lahiri. Le postulat de départ de ce roman est à la fois tragique et vrai, malheureusement.

Dans leur principe même, d'autre part, les rencontres du type « papa gâteau » posent question. Après avoir lu des dizaines d'articles sur le sujet et visité autant de sites Internet, je ne sais pas ce qu'il faut en penser. Les sites Internet vous laissent entendre que de nombreuses étudiantes utilisent ce service pour pouvoir payer leurs études, mais il n'y a aucun moyen de vérifier ces allégations. L'article qui m'a le plus frappé est l'œuvre d'une journaliste qui s'est fait passer pour une *sugar baby* et a assisté à une conférence sur le sujet à Los Angeles. La phrase la plus étonnante de cet article est une observation faite par la journaliste, selon laquelle presque tous ceux qui s'inscrivent sur ces sites Internet le font sous de faux noms pour protéger leur identité, y compris bien sûr les *sugar daddies*. Et la journaliste de pointer alors ce qu'elle appelle « un jeu dangereux », dans lequel des jeunes femmes se rendent à des rendez-vous avec des hommes plus âgés, dont elles ne connaissent souvent même pas le vrai nom.

Comme pour chacun des romans de la série des « Tracy Crosswhite », je n'aurais pas pu écrire celui-ci sans l'aide de Jennifer Southworth, de l'Unité des crimes violents de la police de Seattle, et de Scott Tompkins, de l'Unité de la grande criminalité du Bureau du shérif de King County.

Mes remerciements vont également à Kathy Taylor, anthropologue médico-légale du Bureau du médecin légiste de King County. Sa collaboration bienveillante reste une source d'inspiration pour moi. Merci également à Kathy Decker, ancienne coordinatrice des Services de recherche et de sauvetage du Bureau du shérif de King County, et « pisteuse » renommée. Katie m'a apporté son aide dans de multiples romans, et je me considère comme très chanceux de pouvoir profiter de son immense expérience.

Merci à Meg Ruley, Rebecca Sherer, ainsi qu'à l'équipe de l'Agence Jane Rotrosen. Comme dans un mariage, ils ont été là pour moi dans les pires moments comme dans les meilleurs, et j'espère que cela continuera aussi longtemps que j'écrirai. Ils font tant pour moi. Je ne leur dirai jamais assez merci.

Merci à Thomas & Mercer. Ceci est le sixième tome de la série des « Tracy Crosswhite », et mon septième roman avec l'équipe de Thomas & Mercer, qui continue de promouvoir chacun de mes romans comme si c'était le premier. Je l'ai déjà dit : ils ont changé ma vie professionnelle, autant que celle de ma famille. Je leur suis infiniment reconnaissant de ce qu'ils ont fait et continuent de faire pour moi. Ils ont mis mes livres entre les mains de millions de lecteurs, ce qui est le rêve de tout auteur. Mieux encore, ils ont récemment fait don de trois cents exemplaires de mon roman, *Le Dernier Repos de Sarah*, lors d'un dîner de bienfaisance au bénéfice des autistes à Los Angeles, et afin d'aider les plus modestes. Leur générosité est une leçon d'humilité.

Merci à Sarah Shaw, en charge des relations auteur, qui m'accueille toujours avec un grand sourire et quelque chose pour moi et ma famille. Merci d'illuminer mes journées depuis si longtemps.

Merci à Sean Baker, chef de la fabrication ; à Laura Barrett, directrice de production. Je l'ai déjà dit, mais j'adore les couvertures et les titres de chacun de mes romans, et je me dois de les en remercier. Merci à Dennelle Catlett, attachée de presse pour Amazon Publishing, pour tout son travail de promotion autour de ma personne et de mes romans. Dennelle prend soin de moi à chaque fois que je voyage, et j'ai toujours l'impression de voyager en première classe. Merci à l'équipe marketing, Gabrielle Guarnero, Laura Costantino et Kyla Pigoni. Merci à l'éditeur Mikyla Bruder, à l'éditeur associé Galen Maynard, et à Jeff Belle, vice-président d'Amazon Publishing.

Des remerciements tout particuliers à la directrice éditoriale de Thomas & Mercer, Gracie Doyle. Elle m'accompagne de la première idée d'histoire à la version définitive du roman achevé, s'employant constamment à l'améliorer par des idées et des suggestions de toutes sortes. Elle me pousse à écrire le meilleur roman possible à chaque fois ; j'ai une chance folle d'avoir quelqu'un comme elle dans mon équipe.

Merci à Charlotte Herscher, conseillère éditoriale. C'est notre huitième livre ensemble, et peut-être celui qui aura été le plus difficile à écrire et à corriger. Elle ne me lâche pas, dans le bon sens, me pousse à faire les changements nécessaires, et m'aide à faire de chaque livre un objet de fierté personnelle. Merci à Scott Calamar, correcteur. Reconnaître et avouer une faiblesse est une chose merveilleuse ; elle vous permet de demander humblement de l'aide.

Merci à Tami Taylor, qui gère mon site Internet, crée mes newsletters et certaines des couvertures de mes éditions étrangères. Merci à Pam Binder et à la Pacific Northwest Writers Association pour leur soutien. Merci à Seattle 7 Writers, un collectif à but non lucratif d'auteurs du nord-ouest Pacifique, qui encourage et soutient l'expression écrite.

Merci à vous, lecteurs, de découvrir mes livres. Merci de votre incroyable soutien. Merci pour vos critiques, et pour vos messages qui me font savoir que vous avez apprécié mes romans.

Merci enfin à ma femme, Cristina, et à mes deux enfants, Joe et Catherine. J'ai hâte de repartir en voyage avec vous vers de nouvelles aventures.

À PROPOS DE L'AUTEUR

Né en Idaho et élevé en Californie du Nord, au milieu d'une fratrie de dix enfants, Robert Dugoni est l'auteur de la série best-seller des Tracy Crosswhite : *Le Dernier Repos de Sarah, Son dernier souffle, Dans l'ombre de la clairière, Prise au piège* et *Des morts si proches.* Ses ouvrages, traduits dans une douzaine de langues, sont vendus dans plus de vingt pays. Lauréat de nombreux prix et concours, il est aussi l'auteur de la série des David Sloane, encensée par la critique et encore inédite en France.